科 教 观 澜

高长安◎著

燕山大学出版社

·秦皇岛·

图书在版编目（CIP）数据

科教观澜 / 高长安著. —秦皇岛：燕山大学出版社，2023.9
ISBN 978-7-5761-0521-6

Ⅰ. ①科… Ⅱ. ①高… Ⅲ. ①新闻－作品集－中国－当代 Ⅳ. ①I253

中国国家版本馆 CIP 数据核字（2023）第 087361 号

科教观澜
KEJIAO GUANLAN

高长安 著

出 版 人：陈　玉			
责任编辑：张　蕊		策划编辑：张岳洪	
责任印制：吴　波		封面设计：刘馨泽	
出版发行：燕山大学出版社 YANSHAN UNIVERSITY PRESS		电　　话：0335-8387555	
地　　址：河北省秦皇岛市河北大街西段 438 号		邮政编码：066004	
印　　刷：河北赛文印刷有限公司		经　　销：全国新华书店	

开　　本：710 mm×1000 mm　　1/16		印　　张：25.5	
版　　次：2023 年 9 月第 1 版		印　　次：2023 年 9 月第 1 次印刷	
书　　号：ISBN 978-7-5761-0521-6		字　　数：439 千字	
定　　价：99.00 元			

本书作者高长安

高长安与中国工程院院士王浩合影

高长安在燕山大学采访

新闻实践课后，高长安与燕山大学学生们合影

高长安带领大学生新闻实践记者团到雄安采访

2021 年 6 月，河北省第二届科学实验展演汇演活动（决赛）在河北保定举行，高长安担任此次活动的专家评委组组长

高长安带领记者团队在河北涿州义和庄梨花绽放的果园采访后合影留念

难忘的军旅生活

中国国家书画院副院长、江西省毛体书法协会副会长舒浩华为高长安撰联：

长兴科教抒浩志，安以报刊寄高怀

序　言

高长安先生是我的一位年轻朋友，由于我们曾为同事，故多有交往。

我出于对新闻事业的关注，一向鼓励媒体人将作品结集出版，对长安先生亦然也。

想当年的长安先生，一腔热血，入伍即进藏，在世界屋脊为祖国站岗。这是一种特殊的双重试炼、双重磨炼、双重锤炼！苦吗？累吗？难吗？无须多言，每一位读者都能感同身受。正是这种特殊的环境与经历，让这位年轻人得到了绝大多数同龄人没有的收获。走时几丝青涩，回来优秀杰出。青藏高原这片神奇的土地用这种特殊的方式回报着五湖四海。长安先生先后在广播、电视、报刊做记者、当编辑。

本书汇集长安先生的新闻作品，以消息、通讯、专访等形式，真实地记录了河北乃至中国科技的发展进程，表述了一位科技记者的观察和思考，洋溢着一位媒体人的科学态度与敬业精神。

对于本书，大家尽可通过阅读予以评论，我只是谈自己先睹为快的点滴感受。

一位作者，只要写字或敲词，其实都是自己心胸的抒发与视野的延展，这是不必掩饰也无法掩饰的。尤其是作为记者，所写文字与当时当地的社会生活紧密相关，如果没有几分与众不同，那么就难服众。

惺惺相惜，高人相亲。长安先生与作品中的科学家、工程师、学者建立的关系已经远远超出一般意义上的采访，而是成为肝胆相照的朋友。这一点对于记者非常可贵。记者常常感叹"相识满天下，知己有几人"，其实这种感叹如果追根溯源，首先是记者的问题。作为记者，是不是对自己的采访对象抱着敬畏之情呢？长安先生对每一次采访，都做足功课，将采访对象的各种信息相互印证，所以他对采访对象的了解往往令对方吃惊，这自然就拉近了相互之间的距离。

长安先生对新闻工作的热爱，还有一个重要的动力，那就是对学问的追求。记者怎样才能把新闻写得通俗易懂？长安先生的方法就是"先深入""再浅出"，每个问题都要穷追到底。在他看来，这个过程很有意思。正是这种知识海洋里的"两栖"，理性与感性的交互，使本书的内容成为历史，因为即刻的新闻就是即刻的历史。

近年媒体变化巨大，许多媒体人纷纷转行，而如何适应新的科技手段与调控社会心理，是我们共同面临的课题。无论如何，我们必须珍惜自己的作品，从这些作品中，我们可以找到面对未来的自信与镜鉴。这也是我们阅读本书的意义之所在。

每一位记者都有其不可复制的独特性。让我们通过长安先生的修为，温暖我们自己，温暖我们的朋友。

供作者与读者一晒。

刘洪海
国际欧亚科学院中国科学中心执行秘书长
中国科学报社原社长、总编辑

目　　录

人物篇

田永君：善于打"硬"仗的科学家 / 3

李保国：岗底"编外村民" / 6

李保国：奉献到生命最后一刻 / 10

拓荒之智、报国之心、育人之情 ——追记我国能源资源系统工程、
　　工业工程开拓者之一顾培亮 / 13

那一年我握住了时代给予的机遇 / 17

"杂交谷子之父"赵治海：让杂交谷子走向世界 / 23

桑润滋：情洒桑梓地　润物细无声 / 27

檀润华：让世界为"中国创造"喝彩 / 32

刘玉岭：学以立身尚德创新 / 36

杨绍普：走出有价值的人生曲线 / 39

付宝连：竭尽一生解一题 / 43

张力霆：尾矿库研究领域的把脉人 / 47

刘孟军："枣恋"修正果 / 51

赵永生团队：助力"天眼"探索宇宙边缘 / 54

赵正旭：让宇宙深空"近"在眼前 / 57

庞其清的"侏罗纪"之梦 / 61

郭士杰：让老人有尊严地安度晚年 / 64

仇计清：六旬"数学人"师道刻于心 / 67

牛树银：翻山越岭寻宝藏 / 70

刘嘉武：攀越高铁架桥技术巅峰 / 73

朱永全：隧道深处砥中流 / 75

冯怀平：饱含激情耕耘"非饱和土" / 78

杜凤山：让创新硕果落地生根 / 81

李冬：老师应是美好的化身 / 84

画家武宗云：罗布泊守望者 / 87

蒲德荣和他的蛋雕艺术 / 90

张莅颖：走出"书斋"把成果奉献社会 / 93

闫小兵：在"青椒"路上创造价值 / 96

李英杰：美丽的石头会说话 / 99

刘守信：让研发的每项成果都实现产业化 / 102

江贻芳：从地下管线迈向智慧城市 / 106

王志明：一位"80后"的造药济民梦 / 109

李玮：心存高远 脚踏实地 / 112

齐名：让生命与精彩齐名 / 115

郑久强：大写的"炼钢工" / 118

孙晨华：停不下开拓的脚步 / 120

巾帼织梦北斗 神州扬眉天下——记五十四所北斗地面系统研发
    娘子军 / 123

李松：人应在风光时主动调整 / 126

高校篇

"输血"结合"造血"助推农民脱贫——河北省部分高校特色
    精准扶贫工作纪实 / 131

河北工业大学推进"双一流"建设服务区域经济发展　不忘"兴工
    报国"初心　彰显"工学并举"特色 / 135

燕山大学：建校溯源百周年，独立办学一甲子 / 141

河北大学出版《坤舆全图·坤舆图说》让古籍精神财富裨益师生 / 143

河北大学科研攻关助力疫情防控 / 146

河北工业大学：一流学科引领电气工程创新人才培养 / 148

河北工业大学电气工程学院的前世今生：一台光绪二十八年的美式
    电机 / 150

河北高教学会：科学构建省级教学监测服务体系 / 153

河北工业大学："实验室"寄到学生家 / 155

海水提钾破技术经济难关 / 157

瞄准植物基因组学领域的前沿——记华北理工大学生命科学学院
　　研发团队 / 160

哈尔滨古人类头颅化石发现始末 / 164

铁路、城市与大学 / 167

依靠科技创新　不断创造奇迹——走访石家庄铁道大学国防交通
　　研究所 / 169

石家庄铁道大学：协同创新加速大型工程机械装备成果研发 / 172

河北大学：住宿书院　多维育人 / 176

消防安全与人才培养相结合的有益探索——河北大学工商学院搭建
　　消防志愿者训练营特色实训平台 / 179

河北大学三学者入选爱思唯尔"中国高被引学者榜单" / 182

燕山大学："彩虹计划"温暖巴基斯坦留学生 / 183

河北科技大学学生捧回世界级工业设计大奖红点至尊奖 / 186

河北科技大学："网络佐罗"在行动 / 187

河北科技大学五学生创作《大学生版二十四孝》 / 189

国内首家依托高校的长城研究院在河北地质大学成立 / 192

观点篇

张伯礼：将中医药原创思维与现代科技结合 / 197

樊代明：必须大力重塑医学文化 / 199

丛斌：深度融合信息技术与生命科学实现重大突破 / 201

钟南山、王辰、高福发起"知感冒·防流感——全民科普公益行"
　　活动 / 204

康乐：协同发展关键在人才资源配置 / 207

土治：海水淡化产业需要政府全方位扶持 / 208

中国工程院院士王浩谈海绵城市建设内涵：水量削峰　水质减污
　　雨水利用 / 210

吴以岭：中医药应在学科前沿交叉点寻找突破口 / 212

吴以岭：医疗卫生体系应转向预防为主 / 214

张运：中药走向国际须经过现代医学检验 / 216

殷瑞钰：钢铁工业应实现绿色转型 / 217

陈润生：精准医学将使整个医疗体系发生本质变化 / 219

康绍忠：提升粮食产能须走农业节水化道路 / 221

诺奖得主萨金特：发展产业集群成制造业新抉择 / 223

侯立安：加强新冠病毒室内空气污染与传播阻断 / 226

武义青：以绿色全要素生产率引导开发区发展 / 228

武义青：组建雄安大学应充分考虑使命、目标和策略的核心命题 / 230

吴相君：强化中医药防治慢性病的作用 / 234

周松勃：制定《人体器官捐献与移植法》 / 236

王岳森：高校应以创新驱动助推经济发展 / 237

破京津冀生态难题，还看协同发展 / 240

郭双庚：流感不要纠结风寒与风热 / 242

徐长山：在高速发展中呼唤工程精神 / 244

大学博物馆：文化"富矿"尚待深挖 / 248

"文明污染"或致人类染色体异常 / 251

民办高校"招研"之旅并非坦途 / 253

新媒体时代要保持"阅读定力" / 256

进展篇

用创新"拼"成"第一天眼" / 261

中国参与 SKA 国际大科学工程获历史性突破 / 264

吴以岭团队：理论原创脉络学说破解微血管病变难题 / 266

袁隆平团队培育的超级杂交稻品种再创纪录 / 274

钟南山团队在国际期刊发表中药治疗新冠新成果 / 275

5 倍！金刚石断裂韧性与铝合金相当 / 277

直径 5 英寸 CVD 金刚石窗口制备技术跻身国际行列 / 278

中外学者揭示被子植物早期进化关系 / 280

"北京方案"开启细胞免疫治疗的中国之路 / 281

国际络病学大会：中医药与现代医学真实世界的碰撞 / 284

世界首台特高压大容量现场组装变压器研制成功 / 287

"天蓬工程"项目在河北涿州竣工 / 289

《气络论》举行首发式：中医气络学说对重大疾病治疗具有重要
价值 / 290

谷子全基因组序列图谱构建成功 / 292

中外学者破译香菜基因组序列并搭建数据共享平台 / 293

全球首个零碳研究机构在河北正式成立 / 295

3D 打印赵州桥创吉尼斯世界纪录 / 296

参松养心胶囊治疗心衰伴室性早搏研究取得重大突破 / 298

超大口径长距离聚乙烯输水管道工程技术国际领先 / 300

大型地下水库调蓄关键技术研究达国际领先 / 303

以酶治污 解皮革行业后"固"之忧 / 306

河北发现世界首例致多次胚胎停育染色体异常核型 / 308

我国器官功能快速检测技术加快国际化步伐 / 309

世界最大挤压机组河北试车成功 / 311

植物介导地上地下互相作用研究取得新发现 / 312

河北大学等环境污染因子生态毒理检测研究取得新进展 / 313

我国研制 1000 千伏现场组装变压器填补世界空白 / 315

全球首家光伏发电酒店 10 年发电 323 万度 / 316

河北成功轧制出时速 350 千米的百米高速轨 / 318

非线性光学材料研究获进展 / 319

河北大学科研团队提出人工智能视觉系统新方法 / 320

华北理工大学的现代榴梿基因组研究取得新突破 / 321

华北理工大学以二氧化碳还原制乙醇取得新进展 / 323

纪事篇

五十四所七型装备参加国庆阅兵的背后 / 327

院地合作,孵化制革工艺新技术 / 331

农业资源高效利用与可持续发展国际学术研讨会在冀举行 / 334

京涿城际通勤高铁专列试运行 / 337

河北省科学院:把科研实验室建在驻村扶贫第一线 / 338

河北装备制造业突围 / 341

一把车锁打开通向世界的大门 / 344

星际空间公司为建设智慧城市提供支撑:破解三维数字城市技术
　　瓶颈 / 346

打好京南"桥头堡"的疫情阻击战——河北涿州应对新冠肺炎疫情
　　工作综述 / 349

打造京津冀协同发展中的"涿州场景" / 356

最美村医特殊时期"隔空问诊" / 361

在中国桥梁模板行业中领跑——涿州市三博桥梁模板制造有限公司
　　创新发展纪实 / 363

中药材种养殖特色基地助力脱贫 / 367

教授"卖土豆" / 369

芦苇资源化利用　保护白洋淀湿地生态 / 371

涿州"三个在线"强化疫情防控和农产品质量安全 / 373

百年葡萄老藤衍生经济新业态 / 375

扶贫好帮手赤松茸 / 377

防火保温两不误——河北涿州舜康科技开发有限公司研制石线石
　　防火保温材料纪实 / 379

众志成城谱写抗洪抢险壮美赞歌——涿州市抗洪抢险救灾见闻 / 382

后记 / 389

人物篇

田永君：善于打"硬"仗的科学家

从进入超硬材料研究领域的那一刻起，田永君就从来没有停下过钻研的脚步。经过十几年的专注研究，田永君及其团队啃下了一个又一个硬骨头。他们建立了共价材料硬度的系统理论，提出了理想单晶和多晶共价材料硬度的理论模型，解决了硬度定量预测这一难题；在设计出系列新型超硬材料的同时，实现了高性能超硬材料制备技术上的突破，合成出性能优异的纳米孪晶结构超硬材料，其硬度超过了天然金刚石，轰动了整个材料学界。

田永君不仅在超硬材料研究上有建树，在担任燕山大学材料科学与工程学院院长的 18 年里，他带领全院打赢了一场又一场攻坚战，把材料学院建设成了名副其实的"五星级"学院，培养了一大批优秀科研人才。

18 年圆一个梦

从 1999 年担任材料学院院长之日起，田永君就有了一个梦想，那就是要建设一个"五星级"学院。这之后的 18 年里，他始终以此为努力目标，从未懈怠。2017 年 11 月，田永君正式当选为中国科学院院士，这不仅仅是他个人的荣誉，更标志着他的"五星级"学院梦最终变成了现实。

1999 年 11 月，刚回国一年的田永君当选燕山大学材料科学与工程学院院长。当时的材料学院只有 30 多名教师，学生也基本都是调剂来的。田永君上任之后，就对国内高校的材料学院进行了广泛调研。经过深思熟虑，他在 2002 年正式提出了建设"五星级"材料学院的战略设想和目标。

"五星级"是指要拥有一级学科博士点、博士后流动站、国家重点学科、中科院或工程院院士、国家重点实验室。实现这 5 个目标，对材料学院来说无异于脱胎换骨。这个想法一经提出，立刻在学院内部掀起轩然大波，很多人对他的想法不屑一顾，认为田永君这牛吹大了。然而，田永君的脾气是，想好了、决定了的事，就会坚持做下去。

为了实现"五星级"学院的目标，田永君首先要变革的就是学院的管理制度。他率先在材料学院实行了学术委员会制度，最大限度地保证了学院管理制度的科学、公开和民主。

有了学术委员会，材料学院的各项规章制度越来越完善，大家在制度内各司其职，教师专心带学生、做科研，行政职员做好服务，各级领导则分工明确，各负其责，帮教师解决问题。对于方向性、战略性问题，田永君能够坚持原则、敢作敢当，但对于其他领导权责范围内的工作，他选择"坚决放权"。遇到其他院领导来请示意见，田永君常说："这是你该负责的事情，你没分给我你的工资，我不替你作决定。"慢慢地，大家就不找他了，因为只要按规矩办事就没错。

2017年，田永君当选为中国科学院院士。自此，他在15年前许下的宏愿终于变成了现实。

挑战不可能

田永君身上最明显的特质就是喜欢挑战不可能。建设"五星级"材料学院、成为河北省第一位长江学者、指导出河北省首篇"全国百篇优秀博士论文"、建成河北省首个国家重点实验室，这些在别人看来不可能实现的目标，在田永君这里都变成了现实。

来到燕山大学后，田永君开始着手筹建省级重点实验室。当时，实验室的科研力量比较薄弱，仪器设备也较陈旧和落后，只有透射电子显微镜、X射线衍射仪和膨胀仪这三大件。2002年，他争取到了河北省一次性960万元设备费支持，为实验室的发展注入了活力。此时，田永君敏锐地意识到，要想加速发展，必须有人才作保障。随后，他在学校支持下，先后引进一批高水平的青年学者，逐渐形成了以"长江学者奖励计划"特聘教授、国家杰出青年科学基金获得者和"洪堡学者"为学术带头人的研究群体。这个群体活跃在亚稳材料研究领域，逐步得到了国内外学术界的普遍认可，实验室也进入了快速发展时期。

后来，为了让名不见经传的燕山大学亚稳材料制备技术与科学省级重点实验室进入科技部主管部门的视野，田永君与他的同伴刘日平教授一趟一趟奔赴北京，向科技部的主管部门进行汇报。科技部相关负责人惊诧地发现，一个地方院校实验室的建设水平竟如此之高，当即决定对实验室进行全面考察。考察结果让他们非常惊讶，这个实验室已经达到国家重点实验室的水平。为此，科技部2003年专门给了这个省重点实验室一次机会，与当年的国家重点实验室一起全程参加了国家重点实验室的评估和复评。2005年，实验室成功取得了材料制备与服役方向新建国家重点实验室的资格。2006年，燕山大学亚稳材料制备技术与科学国家重点实验室正式挂牌成立，成为我国少数几个以地方政府名义申报成功的国家重点实验室之一。

仅用8年时间就建成了一个国家重点实验室，这不能不说是个奇迹。田永君和他的团队就是有这样的神奇力量，再一次让不可能变成了现实。

有战略眼光的科学家

熟悉田永君的同事和领导都曾这样评价道："他是一个有战略眼光的科学家。"他在确定科研方向、科研平台建设和人才引进上的眼光都非常有前瞻性，而这三者之间是相辅相成、共进共赢的关系。

在田永君他们合成出纳米孪晶结构立方氮化硼材料之前，天然金刚石一直被认为是自然界最硬的材料。在一次样品测试中，一个学生一个上午就用坏了两个价值3000元的天然金刚石压头。田永君得知后，意识到是样品表面抛光不够平整造成了单晶金刚石压头的损坏，但这个直径仅2毫米的圆柱形样品的硬度也一定很高。他马上召集课题组成员讨论后续实验方案，最终在用透射电镜观察时发现样品中全是纳米孪晶结构。之后，田永君团队与中外科学家开始合作，采用高温高压技术成功地合成出了硬度超过人造金刚石单晶的纳米孪晶结构立方氮化硼材料。这一原创性成果发表在《自然》杂志上，并且入选了2013年度中国科学十大进展和中国高等学校十大科技进展。

《论语》中有一句话，"知者不惑，仁者不忧，勇者不惧"。田永君常说，现在大家生活条件好了，应该多想想为国家和社会做点事情。现在，他又有了一个为之努力奋斗的梦想——在燕山大学建一个高压科学研究中心，在超硬材料的应用领域开展深入研究，对接《中国制造2025》国家战略，为国家装备制造业、开采业、国防工业的提升提供技术支持。生逢最好的时代，追梦路上，田永君和他的团队已经踏上了新征程。

2018-01-16

李保国：岗底"编外村民"

扎根贫困山区 30 年，他举办培训班 800 余次，培训人员 9 万余人，推广了 30 多项标准化林业技术，示范推广总面积 1 080 万亩，累计应用面积 1 826 万亩，累计增加农业产值 35.3 亿元，纯增收 28.5 亿元。

他就是情洒太行的追梦人——河北农业大学教授、博士生导师李保国。

2014 年 3 月 21 日，在河北省科学技术奖励大会

在核桃种植基地，李保国（右二）给农民讲授种植技术

上，李保国被授予河北省科学技术突出贡献奖。此次大会全省仅有两人获此殊荣。

跟石头山"较劲"

记者见到李保国时，他刚从承德归来。

李保国告诉记者，2014 年除了给兴隆、宽城的部分农村开展技术培训，还计划在平安堡镇土城头村建设 20 ～ 30 亩的苹果示范园，让农民学会技术的同时，还能看得见、摸得着科学管理的效果。

"一年栽树，二年成花，三年结果，五年丰产"，"果树提早三年进入盛果期，按保守估计，一年亩产 3000 斤，产值 1 万元，三年就收入 3 万元"。李保

国的经济账算到了农民的心坎里。

眼下，在河北承德，成熟高效的技术体系加上广泛的群众基础，使得当前的科技辐射推广工作异常顺利。然而，遥想30多年前，李保国刚刚来到山区农村搞科技开发时，所面临的困难和挑战是一般人难以想象的。

李保国1981年大学毕业后留校任教，上班仅十几天，他就积极响应学校号召，和另外两名教授一起扎进太行山，搞起了山区开发研究。

当时的太行山，水旱灾频繁，交通不便，三分之二的地区人均收入不足50元，十分贫困。李保国跟课题组的同事们选择了极度贫困的邢台市浆水镇前南峪村作为开发试点，跟石头山"较起了劲儿"。

前南峪的山体现了太行山的普遍特点：土层薄、不涵水，土壤瘠薄、有机质少，再加上干旱少雨，基本上年年种树不见树，年年造林不见林。为了摸清当地山区的"脾气秉性"，解决种树难题，李保国起早贪黑，跑遍了山上的沟沟坎坎，晚上挑灯夜读，分析数据，寻求破解之道。

树木存活的唯一途径就是加厚活土层。土从何来？如何保证加厚的土层不被雨水冲蚀？一个个难题在白天的翻山越岭中，在夜晚柴油灯的陪伴中不断得到解决。1981年开始不断尝试，1986年爆破整地技术基本形成。4年后，整套石质山地爆破整地技术体系历经10年孕育，终于破壳而出。

基于山势，通过爆破，每隔4米开一条宽1.5～2米、深1米的条状沟，把周围的土层集中填充到沟里。下雨时，雨水也会汇流到沟中。这样通过"聚集土壤，聚集径流"，干旱山地达到了树木存活的基本条件。苹果、板栗等经济林木在前南峪的荒山上开始扎根生长。然而，可以想见，蚕桑专业出身的李保国竟然把爆破搞得有模有样，成为专家，需要付出多大的辛苦和努力。

由于当时各方面条件的限制，整地所用的炸药得纯手工制作，不仅要自行确定硝铵、煤油、锯末的配比，还要在农村杀猪用的大锅里炒制，混合比例和炒制方法哪一个都不能出问题。爆破整地时，为了保证爆炸深度、范围合适，同时不对周围环境造成破坏，需要反复研究打眼深度、放药量以及二者的相互组合，经过近万次的爆破试验才能得到准确、适用的数据。不管是炸药制作还是爆破试验，危险都如影随形。有一次，引爆后炸药未按时爆炸，李保国上前查看时爆炸正好发生，他直接就被崩了个大跟头，全身是土。

功夫不负有心人。前南峪村的荒山，经过李保国十几年的开发治理，从草都长不好的秃岭变成了"山顶洋槐戴帽、山中果树缠腰、山底梯田抱脚"的

"太行山最绿的地方"之一，林木覆盖率达90.7%，植被覆盖率达94.6%，并获得"全球生态环境建设五百佳"提名奖。

走产业化道路

1996年8月，河北省中南部发生特大洪水，邢台市内丘县岗底村250多亩耕地和全村的厂房设备全被大水冲毁。李保国来到了这里。

面对这个满目疮痍的小山村，农村出身的他被深深触动。从此，李保国成了岗底的"编外村民"，从1996年到2003年，连续9年吃住在村里，白天钻果园查看情况，晚上用黑光灯观测虫情，夜间研究解决方案，一整套无公害苹果栽培配套技术也随之研发出来。

李保国设计开发的苹果生产的128道工序，首次实现了优质无公害苹果生产的标准化。他倡导的果品生产走产业化的思路也取得成功。如今国内驰名的"富岗"苹果，不仅卖出过100元一个的天价，而且在2008年被确定为北京奥运会专供果品。过去的"岗底村"，如今的"富岗山庄"彻底走上了发家致富的快车道。

1999年，在岗底苹果生产稳步推进、走上正轨的同时，李保国得以腾出手来，把目光对准了当时依旧贫穷落后的临城县凤凰岭。面对"石头蛋子"堆成的"乱石岗子"，李保国坦陈这里是太行山治理的一块硬骨头。不过，这也激起了他的斗志。"交给我吧"，在大家的一片质疑中，李保国的话掷地有声。

经过周密的现场调查和综合现状分析，他苦口婆心地说服大家作出决定，把自己研发的薄皮核桃作为栽植树种。"聚集土壤、聚集径流"的"双聚"造林理论在这里焕发了新的生命力。10年间，赤壁几十里的乱石岗变成了山清水秀的"花果山"。李保国研发的绿色薄皮核桃高效栽培技术体系也在"花果山"瓜熟蒂落、水到渠成。

走产业化道路的好处在这里再次得到印证。2002年，市场上的普通核桃不到2元一斤，而李保国指导生产的薄皮核桃，一上市就卖出了15元一斤的高价，而且是供不应求。可以像花生一样两手捏着吃的薄皮核桃一炮而红，"绿岭"品牌享誉全国。

除了"富岗"苹果、"绿岭"核桃等全国著名品牌，沙河大台苹果等省市知名果品品牌、石家庄平山葫芦峪等新的山区开发先进典型如雨后春笋，不断涌现。

"走产业化的道路，注重品牌效应，不断拓展市场，才能稳步盈利。"李保国说："我要做就做产业，把产业做起来，才能可持续发展。"

把更多的人变成"我"

年近 60 岁的李保国，患糖尿病、高血压已 10 年有余。如今，爬山也慢了，上树修剪也不利索了。面对仍十分繁重的山区治理开发担子，他准备把今后的工作重心逐渐放在建立一套完整的示范体系上。某一个产业在其适宜区，至少一个县域范围内，要建立看得见、摸得着、学得会的示范基地，每个基地至少两名技术人员。

"全省的技术人员我直接培训，指导他们掌握适宜的规范化技术，把更多的人变成'我'，这样科技推广才能覆盖全省。"李保国说。

近年来，随着社会经济的飞速发展，农村大批青壮年劳动力进城务工，只剩下"老弱病残、妇女儿童团"在进行当前的农业生产。

面对这种现状，李保国适时推出了省力化栽培技术，一次性整地，大苗立植、挖小坑栽树、地膜覆盖，地面撒施化肥一年一次，"见枝拉下垂、只剪中心枝"的简易修剪方法，架设黑光灯自动防治病虫害等一系列省工省力又简单易懂的技术受到农民朋友的欢迎。

同时，李保国瞄准太行山区干旱阳坡充足的光热资源和具有自然阶梯的优势，开发了干旱山区的高效循环利用技术，将在平原区土地利用率仅为 60% 以下的日光温室错季栽培技术转移到山区，使山地的土地利用率达到了 90% 以上，效益为良田的 1.4 倍以上。

太行山板栗集约栽培技术、优质无公害苹果栽培技术、绿色核桃栽培技术等 30 多项标准化林业技术，在与农技人员的交流中，在农技推广的培训中，通过李保国朴实易懂的话语，转化成实实在在的生产力。

2014-04-14

李保国：奉献到生命最后一刻

连日来，河北农业大学一名教授的去世，引发了上自省委书记、下至农民们的深切关注。

他就是我国知名经济林专家、山区治理专家——李保国。30多年来，他每年在山里"务农"的时间超过200天，先后完成山区开发研究成果28项，建立了太行山板栗集约栽培、优质无公害苹果栽培、绿色核桃栽培等技术体系，实现山区农民增收28.5亿元，带动10余万农民脱贫致富，走出了一条经济社会生态效益同步提升的扶贫新路。

愿做太行山上一棵树

"愿做太行山上一棵树。我的根，永远扎在这里。"这是2015年李保国在接受媒体采访时说的话。

李保国1981年大学毕业后留校任教，上班仅十几天，他就和另外两名教授一起扎进太行山，搞起了山区开发研究。

当时的太行山，水旱灾频繁，交通不便，十分贫困。李保国和课题组的同事们选择了极度贫困的邢台市浆水镇前南峪村作为开发试点。

李保国风餐露宿，踏遍了前南峪村的所有山头地块，冒着生命危险进行了数千次的山体整地爆破试验。他提出的聚集土壤、聚集径流的两聚造林理论和太行山生态林业建设技术，将过去只有酸枣、荆条等小灌木植被的干旱山地种成了苹果、板栗、核桃等高效经济林木，使前南峪村林木覆盖率达90.7%，植被覆盖率达94.6%，并获得联合国"全球环境保护五百佳"提名奖。

1999年，李保国又将"战场"转移到太行山的干旱丘陵岗地——临城县凤凰岭。他带领课题组成员在乱石遍地、荆棘丛生的荒岗上选取了86个样方，调查植被、土壤和水土流失状况，确立了"聚土集水"的开发策略，选种了早实薄皮核桃。经过 10 年时间，形成了配套的优质薄皮核桃绿色高效栽培技术体系，培育出全国知名的"绿岭"核桃。

2009 年，李保国将视线移至平山县葫芦峪，他把山区"山水林田路"综合治理的技术做成了标准化模块，指导园区连片高规格治理荒山 3 万多亩，并将现代农业园区建设与产业化经营体系建设紧密结合，探索"大园区、小业主"的园区经营机制，创建了我国山区现代农业产业园区建设的典范。

给越来越多的农民传授新技术

30 多年来，李保国的足迹踏遍了河北省山区，与农民朝夕相处。熟悉李保国的人都知道，他的手机 24 小时开机，通讯录里超过三分之一的号码都是普通农民。无论何时何地，任何一位相识或不相识的农民打来电话，他都会耐心地接听解答，向他们传授新技术。

在邢台市内丘县岗底村推行果实套袋的第一道工序时，许多村民掌握不好技术要领，李保国便带着县林业局的技术人员一对一、手把手地教村民们操作。从套袋、去袋、转果，到摘叶、铺反光膜、施肥，李保国创立了 128 道苹果生产管理工序，并印成"明白纸"，让村民像工人生产标准件一样生产苹果。如今，"富岗苹果"连锁基地发展到太行山多个县市的 369 个村，种植面积 5.8 万亩，产量超过 1 亿公斤，帮助 7 万多名村民走上了致富路。

30 多年来，李保国在太行山区推广了 36 项林业技术，根据不同需要举办不同层次的培训班 800 余次，培训人员 9 万余人次，累计增加农业产值 35 亿元，纯增收 28.5 亿元。他带队先后指导并培育了邢台市浆水镇前南峪村和内丘县岗底村，以及临城县绿岭果业有限公司、平山县葫芦峪农业科技开发有限公司、易县绿泽农林果种植有限公司等全省山区开发先进典型，示范推广面积达到了 1 826 万亩。

生命的最后几小时仍在忘我工作

"2016 年 4 月 1 日，邢台—南和；4 月 2 日，邢台—前南峪；4 月 3 日，邢台—南和；4 月 4 日，邢台—保定……4 月 8 日，顺平—保定……"

这是最近《中国科学报》记者在河北农业大学采访时，看到的根据李保国及其课题组工作日志整理的《李保国老师工作记录》。

据不完全统计，在去世前的这 4 个多月时间里，李保国在家的时间总共不到 10 天，就连春节也只是休息了 1 天。

在致力山区脱贫、农民致富的同时，他始终没有忘记一个老师的责任，不论离学校有多远，他都要按时赶回来，从不耽误上课，不耽误指导研究生的学业，不耽误参加科研活动。就在去世前的两天，他还在石家庄北方大厦主持了 2014—2015 年河北省科技支撑计划项目中的 3 个项目的验收会，在所带的研究生微信群"桃李之家"中回复了学生所提出的问题。因为常年高强度工作，1998 年李保国就已经患上了重度糖尿病。2007 年，重度疲劳性冠心病又缠上了他，经北京多家权威医院诊断，为血管弥漫性堵塞，已无法进行常规支架或搭桥手术，只能多休息，保守治疗。

2016 年 4 月 9 日晚上，吃过晚饭，工作电话又从李保国的手机上一个个拨出、接入。

已经是晚上 9 时了，李保国还在电话里跟南和县"中国树莓谷"产业园负责人周岱燕沟通建设树莓采摘园的事宜——这是最近两年他投入精力最多的项目之一。

这是他生前留给世界的最后话语。

4 月 10 日凌晨 2 时，妻子被李保国不顺畅的呼吸声吵醒——他已经双眼紧闭、呼吸困难，说不出话来。

急救车把他送到了最近的解放军二五二医院。人工心肺复苏、电击……8 分钟、半个小时、一个小时……这一次，李保国再也没能缓过来，没能睁眼看看心爱的小孙子，没能给家人留下一句话。

"太行山在呜咽，那里失去一位绿色守护神；山区农民在呜咽，他们失去一位科技财神；河北农业大学在呜咽，'太行山道路'失去一位战功卓著的专家……"

这是 4 月 11 日河北农业大学官方网站发布的悼念李保国的诗句。

4 月 12 日上午 10 时，李保国遗体告别仪式在保定殡仪馆举行，社会各界代表 2000 余人泪送李保国最后一程，沿途道路也挤满了哽咽送行的人。

"愿做太行山上一棵树。我的根，永远扎在这里。"李保国用生命践行了自己的诺言。

2016-04-22

拓荒之智、报国之心、育人之情

——追记我国能源资源系统工程、工业工程开拓者之一顾培亮

2019年8月19日0时53分，在我国的科技星空中，一颗明星猝然陨落。

这一刻，我国能源资源系统工程、工业工程的开拓者之一，国务院政府特殊津贴专家，国家有突出贡献中青年专家，天津市系统工程授衔专家，原天津大学管理学院（现管理与经济学部）副院长顾培亮因病医治无效，安详地走完了他的一生，享年84岁。

8月21日，顾培亮的生前好友、同事、学生等100余人含泪目送先生最后一程，沉痛悼念这位德高望重的前辈和师长。人们如此称颂顾培亮——先生以"拓荒之智、报国之心、育人之情"，书写了一个大写的人生！

顾培亮先生生前照，摄于2015年

拓荒之智　完成我国第一部系统分析著作

近日，《中国科学报》记者来到天津大学管理与经济学部，采访顾培亮先生生前业绩。其间，记者和顾老的几名学生一起，拜访了顾老的夫人，已经85岁高龄的陈云路老人。

陈云路1955年留学苏联，1960年回国后，她被分配到南开大学任教，并于1963年与顾培亮结为伉俪。

陈云路告诉记者，当时丈夫在北京矿业学院（现中国矿业大学）任教，工作地在四川。直到 1979 年，顾培亮调入天津大学系统工程研究所，两人才结束了 16 年的两地分居生活。

据《天津大学人物志》（1992 年 11 月）记载：顾培亮 1935 年 1 月出生于上海。1956 年本科毕业于北京矿业学院采矿专业。此后，他在苏联专家阿·伊·阿尔先捷也夫教授的指导下，在本校攻读副博士学位，并于 1958 年研究生毕业后留校任教。

1959 年，顾培亮参加了由周恩来总理亲自领导的长江三峡水力枢纽工程的设计研究工作，并负责三峡水库大坝的风化砂用料开采方案设计。1962 年，他发表在《煤炭学报》上的科研成果，成为国内最早应用运筹学理论处理矿山运输和采装运输工艺配合的研究成果之一。

1979 年，顾培亮调入天津大学工作后，历任天津大学系统工程研究所副所长、管理学院副院长等职。

陈云路回忆说，夫妻团圆后，先生更加全身心地投入到教学、科研中。

在天津大学系统工程研究所，顾培亮建立了"系统分析"课程的内容体系，出版了《能源系统决策》和我国第一部系统分析著作《系统分析》。《系统分析》为系统管理和决策提供了一套具有通用性、系统性和结构性的方法，获得了原国家教委第三届普通高等学校优秀教材二等奖。他在 1998 年出版的《系统分析与协调》一书，成为国家"九五"重点教材。

顾培亮还参与了《中国大百科全书》的撰写工作，并担任其中《自动控制与系统工程》卷《系统工程》篇的副主编。从 1990 年开始，他还系统参与了筹建我国工业工程（IE）专业的教学研究和学术活动。

"早在多年以前，顾先生的《系统分析》就已成为系统工程领域的经典教材。"天津大学管理与经济学部首任主任张维表示，顾培亮不仅为天津大学系统工程、工业工程学科发展作出了巨大贡献，也为全国的这两个学科发展，特别是后者的创立，作出了极大贡献。

报国之心　为国家制定政策提供科学依据

"顾先生 1980 年后开始从事能源与资源系统工程方面的研究工作，他满怀报国之心，殚精竭虑，织锦宏图，为国家作出了重要贡献。"天津大学管理与经济学部主任霍宝峰告诉记者。

顾培亮去世后，弟子们为了缅怀恩师，赶写了一篇题为《树不攀高自成林》的追记文章。记者梳理这篇文章时发现，顾培亮在我国重要研究领域中取得的成果绝对称得上大手笔——

1983年，顾培亮作为原国家科委重点科研项目"国家中长期能源模型"的组织者，提出"能源供应系统模型"，为我国其后20年的能源结构及发展的总体规划和能源政策的制定提供了理论依据。之后，他应邀参加了"国家十二个重要领域的技术政策研究"中有关能源技术政策的研究，以及国务院发展研究中心组织的"2000年的中国"的研究工作，为国家制定"21世纪中国的经济方针"提供了科学依据。

此外，顾培亮先后完成了国家自然科学基金委资助的"资源系统动态对策理论和方法"、原国家环保局"七五"攻关项目"城市污水资源化研究"、原国家科委资助的国家"七五"重点软课题"京津水资源政策与管理"等，建立了资源系统分析范式和方法，为我国城市水资源合理利用和结构调整提供了科学指导。

育人之情　使学术后来人受益终身

"先生一直坚持因材施教的全人育人理念，他总能找到最恰当的方式给人以鼓励、帮助和指导。"采访中，无论是顾培亮的同事还是学生，都表达着一样的感受：先生有着超乎寻常人的谦和。与先生交往越深厚，越能真切地感受到他独有的睿智和人格魅力。

顾培亮指导的第一个博士生、天津大学管理与经济学部教授杜纲回忆，刚入学时，自己的英语是短板，先生为了帮助她尽快适应，特意派她参加国家委托西安交通大学举办的全英文授课的"中加班"。经过半年的历练，她的英语水平有了显著提高。先生爱才之心可见一斑。

"先生学养深厚，淡泊名利。"河北经贸大学副校长、河北省推进京津冀协同发展专家咨询委员会委员武义青曾师从顾培亮攻读博士，他告诉记者，先生教会了他协商对策、冲突的协调等系统协调理论方法，这对他后来的工作，尤其对区域协调发展的研究起到了非常重要的作用。

"顾先生十分关心青年教师的成长，十分健谈，每次总是把自己的科研经验和体会分享给大家，给我们指点迷津。在学术发展的关键节点，总能得到顾先生的大力帮助和支持。"天津大学管理与经济学部党委书记马寿峰表示，正是在顾先生等老一辈学者的不懈努力和追求下，天津大学系统工程研究所形成了"治学严谨、思想活跃、创新争先"的学术文化和传统，不仅为天津大学管理学科打下扎实的基础，有了高水平的开端和起点，也使学术的后来人受益终身。

在40余年的教学历程中，顾培亮先后培养了博士研究生80余人、硕士研究生200余人，为我国管理领域的人才培养作出了突出贡献。

几十年来，顾培亮获得国家科技进步一等奖2项、二等奖1项、三等奖1项以及多项省部级科技奖励，被原国家科委、计委、经委联合评为国家12个重要领域技术政策研究中作出重要贡献的科学家。此外，他还获得了国家有突出贡献的中青年专家、天津市先进科技工作者、天津市系统工程授衔专家等多个荣誉称号。

2019-09-04

为纪念改革开放 40 周年,《中国科学报》于 2018 年 6 月起,推出"纪念改革开放暨恢复高考 40 年——院士忆高考"专题系列报道,邀请部分两院院士发表署名文章,忆高考、话时代、语青年、向未来,旨在让行进在求学路上的青年学生熟悉国家历史,学习前辈经验,把个人远大理想与国家前途命运结合起来,把自己的奋斗目标与公民的社会责任连在一起,砥砺前行,不忘初心。

其间,我到中国水科院,专程采访了中国工程院院士、我国著名的水文水资源学家王浩,并整理出《那一年我握住了时代给予的机遇》一文。该文讲述了王浩从在没有课本的课堂学习到在兵团破屋里苦读,从北大物理大楼的模具钳工经历到清华一号楼的大学生活,从走出校门走向专业研究领域到在水文水资源学研究领域取得瞩目成就的艰辛经历和成长岁月以及王浩对青年学子的寄语。

"69 届"在教育史上是一个史无前例的特殊群体,而王浩是这个特殊群体里的传奇人物。

此文发表于 2018 年 8 月 17 日出版的《中国科学报》第 5 版。

那一年我握住了时代给予的机遇

学术名片:

王浩:1953 年 8 月生于北京。1977 年 12 月参加高考。1978—1985 年就读于清华大学水利工程系,先后获学士学位和硕士学位;1987—1989 年就读于清华大学经济管理学院,获博士学位。现任流域水循环模拟与调控国家重点实验室主任、中国水利水电科学研究院水资源所名誉所长,兼任中国可持续发展研究会理事长、中国水资源战略研究会常务副理事长、中国自然资源学会副理事长、全球水伙伴(中国)副主席等。获联合国"全球人居环境奖",被授予"全国先进工作者""全国杰出专业技术人才"等荣誉称号。获国家科学技术进步奖一等奖 1 项,国家科学技术进步奖二等奖 7 项。2005 年当选为中国工程院院士。

我是北京"69届"的一员。我们这一届在中学的读书时间总共只有一年多，而在进入中学之前都未能从小学正常毕业。所以，"69届"是"小学没毕业，中学没上够"的一届，可说是教育史上一个特殊群体了。

也因此，1977年全国恢复高考时，在参加高考的13届毕业生中，读书最少的当属"69届"。往前6届是"老三届"，"文革"前上过文化课；往后6届是"新三届"，读过高中。

那一年，全国报名的考生有570万人，大学本科录取21万人，在被清华大学录取的1053人中，只有2名是"69届"的，我很幸运地成为其中之一。

1977年高考，是时代给予科学人的机遇，不仅改变了许多人的命运，也改变了国家和民族的命运。

"借光"夜读补功课

我是在北京钢铁学院附小（现在北京科技大学附小的前身）读的小学，本应在1966年6月底毕业，但那年6月1日，《人民日报》发表社论《横扫一切牛鬼蛇神》，"文革"爆发，我小学还没毕业就被迫停课了。

后来，从天津延安中学申请复课开始，北京的学校也陆续复课。1968年1月2日，按"就近入学"的原则，我被分到北京市93中学（该中学早已解散）就读。93中学没有高中，只有初中，且只是半日制。我们没有课本，就学三门课程：语文学毛主席诗词，数学学二元一次方程组，还有一门珠算课学打算盘。

至今我还记得当时有这样的顺口溜：93中，黑咕隆咚，破桌子破椅子破电灯，老师生病，学生抽风。这足以说明当时的学习和教育环境。

1969年7月23日，我初中毕业。在93中学上学总共1年7个月23天，其中还有三分之一的时间在下乡劳动。所以，我整个初中没学到什么知识。

告别了没有课本的课堂，我于当年7月报名当了知青。8月23日张榜公布，9月1日我便从北京站乘坐火车去黑龙江，成为生产建设兵团1师3团37连的一名农工。

那年我16岁，所在的生产建设兵团连队驻地位于小兴安岭北坡背阴的地带。夏天开山炸石头，冬天在林子里伐木。这里无水无电，冬天最低温度达到零下46摄氏度，想要获得喝的水就要到附近的山沟刨冰，再用马车拉回来融化，生活的艰苦可想而知。

我们住的叫"杆儿加泥"的房子。之所以称为"杆儿加泥"，是因为整个房子没有一块砖头，没有一根钉子，是用草和泥制成的简易房子，顶子盖的是草。

在建设兵团，我从没断过学习的念头。我四处找来了一些初中的课本，利用晚上时间自学。我用点燃的蜡烛把土墙烧热，再"趁热"把蜡粘在土墙上，"借光"夜读。虽然很艰苦，但能静下心来补习在初中落下的课程，我觉得很充实。

3年半后，我转插队到黑龙江安达县城郊公社繁荣大队。无论在哪里，我一直有晚上学习的习惯。在6年半的下乡岁月里，我自学完了中学数学和高一的物理课程。

我坚信中国不可能永远这样，机会总会留给有准备的人。

备战高考迎机遇

1976年初，知青落实"困退"政策，我在当年1月21日从黑龙江回到北京，落户在中关村街道。中关村街道离北京大学很近，于是我于7月12日被分配到北京大学（以下简称北大）无线电系工厂。这家工厂有200多名青年工人，我在这里做仪表盘的模具钳工。

"文革"结束后，全国各地由所在系统对"文革"期间"毕业"的学生进行文化补习。这样，北大的老师们也开始给我们这些青年工人上文化补习课。在补习班上，我重点学习了中学的物理、化学，还学习了微积分的基本概念和一点皮毛。

我是在1977年的10月1日以后才知道恢复高考的。听到消息时，离考试还有一个多月，时间紧，任务重。幸运的是当时我们和北大无线电系、物理系的老师都在一个楼（就是现在的北大物理学院，当时叫物理大楼），大楼里有很多大教室，老师们就在大教室里给我们补课，补习条件可谓"得天独厚"。

不仅是北大无线电系、物理系的老师们在我们高考前的补习中倾注了极大热情，我周围的人也各尽所能，为我顺利参加高考创造条件、提供帮助。我的钳工师傅王经武，还专门把我的自行车重新精修了一遍，以便我去考试。

我高考的考试点是北京海淀的八一中学。还记得在考场上我打开卷子一看，觉得有点难，但基本还会做。物理卷子答得极为顺畅，化学有点差，因为我从来没系统学过化学，只是突击学了点。考后的总体感觉是，考上大学的可能性占六成。

成绩下来，果然没有出乎我的预料——上大学没问题！

接下来在选择学校和专业时，我第一时间就想到北大物理系。因为我对这里的环境熟悉，对老师有感情。但北大的老师们综合了一些因素，建议我报考清华大学。于是，我的第一志愿就报了清华大学。

后来，当投递员把清华大学的录取通知书送到我手里时，我在兴奋、欢喜的同时，还有着一丝对北大的眷恋。不过，能上大学已经让我非常满足了，何况我是"69届"的。当年被清华大学录取的1 053人中仅有2人是"69届"的。后来这1 053人中毕业了1 017人，还有36人或去世，或因病降级，或提前出国留学。

我家住中关村，距离清华大学1.5千米。虽然只有1.5千米，但如果没有恢复高考，或者我没参加高考，没有我之前的学习积累，没有北大老师们兢兢业业地为我们补课，这1.5千米就是遥不可及的距离。

六点因素助进步

在清华大学，学校考虑到我年龄偏大，又在黑龙江生产建设兵团有农林工作的经历，便把我调配到水利系农田水利专业。第一个学期我被安排住在清华一号楼的宿舍。宿舍很大，屋顶很高，算是清华大学最好的房子。

进入清华大学，我的身体素质和体育成绩表现出明显优势。这要感谢我的下乡经历，那些年的爬山、扛木头，练就了我的硬体格、壮身体。进校体检项目中的肺活量检测，一般人是3 000～4 000毫升，我能达到7 000毫升。校游泳队的老师希望我能去游泳队，可我一心想念书就拒绝了。

记得1978年4月下旬，学校举行运动会，我临时替一个同学参加铅球比赛，这是我第一次摸铅球，我根据物理学知识"设定"以抛物线45度角投掷，又考虑到空气阻力，就略低几度投出去。这一投使我进入了国家三级运动员行列，也取得了全校第八名的好成绩。

在体育方面，我最突出的当属三级跳远。我是清华大学1980年度全校运动会的三级跳远冠军，同时也是1980年北京市高校运动会第六名。

因为体育成绩好，第一学期后我还是被选到了学校的体育代表队，住进了条件更好一点的体育代表队的两人间宿舍。代表队里会集了全校各系的学生，大家经常在学习方法、学科交叉方面进行交流。那些日子让我眼界更宽，学的东西也更多了。那时候人工智能在中国还是个极新鲜的事儿，我就听过代表队里计算机系的同学华桦、陆愚等讲解人工智能。

清华大学浓厚的体育氛围、健康向上的精神风貌深深感染了我，增强了我的体质，磨炼了我的意志，为后来我从事水利工作打好了铺垫。清华的教育让我们健康地为祖国工作 50 年，我现在已经工作 49 年了。

在清华大学读了 9 年书，从本科到硕士再到博士，清华大学自强不息的校训精神对我的影响最为深远。这 9 年，我在学业上收获很大，固然有自己发愤图强、刻苦钻研的原因，但更要感恩于我的老师们——我刚入学时的班主任王蜀南老师把我们班带成清华 77 级的先进班集体；我的硕士导师施熙灿老师教我把经济学和水利工程结合起来，把经济学原理应用在水资源的规划和运行管理中；张光斗老师以问题为导向，让我明白学习和研究要面向国家的现实需要；黄万里老师告诉我学习水利还必须要掌握气象、地理、地质构造、生态环境等与水文相关的自然分支学科知识；我的博士导师郑维敏先生则教我如何将系统思维和系统分析方法与水文水资源学紧密结合起来，并应用于水资源评价、配置、调度领域。

这些恩师以身作则，践行清华校训，对我的人生产生了重要影响。

走出校门，我有幸又遇到了一批顶尖级科学大家，让我受益良多。其中有中国科学院的刘昌明院士、孙鸿烈院士，中国工程院的钱正英院士、陈志恺院士、徐乾清院士。

这些年来，我从事流域水循环及其生态环境效应方面的基础研究，水资源规划与管理方面的应用基础研究，以及水资源经济学和复杂系统决策理论方法方面的应用研究；先后两次担任"973 计划"项目首席科学家、国家自然科学基金创新群体学术带头人，担任国家重点实验室的主任，以及"十三五"国家重点研发计划"水资源高效开发利用"专项立项组和总体组的组长；主持了多项国家级重大科研和规划项目，并担任专家组长完成了多项世行、亚行、中美、中英、中澳等国际合作项目。特别是我在 1999 年，率先提出了"自然—人工"二元水循环基础理论及其相应的整套定量方法，而直到 2013 年国际水文大会，才把同类问题作为今后 10 年唯一的研究主题提出来。这其中取得的成绩，离不开几位恩师和顶级大家对我的指点、提携、帮助。

清华 77 级整体上可以说是 1977 年高考考生的精华。在清华 77 级中，我的天赋并不突出，仅仅是个"丑小鸭"，是改革开放给我带来机遇和幸运：一是清华大学给了我这样一个年龄偏大、水平偏低的学生进一步学习深造的机会；二是我来到了中国水利水电科学研究院这个高平台；三是有老一辈的高人指点；四是有水资源研究所这样一个极具活力和朝气的强大团队支持；五是顺应国家发展目标；再有才是我个人努力。

从北大物理大楼到清华一号楼，再到我出校门走向专业研究领域，正是因为有了这六点因素，才有了我的不断进步！

国家需求为第一

我生长在科学之家。父母都是大学毕业生，父亲是新中国成立前协和的研究生，后来在中科院微生物所工作。我从小的理想就是当一名科学家。

1977 年恢复高考，是我人生中的重大机遇，点燃了我的学习热情和奋斗意志。知识改变了我的命运，使我实现了儿时的梦想，实现了人生的重大转折。

纵观我的科研历程，就是瞄准国家"水"方面的需求，哪里有需求，我就向哪个方向的研究发力。所以，个人目标最主要的是要和国家需求紧密结合起来。把个人奋斗和国家的大目标结合得越紧密，取得的成绩就越大。

现在的高考与过去不可同日而语，当下的大学教育也发生了很大的变化。但我认为，无论在什么时代，大学生都要以学习为第一要义，注重学习态度，敏于思勤于行。

我在中国水利水电科学研究院有一套住房，我的办公室离那套房仅有 400 米远。但每天下班后我没有时间走这 400 米路回家，而是在办公室放张折叠床，吃饭在食堂，困了就睡在办公室的折叠床上。每天把尽可能多的时间投入到研究上，不少论文、课题研究就是在这点滴时间的日积月累中完成的。

我深知，要建设世界科技强国、实现中华民族伟大复兴，需要我们刚毅坚卓、自强不息、与时俱进，需要我们以国家的需求为出发点，勇挑祖国建设和社会进步的重担，脚踏实地，不断创新，用更大的成绩、更多的成果回报祖国和人民。

一个人的努力能改变个人的命运，一个民族的奋斗将改变国家的命运。

2018-08-17

"杂交谷子之父"赵治海：让杂交谷子走向世界

赵治海（图左）在谷地

2015 年 2 月 26 日上午，河北省科技创新暨科学技术奖励大会在石家庄举行。被誉为"杂交谷子之父"的张家口市农科院谷子研究所所长赵治海站在领奖台上，领取了河北省领导为他颁发的 2014 年度河北省科学技术突出贡献奖。此次表彰，河北省仅评出两名科学技术突出贡献奖。

1958 年 6 月出生的赵治海，于 1982 年毕业于河北农业大学农学专业，毕业后一直在张家口市农业科学院从事杂交谷子研究工作。30 多年来，他致力于谷子杂种优势利用研究，攻克了谷子杂种优势利用的世界性难题，开创了谷子杂种优势利用的里程碑，培育出"张杂谷"系列谷子新品种，解决了杂交谷子从研制到推广的一系列技术难题，把谷子由亩产二四百斤的低产作物变成了亩产八九百斤的高产作物，并把杂交谷子推向世界，为世界农业可持续发展作出了巨大贡献。

另辟蹊径填世界空白

赵治海与谷子结缘，要从他在河北农业大学上学期间谈起。

有一次实验课，赵治海做的是谷子光（温）敏反应。这次实验一做就是两个多月。正是那次实验，让他对谷子研究产生了浓厚兴趣。

1982 年，赵治海大学毕业后，来到张家口农科院谷子研究所，师从当时国内谷子育种界"三驾马车"之一的崔文生。

我国对杂交谷子的研究攻关，始于 20 世纪 60 年代末。当时国家、省、市的 30 多家科研单位开始攻关杂交谷子，但由于难度太大，许多科研单位先后放弃了，全国谷子种植面积逐渐萎缩。

年轻的赵治海开始反思："既然能培育出杂交水稻、杂交高粱，为什么就培育不出杂交谷子？""谷子有谷子的特性，为什么要套用水稻、高粱的模式去研究？"

1989 年的一个下午，在经历了 7 年的无数次实验失败后，赵治海脑海中闪现出在上大学期间做谷子光（温）敏反应实验的场景，何不抛开国内已沿用 20 多年的杂交谷子研究方法，采用光（温）敏两系法去试验谷子的杂交？

按照他的设想，实验的第一步是要找到雄性不育株。70 多亩的谷子地，种着 6 000 多个品种、上百万株谷子，他一株株地看，一株株地比较。在张家口建设的温室最终难以满足需要，赵治海又将光（温）敏实验搬到条件适宜的海南。

功夫不负有心人。1994 年，谷子光（温）敏型雄性不育系"821"选育研制成功。这是我国谷子研究上的重大突破，填补了谷子光敏不育系研究的空白。

此后，赵治海又经过 6 年的艰苦努力，找到了谷子光（温）敏不育的规律。

2000 年，世界上第一个谷子光（温）敏两系杂交种"张杂谷 1 号"诞生。"张杂谷"比常规谷子增产 30% 以上，诞生之初，亩产就突破了 600 公斤，专家组称之为"谷子杂交利用领域的一次重大突破"。

2004 年，赵治海选育出世界上第一个谷子抗除草剂杂交种"张杂谷 2 号"，解决了给谷子除草费工的世界性难题；2006 年，国家一级优质小米"张杂谷 5 号"创造了亩产 660 公斤的谷子高产新纪录；2007 年"张杂谷 5 号"再创新高，最高亩产达到 810 公斤。

一年能当两年使

"张杂谷"的育成，只是赵治海杂交谷子情结的第一步。在他心里，他要让"张杂谷"走出试验田，在以万亩计的大田推广。

想要把"张杂谷"从试验田搬到大田中去，就必须解决谷子繁制种技术问题。为加快研究速度，每年 10 月底，赵治海都要从张家口去往海南，一直待到第二年的 5 月。

张家口的谷子刚收完，海南的谷苗已长出。"两头跑，我一年能当两年使。"赵治海笑言。

经过艰辛努力，赵治海成功选育出杂交谷系列品种，形成了适宜水地旱地、春播夏播及早中晚熟配套的品种结构，解决了优质与高产的矛盾，"张杂谷 1 号、2 号、3 号、5 号、8 号、10 号"被评为国家级优质米，"张杂谷 5 号"创造了最高产 810 公斤的世界谷子单产最高纪录。

此外，赵治海还建立了杂交种的质量标准和标准化栽培技术体系，制定了《谷子杂交种》等 4 项河北省地方标准，规范了谷子杂交种的质量和杂交种制种与栽培技术，解决了杂交谷子生产应用中制种产量低、种子纯度低、除草难三大技术难题，实现了杂交谷子高产稳产。

目前，"张杂谷"系列谷子杂交种已在我国北方 11 个省（区）推广种植 1 000 万亩，平均亩产 400 ~ 600 公斤，比常规谷子增产 1 倍，累计增产粮食 20 亿公斤，增收 80 亿元，对旱作农业和农村经济发展起到了积极作用。

让"张杂谷"惠及全球

2015 年 1 月 4 日上午，在海南乐东"张杂谷"繁育基地，由张家口农科院、苏丹农业研究院杂交谷子研究中心共同建立的海南培训基地挂牌。这是河北省与非洲国家共建的首个"张杂谷"研发机构。

让"张杂谷"在世界各地发芽生穗产粮食是赵治海的梦。实际上，"张杂谷"早就于 2008 年进军非洲了。当时在农业部国际合作司的支持下，张家口市农科院在非洲试种、推广杂交谷子。当年，"张杂谷"在埃塞俄比亚试种成功，平均亩产 300 公斤左右，这一产量相当于当地主要粮食作物苔麸产量的 3 倍。

2009 年，时任联合国粮农组织总干事雅克·迪乌夫专程到张家口考察杂交谷子，建议在中国成立"国际杂交谷子培训中心"，并作为中国政府和联合国粮农组织"南南合作"核心项目在全球推广。

2010 年 4 月，赵治海作为唯一的中国代表应邀出席"第四届世界饲料与粮食安全大会"，作了题为"让杂交谷子走向世界"的主题发言，为我国农业科研走出国门树立了典范。

2011年，张家口市农科院向埃塞俄比亚国家品种委员会提供的两个品种E7和E10通过埃塞俄比亚的注册，完成了可以在埃塞俄比亚合法推广经营的法律程序。

之后，陆续又有一些非洲国家引进"张杂谷"。

2008年至今，"张杂谷"在埃塞俄比亚、科特迪瓦、尼日利亚、加纳、贝宁、塞内加尔等非洲10个国家试种成功。

目前，"张杂谷"已经被列为商务部和农业部支援非洲的重要农业项目。它正以其水旱两用、早中晚、春夏播齐备、在不同自然条件下都能收获丰收的优势，开始在世界更多的土地上发芽、生穗、产粮食。

2015-03-06

桑润滋：情洒桑梓地　润物细无声

学术名片：

桑润滋，1942 年 6 月生于河北省滦南县，河北农业大学动物科技学院教授。享受国务院津贴。曾任河北农业大学科研处处长、河北省牛羊胚胎工程技术研究中心主任。现任河北省牛羊胚胎工程技术研究中心名誉主任、河北农业大学教学督导组组长、河北农业大学研究生院研究生培养督导组组长。

桑润滋

1967 年毕业于河北农业大学牧医系畜牧专业，40 多年来一直从事动物繁殖与胚胎工程领域的生产、教学、科研、推广工作及宏观畜牧业、科技与教学管理工作。先后承担各级科研课题 30 余项，取得国内先进水平以上的科研成果 28 项。曾获"为我国畜牧兽医事业作出重大贡献先进个人""建国 60 年动物繁殖学科功勋奖"等荣誉称号。

他是我国动物胚胎工程研究方面颇有成就的一员：由他主持的国家"九五"重中之重专题——"肉牛高效快繁综合配套技术研究"，在国内外首次研制出低毒、高效的牛胚胎玻璃化冷冻液 EFS40 和简便易行的冷冻方法；他在国内外首次利用微卫星 DNA 标记方法，预测了肉牛的杂种优势，并首次提出肉牛最优杂交组合的分子数量遗传学综合评选新方法。

他首次提出"借腹怀胎"让黄牛生奶牛的综合技术，为我国奶牛业的发展开辟了一条新的途径。

他的课题共获得国内领先水平以上科技成果 25 项，其中 11 项获部级科技进步奖。

他就是河北农业大学的教授——桑润滋。

多年来，无论在中国动物生物科学领域的研究中，还是在高校的人才培养上，桑润滋始终用执着和真诚，诠释着与自己名字相同的人生含义：情洒桑梓地，润物细无声。

让黄牛生奶牛

1983 年河北省农垦局在芦台农场建立了奶牛实验站，桑润滋被调到了芦台。从此，这位当时的助理畜牧师担当起河北省"奶牛胚胎移植与开发"项目负责人的重任。

"让黄牛生奶牛"这个课题，当时在国内还刚刚起步，仅一所高等学府有一个成功案例。1984 年，给奶牛移植奶牛胚胎的全国成功率也只有 20%。他们这个资金匮乏、设备落后、技术水平低、人手又少的小实验站所遇到的困难之大，是可以想象的。

现唐山芦台经济开发区农牧局的工作人员郑新生，当时是桑润滋负责的课题组的成员之一。

提起当时桑润滋在芦台工作时的精气神，郑新生记忆犹新："桑润滋教授在我场共工作了 8 年，20 多年过去了，他严谨科学的工作态度，不断进取、不怕辛苦的工作精神，团结协作、为人谦和、平易近人的工作作风，仍给我们留下了深刻印象。"

郑新生介绍，桑润滋十分注重对青年人的培养。

1984 年，桑老与中科院遗传所联系并选送郑新生到中科院遗传所学习奶牛胚胎分割移植技术。

由于当时没有经费购买进口胚胎分割仪，项目不能如期进行。郑新生回来后，在桑润滋的指导、支持下，着手研发自制胚胎分割仪。在短短一个多月的时间里，自制的胚胎分割仪问世了，且实验效果非常好，在规定时间内圆满完成了 HB8804 型胚胎分割仪的研制及利用其分割牛胚胎实验的研究课题，受到了国内同行专家们的好评。

作为课题组的负责人，桑润滋无数次在武汉、南京、上海、天津、北京之间穿梭。他不分白天黑夜地查阅国内外资料，制订方案、写论文、做试验。

他的试验点在芦台共有 7 个，每天都要往返几十千米。有时遇到大风，只好推着自行车步行。试验紧张时，就以试验点为家，干脆住在那里。他把心思都用在试验上，走路、吃饭、干活时常走神。他爱人说他搞试验着了魔。他曾经把甘油当润肤油往脸上擦，把洗脚盆当成了洗菜盆，坐火车坐过了站。有一年除夕之夜，他岳母第一次到他家过春节，可是他让别的同志回家过团圆节，自己却守候在牛棚里为一头黄牛接生。

桑润滋提出的黄牛接产、助产、产后护理的三项十条办法，就是这样一次次通过亲身实践而总结出来的。

经过努力，河北省第一头胚胎移植犊牛——"冀胚 1 号"于 1983 年 12 月 19 日平安降生。接着，全国第一头由黄牛所生的奶牛犊，于 1985 年 7 月 11 日平安降生。之后，全国第一对由黄牛所产的同卵孪生奶牛犊又平安降生。

1986 年，中国奶牛协会和河北省科委联合在唐山市专门召开了"全国牛胚胎移植技术现场会"。在会上桑润滋首次提出"借腹怀胎"让黄牛生奶牛的综合技术。1989 年桑润滋领导的奶牛胚胎中心被河北省政府授予"胚胎移植优秀单位"称号。

在 1982 年到 1989 年的 8 年中，他领导的科研小组，先后完成了 6 项科研成果，5 项创全国同类研究新纪录，还在全国性学术会议和全国性杂志上宣读和发表了论文 10 篇。他的学术成就不仅得到国内各级领导部门、专家和同行的好评，还引起了澳大利亚、德国、日本等国专家的兴趣。

为了探索推广、应用科研成果的道路，桑润滋带领课题组的同志们先后到河北、辽宁、天津 3 省（市）共进行胚胎移植手术 400 多例，产胚胎移植牛犊 130 多头。

"我们的工作环节多、环节细，哪一个环节也不能出问题。"桑润滋说，"干出这样的成绩，是大家共同努力的结果！"

瞄准国际前沿攻关

由桑润滋主持的国家"九五"重中之重专题——"肉牛高效快繁综合配套技术研究"注重科技创新，瞄准国际前沿进行攻关，取得了多项重大突破。

针对我国优质肉用种牛供不应求的现状，桑润滋带领课题组开展肉牛冻胚洲际引种，取得成功率达 63.6% 的国内最好成绩。超数排卵是获得胚胎的主要方法之一，他把传统的兽医针灸与现代激光技术相结合，在国际上首次发现氦氖激光穴位照射超排母牛能明显提高胚胎数，试验组较对照组头均提高2.2 枚，并探明照射的穴位、功率及时间，同时揭示了其机理。此外还首次采用自制的抑制素免疫超排母牛，证实能有效提高胚胎数，试验牛较对照牛头均提高 2.4 枚。

为进一步扩大胚胎来源，桑润滋大胆对培养液及培养条件进行改进，使牛体外受精囊胚发育率达 31%，创国内大样本新高，使胚胎生产成本降低了70%。研制成牛胚胎玻璃化冷冻二步简易方法，不需价格昂贵的冷冻仪，冷冻时间由以前的 2 小时缩短为 5 分钟，并获得世界首例玻璃化冷冻胚胎分割移植的牛犊和国内首例玻璃化冷冻试管牛犊。专家鉴定认为：成果"达到国际领先水平"。该成果获 2001 年中国高校科学技术奖一等奖。

母牛乏情是影响繁殖率的重要原因之一，在对影响母牛乏情主要因素和机理进行研究的基础上，桑润滋带领课题组研究出解决母牛乏情的有效措施，使母牛乏情期比原来缩短 40 ～ 50 天。《营养与低温对母牛乏情的影响及机制》论文发表后，波兰奥斯汀农业工程大学一位教授来函咨询相关内容，并提出开展交流与合作。

牛为单胎动物，双胎率仅为 0.5%。如何让牛产双胎，是提高肉牛繁殖率的又一关键。桑润滋从抑制素免疫等三条途径进行"人工诱导肉牛双胎研究"并均获成功，双胎率由自然繁殖的 0.5% 提高到 30.3%，并在国际上首次应用抑制素免疫母牛产下双犊。牛繁殖率的高低，除与母牛有关外，与公牛也有直接关系。特别是在夏季，种公牛精液品质严重下降，给冻精生产造成重大困难。桑润滋继而开展"热应激对肉用种公牛精液品质影响及机理研究"，搞清了其机理，并提出了缓解种公牛热应激的技术措施，大大减少了冻精生产的损失。试验区 7 个县的 21 万头母牛的繁活率，由以前的 50% 提高到 70.2%，创国内大群体新纪录。

桑润滋注意把取得的成果汇集起来，已先后在河北、新疆等 6 省（市、区）推广，累计产生经济效益 2 亿多元，帮助数千户农民脱贫致富。

埋头苦干做知识信使

1989 年底，桑润滋回到阔别 22 年的母校——河北农业大学，开始了教学生涯。

桑润滋说，他喜欢教师这个称谓。大学既是科研的前沿又是知识的殿堂，这种氛围有利于自己的科研工作，以实现教学与科研辩证的完美结合。

2012年6月9日，在河北农业大学举行的"桑润滋教授从业45周年暨科学研究、人才培养研讨会"上，桑润滋的学生从四面八方汇集到河北农业大学。

"我在国外求学5年间，每次遇到艰难困苦，桑老师电话里的安慰、关爱都让我内心很感动，听着电话里桑老师的声音，我眼里总会含着泪水。"中国农业大学特聘教授韩建永，从大学本科开始就师从桑润滋，整整在桑润滋身边待了10年。于2006年赴新加坡基因组研究院从事干细胞与发育生物学科研工作，2010年被评为研究员，2011年回国进入中国农业大学工作。

"没有桑老师的教导，就没有我的今天。"韩建永说，"除了桑老师传授的学业上的知识，我领悟更多的是他'做人是基础、做事做学问是观念'的人生哲理。"

"桑老师在学业上给我指导、在工作上给我帮助、在生活上给我关心，是我的恩师。"北京奶牛中心副主任麻柱曾在河北农业大学师从桑润滋3年。

"每次在路上见到桑教授，他总是背个大包，急匆匆地走路，似乎总有做不完的事情。"河北农业大学党委宣传部部长武宇清这样描述桑润滋。

的确，调入河北农业大学后，在搞好教学工作的同时，桑润滋每年有半年左右时间工作在生产第一线，开展科研和成果推广，每天都有做不完的事情。

特别是1996—2000年期间，桑润滋主持承担了国家"九五"课题"肉牛规模化养殖及产业化技术研究与开发"，该课题涉及3省（市）20多个单位、100多名科技人员。

5年间，桑润滋带领课题组走遍了全省7个县数百个村庄，对近5 000头牛进行测试研究，取得近6万个数据。他坚持"突出创新，加强集成，注重转化，强化管理"的方针，全面完成了各项经济技术指标，并取得显著的经济和社会效益。该课题共获得国内领先水平以上科技成果25项，其中11项获部级科技进步奖，发表论文125篇，出版著作6部，大大推动了河北省肉牛的发展，使其步入了集约化经营、规模化生产、产业化发展之路。

辛勤的努力获得了丰硕的回报，该课题2001年被科技部、财政部等四部委授予"九五"国家重点科技攻关计划优秀科技成果奖。

2012-06-25

檀润华：让世界为"中国创造"喝彩

2016年3月4日，TRIZ（发明问题解决理论）国际会议在美国图兰大学举行。在热烈的掌声中，河北工业大学副校长檀润华教授走上领奖台，从大会主持人手中接过了代表世界TRIZ领域最高荣誉的阿奇舒勒勋章。目前，全世界仅有三人获此殊荣，檀润华是中国唯一的获得者。

檀润华

作为最先把TRIZ理论引入中国的研究者之一，多年来檀润华一直从事创新设计、概念设计、面向大规模定制设计等方面的研究，现担任国家技术创新方法与实施工具工程技术研究中心主任（以下简称研究中心）。

"这既是对我近20年坚持的鼓励，也是对'中国创造'的充分肯定。"檀润华如是说。

选择正确的方向至关重要

"在科学研究领域，选择一个正确的方向是至关重要的事。"檀润华颇为感慨地对记者说。

1994年5月至1995年5月，檀润华作为高级访问学者在英国Brunel大学进修，其间，他接触到产品设计与创新方面的前沿知识，这种先进的"创新方法理论"，不需要高昂的实验设备与资金投入就能"点石成金"。正在苦苦寻找研究发展方向的他，敏锐地洞察到未来中国的发展一定会需要这种"点金术"。

于是，他就开始钻研当时欧美的先进创新方法理论，并发现苏联科学家根里奇·阿奇舒勒总结归纳的"发明问题解决理论"（TRIZ），可以成功地揭示创造发明的内在规律和原理，大大加快了人们创造发明的进程，而且能得到高质量的创新产品。

就这样，TRIZ 研究成为檀润华笃定探索的方向。

2001 年，他为研究生开设 TRIZ 专业课，也使河北工业大学成为国内首个系统化教授 TRIZ 理论的大学。2002 年，他出版了国内第一本 TRIZ 专著《TRIZ——发明问题解决理论》。通过长期研究，檀润华将创新理论分为设计哲学、创新方法和领域应用三个阶段，并在通解和领域解间，首次提出应用 TRIZ 的"未预见的发现"原理。2006 年，他又成功开发了国内第一套具有自主知识产权的中文版计算机辅助创新（CAI）软件 Ivention Tool 3.0 版本，并实现产业化，填补了我国 CAI 技术领域的一项空白，为企业进行创新提供知识保障。

2013 年，在他的带领下，研究中心在理论研究方面已形成 TRIZ、复杂性理论、公理设计、功能设计等富有特色且具有优势的研究方向，建立了一种面向中国企业创新需求的技术创新方法体系（C-TRIZ）。

在研究过程中，檀润华共获得 4 项国家专项、7 项国家自然基金，承担了包括第一个国家、河北省和天津市 TRIZ 纵向科研项目与百万级以上的横向课题近百项；发表论文 450 余篇，发表的论文被三大索引收录 150 余篇；出版专著和论文集 9 部（其中一部获得了国家科学技术出版基金资助）；培养了技术创新方法（TRIZ）相关专业的 100 多名硕士毕业生、30 余名博士毕业生及 3 名博士后。

此外，他还曾荣膺"2008 中国创新培训十大领军人物"荣誉称号；2012 年项目组还获得中国产学研合作创新成果奖。

授人以粮，不如授人以种

"创新工程师不同于其他工程师，在企业专门负责产生新技术与新产品的种子，如果可行，其他人完成后续设计、制造及商品化。"作为率先提出"创新工程师"这一概念的专家，檀润华始终秉承着"授人以粮，不如授人以种"的理念，"对经验丰富的工程师进行培训，通过消化、吸收以及灵活运用TRIZ，使其成为创新工程师，这是解决我国制造业高层次创新人才缺乏这一严重问题的有效途径之一"。

檀润华谈到，我国企业提升创新能力的瓶颈是人才问题，特别是缺少能尽快把企业的东西变成新技术产品的人才，即创新工程师。而目前国内高校也缺乏能够培养创新工程师的教师，因为对于创新工程师的培养，需要经过跨学科研究成长起来的优秀教师团队。

依托 TRIZ 研究成果和计算机辅助创新软件，檀润华带领团队制定了科学可行的创新人才培训体系；根据推广应用单位需求和学员结构层次，在培训时间、知识、技能深度上有所区别，编写出分级适用的培训教材，并不断增加最新的研究成果和应用案例，有针对性地面向企业进行技术创新方法培训。

2013—2015 年，他带领的国家技术创新方法与实施工具工程技术研究中心（以下简称"研究中心"）承担科技部创新方法师资培训，先后在河北、广东、黑龙江等 10 个省市和中国化工集团、北车集团等 20 余家单位进行创新工程师培训工作。该研究中心也已经开展 36 期创新工程师培训班，共有 482 家企业参加培训，培训人数 2 296 人，607 名学员获得创新工程师证书，学员申请专利 378 项。

此外，檀润华还多次应邀去全国各地进行技术创新方法讲座，科普人次超过 3 万人。

从追随者变为领跑者

"多年来，我国很多企业发展采取的是跟踪战略，买别人的产品，然后通过一些方法将其'复制'出来。如果想要跨越和超越对手，必须从根本上改变原来产品开发的途径，要有原始创新。而对原始创新来说，最关键的是要有创意。TRIZ 理论里面有很多基本概念、工具、方法，可以帮助企业产生与众不同的创意，从追随者变成领跑者。"檀润华说。

石家庄阀门一厂股份有限公司就深受其益。从 2003 年的 3 000 万元产值到如今的 2 亿元，该公司就是在檀润华的指导下，全面推广创新方法，实现了从行业追随者到领跑者的华丽转身。

"檀校长的创新方法为我们打开了一扇窗。"石家庄阀门一厂副总经理王庆芳介绍，2005 年檀润华到厂里考察，认为该企业的信息化有些片面。当时，企业在三维 CAD 和有限元分拆上尝到了甜头，但对信息化没有全局的考虑。随后，河北工业大学的教师们为阀门一厂作了信息系统的总规划。

在王庆芳眼中，创新方法的确让公司焕发生机，碟簧油缸眼镜阀、扇形阀、敞开式插板阀等产品，都是通过创新方法，从细微处着手，把不可能变成可能。

在河北省创新工程师培训班总结中，石家庄阀门一厂写道："应用创新方法研发出新产品4项，为企业新增产值4 928万元，新增利润1 157万元。"

2016年3月27日，国家技术创新方法与实施工具工程技术研究中心"创新方法推广应用基地"揭牌仪式在青海省西宁市隆重举行。青海省从2010年开始创新方法推广工作，5年内连续3次获得科技部创新方法工作专项，共有163人获得国家创新工程师资格，有5个企业被科技部确定为国家创新方法示范企业。研究中心一直与青海省合作开展创新方法的推广与应用工作，共为青海省举办了4期创新工程师培训班，培养了大批创新人才，为企业解决了大量的技术难题，申报了大量的专利并取得巨大的经济效益。

在此之前，檀润华还代表研究中心与河北、上海、浙江等地签署共建创新方法推广应用基地协议，分别与北京赫拓创新科技有限公司签署合作协议，与扬中市高新技术产业开发区和大航控股集团三方共同签署"双创平台研究院"合作协议。

此外，中国化工集团有限公司、中国北车股份有限公司、中国船舶重工集团有限公司、宝山钢铁股份有限公司、三一重工股份有限公司、河钢集团有限公司等企业均是技术创新方法服务及推广应用的对象。努力推广应用技术创新方法这一举措已大幅度提升了部分区域及企业的创新能力，解决了一大批技术难题，显著增加了经济效益和社会效益。

"做一件事情，首先考虑用什么方法，想明白这个方法行不行再去做。"檀润华认为，自主创新，方法先行。TRIZ理论只是教你如何从不同角度重新审视这个世界。要想实现创新驱动发展，必须让企业真的成为创新主体，这个过程中，企业需要理论、方法的指导。TRIZ理论至少可以部分解决企业缺少理论指导的问题，弥补这个空白。

"我国正在从制造业大国变为强国，一大批企业对创新有强烈的需求，这也是我一直坚持在该领域从事研究的动力。"檀润华在他的最新著作《TRIZ及应用——技术创新过程与方法》前言中这样写道，"我坚信，该领域的研究成果及推广应用将有助于创新型国家的建立，我也坚信将来会听到更多更热烈的掌声为'中国创造'喝彩。"

2016-04-15

刘玉岭：学以立身尚德创新

在几毫米见方的硅片上，集成数十亿个元器件，如此极大规模集成电路还需要用约为一根头发丝的千分之一的导线连接起来才能工作，这就要求基材的平整度要达到比千分之一的头发丝还要精细数倍的纳米级甚至埃米级。

刘玉岭

如今，这一世界级的科技难题被河北工业大学"极大规模集成电路平坦化工艺与材料"团队率先攻克，而领头人就是河北工业大学微电子研究所所长、教授刘玉岭。

科技兴国肩负使命

1968 年，刘玉岭于南开大学化学系毕业，后一直从事半导体材料研究工作，1974 年调入河北工学院半导体材料研究所任助教。

当时，我国微电子行业相对于世界先进水平还落后很多。也就是从那时候起，刘玉岭参加了天津市的大规模集成电路会战，决心为国家科技发展贡献自己的一份力量。

这一干就是 30 多年，刘玉岭与微电子研究所的科研人员一起研究出了一项又一项的重大成果。洛阳市鼎晶电子材料有限公司加工的硅衬底，除成为神舟五号专用集成电路唯一可靠衬底材料外，还被应用于国防核禁爆材料、空空导弹定向仪材料等的超精密加工，为我国的航天事业和国防安全作出了贡献。同时，在刘玉岭及其团队的努力下，国内多家微电子生产线上的微电子产品代替了美日进口产品。刘玉岭因为成绩斐然，入选国家级有突出贡献的中青年专家。

集成电路产业是高新技术最高端、最密集的行业之一，而我国是世界上最大的集成电路产品应用市场，占据全球 40% 的市场份额。但长期以来，核心技术却掌握在别人手里。

以刘玉岭为带头人的项目组近几年在大规模集成电路多层布线平坦化工艺领域不断取得新突破，为我国 65nm、45nm 及以下节点极大规模集成电路的发展解决了化学机械平坦化关键技术核心问题。

2009 年经国务院批准，作为牵头单位的河北工业大学承担了国家 02 重大专项"极大规模集成电路制造装备及成套工艺"前瞻性应用示范项目——"极大规模集成电路平坦化工艺与材料"。项目验收时，专家组给予了充分肯定和高度评价，认为技术指标达到世界先进水平，验收成绩优秀。

立潮前沿引领国际

在国际集成电路市场，提到美国卡博特（Cabot）公司想必无人不晓，它一直凭借高人一筹的技术优势牢牢占据着全球 50% 以上的集成电路市场。但最近几年，该公司多次来到河北工业大学这所非世界著名高校与刘玉岭商谈合作事宜。

原来，美国卡博特公司一直采用的酸性浆料存在碟形坑、蚀坑和添加苯丙三唑引起速率低、难清洗、腐蚀设备等七大技术难题，而刘玉岭开辟了碱性的技术路线和新材料，铜膜粗抛液稀释度提高了 1 倍，精抛液提高了 20 倍，局部平坦度提高了 40% 以上，且不污染环境，极易清洗。刘玉岭的研究成果克服了卡博特公司技术上存在的问题，同时又达到了高性能，实现了 CMP 技术重大突破。该技术已在美国硅谷技术中心（SVTC）和中国台湾平坦化应用技术协会及台湾科技大学作了对比性研究，并显现了先进性。

刘玉岭始终把自己的目光锁定在世界微电子发展的最前沿，每看到一项新的成果，他都要首先分析其先进在什么地方，思路是怎样的，理论是怎样的，采取了什么样的方法，在科学地评价其优势所在之后，还要深入分析有哪些不完善的地方，然后自己再想方设法去找出解决问题的办法。他不仅自己这样做，还要求自己的学生必须接近世界的技术前沿，去发现问题并通过研究找到解决的办法。

"只有我们自己走在了世界的前沿，我们才能够不再受制于人，也才能得到别人的正视和尊重。"

身教尚德创新育才

在微电子研究所的楼道或者实验室的墙壁上，张贴着一张张世界科技大师的画像和他们的名言。这是刘玉岭有意为之，他的目的就是让自己的学生都能感受到这些大师认真的科学态度和高尚的做人品德。

"作为高等院校的教师，首先要培养我们学生优良的品德素质和爱国主义精神。"刘玉岭认为，要着力培养学生具备四大素质：一是有远大的目标理想，二是有良好的心理素质，三是有较高的学术意识，四是有较强的学研能力。

"身教重于言教，要求学生做到，我们必须先做到。"

30 多年来，刘玉岭先后主持国家、省部级科技项目 30 余项，发表学术论文 300 余篇，编著专业教材 5 部，培养高素质科技人才 100 余人，授权国家专利 40 余项、美国发明专利 3 项，获得国家发明奖 5 项、省部级技术发明及科技进步奖 21 项。为了让学生都能掌握创新规律，成为创新人才，1993 年，刘玉岭出版了创新教育著作《实用发明创造工程学》，并且作为选修课程教材，培养学生的创新意识和创新能力。

2013 年，刘玉岭已经年过七旬，一般人到了这个年龄都会选择享受天伦之乐，但刘玉岭认真而平静地说："我就是想在我有生之年，再多作出一点点高水平科技成果，再多培养几个高层次的学生，让我们在世界科技的前沿站得再高一些，领先再多一些。"

2013-07-12

杨绍普：走出有价值的人生曲线

"生命的轨迹是高度非线性运动，只有拼搏、奋斗，才能走出有价值的曲线。"这就是石家庄铁道大学副校长杨绍普教授的信念。

杨绍普师从著名的非线性动力学大师陈予恕院士。研究非线性动力学与控制这个枯涩艰难的学科，他致力于应用非线性动力学的理论与方法，研

杨绍普

究工程中的科学问题，先后研究解决了提速机车悬挂系统的稳定性、汽车悬挂系统动力学分析、提速桥梁振动控制以及大型施工机械的振动故障诊断等问题。

他的研究成果在陇海线提速机车、京广线桥梁振动控制、秦岭隧道 TBM 施工以及多条高铁和地铁施工等重大工程中得到应用。

多年来，杨绍普用他的坚韧和执着，在自己人生的"高度非线性运动"中忘我地拼搏、奋斗，书写着担当、创造的价值。

建功铁路大提速

杨绍普 1983 年 7 月毕业于天津大学，两年后获工学硕士学位，随后进入石家庄铁道大学任教。5 年后，他又选择到天津大学读博，学习并尝试利用刚在国内兴起的"非线性系统分叉理论"，研究高速机车动力学问题。

杨绍普读博期间遇到的第一个难题是处理转向架的阻尼力问题。为了攻克这一难题，他往返于北大、清华、南开等高校和铁科院，查阅资料，拜师

学习。

"这是一个非光滑的非线性系统，传统的方法不能处理。"杨绍普向《中国科学报》记者介绍说，他当时甚至学了数学家都很少涉足的"奇异性理论"。最终，他以"滞后非线性系统分叉与奇异性"的博士论文顺利通过答辩。

"用'非线性系统分叉理论'研究高速机车动力学，是因为我当时意识到我国铁路必然要走向高速之路，动力学必然是高速的重要问题！动力学研究必会大有用武之地。"杨绍普说。

幸运总是留给有准备的人，杨绍普的超前意识在几年后很快得到验证，这也使得他在我国 20 世纪 90 年代末铁路大提速中崭露头角。

我国铁路运输起步晚，20 世纪 90 年代，旅客列车最高运行速度始终徘徊在每小时 80 至 110 千米间，以致 1994 年客户运量降至最低点，铁路提速已势在必行。

如何提高提速机车的运行稳定性？提速后既有桥梁能否承受如此大的冲击力？一系列问题中，首当其冲是提速机车的动力学性能问题。

1996 年，当时的铁道部紧急向系统内十几家大专院校和研究机构发出"英雄帖"。杨绍普和他的团队有幸参加了这一课题。

"线性问题的结果是可预见的，非线性问题却复杂得多。"杨绍普说，非线性与线性的本质区别在于，非线性不适用迭加原理，这就为系统动力学分析带来了巨大困难。

在如乱麻一般纠结的因素中作出的每一个判断，都关系重大。杨绍普慎而又慎，他利用博士论文中提出的非光滑非线性系统分叉分析方法，一遍一遍反复分析计算。

"这种机车临界速度太低，有安全隐患！"2000 年，在大同机车厂为提速生产的 SS7 型电力机车振动问题召开的研讨会上，很多专家对这个非常重要的指标提出了疑问。

"这个临界速度是非线性临界速度，是进行了全局动力学分析后得到的结果，和传统的线性临界速度概念和意义完全不同，这个方案是安全的。"研讨会上杨绍普力排众议。

后来，杨绍普带领团队成功对走行部参数进行了分析优化，解决了机车电器设备振动过大问题。最终，这一机车成为陇海线提速的主力车型。

经过不断探索，杨绍普和他的团队研究出复杂工程结构振动控制的新措施，为陇海线机车提速、京广线桥梁振动控制等重大工程提供了重要技术保证。

2003 年，杨绍普主持的"工程结构的振动控制与故障诊断研究及应用"获得国家科技进步奖二等奖。

让团队一起成长

"每月一次的学术报告，每次两人主讲，每人半小时。"8 年前，马增强师从杨绍普攻读车辆工程博士学位。他告诉记者，这样的报告会在那时就已经成为团队的一道"营养大餐"。

"这样的活动要坚持下来需要有人推。"马增强说，不管多忙，杨老师都会按时张罗这件事。

"一定要交流，一个团队不能靠单打独斗，也不能搞山头主义。"杨绍普习惯用"盖房子"来解释他的想法：如果每个人总盯着自己的兴趣点，谁架谁的梁，谁砌谁的墙，没有规划，拼拼凑凑，房子就起不来。

"现在很多项目都涉及多学科，一个人的学术眼界毕竟有限。"已经感受到交流带来的好处的马增强告诉记者，有时费力要研究的一个方向，可能别人两年前就已经证明行不通了，大家一交流，就省了走弯路。

扬帆远航，靠舵手，也靠团队。"要让每一个人和团队一起成长。"这是杨绍普始终如一的愿望。

令杨绍普欣慰的是，研究所从 2004 年成立之初的 5 个人发展到目前的 25 个人，先后完成包括国家"973 计划"项目和国家自然科学基金重点项目在内的 8 项国家重点科研课题，30 余项原铁道部、河北省科研项目；发表论文 260 余篇，其中 150 篇被 SCI、EI 等收录。

突破传统思路

2013 年，杨绍普率领团队进行的"大型施工机械安全分析、评估与监测关键技术研究及应用"获得河北省科学技术进步奖一等奖。

一直参与此项研究的石家庄铁道大学机械工程学院副院长潘存治说："十年走来，相当不易。"

如今，这项成果已在高铁 900 吨架桥机、隧道盾构机以及无砟轨道混凝土浇筑机等大型施工机械上得到成功应用。

"没有他的较真、严谨，就没有这项成果。"潘存治介绍，就是项目评审答辩，杨绍普都亲自制作 PPT，并在家反复练习。

就像非线性运动中蕴含着秩序一样，面对纷繁的工作，杨绍普似乎总是知道，他要坚持的是什么。

在长期研究的基础上，杨绍普突破以往单独研究汽车动力学和路面动力学的传统思路，提出"将车辆和道路耦合，研究其非线性动力学行为"的学术思想。按照他提出的车辆－道路耦合动力学研究框架，可将这一学术思路应用于高速公路长期监测中。2008 年的"大广高速公路长寿命路段健康状态远程监测系统"项目成为这一理论的重要实践，对相关研究至关重要。

这个项目需要在路面施工的过程中埋入传感器。但是，由于浇筑混凝土、压实路面时难免会碰到传感器，在用超声波雷达探测仪检查时，发现有传感器偏移的现象。杨绍普要求，偏出预设线路的必须抠出来重新埋。

一个返工就至少半天，成本消耗实在太大。眼看项目经费已成赤字，团队的人有些心疼。

"宁可不挣钱，也要把研究做好。"杨绍普坚持，"这关系到工程数据和研究结论，绝不能有半点疏忽。"

最终，这项成果获得 2014 年河北省科学技术进步奖一等奖。

近年来，杨绍普先后获得国家"杰青"、全国模范教师、河北省"燕赵学者"、河北省首批"巨人计划"创新团队领军人才、"973 计划"首席科学家、全国杰出专业技术人才等多项荣誉。

"一个人要做的事情很多，有些虽然做起来很难，但却必须要做，因为那是未来和希望。"杨绍普说。

2015-04-10

付宝连：竭尽一生解一题

付宝连

"人要敢想，即使你的一百个想法中有九十九个是错的，其中一个是对的，那这个对的想法就可能足够你享用一生。"燕山大学建筑工程与力学学院退休老教授付宝连说。

经过几十年的不懈努力，2005年，付宝连突破传统理论基础的束缚，发现并证明了经典能量原理"贝蒂功的互等定理"存在逻辑错误，并对其进行了修正，给出了功的互等定理的正确命题，极大地开发了功的互等定理的固有功能，建立了新的功的互等理论体系，取得了较高的学术成就。如今付宝连已是耄耋之年，两鬓苍苍。

"学习"是生活中最基础的

付宝连出生在一个工人家庭，生活算不上富裕，主要靠他身为铁路工人的父亲的收入来养活全家。"记得有一次，我带着饭到父亲的工作地点时，看到他正进行高空作业，心里很不是滋味，当时就突然想退学，到工厂去干活挣钱，为父亲分担一下。"付宝连回忆道。

后来，因父亲不同意，付宝连只得继续读书。不过，当时父亲辛苦工作的场景在付宝连心里扎下了根，他想尽快在学习上作出成绩。

从此，付宝连在学业上只争朝夕，初中时就自学了高中所有的数理化课程，初三毕业时已达到了高中的知识水平。"在我人生中对我影响最深的就是我初中那段自学高中知识的时光，那个时候我坐着别人家送来的旧桌凳，一字一句地看书，学会了自学，学会了坚持，有了'坐冷板凳'的精神。"后来他直接从初中升到高三，经过高三的集中复习，成功考取了清华大学航空工程学院。"当时，清华大学航空工程学院在黑龙江就录取了两个人，我是其中一个。我奶奶每次到别人家串门都会说'我家孙子考上清华了！'"付宝连说道。

后来，清华大学航空工程学院和全国其他知名高校的航空系共同组建了北京航空学院（1988年改名为北京航空航天大学），付宝连也因此成为北航首批毕业生。

付宝连心里还深埋着一个当科学家的梦想。从他上初中时就对爱迪生发明电灯、牛顿能从苹果落地研究出地球引力深感钦佩。这也是他选取航空系的又一因素。

"质疑"是学习中最享受的

付宝连在读初中时，就总爱问为什么，每当学到课本上一个理论时总是想："如果不这样，会怎么样？"在大学学习期间，他总是会把老师在课上讲到的问题换一个角度，从其相反方向出发来思考。这种逆向思维对付宝连日后的科研起到不可估量的作用。

贝蒂功的互等定理自诞生以来，一直被学术界视为经典，它和虚功原理、虚余能原理以及变分原理均为固体力学的经典原理。

大学毕业后，付宝连留在北航的材料力学教研室当了一名教师。"1960年，我在为学生备课时对贝蒂功的互等定理中的两组力必须作用于同一弹性体这一前提产生了怀疑，当时就想如果这两组力作用于不同弹性体，那么能不能得出相同的结论呢？"后来，这一想法因种种原因被搁置了下来。

1964年，付宝连先后在《力学学报》和《中国科学》上发表了两篇有关热弹性力学广义变分原理的论文。论文先被意大利力学家佟蒂（Tonti）首肯，后来被全国著名科学家钱伟长在他的一本专著中引用："在五六十年代，我国也发表了一些有关广义变分原理的文章，其中有胡海昌、付宝连等人的……"付宝连和钱伟长由此结缘。那一年，付宝连28岁。

"钱伟长先生对我有知遇之恩，他之前引用我的文章时，只是知道我的名字，却从没见过面。1980年的全国力学会议上，我有幸和钱先生分到了同一组，当我跟他做完自我介绍后，他立马就反应过来：'啊，久闻大名！'"付宝连笑着回忆道。

因付宝连才能突出，年轻有为，钱伟长十分赞赏他。当时恰逢钱伟长刚创办了《应用数学和力学》期刊，钱伟长便鼓励付宝连向这一期刊投稿。"在钱先生的鼓励下，我投的稿子都得到了认可和重视，在燕山大学任教期间发表的 100 多篇学术论文，其中有 20 余篇都是由钱先生推荐并发表在其主办的期刊上的。"付宝连说。

"研究"是人生中最幸运的

"文革"的结束、全国科学大会的召开，使付宝连重拾起研究贝蒂功的互等定理的念头，由此开始了对贝蒂定理的长期研究。他首先在两个不相同的弯曲矩形板之间推广功的互等定理的应用，得到了正确的结果，尔后，又应用这一方法来求解板壳力学的平衡、稳定和振动等一系列问题，从而形成一个系统的方法，称为"功的互等法"。功的互等法与其他方法相比具有简单、通用和有效的特点，该方法极大地开发出了功的互等定理的固有功能。

"付老师在业务上孜孜不倦，他在燕山大学任教期间，带领我们做科研项目，并且成功申报了当时机械工业部科技进步奖二等奖。在付老师的指导和理论成果基础上，我在科研方面也发表了很多文章。"付宝连在燕山大学任教时的第一届学生陈英杰教授回忆道。

1998 年，65 岁的付宝连退休了，退休后的他并没有像其他老年人一样安享晚年时光，而是继续行走在科研的路上。

付宝连萌生了写书的念头，打算把之前自己做的科研工作作个总结。就这样，在他退休后的 17 年的时间里，由科学出版社和国防工业出版社连续出版了他所撰写的《弯曲薄板的功的互等新理论》和《功的互等理论及其应用》等6 部专著。

除了著书立说，付宝连又重新对贝蒂功的互等定理进行了新一轮的研究，在他攻破这一定理的第一个前提后，他的目光转向了第二个前提——一个弹性体与两组力的作用应是相容的。

付宝连的逆向思维是他对第二个前提产生疑惑的来源，从此，他又开始了长达数年的刻苦钻研。"科研可没有什么花前月下的浪漫气氛，科研是艰苦的、焦急的，但又是百折不挠、不能轻易放弃的。"付宝连说道。

2005 年，付宝连终于成功地证明了"一个弹性体"和"两组力的作用"

在一般情况下是相互矛盾的两个前提条件，从而证明了贝蒂功的互等定理存在逻辑错误这一重大理论问题，并进一步给予修正。同年，付宝连将这一成果发表在《燕山大学学报》上。随后，在 2014 年和 2015 年《应用数学与力学》期刊上，付宝连又连续发表了两篇关于证明贝蒂功的互等定理存在逻辑错误，并给出"功的互等定理"的正确命题的学术论文。这也表明付宝连的这一研究在国内得到了认可。

"发现了贝蒂功的互等定理的错误，对我来说，这算是幸运的！"付宝连笑着说。做了大半辈子的科研，最重要的还是坚持，在科研的过程中，他从来没有想过自己的付出会有多少回报，没有想过这样做到底值不值得，就是一直有股锲而不舍的劲儿推动着他去探索，遇到想不明白的一定要刨根问底直到明白为止，坚持下来就是成功。

"一辈子做很多事很容易，但一辈子只做一件事很难。做事'杂'的原因，就是坚持不下去。而付老师做到了，做到了一辈子只做一道题。可想而知，他对这一道题的研究会有多深入，付老师的那股执着劲儿，平常人无法达到。"曾经是付宝连任教期间同事的博士生导师白象忠这样评价道。

如今已经 82 岁的付宝连，身体依然很硬朗，每天都坚持锻炼身体，他说道："希望年轻人一定要把身体搞好，这样才能为做其他事情打下基础。"

虽然已离开教师这一岗位多年，但他对当代大学生也有着自己真诚的劝诫："年轻人一定要学会自立，靠自己的真本事去打拼，讲求真才实学，不弄虚作假，做个纯粹的人！"

2015-12-18

张力霆：尾矿库研究领域的把脉人

在将近 7 年的时间里，他带领团队承担了数十项尾矿库的坝体稳定性分析工作；对百余座大型尾矿库进行安全稳定分析，并提出科学的治理方案，为企业节省资金数十亿元；他的研究成果在尾矿库溃坝模型试验研究方面达到国际领先水平；他被称为尾矿库研究领域的把脉人。

张力霆在做实验

他就是石家庄铁道大学水工结构与灾变防控研究所所长张力霆。

近几年来，张力霆科研团队获得 4 项国家专利（其中 2 项发明专利、2 项实用新型专利）、2 个计算机软件著作权，撰写 30 多篇论著。2013 年，张力霆发表在《水利学报》的《尾矿库溃坝研究综述》被多次引用；他写的《尾矿库渗流场的数值模拟与工程应用》一书为我国研究尾矿库三维渗流场领域的第一本专著，得到学术界和工程界一致好评。

破解尾矿库安全难题

尾矿，是从磨碎的矿石中提取出有用成分后剩余的矿浆。尾矿里面含有大量的泥浆与矿渣，而存放尾矿的地方——尾矿库，也是矿山上危险性较大的设施。国际灾害事故排名将尾矿库危害列在第 18 位。

2008 年 9 月 8 日，山西襄汾发生尾矿库特别重大溃坝事故，造成 277 人死亡、4 人失踪、33 人受伤，直接经济损失达 9619.2 万元。作为尾矿库安全及防灾减灾方面的专家，这起灾难事故深深刺痛了张力霆的心。

"没有责任和担当，就不会有奋斗的动力和勇气。"为解决迫在眉睫的尾矿库安全问题，作为石家庄铁道大学水土交叉学科的带头人，张力霆挂帅组建了"坝体稳定与灾害防控研究所"。

"尾矿库属于一种特殊的水工建筑物。当时，我国高校、科研机构都没有进军这个专业和研究领域，人才更是奇缺。"向《中国科学报》记者谈起项目开创之初，张力霆感慨颇深，"尾矿库安全方面的研究和治理是国际难题，世界各个国家都没有这方面可供借鉴的系统经验。"

与水利工程中的水库不同，尾矿库有其自身的特点，存在很多技术难题。为此，张力霆带领团队成员深入尾矿库现场，做了大量深入细致的调研工作。

"计算结果与实测数据相差悬殊，设计单位和政府部门不认可，这是当时刚刚涉足这一领域的科研机构经常在现实中遭遇到的尴尬。"张力霆介绍，"我们从研究三维渗流场开始，经过长时间摸索，总结出一整套适合尾矿库三维渗流场的模拟技术，极大地提高了渗流场数值计算精度。"

2008年9月下旬，张力霆团队接待了第一家找上门来的由总经理亲自带队的企业——滦平县骥腾矿业有限公司。该公司是一家经营开采加工销售铁矿石、铁精粉的企业，尾矿库问题致使该企业长期处于停产整顿状态。受企业委托，张力霆带领团队迎难而上，很快查找到了浸润线异常升高的原因，理清了主控因素，精确计算出了尾矿库渗流场的空间分布规律，并提出相应的技术措施和整改方案，困扰公司多年的尾矿库难题迎刃而解。

首家尾矿库的治理进展顺利，消息传开后，不少企业慕名而来。截至目前，张力霆团队提出的尾矿库渗流场理论与应用技术已在我国百余座尾矿库得到应用，并在此基础上提出了尾矿库排渗系统的优化设计方案，在确保尾矿库安全的前提下，为企业节省了大量资金。

2012年5月，张力霆率队出征我国特大型尾矿库——小沟尾矿库。该库总坝高达249米，库容3.7亿立方米，属一等库，位于河北承德境内。张力霆团队与2011协同创新中心一起用半年多的时间开展现场勘测、优化设计、三维渗流稳定性分析、溃坝危险性分析等工作，帮助该库顺利通过国家安监总局组织的专家评审，其成果得到国家安监总局有关领导和与会专家的高度评价。

研究成果国际领先

不久前，张力霆主持的"尾矿库安全分析与灾变防控关键技术研究及应用"项目成果鉴定会在石家庄铁道大学召开。经专家们鉴定，该项研究成果整体达到国际先进水平，在尾矿库溃坝模型试验研究方面达到国际领先水平。

中国工程院院士王浩和杜彦良及中国水利水电科学研究院副院长汪小刚、中国科学院水文地质工程地质研究所总工张光辉等国内知名专家对研究成果给予了高度评价。

张力霆的研究成果确实令专家们振奋——针对尾矿库堆积坝和水库土石坝不同的特点，其研究成果提出了尾矿库渗流场三维数值模型构建方法和渗流计算的间接化引法，大大提高了尾矿库渗流计算的精度；在动力分析中，充分考虑了尾矿库自身特性，提出了"液化和永久变形相结合的判别准则"，抓住了尾矿库动力稳定的本质，该判别方法与土石坝的不同在于其液化性，目前土石坝主要采用永久变形判断；在模型试验方面，自主研发了尾矿库真三维模型试验平台，该模型试验平台能准确模拟尾矿库的复杂地形，模型试验结果和实际溃坝资料吻合良好，能直接用于尾矿库原型的反演分析。

铁肩担道义

至今，世界上正在使用的各类尾矿库超过 2 万座，而我国就有 1.2 万多座，其中不乏危库和病库。因此，对尾矿库的排查治理非常迫切。"尾矿库灾害对下游村庄、交通设施、水源地等重大设施的威胁是巨大的，科学开展尾矿库整治，全面消除尾矿库安全隐患，关系到社会稳定和人民财产安全。尾矿库安全，不应以创造经济效益为目的。"张力霆说，"因此我们承担的每一座尾矿库的安全分析项目，都不敢有丝毫懈怠，责任重于泰山。"

面对尾矿库安全日益严峻的形势，张力霆带领团队结合大量实际工程，在尾矿库渗流稳定性分析、尾矿库坝体动力稳定性分析、尾矿库坝体溃决及泥石流演进等方面进行了深入研究，为生产单位、设计单位和政府主管部门解决了大量的工程难题，提出了尾矿库灾变防控成套关键技术。迄今为止，已成功破解 100 多座大型尾矿库的安全问题。

"一年 365 天，几乎没有完整地休息过一天，难题攻不下来睡觉不踏实。"他的妻子这样评价自己的丈夫，"挺精神的一个人，一旦做起项目来就不分白天黑夜，蓬头垢面、胡子拉碴、邋邋遢遢。每当项目结束后，他的身体就会出现一些状况。"

团队骨干成员、河北省青年拔尖人才李强告诉记者："在张老师的言传身教下，我们不仅仅学到了前端的专业知识，更重要的是张老师的实干作风、创新精神使我们受益匪浅。"2012 年加入团队的青年教师张少雄也介绍说："在做模型试验的时候，张老师总是亲历现场。要知道做一个完整的溃坝试验需要数十个小时，我们年轻人都快顶不住了，张老师却仍能集中精力，不放过试验中的每一个物理现象。"

"铁肩担道义！"张力霆说，"道，就是国家经济社会发展；义，是人民安全稳定。作为一名科学工作者就应该具备这样的品格。"

2015-04-03

刘孟军:"枣恋"修正果

2014 年 10 月 29 日,国际权威科学杂志《自然·通讯》在线发表了以河北农业大学教授刘孟军为第一作者的枣基因组测序重大研究成果。

据悉,刘孟军教授及其研究团队历经 3 年努力,在世界上率先完成枣树的高质量全基因组测序,并使枣树成为世界

刘孟军在传授枣树修剪技术

鼠李科植物和我国干果树种中第一个完成基因组测序的物种。

这是刘孟军在枣领域研究的又一重大突破。

多年来,刘孟军带领课题组从枣的种质资源评价分类、良种选育和快繁、优质丰产高效栽培技术、枣疯病病害生理和综合治理、枣果营养成分系统分析和枣环核苷酸糖浆功能性食品加工等多方面对枣树进行了系统而深入的科学研究和技术开发,突破了一道道难关,获得了 10 多项创新性和突破性的成果,两次获得国家科技进步奖二等奖。

"枣恋"一发不可收

刘孟军与枣树结缘于 1984 年。那年他 19 岁,已从河北农业大学果树园艺专业毕业,考上了该校研究生,师从我国著名枣树专家曲泽州和王永蕙教授。从此,刘孟军的"枣恋"一发不可收。

1987 年,刘孟军硕士研究生毕业时,看到由导师创办、刚刚成立的"中国枣研究中心"百事待兴,急需人手,他毅然放弃了出国留学和脱产攻读博士

学位的机会，选择留在中国枣研究中心从事科研工作。

"枣树真的需要好好研究，消费者需要，农民更需要！"谈到自己研究的枣，刘孟军滔滔不绝，"全国现有枣树 2 500 多万亩，年产量 420 多万吨，居干果首位，是全国 2 000 多万农民的主要经济来源。"

刘孟军深深知道，枣树意味着山里人一年的油盐酱醋和孩子们的学费。正因为如此，面对着我国枣产业严峻的问题，刘孟军和同事们心急如焚。

多年来，我国枣的新品种推出极其缓慢，大部分地区以古老地方品种当家，中、早熟良种匮乏，裂果和缩果病害日趋严重，常年损失 30% 以上。枣农们几十年如一日种植一个品种，忙活了一春天，枣花开了不少，可坐住的果却不多；好不容易坐住些果，又因为裂果、烂浆、病害落了一地。8 月收不了多少枣，卖不了几个钱。

怎样才能让总产量占干果头把交椅的红枣鼓起枣农们的钱袋子，真正成为摇钱树呢？刘孟军和同事们一直在思考。

刘孟军意识到，品种更新换代是解决问题的关键。"那咱就发掘一批优异种质，培育一批新良种，加速解决地方品种换代的燃眉之急。"由此，刘孟军和他的团队便开始了枣树新品种选育科技攻关。

科技攻关填空白

枣疯病对于枣树来说是一种毁灭性病害，具有高度传染性，导致许多枣区每年死树高达 3% ～ 5%。全世界的许多专家几十年来苦苦探索，也未找到良方。 为了找到高抗品种，刘孟军带领课题组成员深入河北、山西、陕西、河南、山东等省的枣区实地调查，先后从全国范围内收集抗病种质 29 类 100 多份。经过无数次试验，终于培育出了高抗枣疯病的枣树优良新品种"星光"。

刘孟军把输液的治疗方法用在枣树上。他带领课题组历经数年上百次试验，成功研制了既可治病又有利于加速康复的枣疯病治疗特效药"祛疯一号"。 带着"星光"和"祛疯 1 号"，刘孟军来到河北省阜平县照旺台的哑巴沟。在这里，深受枣疯病之苦的种枣大户韩瑞生同意刘孟军将新培育的抗病品种"星光"嫁接到染病的枣树上。来年春天，"改头换面"的枣树重新焕发生机。很快，第一批"星光"果实面世。个大、肉厚、脆甜，果面光滑，产量高且早熟，9 月中旬就能下果，比普通大枣还受欢迎。更让韩瑞生高兴的是，他家的几十株已经被宣判死刑准备砍掉的疯枣树，全让刘孟军的"祛疯 1 号"

给治好了。

多年来，刘孟军带领团队攻克了导致枣杂交育种徘徊不前的"去雄难"和"胚败育"两大瓶颈，创建了枣分子辅助杂交育种体系，选育出具有换代价值的枣新品种 8 个，包括世界上第一个四倍体枣品种"辰光"及第一个大田和设施兼优的极早熟鲜食品种"月光"。

近 3 年，他们与国内同行合作培育出的新品种累计示范推广 106 万亩，约占同期我国枣新品种推广面积的 70%，创造经济效益 37.7 亿元。

数字见证汗水

多年来，刘孟军一直将坚持和深化太行山道路为己任，积极投身于太行山革命老区脱贫致富的伟大事业中。

结合太行山实际，刘孟军团队还探索出一整套适合太行山枣区特点的，以强化领导和服务组织形式、有偿技术承包、大力培养乡土技术骨干和制定专项政策法规为主要内容的稳定高效推广体系，使有关技术在太行山区及全国类似枣区得到大面积推广。

"现在，太行山集中产枣区的平均株产由 2.5 千克左右提高到 6 千克以上，无虫果率由不足 60% 提高到 90%～95% 以上，枣果加工率由不足 10% 提高到 30% 以上，枣树业产值占农业总收入的比率由不足 20% 提高到 55% 以上。"刘孟军在接受记者采访时，表述了这些数字。

这些数字，见证着刘孟军几十年的刻苦攀岩和艰辛汗水。近年来，刘孟军团队的科研成果为河北太行山区的枣产区累计创造直接经济效益 3 亿多元，增加财政收入 2 000 多万元。

2014-11-28

赵永生团队：助力"天眼" 探索宇宙边缘

近日，位于贵州省平塘县大窝凼的世界最大单口径射电望远镜——国家科教领导小组审议确定的国家九大科技基础设施之一——被誉为"天眼"的500米口径球面射电望远镜（FAST）的最后一块反射面单元成功吊装，这标志着 FAST 主体工程顺利完工。

FAST 工程的预研历时 13 年，全国 20 余所大学和研究所的百余位科技骨干参加了此项工作，这其中就包含燕山大学赵永生教授和他的团队。

FAST 核心部件馈源舱背后的团队

FAST 项目中高精度定位的接收机被称为馈源舱，是望远镜用来接受宇宙信号的装置系统。作为 FAST 的核心部件，馈源舱的最大直径为 13 米、高为 7.6 米、重为 30 吨，是集结构、机构、测量、控制等多种技术于一体的光机电复杂系统。

"如果把 FAST 比作一只'眼睛'，馈源舱就好比'眼球'，所有收集到的宇宙信号都要汇集到这里，我们的研发工作就相当于设计了'眼球'内用于精确聚焦和调整视觉系统的'视网膜'。如果这个'视网膜'出了问题，'眼睛'看东西就会是模糊的。我们为馈源舱设计的运动系统就为'天眼'作了精确的聚焦，为馈源舱准确工作提供了理论支持和技术指导。"赵永生用通俗而形象的比喻来解释馈源舱的原理。

说到赵永生团队与馈源舱的关系，就不得不提到上海 65 米射电望远镜。2012 年 10 月落成的上海 65 米射电望远镜是目前亚洲最大、全方位可动的大型射电望远镜，由中国科学院、上海市人民政府和我国探月工程专项共同出资建造，在我国的嫦娥探月工程、火星探测及其他深空探测工程应用中作出了贡献。

2010 年，赵永生团队与中国电子科技集团公司第五十四研究所开始建立合作，凭借在并联机器人理论及技术领域深厚的学术积淀，历时两年的时间，从理论分析、工程设计到系统集成、工程实施、调试完善，最终自主研制成功上海 65 米射电望远镜的关键部件——副反射面精调机构。"副反射面的位置控制精度达到了 0.05 毫米，即一枚硬币厚度的 1/32；姿态精度为 10 角秒，即秒针转过一个角度的 1/216，圆满实现了天线高运动精度、严苛环境适应性及长期工作可靠性的要求。"赵永生团队的核心成员姚建涛这样描述上海 65 米射电望远镜的研发成果。

正是基于赵永生团队与中电五十四研究所的亲密合作，双方在 FAST 项目的核心部件——馈源舱的研发中，再次走在了一起。在由五十四研究所负责、赵永生团队参与的馈源舱方案设计和工程实施过程中，赵永生团队巧妙地将原上海 65 米射电望远镜天线副面精调机构的相关技术，完美地应用到馈源舱系统的设计研发中。同时，他们还为馈源舱系统的方案确定、机构分析、结构设计、力学建模、特性仿真等方面提供了强有力的理论指导和技术支撑。

上海 65 米射电望远镜副反射面精调机构和 FAST 项目馈源舱位姿调整机构在理论研究和技术上是相互传承的，并且后者做到了"青出于蓝而胜于蓝"。

人才培养，实践经验是财富

赵永生团队一直注重科学研究与人才培养的有机结合，着力构建综合实验平台，倡导研究生走出实验室，真正地将理论研究、实践积累充分应用到工程实际中去，这极大地提高了人才培养的质量。在与五十四所共同研发的上海 65 米射电望远镜副反射面精调机构和 FAST 馈源舱项目中，赵永生团队先后培养出 2 名博士研究生和 6 名硕士研究生，其中参加上海 65 米射电望远镜项目的两位博士研究生段艳宾和窦玉超已经加入五十四所天线伺服部，成为 FAST 项目的业务骨干。此外，团队中还有不少研究生直接和间接地参与到项目的实践过程中。

"研究生是真刀实枪参与到工程项目的实际中的。我们从研一开始培养，选七八个实习生，让他们熟练掌握基本的知识理论、学习设计方法，从机构学、结构设计、电控系统开发等角度将工作分配给研究生，给他们具体的分工、研发方向，同时也要求合作，这样与老师们合成一个团队，哪里薄弱就想办法增强，不断完善，最终把项目的方案确定下来，完成预期计划。"团队教师之一、指导过很多研究生的姚建涛说。

主要负责馈源舱力学分析的研三学生王鑫磊坦言："结构很复杂，之前也没有接触过仿真软件，所以在刚刚接手这个项目的时候感觉很难。但在老师与学长的引导下，自己不断掌握了新的知识，从一无所知到熟悉每个过程，一步一步，终于和大家一起顺利完成了这个项目。"

负责有限元分析的侯照伟说："从研一接手到最后完成，用了整整 1 年时间。我们都是一边学软件一边做项目，前期老师经常会过来指导，对我们有很大的帮助。尤其是在研究行星框架简化时，花了整整 3 个月的时间。在这个过程中，姚老师给我们提出了非常重要的意见，让我们走出了瓶颈期。"

从不会到熟练，从仅仅知道 FAST 是个国家重大工程项目到清楚地了解馈源仓的组成结构，从课本上的理论到实际应用，从毫不相识到并肩作战，这些都是赵永生团队带给参与者的成长与蜕变。他们不仅收获了工程知识和工程经验，更体会到了无畏艰难、通力合作、求真求实的科研精神。

"这个过程虽然辛苦但是很有意义，学习了仿真分析的专业知识，也看到了老师和工程技术专家们兢兢业业、刻苦钻研、不畏艰苦的科研精神。参与这个项目，对我以后工作也有很大帮助，能让我承受住更多工作压力，更好地适应社会。"王鑫磊说。

2016-08-04

赵正旭：让宇宙深空"近"在眼前

2007 年 3 月，我国与俄罗斯签约，按约定，中国第一个火星探测器"萤火一号"将搭乘俄罗斯运载火箭，踏上访问火星的漫漫旅程。这是我国继载人航天工程、探月工程之后，首次开展的地外行星空间环境探测活动。石家庄铁道学院教授赵正旭参与了这一举世瞩目的活动的相关研发工作，与北京航天飞行控制中心合作研发了深空探测可视化系统。这是北京航天飞行控制中心首次与高校合作，也是河北高校首次参与中国航天事业。

"如果本次火星探测计划不推迟，那么我们通过电视就可以看到 1 亿千米之外'萤火一号'探测器探访火星的全过程，而提供这一真实虚拟空间的就是深空探测三维可视化平台。"日前，火星探测三维可视化平台技术负责人、石家庄铁道学院计算机与信息工程分院院长赵正旭教授向记者介绍。

近年来，我国进行了"神五""神六""神七"等一系列载人航天工程及探月工程，但这都是对宇宙浅层空间的探测，对深空进行探测在中国还是首次。2007 年 3 月，在中俄两国国家元首的见证下，我国与俄罗斯签署了关于联合探测火星及火卫一的合作协议。根据中俄合作协议，我国自主研发的"萤火一号"探测器将与俄罗斯"福布斯－格朗特"着陆探测器共同搭乘俄方运载火箭升空。按照原计划，火星探测器发射后，北京航天飞行控制中心三维可视化平台将实时接收各类测控数据，对"福布斯－格朗特"和"萤火一号"飞行器探测火星全过程进行三维展示。这一可视化平台的技术指导则是石家庄铁道学院计算机与信息工程分院院长赵正旭教授。

三维可视化平台让深空"近"在眼前

"在太阳系八大行星之中，除金星以外，火星是距离地球最近的行星。因此，火星就成为人类深空探测的第一站。"赵正旭介绍。

人类使用空间探测器进行火星探测的历史几乎贯穿整个人类航天史。早在1960年10月10日，苏联就向火星发射了第一枚探测器，紧接着在4天以后，第二枚火星探测器升空，然而这两枚火星探测的先行者却连地球轨道都没能到达。40多年来，苏联、美国、日本、俄罗斯和欧洲共发起30多次火星探测计划，其中三分之二以失败告终。

"火星探测三维可视化平台可以实时展示探测器运行情况，并通过三维可视画面展示飞行器飞行轨道、姿态，以及地球、火星和其他行星相对位置关系，甚至是探测器分离、掩星试验等重要过程。"赵正旭介绍。也就是说，通过三维可视化平台系统，可以让遥不可及的宇宙深空"近"在眼前。人们不用到外太空，就可以通过三维可视化平台系统看到深空探测器探测火星的精彩而激动人心的全过程。虽然是虚拟的三维画面，但这是绝对的"真实"。

"火星探测三维可视化平台的另一个功能就是实时监控，以往卫星发射后接收到的是只有专家才能看得懂的数据，而火星探测三维可视化平台系统可以将这些专业的数据直接转化为三维的画面，操控人员一目了然，通过直观的画面就可以监控火星探测器运行情况。"直观地说，三维可视化平台系统犹如游戏机上的屏幕，玩游戏的人通过屏幕上虚拟的图像操纵方向，而火星探测操控人员则是通过三维可视化平台系统，调整几千千米以外甚至是更远的火星探测器运行轨迹，确保火星探测器按照预定轨道运行。

能够与北京航天飞行控制中心合作开发国家火星探测三维可视化平台系统，对赵正旭来说绝不是偶然，而是十六载科研成果的积淀、十六年辛勤耕耘厚积薄发的结果。

自主研发 TDS 深空探测系统十六载

"本次火星探测任务三维可视化平台系统是在 TDS 系统的基础上进行开发的。"赵正旭说。TDS 系统，全名为 Total Discovery of Space，是虚拟现实软件系统，用于表现航天器飞行情况，并对其进行实时监控，实现多目标多任务下航天器及运载工具的运行状态以及星空和空地运行环境的实时模拟。1992年，在英国留学的赵正旭开始了 TDS 深空探测系统研发工作，当时英国只有6 所高校中的极少数人涉足虚拟现实领域。

"虚拟现实是我的研究方向，开发 TDS 则完全是因为兴趣。"就是因为兴趣使然，原本在国内学习机械专业的赵正旭，出国后攻读了计算机科学博士学位，开始了对虚拟现实技术的研究与系统开发。自此，TDS 系统的研发成为他生活与工作中的一部分。

"TDS 系统所有的命令都是我自己编写的，每一个编码都是我亲自输入的。" 16 年中，赵正旭精心"搭建"这一平台，熟悉每一条命令、每一个语句，一刻都不曾丢弃过。就是在这日复一日的维护中，TDS 深空探测系统越来越强大，功能也越来越完善。

2008 年 12 月，中国卫星发射测控系统部主任申雷来到石家庄铁道学院访问。早在 1996 年，在英国任职计算机学科教授和系主任的赵正旭就与当时任中国驻英大使馆武官的申雷认识，而他在航天方面的才能更是引起了申雷的注意。申雷找到赵正旭，希望他能回国。2008 年 10 月，赵正旭和夫人一起回到祖国，到河北定居，任教于石家庄铁道学院。而申雷这一次来校，对铁道学院印象深刻，回到北京后，申雷提出让铁道学院参与火星探测计划。

随即，2009 年 4 月，北京航天飞行控制中心副总工程师、绕月探测工程测控系统副总设计师、中国科技大学虚拟现实实验室主任周建亮来到铁道学院。当他参观完 TDS 深空探测系统后赞不绝口，希望能用这个系统开发火星探测三维可视化平台系统。

"我希望石家庄铁道学院能够与你们合作，共同开发国家火星探测三维可视化平台系统。"赵正旭的建议让对方非常高兴，随即双方就火星探测可视化平台建立了合作协议。

无心插柳柳成荫。就连赵正旭自己也没有想到，大部分由自己在业余时间研发的 TDS 系统有朝一日能够在中国航天首次深空探测中派上用场。但有一点，赵正旭非常清楚，就是所有的成功都是在长年累月、默默无闻中一点一滴积累而得。

6 个月的紧张开发终成正果

"协议虽然签订了，但当时心里还是没底。"赵正旭有些犹豫。按照火星探测原计划，当时离火星发射不到 6 个月，这么短的时间能否完成？很多国内一流高校都想参与这一项目，但北京航天飞行控制中心只看准了赵正旭。

做事一向谦虚谨慎的赵正旭只要了 10 万元作为启动资金。项目启动经费非常少，鉴于此，北京航天飞行控制中心特别提供了一台价值 200 万元的航天飞行测控硬件软件计算机系统。

就这样，在石家庄铁道学院航天飞行控制可视化实验室，在赵正旭的指导下，我国首个火星探测三维可视化平台系统仅用了 6 个月的时间就完成了建立和调试。

虽然中国"萤火一号"没有按原计划发射，但是在 2004 年，在英国 Derby 大学工作的赵正旭曾目睹了英国民间火星探测发射情况。该活动由当时 Derby 大学佩林卡（音译）教授发起。火星探测器被命名为"号角二号"，沿用了达尔文环游世界创造进化论时乘坐的"号角一号"之名。但遗憾的是，"号角二号"升空后不知所往。"当时非常激动与兴奋！"这是赵正旭第一次近距离观看火星探测器。

"目前，火星探测三维可视化平台仅是北京航天指挥中心二代系统可视化平台中的一期工程，今后双方还要继续开展二期探月、三期落月的合作，最终建设成适应我国航天飞控中心各类航天任务可视化平台系统的统一架构。"这是赵正旭的终极研发目标。

2009-12-15

庞其清的"侏罗纪"之梦

在石家庄经济学院（现为河北地质学院）地球科学博物馆里，一副巨型恐龙骨架是这里的"超级巨星"。

"这只恐龙被称为'不寻常华北龙'。"博物馆馆长吴文盛告诉《中国科学报》记者，它身长 20 米、背高 4.2 米、头高 7.5 米、重量达 50 吨，是这里的镇馆之宝。

庞其清（左）在野外考察

这只恐龙出土于山西省与河北省交界处的张家口阳原县西城镇灰泉堡康代梁山的东北坡，大约生活在距今 7 300 万年前的晚白垩世——那是恐龙即将灭绝的时期。

提起这只"不寻常华北龙"，就会让人想起一位老地质工作者，他就是该校古生物地质学专家庞其清教授。

1983 年 10 月 25 日，庞其清教授与中国地质科学院地质研究所（以下简称"地质所"）研究员程政武在康代梁山的东北坡（海拔 1 262 米）发现了几块露出地表的骨骼化石，初步认定应是恐龙的尾椎骨，而且看样子不像是从高处滚落下来的。当时他们只随身带了一把小铁锤，没有挖掘工具，就只能用小铁锤和手小心地挖了一米多深。天已近傍晚，他们大大小小共挖出 12 节尾椎骨，全都背回了学校。

为了更进一步的研究，庞其清将这 12 节尾椎骨用木箱托运到北京的地质所。经程政武鉴定，确认这些是恐龙的尾椎化石。

庞其清很兴奋，要知道那 12 节尾椎的下面很可能是一副完整的骨架。

但那之后的很长一段时间，由于种种原因，对化石的进一步挖掘工作始终未能展开。

直到 1988 年，有关部门终于同意对这里进行挖掘，并委派庞其清等人进行先期勘探。然而时隔 5 年，化石的埋藏地在历经了雨水冲刷与自然风化后不见了，起初的标记早已不在。他们冒着初冬的风雪，就这样找了一个多星期，却始终未能找到当年的那个"宝藏入口"。

1989 年 6 月下旬，庞其清再度重返故地，在找遍了附近大小相似的所有山头之后，终于在 7 月 2 日找到了当年的埋藏地。自此，细致而艰辛的挖掘工作得以展开。然而仅仅挖了十来天，又因为所属地域问题等原因被迫中断。直到 1991 年办理了相关手续，挖掘工作才最终得以恢复。

从 1989 年到 1994 年，庞其清带领师生挖掘小组从山坡到山脊，再向下纵深挖到 21 米处，几乎推平了整个山头。

5 年间，庞其清他们共挖掘出各类恐龙化石 2 300 多件，又用了 10 多年时间在阴暗潮湿的地下室对其进行修复，其间还经历了多次搬家，最后终于组成了 8 只小恐龙及一副近于完整，身长 20 米、背高 4.2 米、头高 7.5 米、重达 50 余吨的大型恐龙化石骨架。

庞其清和程政武为这具大型恐龙化石取名"不寻常华北龙"。庞其清介绍说，"不寻常华北龙"不仅是一新属、新种，还是一新科，是华北地区首次发现的晚白垩世时期最大最完整的蜥脚类恐龙化石，在世界上也极为罕见，填补了我国晚白垩世完整蜥脚类恐龙化石的空白。

"不寻常华北龙"化石保存钉状牙齿、颈椎、背椎、尾椎、肋骨、肩带、腰带以及四肢骨，除了没有头和脚爪子，其他骨骼都比较全。一般情况下，挖掘出来的大型恐龙化石有 10% ～ 20% 的骨骼就很难得，而此次发现的这具恐龙化石保存得比较完整，真骨高达 70%。在这批恐龙化石中，还有多条从头到尾保存完整的甲龙的综合骨架，也填补了我国晚白垩世完整甲龙化石的空白。其他尚有兽脚类恐龙的牙齿和鸭嘴龙的腿骨、齿骨等化石，为晚白垩世一种新的恐龙动物群，实属少有。这一新恐龙动物群的发现，将地层时代整整提前了近 4 000 万年。

2012 年，英、美、德等国的恐龙专家专程来博物馆考察"不寻常华北龙"，也赞叹不已，给予极高的评价。

在众多的宝贝当中，庞其清对这具恐龙化石最为呵护，就像看着自己的孩子从出生到长大一样。在博物馆建起之前，这些化石就存放在一间教室内，这条"龙"静静地趴在一个沙盘里，沙盘外也全是各种恐龙骨骼化石。让庞其清倍感忧虑的是，还有更多的恐龙化石被堆放在阴暗潮湿的地下室中，不断地潮解、风化、破损、断裂，实在是可惜！每隔一段时间，庞其清都会用小刷，为它们轻轻地刷去上面的尘土。由于当年没有合适的存放地点，过一段时间就得为这些珍贵的恐龙化石涂上一层保护剂，再用航空用漆配成黏合剂将脱落断裂的化石粘好。但是这也不能阻止它们逐渐风化和干裂。哪怕不做任何轻微的移动，骨骼化石也会断裂掉块。由于温度、湿度不符合存放的要求，各种化石都有一定程度的损坏。化石的许多部分都已经疏松了，甚至变成了白色的齑粉。长期这样存放下去，它们只能是一堆废石头，科学价值也自然不能充分展示，对历史和科研都将是很大的损失和浪费。庞其清经常惋惜和痛心地说："早知这样，还不如当时不去发现、不去挖掘了，待有条件让后人去挖掘。这批化石要毁在我手中，真是愧对后人啊！"

2006 年，石家庄经济学院决定建设地球科学博物馆，庞其清终于在这里建起了梦想中的"侏罗纪公园"。博物馆的恐龙与古生物厅中展示了他们发现、挖掘、修复、研究和装架的晚白垩世的一个新的恐龙动物群，有"不寻常华北龙"、杨氏天镇龙、程氏天镇龙、胡氏天镇龙、四川龙、单脊龙、满洲龙、鹦鹉嘴龙、霸王龙等 9 具恐龙化石骨架，堪称"九龙厅"。此外，馆中还展有恐龙蛋、恐龙脚印和其他恐龙化石以及一些爬行动物的化石标本约 4 000 余件，开创了我国同类高校恐龙研究的先河。

2014-01-24

郭士杰：让老人有尊严地安度晚年

与郭士杰初次见面是在一个冬日下午，是在位于天津市的河北工业大学红桥校区北院他的办公室里。屋中没有太多陈设，所以屋子里的那张病床变得十分显眼。一个教授的办公室里，为何摆放了一张医院的病床呢？面对记者的疑问，郭士杰笑言："我一直都有一个愿望，就是让老人有尊严地安度晚年。我想把普通的病床研发成智能护理床，并配备特殊服务机器人。"

从 1987 年出国留学到 2015 年回国，为了这个愿望，郭士杰坚守了近 30 年，终于在河北工业大学完成了自己的心愿。

郭士杰长期从事高科技养老助残、无束缚健康状态监测方面的研究工作，主要包括护理机器人、预防摔倒的柔软助力装置、无束缚睡眠呼吸监测系统、老人健康状态监测系统，以及具有预防褥疮和提高睡眠质量功能的智能护理床等，目的是实现老人及伤残人员护理的信息化、机械化、自动化。曾获日本机械学会最佳话题提供者奖，日本叶轮机械学会挑战者奖，理化学研究所理事长贡献表彰，SICE 2013 年优秀演讲论文奖。申请专利 60 余项，其中已授权专利 19 项；参编著作 2 部；主持科研项目 13 项。2014 年被引进到河北工业大学机械工程学院机电系开展教学研究，为该校特聘教授。

孝心萌生灵感

郭士杰与智能护理机器人说来有缘。在他很小的时候，爷爷就瘫痪了，时刻需要有人陪伴在身边。因父母整天忙于农活儿，瘦小的郭士杰就承担起照顾爷爷的重担。"一个人很艰难地帮助爷爷在床上翻身，无法把爷爷搬到轮椅上。"如今很多年过去了，但照顾爷爷的画面仍历历在目，老人期盼的眼神深深地印刻在他的脑海里。当时他就想，要是有个护理机器人该有多好。

"那时的养老院条件不好，老人的思维也守旧。现如今，虽然养老院的环境好了，老人可以获得生活起居的保证，但他们却不能自由地生活，养老院不能有效地保障他们的尊严。"郭士杰说。

大学毕业后，郭士杰公派留学日本。其间，他发现，随着人口老龄化进程的加快，社会压力不断增大，家庭养老、高科技养老需求也大量增加。郭士杰从中敏锐捕捉到护理机器人的广阔前景，下定决心进入机器人行业。

真者，精诚之至也

郭士杰的研发之路并非一帆风顺，虽然当时他已预测到智能护理机器人会有广泛的应用，但在最初几年，他和他的团队"主要还处于一种积累经验的阶段"。如何确保人的安全是智能护理机器人研发的重点，为突破这一难题，他一干就是十几年，屡试屡败，屡败屡试，路途遥远而寂寞。

真者，精诚之至也。从 2014 年开始，得益于这些年的"苦练内功"和全球生活服务机器人市场的火爆，坚持不懈的郭士杰终于迎来了团队的"发展年"——团队开发的 RIBA-II 机器人可实现对老弱病人的搬移，被日本媒体评价为影响未来的 100 项重大科技之一；团队研发的大面积柔软触觉传感器，能在人体睡眠期间测量多项生理参数，成为人们健康状况监测的理想载体；此外，还有智能护理床，可对使用者进行卧姿的调整，避免因卧床时间过长导致的某个部位血流不畅；智能床垫，检测使用者的呼吸、脉搏以及身体状况。

如何让人们接受并使用这种智能护理机器人？郭士杰充满了自信："智能护理机器人在未来的需求一定会越来越大，我们的优势在于集系列产品、研发团队于一身，无论是智能护理机器人还是其他产品，均使用了功能高分子材料，以实现机器与人的安全接触，其柔软的特质也让使用者有舒适的感觉。最重要的是便于操作，无须使用说明书，简单了解后即可使用。"

不变的信念，指引他一路向前；执着的精神，鼓舞他大胆创新；儿时的愿望，带领他到达成功的彼岸。

专注，精进，持久战

"在日本待了快 30 年，我一直未加入日本国籍，作为第一批被祖国公派送出去的留学生，在国家需要我的时候，我不回国情理难容。"当被问到为什么回国的时候，乡音未改的郭士杰动情地说。

　　"我就希望将我在日本带回来的技术进行成果转化，在 2016 年生产出样机，并能够研发出生产护理机器人的机器人，在结构化的环境中形成规模，降低成本，贡献社会。"

　　之所以回国后选择河北工业大学，郭士杰表示："作为一个河北人，更要为美丽河北建设作贡献。我来到河北工大后，学校给予了政策倾斜，及时解决我遇到的问题和困难。在这里，有研发的环境与平台，有浓郁的学术氛围，有志同道合的研究伙伴，能够让我干事创业，所以我一回国就选择了这里。"

　　"专注，精进，持久战"，在浮躁的今天，郭士杰从研发伊始就坚持的信条似乎已经有些不合时宜，但就是这样的信念支撑着郭士杰及其团队走过严冬，迎来了暖春。

　　在采访最后，郭士杰告诉《中国科学报》记者，团队即将推出具有河北工业大学自主知识产权的智能护理机器人。可以预见，这将在全球智能护理机器人市场激起多大的水花。

2016-01-22

仇计清：六旬"数学人"师道刻于心

《中国科学报》记者 2017 年 4 月 11 日从河北科技大学获悉，河北科技大学理学院教授仇计清继 2015 年后再次荣登世界著名出版公司爱思唯尔（Elsevier）发布的 2016 年中国高被引学者榜单。入选这一榜单，就意味着该学者在其研究领域具有世界级影响力，其科研成果为该领域发展作出了较大贡献。

自 1978 年考入河海大学数学系后，仇计清便与数学结下了不解之缘。1989 年，他进入河北科技大学任教，先后获得河北省高等学校教学名师、模范教师等荣誉，在国内外杂志上发表的学术论文中有 60 余篇被 SCI 收录、90 余篇被 EI 收录、10 余篇被 ISTP 收录，作为主编或编委出版教材 11 部，并指导学生在全国大学生数学建模竞赛中获得多个国家级和省级奖项。

这样一位"数学人"，在近 30 年的从教生涯中，是如何教书育人，又是如何一步一步攀登数学高峰的呢？

"教师首先要把课讲好"

在仇计清的办公桌上，一个绿色摆件非常引人注目，上面赫然写着"师道永存"四个大字。

"教书育人是个良心活，作为一位教师，首先要把课讲好。"仇计清常说，教师教得好不好，有没有好好备课，在教学效果和学生身上都会有很明显的反映。

平时言语不多、温文尔雅的仇计清，在讲台上就像变了一个人似的：口若悬河，声情并茂。他通过对课程的熟练把握、对知识的通俗讲解，把一部部枯燥的数学"天书"变得十分易懂，从而吸引住学生。

曾有一位学生因为脚受伤，在 1 个多月的时间里只能一瘸一拐地走路，但她却从来没有落下仇计清的"实变函数"课。"早就听说这门课难学，本来打算放弃，没想到仇老师的课越听越爱听、越学越爱学，哪怕缺一次课都实在太遗憾了。"面对同学们的诧异，她吐露心声。

熟悉仇计清的人都知道，他在备课上总是会下极大功夫。为了模拟讲课效果，他经常把16开的白纸对折，再对折，折成黑板的样子。每次上课前都要在这样的"黑板"上反复演练，直到满意为止。他时常备课到深夜，但早上有课时，还是会三四点就起床，再一次精心组织教材。"不备几个小时的课，我都不敢上讲台。"

"学生发展是我们最关心的"

作为理学院院长和学术带头人的仇计清有这样一个理念："教育的目的是为社会培养有用人才，学生发展是我们最关心的。"从基础科学部到理学院组建，从难出成果到拥有多项"863计划"课题，一步步走来，河北科技大学理学院的每一次发展都凝结着仇计清的辛勤付出和汗水，每一次进步都体现了学院对学生发展的深度思考和关切。

宽口径、厚基础的培养模式，使学生在夯实专业基础的同时，可以更多地了解、掌握与本专业相关的多项知识技能，为就业增添筹码。比如数学专业兼修经济、金融、股票、软件设计等课程，化学专业强化功能材料、有机合成等知识，物理学专业在新能源和光伏方面具有特长等。全方位、多领域的扎实基础，良好的问题分析与解决能力，使理学院的毕业生获得了社会的普遍好评。

多年来，理学院平均就业率高达98%，连续被河北科技大学评为"就业工作先进单位"，而良好的就业情况又会反过来促使学院办学实力和社会影响力持续增长，形成良性循环。

创新思维突破世界级难题

学数学难，出成果难，获得科研课题就更难。为了使数学研究能为经济建设服务，让数学理论与实际相结合，仇计清与兄弟院校合作，以海洋科学研究为突破口，充分发挥河北科技大学数值计算、数学建模和环境监测等方面的优势，在竞争异常激烈的情况下，近几年来争取到15项国家"863计划"科研课题，引进科研经费200多万元，使学校在国内相关研究领域中占据了一席之地。

　　除了"走出去、请进来"，积极和校外有关单位合作外，仇计清还加强与学校其他学院的合作，比如与环工学院合作承担国家"863 计划"项目"海水有机锡快速测定仪"，与电气学院合作承担国家自然基金项目"一类复杂系统的模糊鲁棒控制与滤波器研究"等。

　　2003 年，仇计清带队参加国家"863 计划"课题研讨会，当研讨"台湾海峡及毗邻海域海洋动力环境实时立体监测系统"项目时，其中的波向反演课题难倒了在场的许多专家学者和科研团队。

　　仇计清对该课题很感兴趣。思考后，他认为用数学理论和方法反演出波向是可行的。关于波向的反演问题在海洋科学研究领域是个世界难题，一个非涉海单位能搞吗？仇计清带着青年教师周长杰查找经验公式并修正，然后将修正后的解析式离散化，经过傅立叶变换二次反演和计算机处理，最终解决了计算波向这样一个世界级难题。

　　如今，仇计清已年过六旬，近 30 年来，他深植于数学领域，不仅积极钻研，攻克世界级难题，也"传道授业解惑"，育桃李满天下，将"师道"铭刻于心。

2017-04-10

牛树银：翻山越岭寻宝藏

"快看，牛教授获奖了……"当河北地质大学教职工微信群因获奖信息而沸腾时，河北地质大学教授牛树银正在实验室里忙碌，认真地给学生们分析岩石标本的性质。

近日，李四光地质科学奖第九届委员会第二次会议评选出第十六次李四光地质科学奖获奖者，牛树银荣获李四光地质科学奖教师奖。

"我只是一名普通的地质教育工作者，我为自己能从事伟大的地质行业感到荣耀。我的愿望是攀登高山，踏破铁鞋，追求真理，探索奥秘，化育桃李，寻找宝藏。"得到获奖消息的牛树银在接受《中国科学报》采访时表示，将以此为新的动力，更加勤奋地工作，时刻不忘为国尽力，为地质探矿事业贡献力量。

把汗水洒在山水之间

1952年出生的牛树银，1979年毕业于北京大学地质学系，同年被分配到河北地质学院（现河北地质大学）工作，到2019年已经从事构造地质与成矿控矿的教学与科研工作40年。

"探究地质规律，牛老师倡导与高山为伍，与岩石为伴，收集较为全面、真实可靠的原始资料是重中之重。"曾经师从牛树银读硕士、在河北地质大学资源学院任教的陈超说。

陈超曾多次跟随牛树银进行野外地质考察。他眼中的牛树银经常无畏地走上闭坑通道（随时有塌坑的可能）的采掘面，有时甚至攀登两三个小时的陡坡去收集第一手资料。

有一次，牛树银在矿坑旁用放大镜专注地观察矿石标本时，相邻矿区正在进行爆破作业，早已对此适应的他觉得不会有危险，可意外却发生了。伴随着闷闷的爆炸声，他只觉得被人拉了一把。待场面平静后，在场人员都惊出了一身冷汗。幸好伴随着冲击波的散碎石块击中的是他地质包中的水杯，如果打在他身上，后果不堪设想。

1984 年，国家级科研课题"中国北方板块构造与成矿规律研究"正处在关键时期，牛树银是这个大课题的二级课题的技术负责人。可他却不幸得了甲亢，人一下子瘦得不到 50 公斤。领导和课题组的教师都劝他不要出野外了，但为了掌握第一手资料，他仍坚持和大家一起爬山。

有一次在一个悬崖边观察地质构造时，一阵强劲的山风吹来，若不是身边一位工程师眼疾手快一把抓住了他，他差点被风吹下去。正是凭着这股韧劲、毅力和对教学科研的不懈追求，牛树银不仅在学术科研上取得了一个个成果，而且在教学、为人师表方面树立了良好的形象。

多年来，牛树银辛勤的汗水洒遍了太行山、燕山地区的大小山脉，大兴安岭、胶东、内蒙古、小秦岭等成矿集中区。结合相关地质资料和科研成果，他带领科研团队先后发展了变质核杂岩、盆山耦合、一盆多山、地幔热柱理论，并于 1996 年首次提出幔枝构造理论，将其主要应用于矿床深、边部找矿，在找矿实践过程中取得了很好的成效。

原本人们认为没有多大前景的太行山北段，经过新理论的指导，在多个金矿发掘方面取得进展。相关部门预测太行山北段金矿远景储量可达 150 吨，太行山北段被列入原国土资源部的重点研究工作区。

目前，幔枝构造找矿理论在河北、山西、山东、河南、辽宁、内蒙古、浙江、福建、湖南等地获得广泛认同和推广，为国家新一轮地质找矿作出了巨大贡献。

经过多年的实践与探索，牛树银团队先后出版了《地幔热柱多级演化及其成矿作用》《幔枝构造理论与找矿实践》《幔枝构造与资源环境》等 17 部专著（编著），在国内外学术刊物上发表科技论文 200 余篇，其中，三大检索数据库收录文章 30 余篇，受到同行专家学者的肯定。

"育人永远是我的重要使命"

无论担子有多重，牛树银始终没有忘记自己是一名人民教师。对待教学，他一丝不苟、兢兢业业，先后为研究生和本科生主讲了"构造地质学""矿田构造""板块构造与幔枝构造成矿"等多门地质基础课和专业课，并指导学生野外调研。

课堂上，他平易近人，经常给学生们讲述自己的经历。幼时的经历鼓舞着他不断前进。那是大张旗鼓表彰各种模范的年代，看到劳模戴着大红花，牛树银心里特别羡慕。王进喜、时传祥等全国劳动模范的事迹，在他幼小的心灵中留下了深刻的印象。榜样的力量也在日后不断督促他奉献、进取、拼搏。

为了使学生牢固树立"三光荣"的思想，牛树银在讲课中经常以李四光为楷模，介绍李四光在抗日战争年代克服种种困难，创立"地质力学"学科，甚至冒着生命危险开展地质研究，在地质找矿、陆相石油勘探、地震预测预报等开拓性研究方面的光辉事迹，使学生们深受感动。

牛树银非常重视学生的学业，鼓励学生申请科研立项，撰写学术论文，参加学术会议交流。每年学生考研和就业期间，是他最为忙碌的时候。

现任职于新疆石河子大学的程建军，在河北地质大学本科毕业后，以优异的成绩考上了南京大学的研究生。但他的家境比较贫寒，交不起学费。牛树银得知这一情况后，为程建军出主意、想办法，并不宽裕的他从积蓄中拿出 1 万元，鼓励程建军继续学习。在牛树银的鼓励和帮助下，程建军仅用两年就提前完成了硕士研究生的学业，并考取了中国铁道研究院的博士生。

在牛树银的悉心帮扶和关怀下，不少学生已经成长为地质行业各相关单位、企业的领头人和技术骨干。学生感念师恩，每逢过年过节，他都会收到来自全国各地的贺卡和祝福短信。

40 年来，牛树银在教学管理和科学研究等方面取得了突出业绩。他率领和建设的资源勘查专业被评为"国家级、省级特色专业"，相关的实验（实践）教学中心被评为"国家级、省级实验教学示范中心"；资源勘查工程专业被评为"河北省高等学校本科教育创新高地"，其教学团队被评为"河北省高等学校教学团队"。他被评为第一批河北省教学名师、第六批河北省省管优秀专家、河北省师德标兵，荣获国务院政府特殊津贴，被授予河北省特等劳动模范、全国先进工作者等荣誉称号；最近还获得了"庆祝中华人民共和国成立 70 周年纪念章"。

"牛树银是我校杰出的教师代表。获得李四光地质科学奖教师奖，是对他多年来翻山越岭寻宝藏、笃志地质践初心的充分肯定，这是河北地质大学的骄傲。"河北地质大学校长王凤鸣评价道。

2019-11-06

刘嘉武：攀越高铁架桥技术巅峰

"丹东多山多隧道，SLJ900/32 型架桥机在那里真派上了大用场！"近日，刚从吉图珲铁路客运专线高铁建设工地回来的石家庄铁道大学国防交通研究所刘嘉武教授，看到顺利架桥的场面比架桥机通过专家技术鉴定时还高兴。

"这款流动式架桥机，破解了山区高铁建设中整机过隧、隧道口架梁等世界性难题。"2013 年 7 月，石家庄铁道大学国防交通研究所自主研制的SLJ900/32 型流动式架桥机，通过了中国工程院、原铁道部、中国铁建、中国中铁等高速铁路设计和建设单位多位顶级专家的鉴定，认为"整体技术达到国际领先水平，打破了国外运架一体架桥机技术在我国高铁建设市场上的垄断"。作为研发团队的领军者，刘嘉武因为"让中国拥有了完全自主知识产权的高铁架桥机技术"而感到欣慰。

"坚持平战结合，走自主创新之路。"自从 1970 年入伍铁道兵，刘嘉武就把青春与热血融入交通战备保障和铁道架桥研究事业中。1972 年，他以优异的成绩考入石家庄铁道大学的前身——铁道兵工程学院的铁道工程专业学习，后留校从事教学与交通战备工程新技术研发工作。40 多年来，在重要装备运输、交通应急保障等领域创造了多项技术奇迹，解决了国防和国家重点工程建设中的一系列技术难题。"港口应急装卸桥"技术，成功解决了我军重装备港口装卸难题；"装配式公路桥墩"完善了我国公路桥梁制式抢修装备，在汶川地震抢险救灾中发挥了重要作用；研发的 1000 龙门吊机，填补了国内大件吊卸史上的空白……2003 年，刘嘉武获得茅以升铁道工程师奖。

刘嘉武反对纸上谈兵，"要主动去思考和发现问题，只有主动，才能有事可做，才能有所作为"。

1999 年，我国第一条时速 200 千米的铁路——秦沈客运专线开始建设时，他敏锐地发现，我国高速铁路建设即将掀开崭新一页，但同时大吨位厢梁架设将成为建设中的控制性难题。于是，他翻阅国内外大量文献，多次去施工现场实地考察，反复实验比对测算，终于研发出 SPJ450/32 拼装式大吨位架桥机。2000 年，这一新型架桥机应用于秦沈客运专线建设，成功架起跨度为 32 米、重达 450 吨的大型厢梁，主要技术指标达到国际先进水平。

从 2004 年开始，针对不同高铁建设需求，刘嘉武作为总设计师已经研发出 5 种型号的高铁架桥机，广泛应用于我国高铁建设。由他主持研发的"快速拼装结构技术及其在特种工程中的应用技术"被评为国家科技进步奖二等奖。

"随着我国高速铁路的快速发展，肯定还会出现各种施工难题"，刘嘉武认定"科研之路没有终点"。他已经把下一个研发目标定在一款在国内外应用前景广泛的 3 000 吨级、跨度 64 米以上的"两孔连做式"新型造桥机上，向着高铁架桥技术的又一个世界巅峰攀越。

2013-12-13

朱永全：隧道深处砥中流

朱永全

中国最长的公路隧道——秦岭隧道洒下了他的汗水，世界海拔第一高的铁路隧道——风火山隧道融入了他的心血，世界高原多年冻土区长隧——昆仑山隧道凝结了他的智慧，亚洲最长陆地隧道——乌鞘岭隧道、在"5·12"汶川大地震中受阻的宝成铁路 109 号隧道，也有他的神来之笔。

这位在国内隧道及地下工程界享有声望的学者，就是石家庄铁道大学的博士生导师朱永全教授。

世界屋脊青藏铁路建奇功

2001 年，青藏铁路开工之前，西方媒体曾给出了"青藏铁路过不了风火山"的预言。

青藏铁路要过世界屋脊上的风火山，就要打通风火山，建一条隧道。最终建成的隧道轨面海拔高达 4 905 米，全长 1 338 米，是世界海拔最高的长隧道。在建造过程中，冬季最低温度达零下 41 摄氏度且高寒缺氧，施工难度极大。

修建青藏铁路的另一大难题，就是在海拔 4 664 米、冰厚 150 多米的昆仑山上开凿一条 1 686 米长的隧道，这在国内外无经验可借鉴。

朱永全带领的团队要破解"施工过程中环境温度控制的通风体系"和"高原缺氧"两个关键课题。

"既然接了这个任务，就要想办法完成，缺氧不能缺精神！"朱永全向他的团队提出了这样的口号。

在潮湿阴冷、氧气稀薄、极度低温的洞穴中，朱永全和他的团队经过无数个日夜的观察探索、无数次的实验，终于研制出我国高原专用隧道施工风机组。世界上第一座大型高原制氧站在风火山隧道工地落成，确保了高原地带隧道施工作业的正常进行，并创造了连续运行 2 800 小时无故障的纪录。

这是我国首次提出高海拔、高寒区、冻土隧道施工通风模式，首次成功研制出高原专用隧道施工风机。这两项科研成果被评为 2002 年度"中国公众关注的十大科技事件"之一。

青藏铁路获得 2008 年度国家科技进步奖特等奖，石家庄铁道大学在 50 个参研单位中名列 13；作为主要贡献者之一，朱永全榜上有名。

汶川地震，铁路抢险临危受命

2008 年 5 月，汶川特大地震发生后，朱永全临危受命，到宝成铁路 109 隧道坍塌现场进行安全检测与评估。

当时抢修隧道的情景让朱永全至今难忘：连接两个隧道之间的棚洞，4 根钢筋混凝土横梁被砸断，4 根严重变形。他要在弥漫的烟尘中，伴随着不断的余震，穿行于布满临时支撑钢架的隧道间，在 7 米多高的隧道顶部安置监测点。每 10 分钟就有一趟拉救灾物资的火车通过，往往是他刚确定好准确的位置，火车就到了。此时，他要紧贴隧道内壁，与火车相距不到 30 厘米的距离，虽然火车是限速行驶，但带起的沙尘、噪音，也让人感到很不舒服。

为了争取抢修时间，朱永全前三天仅休息了 8 个小时。即使这样，工作效率还是不理想。

为此，指挥部果断决定在 5 月 31 日晚 10 点至 6 月 1 日早 6 点停运 8 个小时，而朱永全和 3 名助手必须在 8 个小时内完成 170 处的监测布点工作。

隧道里，内燃机排出的废气、热气以及拆卸模板时带下的灰尘，让戴着口罩的人们仍感到呼吸困难。6 月 1 日早晨，大家完成任务从隧道出来时，全变成了土人。

在 109 号隧道施工现场，朱永全顶着腰椎间盘突出的病痛，硬是在险象环生的困境中又挺了 25 个日夜。隧道的疏通，为将救灾物资快速运入灾区、把大量受伤人员及时运出就医打通了生命线。

科学研究就要坐得住冷板凳

"隧道工程专业是一门实践性很强的学科，需要理论研究，更需要深入施工一线，与实践相结合，要坐得住冷板凳。"朱永全说。

1988 年底，朱永全承担了"北京地铁西单站施工临时支护特殊部位结构受力状况静载模型试验研究"课题。想在北京这座人口密集、高楼林立、车水马龙的闹市修建跨度为 29 米、高为 16 米的世界一流地铁，明挖根本不可能。

面对这块硬骨头，朱永全和实验室的同事再三到北京考察地质状况，提出了潜埋暗挖法。当时这在国内尚无先例。

面对大家怀疑的目光，朱永全和同事开始了没日没夜的试验，就连新年也才休息了 3 天就又投入战斗。最终，实验结果顺利地通过了由北京市科技局主持召开的技术鉴定。后来，该项成果获得国家科技进步二等奖。

2003 年，一场决战在兰州西北乌鞘岭山头展开，铁路部门计划用 28 个月刷新一项亚洲纪录——修建一条长 20.05 千米的铁路隧道。

朱永全承担了"乌鞘岭隧道岭脊地段复杂应力条件下的变形控制技术研究"项目，并作为项目副组长单位参与整个隧道的建设科研攻关任务。

面对在国内外隧道史上规模和强度都极为罕见的软弱围岩大变形，朱永全和科研攻关组反复论证，提出以柔克刚的"柔性支护"法。这一方法有效地控制了隧道的变形，而且刷新了特长隧道在软弱围岩条件下快速施工的世界纪录。

2013-10-11

冯怀平：饱含激情耕耘"非饱和土"

"所谓非饱和土，通俗地说，是指土的孔隙没有完全被水填充满，我们看到的土，大多是非饱和土。"冯怀平用一个形象的比喻，给《中国科学报》记者介绍非饱和土的概念。

冯怀平在实验中

冯怀平是石家庄铁道大学土木工程学院的副教授，是我国非饱和土力学理论与应用专家。

多年来，冯怀平饱含激情在非饱和土研究领域耕耘。其多项技术研发成果赶超国际先进水平，为校企搭建了一个非饱和土理论与应用的桥梁，创新成果在工程实践中不断实现价值最大化。

走在前沿

冯怀平 2008 年毕业于日本京都大学，主攻非饱和土方向，自博士阶段开始，主要从事非饱和土力学理论与应用的研究，现为石家庄铁道大学土木工程学院涉外土木工程方向的教研室主任。

把目光锁定在世界岩土科研实验仪器最前沿，去发现问题，寻求解决办法，实现研发突破，是冯怀平一直追求的目标。

非饱和土测试一直以来面临着耗时长、成本高的问题。冯怀平通过反复试验，研发了以他自己的姓名命名的"FENG SWCC"土水特性曲线仪，经专家和用户检验，不仅成功解决了原来仪器受水头影响大的问题，而且提高了关于非饱和土进气值与滞回曲线的测试精度，且仪器可以自由扩展测试终端，大大提高了测试效率。而且，与国外设备相比，成本降低 10 倍以上。

冯怀平研发的"FENG SWCC"土水特性曲线仪已申报了国际 PCT 专利，还得到 GDS 公司的认可，并进行合作推广。GDS 公司在国际岩土试验和研究系统领域大名鼎鼎，自 1979 年成立以来，一直保持在岩土试验和研究系统的最前沿。

"我们的科研只有走在前沿，才能不受制于人，得到别人的尊重与合作。"冯怀平说。

着眼再创新

冯怀平所在的非饱和土实验室有美国、英国的多套非饱和土测试设备，但现有这些仪器在实验时总有许多不适合科学需求的地方。

"引进仪器多为国际通用型，消化吸收国外仪器的长处，研发适合不同科研需求的试验仪器，一直以来都是我思考的问题。"在实验室里，冯怀平谈起了自己搞实验仪器创新的初衷。

冯怀平告诉记者，在黄土、冻土及膨胀土等工程中，水分在土中的迁移对于土的力学性质有明显的影响，然而，目前土的力学性质测试方法，如动静三轴仪等都不能同时进行水分迁移测试，其主要原因是三轴试验空间狭小且测试过程不能中断，而传统的水分测试方法探头体积大，均不适合使用。这一问题成了制约水 - 力耦合试验发展的一个国际难题。

"实验设备是开展实验研究的先行条件和基础，也关系到实验成果的科学与否。"在研究过程中，冯怀平经过反复试验发现已有仪器的不足，结合具体科研问题再创新。

从 2011 年开始，冯怀平先后与中科院化学所、河北师范大学等多领域的专家商讨，将电学、电化学领域著名的 VDP 理论引进到土体含水量测试中，通过大量的比选试验，最终确定了合理的电极材料、电极结构形式，研发了测试控制及读数仪器。经实际检测及应用，取得了良好的测试效果。

"着眼于工程中的科学问题与重视学科交叉的再创新，才能有原创性成果。"冯怀平认为。

就在前不久，以该试验方法为支撑的项目获得了国家自然基金支持。

经过 3 年努力，冯怀平在实验仪器创新成果方面取得了丰硕成果，申报国家发明专利 8 项，已授权 3 项。

为工程实际服务

"科研成果只有转换成生产力才能发挥价值，科技成果只有同国家需要、市场需求相结合才能创造新的价值。"这是冯怀平秉承的理念和奋斗目标。

冯怀平的科研一直是围绕着非饱和土理论展开的。尽管近年来非饱和土理论在国内外有了长足的发展，但其工程实践应用一直是困扰研究者的一个难题。

"科学技术必须同社会发展相结合，学的知识再多，束之高阁，也不可能对现实社会产生作用。"冯怀平深刻认识到非饱和土理论的研究绝不能"纸上谈兵"，必须坚持与实际结合，创新成果只有在工程实践中才能实现价值最大化。

从 2008 年开始，冯怀平跑企业、进工地，足迹遍布西部、华北各地，尤其关注工程建设中非饱和土理论应用的问题。经过多年攻关，与企业联合研发的"区域非饱和土抗剪强度的快速测定的方法"发明专利，解决了非饱和土强度快速判断问题，填补了国内空白。

积极参与协同创新，让科研与企业合作，立足解决实际问题。冯怀平不断践行着"科学研究、实验开发、推广应用的三级跳"。

"非饱和土强度查询系统""张家口地区非饱和边坡设计程序""非饱和路基沉降变形数据管理及评估系统软件"等非饱和土理论应用化软件连续完成，经企业工程实践检验，受到业内及企业青睐和高度评价："这些软件用得上、效率高、精度准。"截至目前，他已有两套软件系统获得了国家计算机软件著作权。

国家勘察大师梁金国这样评价冯怀平："他的科研成果，搭建了一个非饱和土理论与应用的桥梁，使非饱和土理论真正为工程实际服务。"

2014-12-12

杜凤山：让创新硕果落地生根

2014 年 12 月 15 日，第六届全国优秀科技工作者颁奖大会在北京人民大会堂举行。燕山大学杜凤山教授荣获"十佳全国优秀科技工作者提名奖"。据悉，当年全国共有 37 名科技工作者获得这项殊荣。

杜凤山是燕山大学轧机研究所所长。从事教学、科研工

杜凤山教授在唐山建龙公司生产车间

作 30 余年来，他始终怀着让科研成果最大限度地转化为生产力的钻研之心，在重大装备及其产品质量控制，非线性有限元理论、方法与程序设计等领域作出了创造性工作，获国家科技进步奖二等奖 1 项，获得教育部、机械工业联合会、河北省等省部级奖励 6 项。

挑战世界之最

大型模锻压机的制造，是国家综合实力的象征。几年前，我国没有 4 万吨级以上的大型模锻压机，制约了我国国防航空航天及其他重型设备领域的开发与研制。

从 2003 年开始，杜凤山就承担了中国二重 1.6 万吨大型自由锻造压机的结构设计与优化任务，2007 年该压机在二重锻压分厂投入正常使用，这为承担 8 万吨模锻压机的设计奠定了基础、积累了经验。

2008 年，围绕国家大飞机工程，我国正式启动世界最大的 8 万吨大型模锻压机研制工作。

压机主机的研制工作由二重、燕山大学、中南大学共同承担。杜凤山主持了"中国二重800MN大型模锻压机整机结构分析及优化研究"工作。

在国际上缺少8万吨的大型模锻压机设计经验的情况下，杜凤山带领研究团队对压机系统整体结构进行建模，建立了大型复杂结构系统弯扭变形平衡条件，对整体结构参数进行了优化，并对压机关键零部件进行了可靠性设计和寿命评估。该项研究作为特大型模锻压机的核心技术，为模锻压机设计提供了重要参数。建设8万吨模锻压机，标志着我国机械工程领域的巨大进步。

同时，杜凤山也在特大型零件成形制造技术领域开展了深入的理论与实验研究，并取得了新的突破，为我国重大装备特大型零件成形制造摆脱对国外技术的依赖作出了贡献。

2005年至2008年，杜凤山先后主持了国家自然科学基金重点项目"特大件成形制造技术基础研究"和国家"973计划"项目"大型零件热态成形制造虚拟技术基础研究"，针对特大型轧辊、发电机转子等特大型零件在成形制造中所存在的内部质量控制问题，确定了大型零件高温成形复杂合金元素锻合与焊合条件。

在特大型零件成形过程中，大锻件材料利用率仅为60%左右。杜凤山提出将表层变形与心部变形在一次加工工序中完成，在压合心部缺陷的同时，锻件表层质量也得到显著改善，使锻件寿命大幅提高；此外，由于加热火次数减少，减少了金属烧损，材料利用率也得到大幅提高，使得锻造更加高效。

目前，该研究成果已应用于中国二重火电转子的制造和中信重工特大型零件（轴类件、饼类件和环类件）的成形制造。

最大限度转化

从事教学科研工作32年来，杜凤山的研究始终扎根在钢铁产业一线，始终与国内外大型钢铁企业保持着紧密的合作关系。

目前，由于我国钢铁企业的工艺设备水平落后，现有轧机中，90%以上达不到国外先进水平。

2001年，燕山大学根据国家经济形势和钢铁工业的发展，组建了"河北省高精度轧制技术装备工程研究中心"，该中心由杜凤山担任主任。

在无缝钢管连轧领域，杜凤山通过对张力系统、速度系统、孔型系统、温控系统等参量耦合作用对产品质量影响的研究，实现了产品最优连轧工艺制度的制定，开发了具有自主知识产权的无缝钢管定减径产品质量预报及工艺控制系统。该成果于 2006 年获国家科技进步奖二等奖。

在板带轧制技术领域，杜凤山主持了国家"十一五"科技支撑计划项目"大型轧机共性技术"专题研究，主要研究大型轧机 CAD 技术、机电液一体化技术，部分成果已应用于中信重工、中国二重和中冶赛迪公司，并成功申报两项国家发明专利。

近年来，计算机仿真技术在钢铁行业应用十分广泛。杜凤山利用计算机仿真技术，建立了三辊张力连轧过程的计算机模拟系统，并成功开发了一套有限元模拟软件，应用于宝钢冷连轧机组和热连轧机组的实际生产中。其中他开发的冷 / 热连轧机板形板厚综合控制计算机仿真系统，解决了粗轧、精轧和冷连轧轧制规范和工艺优化问题，目前已应用于中信重机双机架冷连轧机组、中国二重和中冶赛迪公司研制的冷热连轧机组，并获教育部自然科学奖二等奖。

2006 年，杜凤山的课题组与东北大学共同承担了国家自然科学基金重点项目"板材轧制过程中有限元高速在线算法基础"，他提出了适应高速有限元计算的摩擦元刚度二元修正法，建立了波前区子刚度变换矩阵，使大型非线性弹塑性有限元计算时间减少到 0.5 秒以内，并首次实现大型非线性弹塑性有限元在线计算。

"能让科研成果最大限度地转化为企业生产能力，是我最大的希望！"新年伊始，杜凤山在接受《中国科学报》记者采访时表示，今后将继续扎根生产一线，立足实际，解决企业生产中面临的实际问题。

2015-01-30

李冬：老师应是美好的化身

李冬的微信头像是著名工笔画家赵国经笔下的李清照。见过李冬的人，不难发现她的面容与画中人很像，甚至连眉宇间的神韵也有几分神似。这个头像是李冬的同事发现并推荐给她的，同事觉得李冬的才情"有灵魂的高度"，这一点跟李清照也很像。

李冬

李冬是燕山大学教授，同时也是天津大学城市规划设计研究院副院长、国家城市规划专家库成员。

"如果一个人有幸接触过真正美好的事物，这种美好会潜移默化地在她心里生根发芽，变成她对生活的品质要求。所以，为人师表，就有责任使个人范例成为美好的化身，至少让举止言行成为美好的代言人。"在接受《中国科学报》记者采访时，李冬如是说。

莫辞醉，此花不与群花比

在北戴河艺术产业园区，有李冬的两个"艺术院落"。

2015 年，北戴河区政府利用戴河村的闲置院落打造艺术产业园区，李冬作为策划人之一和首批入驻艺术家，主持了"天大创想"（耕读园）和"燕大创意"（杏树下）两个院落的修建项目。短短半个月的时间，就让满是荒草的院子变身为雅园。

在她的院落以及她在燕山大学的工作室里，满满的都是秦砖汉瓦、陈陶古木、撰文拓片等物件。对于历史和文化的求真是李冬艺术追求的基础，每一个物件都能蕴含着时代、文明的变迁。在平时，李冬常带着学生南下考察，带着研究生爬屋顶、钻坟地、测量古建筑，赴日本与建筑师交流，泡在北戴河自己的小院子里弹古琴写书法……李冬是学生们心目中的女神，想进入李冬工作室跟随她学习的人很多，但是进来和学好都非易事，进入"冬姐"工作室的学生必须要读经典、弹古琴、习书法，还要会参禅玩卦、观香品茶。

李冬说，我们大多缺少一颗安静的心，要做好设计，必须让自己成为真正意义上的文化人，浸润其中，才能在这个层面上去创造。"一个设计师首先应该是一个有情怀的人，文化的味道是伪造不出来的。"

风休住，蓬舟吹取三山去

作为设计师，李冬的作品强调尊重自然、尊重当地历史人文。所以她的设计方案注重呈现原有文化符号和自然景观，努力让时间的痕迹和自然的美得到最大程度的保留和延续。

2008 年，在主持辽宁省葫芦岛市的城市风貌规划项目时，李冬力推城市绿道建设，主张打造最完备公交系统，建议用政策抑制家庭轿车发展，给城市一个清澈的未来。她认为，设计必须从人出发，功能使用和人的感受是首要的，艺术的美是居于人的舒适以后的，自然和谐就是美。

2017 年 8 月，李冬精心打磨的项目——山东滨州渔业特色小镇的规划思路和布局得到当地政府的高度认可。从 2016 年开始，特色小镇项目在全国遍地开花，也出现了许多不具备条件的应景之作。李冬对此颇感忧心："一座城市独特的文化足以产生一种代表性生活方式。而在现在的城市竞争中，生活方式就是最大的竞争力。小城市要及时醒悟，不能跟在大城市后面一味效仿，而是要回过头来找到自己。"

李冬对现代社会生活和城市的反思源自她强烈的责任感和作为一个设计师的使命感。她曾将看到过的这样一段话发布在微信朋友圈："身为父辈者，若忘记了改良社会这个天职，若辜负甚至违背了这个天职，那么失败的命运和灾难的后果，早的落在他们自己头上，晚一点的就砸烂他们儿孙的光景。"在李冬心里，先辈创造了令世人仰慕的精神高度和审美境界，至今无可超越。"每每遇到先人那些充满精神文化气息的精妙所在，便惆怅无比。生在今朝，到底意难平。毕竟我们追求的，不仅仅是活着而已。"

归来也，著意过今春

一次，针对网上热传的一段视频，李冬的女儿问她，老人倒了，如果她在现场怎么办？对此，李冬的回答很干脆："还用想吗？冲上去拦车打电话报警，打120。这是本能的反应啊。"

从设计作品到给学生上课，李冬一直在努力去改变或试图影响身边的人：尊重自然，欣赏文化，珍视历史，关怀人类。

近几年，李冬将山西的县、市走了大半，2017年5月，她作为专家被邀请参加山西柳林明清街改造论证会。会上，李冬说她非常高兴地看到当地政府是以虔诚和谨慎认真的态度对待老街的。她认为，这个项目最主要的任务，应该是在改善当地居民的生活品质、提升街道商业和居住功能的基础上，像爱护眼睛一样地保护原有繁茂的商业氛围和富有人情味的生活氛围。

目前，李冬正带队为四川省历史文化名城邛崃市做总体城市设计，她说："再好的建筑和城市，也只是生活的承载，城市的规划和改建都应该以人为根本，在城市设计中尤其要意识到城市是人、土地、文化及大环境之间不断演化的关系中的一部分，所有的要素都是相互关联的，好的设计是自然轻抚着城市，城市又轻抚着人民。这是决策者的责任，也是设计师的使命。"

2017-10-24

画家武宗云：罗布泊守望者

罗布泊，新疆维吾尔自治区东南部的湖泊，又名罗布淖尔。公元330年以前，这里湖水较多，西北侧的楼兰城为著名的"丝绸之路"咽喉，是中国第二大咸水湖，现仅存大片盐壳。

罗布泊被称为死亡之海，酷烈的自然环境使这里成为生命的禁区。

20多年来，武宗云——这位毕业于新疆艺术学院的专业画家，徒步深入罗布泊70多次，在进行以罗布泊为题材的《海头云踪》绘画艺术创作的同时，用自己的方式守护着罗布泊的远古文明。

探秘"死亡之海"

武宗云少时，常放牧于天山北麓，用羊鞭习画于山水之间。后来就读于新疆艺术学院，成为一名专业画家。

在新疆艺术学院上学时，神秘的罗布泊就一直牵动着武宗云的心。

毕业后，他来到了新疆鄯善县。武宗云说，自己要进入罗布泊，他要画出雅丹胡杨沙漠的风貌，画出罗布泊的迷人景色。

武宗云至今仍记得自己第一次进入罗布泊的情景。

那年，武宗云只身一人徒步进入罗布泊，只行走了大约500米就迷失了前进的方向。

首战告负，但罗布泊对武宗云的吸引力却更大了。

"不能就此罢休！一定要穿越这片'死亡之海'！今后自己的后半生就画罗布泊！"

第二次探险罗布泊，武宗云找了当地一名维吾尔族向导，在罗布泊徒步行进了8天之久。

"只有置身罗布泊，你才能深切地感受到自身的渺小和脆弱。茫茫大地，杳无人烟，见不到生命的痕迹，唯一能见到的，是动物的枯骨和干枯的草木。"武宗云告诉《中国科学报》记者，罗布泊极端恶劣的环境令人生畏，但罗布泊曾经存在的辉煌历史又令人向往。

此后，武宗云每次都在上一次进入的基础距离上向前行进5～10千米。一次次地推进、突破，他目前已经徒步行进到约200千米处。

数十年的行走，武宗云练就了在罗布泊内不分昼夜、无卫星定位导航装备也不迷路的本领，他甚至对雅丹及古河床都已到了过目不忘的地步。

时间的磨炼，使得武宗云成为地地道道的"罗布泊的活地图"。

武宗云的热情也感染了他的妻子刘福英。刘福英随着丈夫探险罗布泊已经达36次，在中国乃至世界的女性中都是少见的。

武宗云和他的家人在罗布泊救过人，抢过险，当过一些团队的"特种向导"，还协助中央电视台成功拍摄了《罗布泊野骆驼》的专题片。

"文物看管员"

在罗布泊，武宗云最恨的是那些贪婪的盗墓者——盗墓者打开古墓盗走珍宝后，往往把墓穴弄得一片狼藉，打碎的殉葬品散落一地，墓中的干尸也被抛之荒漠……

每每看到这些场景，武宗云都痛心不已。

7年前，以果园种植为经济来源、并不富裕的武宗云一家，决定捐资10万元，在70多个文物保护点设立了由水泥制作的"文物保护点"告知牌，呼吁大家保护文物。

从那年开始，鄯善县文物局聘他为"文物看管员"。

然而，人为破坏其实只是一方面，急剧恶化的生态环境才是让罗布泊遗迹遭受灭顶之灾的元凶。

武宗云告诉记者，狂烈的风掀起了罗布泊地区汉晋时期、新石器时代甚至更久远时期的地层，陶片、细石器几乎四处可见，各种箭镞、大小不一的细石器，完整的，残断的，在沙漠和雅丹上到处都是。"那些大型石器、石核被风刮出，裸露荒野，逐渐风化殆尽，令人心寒！"

武宗云说，20年后，罗布泊将全部沙漠化，人们或许再也见不到楼兰了，楼兰就真的只是一个传说了。

每次进入罗布泊，武宗云都要从沙漠中采集散落的玉器和石器标本回来。

如今，在武宗云果园里的仓库和简易展厅里，除了他的绘画作品，更多的是他在沙漠中捡拾到的、历尽艰辛背回来的各种石器标本。

这些标本中包括旧石器、细石器、新石器 3 万余件；和田青花玉、碧玉、羊脂玉的玉斧、玉锤、玉箭镞 400 余个；其他贝币、木器、陶器等不计其数。

中国科学院新疆生物土壤沙漠研究所原所长夏训诚说："武宗云不计安危，冒着生命危险采集了大批标本，为科学家们的科考工作提供了条件和重要线索。"

罗布泊——本已失落的史前家园，被武宗云找回来了！

但从罗布泊向外背石头，谈何容易。

中国石器网站长赵志强曾于 2012 年跟随武宗云一家深入罗布泊寻找陨石。他目睹了武宗云背着标本徒步行进的艰辛。

"在罗布泊，GPS 导航上显示的只有直线 10 千米的距离，需要付出曲线行走 30 千米的代价。高低起伏的沟壑，纵横交错的沙山，况且还是在负重的情况下，你难以想象那是多么艰难。"赵志强说。因为不能走重路，捡拾到这些石器后还要背着走几天的路程，需要走 80 ～ 150 千米的路程才能返回大本营。

"毅力、脚力、体力、精力，缺一不可。"赵志强对武宗云钦佩至极。

20 多年来，武宗云在罗布泊深处发现了 20 多座从未被认证过的古城。

"我盼着科学家早点进来考证这些古城，我会努力做好向导和我能提供的服务。"武宗云期待国家尽快考证并保护这些古城。

在鄯善县石材博览中心，已有一个鄯善馆来展示武宗云的细石器藏品，但这并不足够为人们展示更多的新疆史前文化。

"在有生之年，我一定要建一座罗布泊史前文化史博物馆，开一个罗布泊绘画作品的画廊。"这就是武宗云最大的愿望。

2013-09-13

蒲德荣和他的蛋雕艺术

蛋雕艺术是这几年逐渐被人们所认知的一门新型艺术，起源于明清时期。当时，民间有在蛋壳上涂色和简单画一些吉祥的图案来送人，以表祝福的习俗。人们发现在深色的蛋壳表面上可以刻画出白色的线条，而且根据用力程度的不同，颜色也会有深浅变化。因此，人们在此基础之上逐渐探索、研究和实践，使作品更加完善，渐渐形成了今天的蛋雕艺术。

中国民间文艺家协会会员、中国河北省民间工艺美术大师蒲德荣自1995年起就从事蛋雕艺术创作，在长期的创作实践中，逐渐形成了自己的艺术风格。其作品有毛主席像、百鸟朝凤、国宝熊猫、文殊菩萨以及奔马等，无一不透露出他的智慧与技艺，多件作品被国家级博物馆收藏。

与蛋雕艺术的不解之缘

蒲德荣自幼喜欢绘画和手工艺品。1995年，他第一次接触到俄罗斯彩蛋，觉得不错，就自己模仿制作。后来发现没有什么突破，他就开始尝试用雕刻的方式在蛋壳上塑造形象。

蒲德荣介绍，蛋雕艺术的载体即人们常见的各种禽类蛋壳。选择它为艺术创作的载体是有一定寓意的。首先，蛋壳的外观小巧而莹润，给人可爱精致的感觉，也因此要求艺人的微雕技术要精湛高超。其次，蛋是生命的起源，有新起点、新开端的寓意。西方盛行的复活节和圣诞节就是以蛋为主题的，取其"重生""新生"之意而互赠亲朋好友。在我国，元旦、新年等传统节日也都有这个寓意。

蛋雕艺术要求作者有扎实的美术功底，蛋雕的设计与创作要考虑画面的透视关系。由于基材薄、脆，还有材质不匀等原因，在蛋雕创作过程中，要自始至终保持心静、手稳、下刀准。特别是在作品的关键处，稍不小心就会前功尽弃。创作蛋雕作品要经历选蛋—构思—布图—雕刻—修整—装裱的过程。使用的工具较为简单，只有铅笔、橡皮、刻刀。

蒲德荣潜心雕刻，他的小件作品需要耗时一到两天，大型作品则可能需要将近一年时间才能完成。小巧又极易破碎的蛋壳，经过他妙手雕刻，可以变成图形逼真、色彩斑斓的艺术品。

从 1995 年从事蛋雕艺术至今，蒲德荣的作品内容涵盖广泛，包括人物、植物、山水、花鸟等。在长期的创作实践中，他逐渐形成了自己的艺术风格，在阴阳雕刻的基础上又创新研发了浮雕、套雕、镶嵌、衬雕、点刻、影刻、线刻、镂空、拼雕等多种雕刻技法，主要表现技法为写实影刻。一枚枚蛋壳经过他的艺术加工，都变成了一件件栩栩如生的艺术品。目前，他雕刻的作品有50 余套，3 000 多枚，包含奥运系列、名人肖像系列、鸟语花香系列、十二生肖系列等。

蛋雕艺术的种类流派

蒲德荣介绍，蛋雕艺术品有多种，依雕刻的手法主要为两类：其一是在颜色较深的蛋壳表面刻画一些图案，如国画、剪纸、版画、雕塑等都可淋漓尽致地展现在这小小的蛋壳之上。靠不同的用刀力度呈现深浅不同的颜色，使作品富有强烈的立体感。这种表现主要是以深色的鸡蛋壳为载体，图案成形后其效果类似于美术中的素描或线条勾勒。其二是以浅浮雕或镂空的手法进行雕刻，这类蛋雕的层次感和光透性较强，通常选用质地较厚的鹅蛋、鸵鸟蛋等禽蛋作为材料。近年来，我国的蛋雕艺术明显具有中国传统民族风格，这是有别于西方蛋雕的重要特色所在，而中西文化的巨大差异，也必然造成中西蛋雕风格的差异。

"蛋雕艺术作品同样追求装饰和包装的和谐，其不但对蛋雕起到了很好的保护，同时也有装饰点缀的效果。蛋雕艺术作品的特点决定了装饰的多样化。"蒲德荣介绍，蛋雕艺术作品最大的特点是：无法采用专业化流水作业，完全依赖纯手工，同样的题材，同一个人创作也不会完全一样，每件作品均独立成篇。作品的独立性决定了装饰的多样化。蛋雕艺术作品追求的是作品内容和装饰风格的统一，装饰迎合主题，彼此遥相呼应。在正常的情况下，蛋雕艺术品可以保存百年以上。

艺术要紧跟时代步伐

"这是在2008年举国迎奥运期间，我创作的'历届国际奥委会主席肖像'，已经被北京奥组委信息中心会同中国首都博物馆永久性收藏；这个是为迎接建党90周年，用100枚鸡蛋壳和一枚鸸鹋蛋壳组成的工艺品叫'百鸟朝凤'……"

在位于河北省涿州市的蒲德荣创作室，蒲德荣一一向记者介绍他的蛋雕艺术作品。蒲德荣说，艺术必须紧跟时代步伐。

2005年，他应邀参加了第二届中国民间工艺品展览会，作品《百年奥运，圆梦北京》荣获铜奖。

2006年，蒲德荣参加了中国杭州国际休闲产业博览会，作品《世界名犬》和《恐龙世界》均获优秀作品奖。

2007年，中国北京自然博物馆为蒲德荣举办了个人"中国蛋雕艺术作品展"，引起了强烈的反响。

2008年，他的蛋雕艺术作品代表中国保定市政府参加了美国夏洛特市第四十届圣诞工艺品博览会，在海外大放异彩。作品《29届北京奥运会吉祥物"福娃"》作为保定市政府礼品赠送给美国夏洛特市政府。该届组委会秘书长艾琳娜女士对参展的蛋雕艺术作品给予了高度的评价，称蛋雕艺术是来自东方无与伦比的神奇艺术。

2008年，他创作的《心系汶川》和《万里长城永不倒》两件作品参加了北京地区举办的赈灾义拍活动。活动结束后，他将义拍所得的善款全部捐助给四川灾区，表达了一个艺术家对灾区人民深深的牵挂。

2009年初，他应邀创作的《鉴真东渡》和《郑和下西洋》两件作品被收藏于上海中国航海博物馆。

2009年4月，应邀赴香港举办了以"复活节蛋雕庆建国六十周年"为主题的个人蛋雕艺术展，引起了香港同胞和媒体的广泛关注。

2012-03-09

张莅颖：走出"书斋"把成果奉献社会

她是学生口中的"女神"老师，也是业界传奇的第一批幼儿园"博士园长"，还是河北大学学前教育专业学科带头人，并拥有 26 年的学前教育产业一线管理经历……

她就是河北省知名学前教育专家，河北大学硕士生导师张莅颖。

"充满正能量"是张莅颖对自己的期许和评价，让自己的学术研究走出"书斋"，把研究成果奉献给社会是她一直以来的奋斗目标。

张莅颖与学生合影

充满正能量的明星教师

"我的目标之一就是让我的学生在具备学术研究的能力之外，更多地掌握实际的学前教育操作管理技能，成为能够独当一面的职业园长。"这是张莅颖对自己教学培养目标的一个期许，也是她一直坚持的教学原则。

熟悉张莅颖的人都说，她是一个精力旺盛的工作狂人。他担任河北大学教育学院两门本科生课程和一门研究生课程的教学任务，同时主持着幼儿园的管理事宜，还负责学前教育专业的发展建设工作。这样的工作量是相当繁重的，但张莅颖却丝毫不觉得乏累。

每到有课的日子，张莅颖总是骑着她的自行车"疾驰"在河北大学校园的小道上。"我得提前去等着孩子们，不能让他们等我。"提前 10 分钟赶到教室是她多年来一直坚持的习惯。

张莅颖的课总是座无虚席，幽默风趣、例证翔实是她吸引学生听课的利器。

"张老师的课我们大一就已经开始期待了，到了大三，总算等到了！"河北大学学前教育专业大三学生张天丽说。

学前教育管理是一门实践性非常强的课，若没有丰富的幼儿园一线管理实践经验做支撑，是很难把晦涩的理论真正讲透的。张莅颖 20 余年的从业经验给了她丰富的资源。

"一些具体但又棘手的问题不是靠书本就能阐述清楚的，你得把学生带入到具体的情境中，这样他们才能真正地发现问题。我们的任务就是帮助他们发现问题并解决问题。"张莅颖告诉记者。

除了教给学生专业知识，张莅颖更期待的是让学生们学会如何对待生活。帮助学生们树立起积极向上的人生观与价值观是张莅颖一直努力的方向。"有困难，找老张"是张莅颖的学生口耳相传的一句话。以真心帮助学生，让张莅颖在无形中拉近了和学生们的距离，很自然地就和学生们打成一片，成为受学生追捧的"明星教师"。

全国最早的博士幼儿园园长

1987 年，张莅颖毕业于河北大学教育系学前教育专业，毕业后到河北大学幼儿园工作，1996 年取得教育学硕士学位，2003 年又取得了教育学博士学位。在取得博士学位的同时，张莅颖经过努力，又成为全国最早的"博士幼儿园园长"之一。

"博士幼儿园园长"放在如今已不再少见，但能够坚持从业 20 余年依然活跃在一线的却寥寥可数。不离开学前教育实践一线是她许下的承诺。

"我的理想就是当一名教师，现在爱好成了我的工作，我感觉很快乐。"张莅颖说，每天和孩子们相伴让她学会了以孩子的视角来看待世界，也唯有如此，才能知道孩子们需要的是什么，并能更好地思考作为一名学前教育工作者应如何教导孩子。这是长期的教学经验带给张莅颖的，也正是课堂上所缺少的。

这种好奇心也影响着她研究问题的角度，促使她从平常中发现不平常。

在英国罗汉普顿大学访学期间，张莅颖参观英国的幼儿园时，发现中英幼儿园在户外活动的处理方法上大为不同。她立即展开研究，撰文《英国开展儿童户外游戏的理论与实践》，并在日后积极展开实践探索，将她在英国所发现并研究的新颖经验运用到国内学前教育的具体实践中，探索出一条新道路。

走出"书斋"，把自己的研究成果奉献社会

2017年8月，张莅颖出席"京津冀家庭教育大家谈——推进早期家庭教育的思考与路径"论坛，并以《早期家庭教育的困惑和出路》为题，从家园共育的角度，用经典案例，探讨了家庭教育中家长所面临的困惑与冲突，给家长们提供了解决问题的新思路和新视角，受到家长欢迎，并得到业界好评。

在科研上，张莅颖主持研究多项省部级课题。"河北省学前教育管理体制研究""河北省农民工子女教育和社会融入问题研究""河北省流动儿童教育状况与社会融入问题研究"是其中的代表。

在人才培养上，张莅颖力主实践，让本科生和研究生参与学前教学管理实践，在实践中认识和发展实际教学管理技能是她坚持的教学方法。

多年来，她积极联系各方，与多家公立及私立幼儿园建立了长期稳定的合作，鼓励学生走出课堂、走上讲台，让学生们通过自己在幼儿园亲身的教学实践，补充课堂学习所不能收获的知识内容，从而将学生的实际操作能力进行拔高提升。

"很多细小的、我自己怎么也发现不了的问题，张老师一下子就给我指出来。"学生们都非常敬佩张莅颖的敏锐。"眼光独到，切中肯綮"是丰富的实践经验带给张莅颖的独特教学优势。

"在具体的一线工作中总结经验，从幼儿园选址到设计，再到日常管理都有涉及。"张莅颖认为，学生需要的不仅是理论指导，更是具体实践操作的有益经验。

"把关注民生、服务社会作为研究的方向，让自己的学术研究走出'书斋'，把自己的研究成果奉献社会，这是我的奋斗目标。"张莅颖说。

2018-09-11

闫小兵：在"青椒"路上创造价值

2019 年 5 月，他因业绩突出获得河北青年五四奖章；在西安举行的第 15 届 IEEE 电子器件和固态电路国际会议上，他应邀作的学术报告《忆阻器性能的改善及神经突触的应用》引起与会国内外专家的关注。

他是河北大学的青年教授，也是河北大学最年轻的博导之一 ——河北大学电子信息工程学院副院长闫小兵。

闫小兵不断在课程改革上进行探索尝试，坚持将科研成果带入课堂讲授，在"青椒"路上寓教于学，脚踏实地创造人生价值。

寓教于学：课程改革初探索

2011 年，闫小兵于南京大学毕业，那一年，他带着一腔热血来到河北大学任教。

"作为一名青教，最难过的就是教学关。当时真正体会到：想给学生一碗水，老师必须有一桶水。"闫小兵说。

那年他任教的电子科学与技术专业英语课，面临各个课程之间衔接不紧密、缺乏合适教材等实际问题。

闫小兵认真学习各高校科技英语优秀课程的成功经验，历时 2 年编写了《电子科学与技术专业英语》教材一部，并由中国科学出版社出版。他还根据专业课程的需要参编了《模拟电子技术基础实验与仿真指导》教材和《新型阻变存储技术》专著一部。

为了把最前沿最先进的知识带到课堂中来，闫小兵开设了"半导体器件前沿"课，并坚持每年对本科生和研究生教学计划进行修改，组织学院教师编写教材。

近年来，闫小兵根据新版教材的精神，配套系列辅助课本，不断深化科学前沿和教学教法研究。他的课成功获批河北省示范课。

科教融合：将科研成果带入课堂讲授

2019 年 1 月，闫小兵与来自复旦大学、中国科学院微电子研究所等单位的课题组合作，在忆阻器和类脑计算与器件研究方面取得重要进展。其成果在国际期刊《先进材料》上在线发表，引起业界关注。

该项研究为未来人工智能、数据识别、神经仿生、逻辑电路等领域提供了器件基础。

"我读博士期间就开始了'忆阻器'元器件方向相关的研究。"闫小兵告诉《中国科学报》记者，多年来，自己在"忆阻器"元器件方向相关的研究从未懈怠过，同时他坚持把科研成果带入课堂讲授。

刚来到河北大学的时候，河北大学并未开展此方面的科研课题。面对"白手起家"的现状，他带领几名学生，从购建实验设备开始，稳扎稳打，到如今已经发展成拥有二十几人的研究队伍。

在研究器件的均一化、小型化发展过程中，要求器件中的量子点能够整齐排列。量子点的直径只有三四纳米，让三四纳米的量子点整齐排列谈何容易。在实验过程中，闫小兵尝试了不同的溶剂，在 40℃～300℃中进行了数百次实验，尝试了各种退火时间。功夫不负有心人，他终于找到了最佳的时间和温度。这也为忆阻器和类脑计算与器件方面取得重要研究进展打下了基础。

为了把科研成果转化为教学内容，闫小兵主动向学院申请担任大学生创新创业辅导教师，利用自己的科研成果转化，积极指导学生进行课外科技竞赛和科研活动。他的团队获得了一项国家级创新课题、两项省级创新课题，并获得了省级创新创业大赛年会二等奖。

服务社会：脚踏实地创价值

作为新材料方向带头人，闫小兵与学校一起推动了保定市政府与新加坡 - 中国科学技术交流促进协会、河北大学共建的保定南洋研究院项目落地。

2018 年以来，闫小兵主持召开了两次技术转移研讨会暨院企对接洽谈会，包括中国移动通信集团、英利绿色能源有限公司、保定市天河电子技术有限公司等在内的多家公司参加了洽谈会，促成了校企合作、交流，为学校、企业搭建了一个跨领域的知识分享、信息交流和资源对接平台。

位于保定市高新技术开发区的河北同光晶体有限公司，主要从事第三代半导体材料碳化硅衬底的研发和生产。针对该企业的实际需求，闫小兵团队为其开发了 SiC 单晶生长炉 DCS 系统，操作者只需点击运行自动控制模式，系统即可自动完成长达数天的 SiC 单晶工艺连续加工，节省了企业的人力开支，提高了生产效率。

近年来，闫小兵参与了国家"863 计划"项目课题"固体电解质纳米相变存储器研制"和"高密度存储与磁电子材料关键技术"等。目前他已有 15 项专利被授权，部分专利与知名芯片公司达成了初步技术转让意向。他还先后获得了河北省青年拔尖人才、河北省"三三三人才"等多项荣誉，并曾获得河北省杰出青年基金与河北省自然科学基金委优秀青年基金支持。

2019-07-03

李英杰：美丽的石头会说话

李英杰

"青春永驻就是在最终的时候实现最初的梦想……"这是河北地质大学资源学院副教授李英杰在自己QQ空间里写下的一句话。

李英杰大学本科毕业于烟台师范学院地理系，毕业后在河北省的一个省直事业单位从事文字工作。但不久之后，心怀三尺讲台梦想的她，毅然辞职，选择深造，最后走上了教书育人的路。

"我最欣慰的，就是这些年一直在幸福地做着自己最热爱的事业。"李英杰说。

把教室搬到野外

从2007年开始，李英杰每年都要带领本科生和研究生进行野外实习。每次带领学生出发时，她的行李里面必然放进一样东西——投影仪。白天，这位身材苗条娇小的女教师带领一大群大孩子们跋山涉水；晚上，她也不觉得疲惫，打开投影仪，和学生们围坐在一起，认真总结野外实习的收获和存在的问题，分享新的地质发现，纠正学生们容易犯的错误，指导第二天的工作思路。

每次两个月的实习下来，学生们都会反映收获很大，把课本知识进行了系统实践。有学生说："如果把教室搬到野外来上多好。""我们学校的教学优势在实践方面，所以要着重提升学生的野外实践能力，尤其是动手能力，这就需要培养学生不怕苦、不怕累和勇于开拓的精神。"李英杰身体力行，每一次出野外，她都选择爬最高的山、调查最复杂的地质路线、走最长的山路。男生们对这位女老师的评价是"李老师上山很厉害！"。

行胜于言。正是在李英杰的影响下，她的科研团队带出了一支又一支优秀的学生队伍。这些学生后来进入科研院所、地质队，受到了很高的评价，很快成长为各单位的技术骨干。

用工作回报亲人

2016 年 9 月，中国地质调查局对李英杰负责的第 3 个 1∶5 万区调项目进行了野外验收，并给予两幅优秀、两幅良好的成绩。听取汇报并现场检查之后，专家组对他们项目组的科研成果赞赏有加。可是谁又知道，这时会场里一脸疲惫的李英杰，刚刚经历了一场与母亲的生离死别。

2016 年初，李英杰的母亲在一次检查中被诊断为结肠癌晚期。医生告知她母亲大约还能活 3 个月。李英杰知道，她已没有机会让母亲康复和孝敬母亲了。然而母亲却没有任何怨言，甚至，在被病魔折磨的时候，还不忘叮嘱她别耽误了工作和学习……

母亲走后，李英杰带着年仅 7 岁的大儿子出野外，孩子总是乖乖地自己玩耍，从不打扰她。她在工作的间隙，抬头看到那个小小的孤单的身影，忍不住把孩子搂到怀里，哽咽着问他："你愿意让妈妈继续做这个工作吗？如果你不愿意，妈妈就不做了好吗？"孩子抬起头看着她，大眼睛忽闪着："妈妈要工作！要当个好老师……"

谈起地质工作、野外考察、带学生实习、讲台上授课，李英杰一直是笑容满面，话语间带有一种发自内心的喜悦。而谈到老人和孩子，她几度哽咽，沉默了良久。

"也曾纠结过，想过退却。但是想起这么多人对我的期盼和支持，以及学生对地质知识的渴望与追求，我唯有更加努力地投入工作，才对得起他们！"李英杰说。

"我永远只是个学生"

采访过程中，李英杰说的频率最高的一个词就是热爱。地质学是一门实践性很强的学科，学生只有将书本理论和实践结合，才能真正掌握它。

2005 年，李英杰第一次到内蒙古，从事野外地质矿产调查工作。在全身心投入工作的过程中，她觉得大自然纯粹的美洗涤了她的心灵，她被深深吸引了。"只要用心，美丽的石头会说话。"她说山上的每一种岩石，都在默默诉说着它经历的沧海桑田，这令她陶醉其中……

近年来，作为项目负责人或第一主研人，李英杰先后主持了中国地质调查局区调项目 3 项、河北省自然科学基金项目 1 项、国家自然科学基金项目 1 项、河北省科技厅项目 2 项、厅局级项目 6 项，2011 年主持完成了河北省科技厅项目"加权特征分析在多金属找矿预测中的应用研究"，成果鉴定为国内领先水平。2013—2015 年承担完成了河北省科技厅重点项目"中亚成矿带东段大型－超大型矿床成矿找矿研究"，成果鉴定为国内领先水平。2013 年新发现内蒙古梅劳特乌拉蛇绿岩带，对于正确认识中亚造山带东段古亚洲洋洋壳的完整层序特征、解决中亚造山带东段构造演化过程具有重要的科学意义。

"我永远只是个学生。"李英杰告诉记者，她自己只是一个初入地质学大门的学生。对于 46 亿年以来，在地球演化过程中形成的各种地质现象的认识，人类尚且只是处于不断探索的阶段。自己作为初学者，只能抱着端正的学习态度才可能有进步。越是沉下心去，就越觉得自己知之甚少，要学的太多。

2016-12-15

刘守信：让研发的每项成果都实现产业化

"搞科研没有任何捷径，只要你能坐得住，能踏踏实实、认认真真坚持去做，就一定能成功。" 2018 年初冬时节，河北科技大学教授刘守信在接受《中国科学报》记者采访时如是说。

1985 年，刘守信从延边大学有机化学专业毕业，获得硕士学位，作为引进人才来到河北化工学院（河北科技大学前身）工作。

多年来，刘守信和他的团队一直在化工制药领域潜心耕耘，为河北省医药产业解决了一个又一个难题。2001 年，他的化学合成联酶法 D- 对羟苯甘氨酸的生产技术，获河北省科技进步一等奖；2006 年，他的两菌两酶非均相法生产 D- 对羟基苯甘氨酸新技术，获河北省科技进步一等奖；2011 年，他又凭借非均相生物催化和反应分离耦合法精细化学品生产新技术，获河北省科技进步一等奖。

研发的每一项成果都实现了产业化

"80 年代中期，我刚刚来到河北化工学院工作。那时学校的科研氛围不像现在这样浓，学校对老师做不做科研也没有硬性的规定。但我觉得，自己应该做点事。"刘守信介绍，当时学校的实验条件非常落后，为了尽快开展工作和节省开支，自己经常蹬着三轮车去 10 多千米外的批发市场采购化学试剂和药品。

基本的实验器材具备了，可科研从哪个方向入手、做哪方面的课题？刘守信心里也没底。当时，华北制药厂刚刚引进了一条国外的青霉素生产线，生产效率确实提高了很多，但存在一个制约，就是在生产过程中必须要添加一种提高青霉素分离效率的化学制剂——破乳剂，而当时国内市场没有这种制剂。华北制药厂相关负责人经人介绍，找到了刘守信，问他能不能研发这种化学制剂。

刘守信没有接触过药品生产，研究这种化学制剂只能一步步摸索着来。经过几个月的反复实验，他终于研发出了这种化学制剂。"这可以说是我的第一个科研成果，也是它把我带进了化工制药这片广阔的海洋。"刘守信说。

从此，华药在生产过程中一遇到难题，首先想到的就是刘守信。20 世纪 90 年代初，华药引进了国内第一条头孢生产线，然而原料要进口的问题一直让华药头疼。"生产头孢类药品的原料是一种叫作氯洁霉素磷酸酯的医药中间体，需要从日本进口，当时每吨要 7 万多元。"刘守信介绍，要想降低医药成本，就必须解决中间体研发问题。在他的带领下，攻克了这一难题，成本一下子降了一半还多。

近年来，他研发的每一项技术都实现了产业化，累计新增产值约 43.6 亿元，原材料消耗下降 5% ～ 40%，产能提高 50% ～ 120%，产生了显著的经济效益和社会效益。

"基础研究和应用研究是互为反哺的。生产实际问题经分析、综合、抽象化可作为应用基础研究的课题，而基础研究中发现的新方法、新思想又可以应用于实际中。"刘守信说，做科研时，可以围绕一个产品，通过不断的技术创新，使其技术含量上升到国际一流水平。

从源头寻找治污路径

近年来，环境污染问题日益突出。如何更好地保护环境、减少污染，成为刘守信关注的又一课题。

"现在的环保主要是监测环境被污染的状况，然后根据污染物的种类提出如何治理的方案。这种先发展后治理的模式，很难从根本上解决环境污染的难题。我认为应该从源头抓起，少污染或者不污染。"刘守信介绍，在化工制药生产过程中，一部分原料没有转化成药品就被排放出去造成了污染，还有一部分原料没有按预定的方向转化，产生了造成污染的物质。产生这两种污染的主要原因是药品原料的转化效率低。

要避免或减少污染，就需要在提高转化效率上下功夫。长期以来，传统的化工制药在生产过程中使用化学催化的方式。这种方式成本低，技术也容易掌握，但药品的转化率低，造成的污染大。有没有一种转化效率高、污染更小的催化剂？"当时国外已经有人开始研究生物催化技术在医药领域的应用，但由于是跨专业领域，国内很少有人涉及这方面的研究。"刘守信敏锐地感觉到这是未来制药的方向，于是他开始自学生物方面的知识，进行生物催化的研究。

生物催化具有很好的选择性，转化效率要比化学催化高很多，但它的催化过程一般要在溶液中进行，生产药品的效率相对较低。能不能不用溶液，用固体溶解的方式进行生物催化？这是一个世界性的难题，国内外学者都在进行相关研究。刘守信带领他的团队研发出了"以非均相生物催化生产 D- 对羟基苯甘氨酸"的技术，在全世界率先解决了生物催化技术产业化中合成效率低的难题。2005 年，该技术在石家庄中天生物技术有限责任公司实现了产业化，达到年产 3 000 吨的规模，生产效率提高了 6 倍，并且具有显著的节能、降耗、环保的效果。

"未来的制药，将向纳米催化和太阳能催化发展。"尽管在生物催化研究应用方面走在了国际先进行列，但刘守信没有丝毫的优越感，而是站在国际科技前沿，考虑如何更进一步提高转化效率、减少环境污染。

"纳米催化反应可以在接近于分子尺度上完成，转化效率会进一步提高。太阳能替换传统高温高压的方法，会减少大量的能源消耗。"刘守信表示，目前他和他的研发团队正在进行可见光纳米材料催化体系的研究，并且取得了一定的进展。

教学与科研相互促进

"尽管刘老师已经 50 多岁了，但他给学生上课的课件从不让研究生代为制作，每次上课前他都要反复修改，生怕遗漏什么。"在学生眼里，刘守信不仅是科研的领军人物，更是一个好老师。

"我上大学时，真实的想法是要毕业以后回到自己执教的中学，做一名全县最好的化学教师。"刘守信介绍，他 1973 年高中毕业，上大学前就当过小学和中学教师。现在，作为大学教师的他深知，即使是在大学，教书育人也是教师不可推卸的职责。

在如今的大学里，许多教师把教学看成是一种负担，因为上课太浪费时间，而且出不了成果。但刘守信认为，科研与教学并不冲突。"教师在准备授课内容的过程中，总会对所授知识有新的、更深刻的理解，进而提高授课者的理论水平。"

刘守信介绍，从工科有机化学到理科有机化学，从精细合成单元反应到药物合成反应，从基础有机化学到高等有机化学，从化学催化有机反应到酶催化有机反应，他面对不同层次的学生，讲授过多门课程。"正是这些课程奠定了我较扎实的化学基础，为我从事科研工作起到了关键作用。同样，科研搞好了，也有助于做一个好教师。"刘守信表示，课堂上最能吸引学生注意力的是教师扎实的专业知识和他手头的科研课题。

"我讲授的'药物合成反应'这门课，学生都感觉难，但他们的出勤率非常高，而且也非常感兴趣。其中重要的原因是这门课能与生产实际相结合，与我进行的科研项目结合。"刘守信说，"比如课本上讲的酰化反应与华药生产的相关 β-内酰胺半合成抗生素十分相似，我就把它作为例子纳入授课当中，这样学生觉得有收获。"

"高校教师完全可以将技术创新、知识创新所形成的成果渗透到教学过程中，以拓宽学生视野，并启迪学生的创新意识，从而实现教研相长。"刘守信这样说。

2018-11-19

江贻芳：从地下管线迈向智慧城市

江贻芳是中国城市规划协会地下管线专业委员会专家委员会副主任，与城市地下管线结下了不解之缘。此外，他还有一些头衔：国标委国家智慧城市标准化专家咨询组成员、《测绘通报》编辑委员会委员、《地下管线管理》编辑委员会委员等。

江贻芳

多年来，江贻芳一直奔走在各个城市。他要"梳理"城市地下管线，还要参与我国智慧城市建设标准化工作的规划、咨询等。

从地下管线迈向智慧城市，在江贻芳看来，地下管线是智慧城市建设的一部分。"一个城市，信用体系建立不起来，就谈不上智慧建设。"江贻芳对《中国科学报》记者说。

摸清地下管线家底

"通过对已有地下管线数据的整理及对新建、改进管线的实时动态更新，最终实现为城市各种地下管线相关的业务应用提供数据共享服务。"这是江贻芳一直努力的方向。

1967年出生的江贻芳，毕业于中国地质大学，先后在冶金工业部地球物理勘查院（现中国冶金地质总局地球物理勘查院）、保定金迪地下管线探测工程有限公司、北京市测绘设计研究院、天津市勘察设计院和天津市星际空间地理信息工程有限公司工作，曾参与北京、上海等多个大中城市地下管线的规划和设计。

谈起我国城市地下管线的现状，江贻芳介绍说："随着社会发展进步，各个城市在以惊人的速度'长大'。而在城市迅速向上发展的背后，却是地下管线问题造成地下空间开发的不足。"

因此，江贻芳与城市的各种地下管线"纠缠"了几十年。

"2005 年《城市地下管线工程档案管理办法》实施之前，每年有 10 多个城市作地下管线普查，办法出台之后，每年有二三十个城市作普查。"江贻芳说。

为了摸清地下管线"家底"，获取参考依据，住建部门于 2011 年为江贻芳提供了经费，用作国内地下管线的调查。江贻芳 2012 年的调研显示：2000 年至 2011 年间，全国共有 253 个城市开展过城市地下管线普查工作，但地下管线"家底"不清的状况在全国依然普遍存在。存在"城市地下管线综合管理的责任不清，导致监管缺失；地下管线分属众多权属单位管理，导致管线信息共享困难等诸多问题"。

为此，除了奔走在各个城市参与地下管线信息化设计外，每到一处江贻芳都不忘呼吁政府和相关部门建立统一的地下管线监管机构，加快标准制定和地下管线立法。

近年来，他撰写的论文《我国城市地下管线信息化建设现状和发展趋势》《城市地下空间信息化建设探讨》《城市地下管线普查探查过程质量控制》《美国地下管线档案信息管理对我国的启示》《城市地下管线信息管理系统建设若干问题探讨》在业内引起一定的反响。

探索"智慧管线"标准化建设

2014 年 7 月 25 日，以江贻芳为主要起草人的《管线测量成果质量检验技术规程》通过专家审查。这是江贻芳参编城市地下管线标准方面的又一成果。

"标准的目的是统一要求、统一行动。"江贻芳说，智慧城市建设的前提是城市拥有"智慧管线"。

近年来，江贻芳牺牲大量节假日等休息时间，在城市地下管线标准化建设上努力探索。在参编标准方面，他作为项目顾问和主要起草人，完成了国家标准《地下管线数据交换技术要求》《城市地下空间设施分类与代码》，建设部行业标准《城市地下管线探测技术规程》《基础地理信息数据库系统测试规程》《城市地下管线探测工程监理技术导则》，地方标准《北京市地下管线探测技术规程》《北京市基础测绘技术规程》等近 10 项标准。

其中，他参编的《北京市地下管线探测技术规程》2011年获得北京市第十五届优秀工程设计二等奖；《基础地理信息系统技术规范》获得2011年北京市第十五届优秀工程设计奖三等奖。

目前，江贻芳正带领团队积极努力，将于2015年推出一本涵盖我国一线和部分二线城市地下管线综合管理的书。"这本书将从城市公共管理的视角，以提升城市管线管理水平为目的，对各个城市有实际借鉴意义，并具有实施性和操作性。"江贻芳介绍说。

破解三维数字城市关键技术

作为智慧城市建设的专业人员，应以科学的精神和负责的态度，投身到各个城市的规划建设之中。

2012年，江贻芳从北京到天津市星际空间地理信息工程有限公司工作。在江贻芳看来，中国企业的竞争，是技术、知识产权的竞争。

因此，来到这家公司后，江贻芳做的第一件事就是引进知识产权"专员"，聘请专人负责知识产权工作。两年后的今天，该公司已有专利22件，其中授权专利5件。2014年新申请专利17件，到2014年12月底，公司将累计申请专利26件。不久前，该公司在天津市上万家竞争对手中凭借综合实力脱颖而出，被破格评为天津市专利试点单位。这其中，包含着江贻芳的智慧和汗水。

江贻芳最大的心愿是依靠自己多年来对城市地下管线的理解和对我国智慧城市建设需求的把握，研发出真正的产品来。"智慧城市的空间支撑是数字城市，数字城市与智慧城市具有承前启后的紧密联系。"江贻芳介绍，受现有软硬件环境限制，大城市特别是特大城市的海量高精细三维数据组织应用困难，难以实现多元信息集成应用，制约了三维数字城市的实用价值；三维数字城市目前主要应用在虚拟展示和辅助规划管理方面，应用广度和深度有待进一步研究和突破。

江贻芳带领他的团队不断攻克技术难关，依靠技术创新。

"中国建设智慧城市发展方向是以实现数据分析为基础的科学决策。"江贻芳说，"智慧城市建设是一项长期、艰巨的任务，我们还刚刚起步，还需不懈努力。通过对信息的收集、整理和分析，从数据中挖掘问题，分析问题的原因，逐步解决城市存在的核心关键问题，使城市越来越美好。"

2014-10-24

王志明：一位"80后"的造药济民梦

华北制药是新中国制药工业的摇篮，被称为共和国的"医药长子"，它曾是亚洲最大的抗生素生产厂，彻底结束了我国青霉素依赖进口的历史。

作为该企业研发中心最年轻的主任工程师，科技委员会专家，国家"十二五"重大品种、创新药物重组人血白蛋白

王志明在抗体药物研制国家重点实验室

课题的技术负责人，年仅34岁的他，创造性地解决了生产工艺开发过程中的一系列工艺难题。

他，就是华北制药研发中心生物工程药物所所长王志明。

风雨兼程，只求问心无愧

2004年在中国科技大学取得生物专业与计算机专业双学位后，王志明因一个偶然的机会来到华北制药研发中心生物工程药物所，进入重组人血白蛋白课题组，从此一头扎进了生物技术药物研发的天地，开始了11年风雨兼程的科研路。

从最基本的层析、纯化开始做起，王志明精益求精、满腔热忱，对每一项细小的工作都坚持做到完美无缺：科技攻关的关键时刻，他在岗位上可以坚持三天三夜；在一次双向电泳的实验中，他坚持到后半夜，依然细致地处理好胶板，做好后续的实验准备；他的科研记录不只记录每一天的实验情况，还要总结成功的经验、失败的教训，并且要查阅众多相关的参考资料。

经过几年的不懈努力和咬牙坚持，王志明成了重大课题的带头人。

"生物药研发工作需要严谨的工作态度和持之以恒的决心，我们每一个项目的研发，也许不能都推出用于临床治疗的药物，但求对该研究领域起到一些作用，为我国的医药研究工作贡献一点价值。"王志明向《中国科学报》记者坦言。

11 年来，王志明的贡献也是有目共睹——他出色地完成了国家、省、市等多个科研项目的申请及执行工作，为企业创新体系的建设作出了突出贡献。他主持参与省部级项目 10 余项，获得国拨经费超过 5 000 万元，其中国家科技重大专项"重大新药创制"和"十一五"计划项目因执行出色而作为重大品种获得"十二五"滚动支持，获得国拨经费近千万元。这也是河北省唯一获得滚动支持的国家级生物药项目。

知难而上，只为填补空白

白蛋白是大剂量蛋白药物的典型代表，也是世界难题，而王志明带领团队攻克的重组人血白蛋白的临床试验研究在国内尚属首次。作为生物制品，重组人血白蛋白也是国内截至目前唯一一个单独做临床试验研究的药用辅料。

王志明告诉记者，人血白蛋白是血浆中最丰富的蛋白质，占血浆总蛋白的 60%，临床上主要用于治疗因失血、创伤、烧伤、整形外科手术及脑损伤引起的低蛋白血症以及肝硬化、肾水肿等恶性病变，在抗肿瘤及免疫治疗中也有较大的需求。

"我国目前临床使用的人血白蛋白是通过低温乙醇法或层析法从人体血浆中提取的蛋白制剂，其生产受到血浆来源的限制，近 10 年来处于持续供应紧张的态势，同时血液制品由于其生产工艺和检验手段的限制，无法避免致病微生物的潜在安全威胁。"王志明介绍说，"重组人血白蛋白课题采用现代生物技术，运用发酵生产重组人血白蛋白的方案，旨在大规模生产白蛋白产品，降低血源产品的安全风险。"

然而，研发路上总是充满坎坷。2010 年，在研发产品的中试放大过程中，某项技术指标始终无法达标，在之后的两三年里，王志明带领的课题组反复试验，尝试突破该难题。回忆起曾经的艰难岁月，王志明感慨万千，他曾连续 4 个月没有休息，没日没夜地扑在该难题的破解工作上。他锲而不舍、知难而上的精神也感染了同事，大家众志成城，对生产工艺进行了创造性的集成和关键难点的突破，最终圆满完成了辅料用途白蛋白的临床试验研究，为河北省乃至我国同类药物的开发提供了良好的示范。

攻坚克难，只愿造福百姓

近些年来，生物技术在医药市场上独领风骚。2014 年全球销售额最高药品的排行榜中，前 8 名里有 7 个都是生物技术药物，其中的阿达木单抗连续几年都是全球销售额第一。如此骄人的成绩为相应的制药公司带来了巨额利润。

然而，在王志明的心中，深深印刻着八个字："淡泊明志，造药济民！"生物技术类药物在各自的适应证中大多是特效首选药，如修美乐、恩利之所以在全球医药市场取得了巨大成功，是因为它们在类风湿性关节炎及相关自身免疫疾病中显著的治疗效果。王志明说："生物技术药物的研发决定着广大病患的痛苦是否能解除，关系着千家万户的幸福生活，是造福天下苍生的大好事，我们怎么能没有攻坚克难的决心呢！"

目前上市的生物技术药物大多价格昂贵，一个疗程的药物价格动辄上万，甚至几十万，给患者带来沉重的经济负担。王志明解释说，汽车刚刚被福特发明出来，价格也很昂贵，成为有钱人的奢侈品，但是经过一段时间的发展，汽车开始普及，给千家万户带来了生活的便利；青霉素在刚刚被研制出来的时候价格也是贵于黄金，随着研究的深入与科技的发展，青霉素的价格已相当低廉。

"我们生物技术制药人员的责任与使命就是通过不断的研发与努力使生物技术药物价格更加亲民，质量更加经得住考验，为千家万户造福。"王志明说。

2015-07-24

李玮：心存高远　脚踏实地

李玮（右）在实验室指导学生做化学实验

生化酶催化的不对称研究作为化学的重要研究领域，成为无数人追求的方向。

河北大学化学与环境科学学院李玮博士，便是以生物酶催化的不对称合成研究为起步，系统提出生物有机合成的方法和实例，奠定了该领域的理论基础和过程分析，建立了该领域的研究方法。至今，他先后发表高水平论文 19 篇，发明专利 10 项，完成合成反应 3 000 多个，开发合成全新化合物 100 余个，完成工业化项目 30 余项。

心系桑梓

1988 年，硕士毕业的李玮被分配至河北省科委工业处工作。因能力出众，没几年便被委以省海洋局副局长的重任。"那时我经常白天上班，晚上到河北师大化学系做实验。"李玮回忆说。

由于对所学专业的痴迷，李玮 1995 年辞去了公务员身份，自费去日本留学。经过 4 年的刻苦努力，李玮获得了东京工业大学工学博士学位。接着他又以加拿大多伦多大学博士后的身份在一家化学公司工作一年半，并于 2003 年加入加拿大籍。

按理说，奋斗至此的李玮完全可以在国外过上舒适安逸、令人羡慕的富足生活，然而，一个中国当代知识分子的良知与责任，促使他踏上回国路。

　　"之所以选择回国创业，一是因为'根'在这里；同时，国内的投资环境、政府的政策支持、金融机构的支持力度，以及与高校、科研院所合作的便利程度，都是国外没法比的。"李玮说。

　　2005年9月，李玮回国，在石家庄一家上市公司做总工程师，并在此期间攻读了北京大学的EMBA。2010年2月，他又毅然放弃百万年薪的总工程师职位，开始自己创业。4年下来，他创办的河北博伦特药业有限公司总资产已达1.5亿，年销售额超过1亿，完成研发、中试和工业化生产项目50多项，其中工业化产品20项，多项填补了国内空白，形成了抗生素侧链和母核系列产品、手性胺、手性酸、手性醇、生物酶制剂以及医药前体和原料药的核心技术，构建了国内外市场渠道。该公司已成长为以归国和海外博士团队为领军的高新科技企业。而李玮本人，也迎来事业的辉煌——2011年成为河北省特聘专家和突出贡献专家，2013年入选科技部创新人才推进计划。

华丽转身

　　回顾自己的人生历程，李玮总结：懂得如何将梦想转化为现实很关键。"学了一堆东西，你不把它发挥出来，永远在实验室里转，很多想法没法实现，梦想会逐渐被磨灭，这让人特别没有成就感。"李玮如是说。平实的话语中透露出这位"海归"博士的人生智慧，仰望星空的同时还要脚踏实地，只有勤勤恳恳做事才能真正让梦想照进现实。

　　2014年4月，李玮再次作出人生的重要选择——被河北大学引进，在化学与环境科学学院全职工作。

　　河北大学是河北省唯一一所由河北省政府和教育部共同建设的综合性大学，也是河北省唯一一所入选国家"中西部高校综合实力提升工程"的高校。目前李玮加盟的"药物化学与分子诊断"教育部重点实验室就是该工程构建的10个核心项目载体之一。该校化学学科于2013年进入ESI全球前1%行列，在国内外具有一定的影响力和知名度。

　　"将自己的知识和实际有效结合，开发出市场需要的产品，这是我的追求和方向，也是我的动力和激情所在，更是我的兴趣所在。"李玮说。

　　加盟"药物化学与分子诊断"教育部重点实验室后，通过不到1个月的时间，李玮就完成了化学合成和生物催化转化团队的构建，实验室设计方案和招标，实验室装修工程、设备询价、比价、大型设备采购论证，李玮完成了从一个叱咤商界的总经理到高校教授的华丽转身。他启动了双功能酶催化手性醇产品项目的研发，申报了河北省科技厅支撑计划项目，并确定了未来研究和发展的方向。

心存高远

在李玮看来，化学的本质就是为人类创造美好的生活。"化学可以合成我们需要的物质，从而造福人类，这是每个化学家的理想，同时也是化学的终极目的。"李伟如此描述，"化学是一门实验科学，需要用心体会；化学是一项技术，需要亲力亲为；化学是一门艺术，需要精雕细琢。"

心存高远，才能铸就伟业。对于未来，李玮这样描述自己的蓝图：搭建生物—化学—医药协同发展的技术平台、生物酶和生物转化研发平台以及小试—放大/中试—工业化转化平台，探索技术创新和产业化的结合，建立产学研的紧密合作模式，完成成果的有效转化，真正推动国内制药企业在仿制药领域的技术创新，提升其在国际市场的竞争力……

"我来河北大学是为了做事的。做事丰腴人生，做事成就'千人'，做事反哺家乡，做事回馈社会！"李玮说。

2014-07-25

齐名：让生命与精彩齐名

技校毕业的他，20年勤学不辍，成为名副其实的电气仪表自动化专家；十几年来，他的150项科研成果创造直接经济效益1500多万元，循环经济效益5000多万元。他就是华北制药金坦公司首席技师——齐名。

齐名曾是一名治愈率只有15%的白血病病人，但他用

齐名（左一）获得全国劳动模范称号归来后，第一时间投入工作中，与工友探讨软化水改造工艺

15%的生存概率活出了100%的精彩。2014年他获评全国最美职工，荣获全国五一劳动奖章；2015年五一前夕他又被评为全国劳动模范。

"不服"造就的"技术大拿"

1991年，齐名从技工学校毕业后，被分配到华北制药生产车间。1999年，他被调入华北制药金坦公司后，不仅从事高压电工维修工作，还负责进口设备的检修。金坦公司属于高新技术产业，大部分采用进口设备，自动化程度非常高，技术资料全都是英文。如果机器出了故障，需要请外国工程师修理，他能做的只是打个下手。

齐名心里很不是滋味，难道非得请外国人来解决问题？他不服！

齐名报考了计算机应用专业，利用业余时间进行系统学习。他是个学习的有心人，也创造了独特高效的学习方法——他将枯燥的书本理论拿到工作中去印证，又带着工作中的疑问到书本中寻找答案。

2000 年，一台意大利进口设备出现故障，厂家说要把设备拆走，维修费用高达几十万元，还要停产 1 个多月，测算下来，企业至少要损失 1000 多万元。齐名临危受命，和同事一道，经过两天两夜的拆装、测试、排查，终于找到了故障原因。他们仅花 1 角钱买了个电阻换上，就让设备重新运转了起来。

齐名利用业余时间进行"充电"，渐渐地，他成了公司里设备维修方面的"百事通"，不但能治"小毛病"，还做起了"大手术"。这样，外国专家来得少了。

"齐名虽学历不高，却是技术上的'大拿'，他能治服各类'洋设备'。"金坦公司党支部副书记、工会主席张延军告诉记者，现在在金坦公司的每一个岗位，几乎都能看到齐名技术成果的推广应用；全公司价值 3 个多亿的设备，几乎没有他不能修的。

用 15% 的生存概率活出 100% 的精彩

2008 年，36 岁的齐名高烧不退，被确诊为 AML-M5 型白血病，治愈率仅 15%。

此时的齐名，事业上正处于成果的高产期，生活也很美满，妻子贤惠，儿子可爱。"人总不能为治病活着。""精神产生免疫力。""我要用 15% 的生存概率活出 100% 的精彩！"住院期间，齐名开始重新思考人生。

在洁净室的层流床上，他因化疗吐得一塌糊涂，但吐完之后擦擦嘴，又看起了专业书籍。面对病友的不解和妻子的心疼，齐名却说："看书能让我忘却病痛，有止吐作用。"

注射化疗药后需要平躺 6 个小时，齐名则用这难得的清静时间完成了自动称重剔除系统关键技术的构思，使产品返工率由 42% 下降到 5%。半年后，病情稍有缓解，齐名便回到了工作岗位。

此后的齐名，每天想得最多的是如何更多地出成果。"我要把一天当两天、当十天来过，把每一天都当作生命的最后一天来过。享受工作，留下价值。"齐名在《坚守岗位 复制生命》的文章中如此写道。

生命不息 创新不止

一项攻关连着一项成果，齐名的知识积累如火山爆发般，一发而不可收——《巧制 PLC 程序备份，减少事故，节约维修高昂费用》《开发单片机功能，创新增效》《组建厂区技术安全防盗》《模块自控系统电气转换器国产化替换》《软化水控制系统改造》。在金坦公司的每一个岗位，几乎都能看到齐名攻关成果的应用。

齐名所属的设备动力部的部长胡丽芝说，齐名是单位出了名的"创新达人"，小到改造公司的门禁系统，大到改进进口生产设备的功能、自主研发替代部件，可以说，"从机械到电器、仪表，从低压到高压，齐名是全活儿"。

20 多年来，齐名创新不止，150 项科研成果创造直接经济效益 1500 多万元，循环经济效益 5000 多万元，他先后获得 5 项国家专利授权。

"我将珍惜全国劳动模范的荣誉，继续开展技术创新和课题攻关。"5 月 5 日，刚刚获得全国劳动模范称号的齐名告诉《中国科学报》记者，他将践行自己每年 10 项以上创新成果、创造直接效益 100 万元的既定目标，为企业发展作出更大贡献。

2015-05-15

郑久强：大写的"炼钢工"

2015年劳动节前夕，有着"华夏第一炼钢工"之称的河北钢铁集团职工郑久强，接连被评为全国最美职工、全国劳动模范，成为全国钢铁行业唯一获得两项殊荣的先进模范。

郑久强，技校毕业生，起步于20世纪80年代苦脏累险的小转炉前，多年来，以产业

郑久强在查看转炉冶炼情况

工人之身踏实筑梦于炉台前，为世人展现出一个大写的"炼钢工"形象。

"我的成长是从最初的'惧怕'开始的。"1989年，19岁的郑久强走出校园，成为唐钢集团转炉车间的一名炼钢末助手。那时的车间，温度高、粉尘大，稍不小心，飞溅的钢花落在身上就是一个燎泡。第一次取样，他因缺少经验加上力量单薄，取样勺探入炼钢炉的深度不够，取出来的不是钢水，大部分是钢渣。由于影响了检测，炼钢工直接把刮渣板重重地摔到地上。

第一次取样失败，激起了郑久强心底的执拗劲儿，怎样才能干得更好？他的想法很简单，就一个字，"勤"。和泥堵出口、取样、清炉坑、打渣子、调换渣斗……自己的活儿精心干，别人的活儿抢着干。把8个小时工作时间延长到10个小时，早来晚走，学习前一个班组和后一个班组不同的炼钢经验。晚上多看书，白天多留心，逢人便问几个"为什么"。自学了高等院校炼钢专业的全部理论知识，写下了几十万字的学习笔记和操作记录。

为了掌握炼钢工的"绝技"——准确目测钢水温度，郑久强"死盯"着1600～1700摄氏度的钢水，"一炉下来，眼睛就会被刺得生疼"。凭着这股韧劲，他23岁就从炼钢末助手被破格提拔为唐钢历史上最年轻的炼钢炉长。

　　凭着一份勤学苦钻，2002 年，在第一届全国钢铁行业职业技能大赛上，郑久强准确报出炉温 1 648 摄氏度的数值，与仪器检测数据分毫不差，被誉为"华夏第一炼钢工"。他总结的"三二四"炼钢法结束了唐钢 50 多年来完全靠经验炼钢的历史。从操作 6 吨转炉、8 吨侧吹小转炉到 150 吨顶底复吹的现代化大转炉的过程中，总结出"造渣、调渣、溅渣"的先进操作法，让转炉炉龄由 6000 炉提高到 1.7 万多炉。

　　"现代化生产需要团队协作，仅凭我一个人，即使一身是铁又能打几个钉！"2008 年以来，郑久强把更多的精力放在了"传、帮、带"上，不仅为企业培养出第一代大学生炼钢工，还将一个不思进取的技校生带动成长为一名操作技能专家。

　　留披肩长发、成为港台剧中"古惑仔"，曾经是张军的追求。如今他已经是唐钢劳动模范、操作技能专家。提起郑久强对他的影响，他感受颇深。2001年，张军是郑久强 150 吨转炉的第一任炼钢助手。在一次吹炼过程中，2 号炉托圈的冷却水管突然大量漏水，水越积越多。就在出钢快结束时，炉子的倾倒系统突然掉电，如果炉身摇不起来，上千摄氏度的炉渣一旦溢出与水接触，很容易爆炸。这时候，郑久强命令张军他们立即撤离现场，只留下他一个人操作处理。化险为夷后，郑久强的一句"这种危险的时候只能我来，因为我是炉长"，让张军深深地体会到"担当"的力量。

　　郑久强是 1987 年考上唐钢技校的，很多人觉得上了技校就有了正式工作，不需要再努力。但郑久强不这么认为，他是班里唯一一个连年被评为"三好学生"的人。

　　"我一直相信知识能改变命运。"从普通工人，到工人技师、高级技师、首席操作技能专家，郑久强的每一步都印刻着知识的作用。

2015 08-14

孙晨华：停不下开拓的脚步

她用 10 年的时间，带领团队双线作战，同时培育并主持完成了"双模"和"二代星"两个项目。不久前又传来了她入选国家"百千万人才工程"的喜讯，同时，她被授予"有突出贡献中青年专家"称号。

她就是中国电子科技集团有限公司第五十四研究所（以下简称"五十四所"）副总工程师、卫通专业部副主任孙晨华。

自 1986 年进入五十四所以来，孙晨华一直工作在科研第一线，长期从事国家和国防重点工程项目的研究与开发——她是我国第一个 CDMA 卫星通信网的主要参加人，我国第一代战术移动卫星通信系统主要负责人之一，我国第一代导弹电子化指挥卫星通信系统主要负责人之一，我国第二代战略卫星通信系统背景预先研究项目的总设计师。

"努力和不努力，结果会差很多。不是开拓就是萎缩，那你选哪条道路？"孙晨华在接受《中国科学报》记者采访时说，"认认真真做的每件事都会有回报，都会让你对它有更深的理解和感悟。"

初战 TDMA

2001 年，孙晨华接到某军区的一个项目，成为该项目的常务副总师，主持全面工作。

这个项目涉及一种崭新的卫星通信体制 MF-TDMA，这也是孙晨华第一次接触 TDMA。该项技术长期为国外垄断，用户指定 MF-TDMA 系统从外国引进。

孙晨华花了两个月的时间，查阅了无数资料，将这个系统的相关原理和数据研究得十分透彻，并完成了集成应用方案。

为慎重起见，她让外国公司给出一个方案。但她敏锐地发现他们给的方案缺少一个设备，没有它，系统无法正常工作。然而，外方代理不认同她的意见。

"如果你们坚持认为没有问题，那么你们要跟我们签个备忘录，如果后期证明我是对的，你们要承担这个设备的所有费用。"孙晨华自信地说。

后来的试验证明孙晨华是对的。也正是这个"备忘录"，让外国公司无偿送给他们 11 套设备，每套价值约 2 000 美元，总额近 20 万元。

引进设备半年后，外方工程师来所交流。到现场后，他大吃一惊："研发这个系统，我们用了 20 多年，系统特别复杂，你们竟然不用培训就把这套系统用了起来，太了不起了！"

孙晨华不仅让外国工程师竖起了大拇指，也令用户喜出望外。用户后来告诉她，项目刚开始的时候，与她通完电话，就有人说，完了，五十四所不重视这个项目，派了个小女孩负责。真的没想到，这个项目能完成得这么漂亮！

知难而上

鉴于对该项目积累的经验，2002 年，孙晨华反复思考，下决心要研制我国自主的 TDMA 通信系统。

让孙晨华没想到的是，立项之路走得十分艰辛。

使用总体负责人告诉她：这个项目，国家早就想上了，但是一直不敢上，"一代星"研发的时候，就有人提过这个系统，但是最终由于技术难关而放弃。

但孙晨华却知难而上，"虽然难，但是为了发展卫星通信，这个新体制必须掌握"。她组织团队反复研究论证，反复做技术仿真。然后，她一个人背着一台联想笔记本电脑，跑到北京去汇报和请示。

这一跑就是 3 年，共计 100 多趟。功夫不负有心人，2005 年，该项目终于成功立项。

"这个项目，干得特别苦。"孙晨华说，技术难度高，研制进度拖期近 1 年，所里多次催促她赶紧定型生产。

"我当时完全可以交出去。但是，设备还不够完美。我不能扔出一个烂摊子。不管做什么事，不管费多大的劲儿，我都要干到让自己满意。我相信，认认真真做的每件事都会有回报，都会让你对它有更深的理解和感悟。"孙晨华说。

2011 年，她呕心沥血近 10 年研制的双模卫星通信系统以十几项发明专利的突出创新点和近 5 亿元的销售收入获得了国家科技进步奖二等奖。作为第一完成人，她参加了国家科学技术奖颁奖大会，受到时任中共中央总书记胡锦涛和时任国务院总理温家宝的接见。

奋力拼搏

2002 年，就在孙晨华为 TDMA 立项而殚精竭虑的时候，她又接下了"二代星"的预研任务。她用心查阅大量国内外资料，搜集军民各口的卫星通信需求，经过 4 年潜心研究，创造性地提出了 3 个应用网系和 3 个运控分系统的系统构想，提出并论证了五十四所首个载荷上天卫星的必要性和可行性，大大扩展了传统的卫星通信专业领域。

为使预研成果直接运用于型号研制，仅在 2002 年至 2007 年，她进京就达 200 多趟。

"'二代星'有两个系统。我们拿到了其中一个。两个系统要实现一体化设计，设备互装。可是，我们拿到批复时已比另一个系统整整晚了半年。如果不能与他们一起定型、订货，将有可能失去首批订货的市场机会。"孙晨华说。

孙晨华把电脑搬到了联试场，在联试房待了 1 年多，只要不出差，晚上 12 点前就没有离开过。

同时进行两个大项目，还作为副主任负责整个专业部的技术发展、系统论证和预研项目申请，孙晨华付出了常人难以想象的努力。

"二代星"定型的时候正值岁末，不巧的是另外两个重大项目也都要求年底完成方案评审，那 1 个多月，用孙晨华的话来说，"真的是不知道怎么熬过来的"。

天天熬到凌晨两三点，平均每天的睡眠只有四五个小时，那是一段挑战体力和精力极限的日子。其间，她出现尿血现象，阵阵疼痛让她冷汗淋漓，最后不得不在同事的陪伴下去医院检查。医生下结论：劳累过度，饮水跟不上，导致泌尿系统感染，要求她住院。但是她一天也没歇。

"不是我不想放慢脚步，而是不能。因为我不愿失去方向，即使特别累，也要咬着牙拼命干。"孙晨华说。

多年的咬牙拼搏也为孙晨华赢来了荣誉——她参加的多项工程获得部级以上科技成果奖，她个人获得 3 项专利和 1 项军内一等奖，先后荣获"全国三八红旗手"、全国五好文明家庭、河北省"三八红旗手"等荣誉称号，两次获国家和军内某应用系统一等奖，2003 年获我军总装备部、国防科学技术委员会"军三星"先进个人。

2015-10-23

巾帼织梦北斗　神州扬眉天下

——记五十四所北斗地面系统研发娘子军

2017年2月27日上午，"三八"国际劳动妇女节即将到来之际，中华全国总工会在北京人民大会堂举行全国先进女职工集体和个人表彰大会。中国电子科技集团公司第五十四研究所（以下简称"五十四所"）北斗导航地面系统研发团队等10个集体荣获全国五一巾帼奖状。

五十四所的这支从事北斗地面系统研发的"娘子军"，多年来勇挑重任，不让须眉，在创新之路攻克多个技术难关，为北斗导航应用推广作出了突出贡献。

用创新为青春"代言"

卫星导航系统是一个国家重要的空间信息基础设施，随着"中国造"的北斗卫星在太空中织成一张网，中国从根本上摆脱了对国外卫星导航的依赖，为我国经济建设和国防安全提供了有力保障，铸就了名副其实的又一"大国重器"。

星间链路是北斗全球系统的关键技术之一，是我国又一项重大自主创新。在星间链路地面站建设中，她们反复测试与验证，咬牙坚持，攻克一个又一个技术难题，在不到一年的时间里完成了系统研制。

数字多波束系统是我国首套多波束地面运控系统，是北斗二号卫星工程中研发时间最长、难度最大、技术最先进的系统。整整5年时间，她们把最美的青春用在了这场"攻坚战"上。重大创新的背后，是无数个殚精竭虑的日夜：一次又一次失败的折磨，反复试验的艰辛……

接到任务的那一年，团队的负责人、高级工程师王晓玲年仅27岁。岁月如梭，5年过去，这支团队的平均年龄也仅34岁。

王晓玲说，一切辛苦与艰难，都不及成功的喜悦让人记忆深刻。她清楚记得，当时大家激动得跳起来，拥抱在一起，喜极而泣！

如花一样的年纪，如水一样的温婉柔韧，都献给了祖国的北斗事业。她们说，在国防科研领域，男人不易，女人更不易。虽然没时间逛街买衣服，但没什么可遗憾的，因为她们用自己的智慧和汗水，获得了身为女性科研工作者无上的尊严！

用汗水绘就人生最亮丽的底色

科技攻关的路上，注定充满荆棘，崎岖难行。

作为团队的带头人，王晓玲对自己的要求近乎苛刻。为了解决一个问题，她经常忘了时间，三餐不定，忙起来的时候，甚至一天只吃一顿饭。她为此得了严重的慢性胃炎，不得不常常靠药物止痛。2015年6月，王晓玲的奶奶病危住院。当时，她正在渭南出差，任务紧张，无法走开。强忍着悲痛，圆满完成任务后，她匆匆赶回去，却没能见到奶奶最后一面。她说，她是奶奶一手带大的，这是她一生的遗憾，可是家国难两全，她不后悔。人生的道路有很多种，她选择了这条最难走的军工科研道路，就注定了要付出很多常人无法想象的艰辛。

研制北斗检测仪以及设备比测期间，刘莉与时间赛跑，经常加班到深夜，甚至为解决问题忙个通宵。为此，行军床在她桌边一摆就是半年。长期紧绷着一根弦，当任务结束后，放松下来的她却病倒了。

王敬艳多次出差进场，参加系统的联调联试工作，有时一待就是一两个月。其时，她的孩子还在哺乳期，为了北斗事业，她从无怨言，可是，在空闲独处的时候，在临睡前的刹那，她常常忍不住端详孩子的照片，有时看着看着，就湿了眼眶。

朱姗姗是北斗指挥机和用户机的主要软件负责人，经常一个人出差联试。由于项目的特点，联试地区基本都在郊外，环境恶劣。住宿、洗漱、如厕，这些最基本的生活条件，都艰苦得常人无法想象。可她从不抱怨，她娇小身体里蕴藏的无穷力量，让用户感慨不已。最忙的时候，她全年出差200多天，几乎从没歇过节假日。2015年，她怀孕成为"准妈妈"，可她并未因此放松对自己的要求，坚持跟大家奋战在一起。她说："任务紧张，本来大家就都很忙，我不能因为个人原因让大家忙上添忙！"由于劳累，胎儿早产 2 个月，孩子出生时还不足 4 斤。这是作为母亲心中难言的隐痛。

王晓玲曾说，对她们而言，很多时候，连为家人做顿早餐、陪孩子出去游玩都是一种奢侈。家人期盼的眼神，是她们心中最柔软的痛。并非不遗憾，只是不能后悔，因为她们投身的，是北斗这一壮丽的事业。

北斗卫星工程是国家重大项目，责任重于泰山，在攀登科技高峰的路上，唯自强者立！她们研发的数字多波束系统，作为北斗系统的核心装备，达到国际卫星导航领域的领先水平，获军队科技进步一等奖。她们参与研发的北斗二号卫星工程喜获国家科技进步特等奖。而今，该卫星导航系统已服务 50 多个国家、30 多亿人口，成为联合国确认的四大核心供应商之一。2016 年，她们研制的"北斗智慧景区智能搜救终端及区域应用系统"亮相国家"十二五"科技创新成果展，为北斗应用推广作出了卓越的贡献。

2017-03-01

李松：人应在风光时主动调整

"人应在风光时主动调整，不要在落魄时才被迫转变。"青年创业者、保定科海自动化科技有限公司总经理李松近日在接受《中国科学报》记者采访时说，创业初期不要认为自己可以赚多少钱，应首先让自己变得值钱。

1987 年 6 月出生的李松，2011 年毕业于河北大学工商学院。他曾在蒙牛乳业做过机械手码垛的维修工程师，后跳槽到德国库卡（KUKA）机器人有限公司在上海设立的子公司，因成绩优秀被库卡机器人有限公司授予"中国优秀工程师"称号。他于 2016 年 8 月辞职，在河北省保定市创办保定科海自动化科技有限公司，并与库卡机器人有限公司合作，在保定建立了主要以工厂转型升级为方向的京津冀首个工业机器人工程示范中心。

"兴趣"是成功的要素之一

"兴趣是成功的要素之一。"李松说。人在波峰时容易度过，而在波谷时，"兴趣"是坚持下去的重要力量。 李松自小就和父亲一起学修车，后考入河北大学工商学院电气工程及其自动化专业学习，一向喜欢机械工程的他对所学专业越来越感兴趣。2011 年，他以优异的成绩毕业，之后到蒙牛乳业在保定的生产线建设现场做维修工程师，负责机械手码垛和立体库的维修。

"当时整个生产线的技术都是德国和意大利的，我从事的工作与自己的专业非常吻合。"李松以极大的热情投入工作中。当时正值冬季，李松的工作条件非常艰苦：正在建设的厂房没有窗户，设备安装现场的气温与室外没什么区别，手被冻得通红。李松当时租的房子因为没有暖气，一夜后房子的门经常被冻得打不开，只能从窗户跳出来。大家共用一个储存饮用水的水瓮，取水时需要用瓢把表面的冰砸开。

"在那样的环境中能够坚持下来，完全出于我对这个专业的浓厚兴趣。"

李松说。

积极努力的李松，遇到了他的伯乐。当时蒙牛乳业采购了德国库卡机器人有限公司的一台机器人，库卡机器人有限公司的领导发现李松不仅工作能力强，而且很勤奋能吃苦，就建议他到库卡机器人（上海）有限公司去工作。

库卡机器人有限公司是德国工业4.0委员会委员，是世界工业机器人巨头。

从蒙牛乳业到库卡机器人（上海）有限公司，这是李松职业生涯的一次跨越。

库卡机器人（上海）有限公司是库卡机器人有限公司除德国外在亚太做得最大的一家子公司，这里广大的空间给了李松更多锻炼提升和施展才华的机会。在与长城汽车公司合作时，他参与了整个越野车生产线的建设；后来又到北京奔驰支持奔驰新E级生产车间的建设；还到沈阳的华晨宝马支持宝马新5系车间的建设……

2015年底，德国库卡机器人有限公司授予李松"中国优秀工程师"称号，公司CEO Till博士亲自为他颁发证书。此外，李松还获得了库卡三级认证，这也是库卡在亚太地区最高级别的认证。

人在风光时要主动调整，不要在落魄时才被迫转变

2016年8月，有着库卡公司"中国优秀工程师"称号和每年30万元薪酬的李松毅然辞职，开启了自己人生新的方向。

李松介绍，当时发现库卡公司在京津冀的整个战略部署特别薄弱，自己认准这就是一个商机。

在河北省保定市，李松创办了保定科海自动化科技有限公司，后经过与库卡公司多次申请、协商，签署了战略合作协议，获得了该公司的授权，建立了工业机器人工程示范基地，专注于自动化系统集成及服务、自动化工程设计，机器人安装、调试、技术服务。

"因为出于对自己自我价值的实现、对人生高目标的追求而选择创业。即使放弃丰厚的外企薪资、创业后收入无几也不后悔，遇到瓶颈打破瓶颈才能提高。应在别人认可我时创业，而不应该在落魄时去改变。"李松认为，人生在风光时要主动调整，不应在落魄时被动转变。

据李松介绍，目前保定科海自动化科技有限公司承接了长城汽车总部库卡机器人的维修业务，同时，与宝沃汽车在谈进一步的合作，与大午农牧集团、

徐水华光市政的项目合作正在推进中。"我们先从河北做起，把河北的市场做好，再发力京津市场，建成京津冀最强的工业机器人集成商。"李松对未来充满信心。

建京津冀首个工业机器人示范中心

2017 年 3 月 16 日下午 3：30，在河北省保定市高新技术开发区的 3S 双创社区，记者见到十几名工人正在标有"科海自动化"字样的厂房内紧张地安装机器设备。

"这是我们正在建设的京津冀首个工业机器人示范中心。"李松告诉记者，与库卡合作在保定建设的这个智能制造大平台，已经拥有成熟的机器人系统，可用于点焊应用、激光焊接、物流码垛、智能制造等，可以帮助企业更科学地转型升级。

据介绍，这个工业机器人示范中心的面积为 300 平方米，将于 2017 年 4 月落成。

在为各个企业提供机器人软件设计以及维修和保养的同时，李松还把目光投到了库卡工业机器人工程师的人才培养上。李松表示，库卡培训中心有成熟的德国课程系统，包括 50% 理论及 50% 的实践，大学生学习 5～10 天就会成为合格的库卡工业机器人工程师。

目前，他正在与河北大学等高校联络，洽谈合作办学项目，并筹划创办京津冀库卡机器人工程师学院。当问及李松有没有想过把"德国设计"升级为"中国设计"时，李松表示曾有过这个想法。

"不过按目前来看，现在保定科海自动化科技的力量不足以与世界巨头公司全方位去较量，100 年的历史是没有办法在 10 年中赶超的，但是我们可以借鉴前人的经验，建立自己的核心竞争力！"李松说，"有了一个好的想法，没必要从播种开始，你可以选择一个好的平台去嫁接，把你的花朵开好就好了。"

2017-03-22

高校篇

"输血"结合"造血"助推农民脱贫

——河北省部分高校特色精准扶贫工作纪实

在张家口市赤城县椴木沟村，以助推教育脱贫阻断贫根；在承德市隆化县北铺子村，免费开展的焊工、电工等培训让村民凭技能脱贫；在承德市围场满族蒙古族自治县来太沟村，"统分结合"的模式破解了产业扶贫资金难以对接的难堪局面……

阳春三月，《中国科学报》记者赴河北省张家口、承德等地，到部分高校精准脱贫工作组驻村采访，了解到这些工作组发挥高校文化、科技、人才优势，将"输血"与"造血"相结合，探索具有高校特色的精准扶贫模式，农民受益多，村庄变化大。

以教育脱贫阻断贫根

2017年3月10日上午，张家口赤城县龙关镇的椴木沟村寒风刺骨。河北大学工商学院党委书记单耀军顶着风来到村民李春明家。

2016年，在单耀军等人的指导和帮助下，李春明开始了土鸡养殖。除了带领李春明外出学习取经，单耀军等人还通过电商平台帮忙跑销路。当年年底，李春明投入6 000多元养殖的500只土鸡销售一空，总共卖了近2万元。

这次去李春明家，单耀军是要与他探讨2017年的养鸡打算，询问资金准备情况等，并表示可以在技术上、资金上给予帮助。

"2017年的养殖目标是2 000只土鸡，最少也要养1 000只。"尝到了养鸡甜头的李春明已经"鸡情四射"。

单耀军是河北大学驻椴木沟村脱贫工作组组长、椴木沟村第一书记。2016年2月，他带着两名队员进驻该村。

椴木沟村共计 225 户 645 人，其中贫困人口有 192 人，大部分村民只有小学文化程度，初中辍学率高达 80%。对教育的重视程度过低是整个村的普遍现象。

单耀军认为，扶贫先扶智，扶贫更扶志，让椴木沟村的孩子接受良好教育，让百姓体会到教育扶贫的甜头，是最有效、最直接的精准扶贫方式。于是，教育精准扶贫成为椴木沟村扶贫攻坚的重点方向。

"队员是代表，单位是后盾"，驻村工作组积极推动河北大学工商学院与椴木沟村精准帮扶整体对接。河北大学工商学院为村委会配备了计算机、打印机、投影仪等办公器材，并制定了《河北大学工商学院与赤城县椴木沟村教育精准脱贫工作方案》。

针对老年人，工作组利用学校资源在村委会建设村放映室，丰富老年人的业余文化生活；针对妇女，工作组积极联系当地服装代加工生产厂房，组织参观学习，成立缝纫培训班，增强她们的专业技能，拓宽就业渠道；针对儿童，河北大学组织大学生暑期社会实践小分队同当地留守儿童一起开展丰富多彩的课外活动；针对青少年，工作组多方努力争取到 15 个中专技能培训名额，筹集 18 万教育基金用于技能培训，并同保定市部分大中型企业签订一站式就业合同，助力农村贫困青少年开启人生新篇章。

以智力优势开展帮扶

2017 年 2 月 15 日，承德市隆化县中关镇北铺子村、东升村、三家村的 22 名青年赴石家庄免费参加了由河北科技大学举办的电工职业技能培训，考试合格后获得了电工职业资格证书。

河北科技大学人事处处长、驻隆化县中关镇精准扶贫工作组组长安立峰说，一年多来，工作组依托学校资源优势，通过免费开办中级焊工专业、中级电工专业、电子商务、月嫂等技能培训班，开展了多种途径的智力帮扶，让村民凭技能、靠手艺脱贫致富，目前已带动 160 人就业。

结合美丽乡村建设，工作组因地制宜地提升农村环境，并通过宣传墙画等形式弘扬敬贤孝老、尚德守信、遵教崇礼、勤俭祥和的和谐家庭文化；通过改厨改厕、建设美丽庭院，带动村民文明健康生活；根据当地实际情况，研究建成了"高寒地区粪便无害化处理示范厕所"，并申请了专利，无偿提供给扶贫村推广使用。

工作组充分利用学校资源，对考入河北科技大学的学生采取免助贷等扶贫政策；与三个村签署"留守儿童结对帮扶协议"，实施动态管理，形成了校村帮扶长效机制。2016年暑期，河北科技大学40余名师生专程到中关镇中心小学进行慰问演出，并与部分学生结成了帮扶对子。

此外，工作组还利用科大驻承德函授站的便利条件，对村"两委"干部和致富带头人进行专业知识培训，大力实施"头雁培育"工程，至今培训人数达到50人，"领头雁"的管理能力和综合素质得到了明显提升。

以特色项目带动致富

精心打造艺术旅游山村，创建"统分结合"的合作模式，扶持致富带头人筹建农产品贮存加工项目……

燕山大学驻承德围场来太沟村和银里村的精准脱贫工作组立足驻村经济社会现状，结合燕山大学科研优势，制定了以特色项目为核心的精准脱贫规划。

从2016年秋季开始，驻来太沟村工作组通过土地流转，集中建设了100亩冷棚，开发种植"苦乐芽"等地域性山野菜，依托河北工业大学开发的"爱帮农"电商网络平台，将产品推向市场，打出了自己的品牌。

在工作组的帮助下，来太沟村确定了"统分结合"的合作模式，即合作社主要负责土地流转、设施投入与维护，而产品的生产、销售由经营户分头实施。让贫困户加入合作社，既可通过出让土地经营权获得一笔租金，又可在合作社打工获得工资收益。

该村党支部书记林新说，规模化种植不但节约了资本，还实现了扶贫财政政策的最终落地，破解了产业扶贫资金难以对接的难堪局面。

燕山大学里仁学院党委书记张向前是驻银里村工作组组长、村第一书记。他和工作队员立足周边山水特色优势，确定了"开拓旅游服务业，创新小型加工业，提升传统种植养殖业"的产业方向。在产业脱贫方面，该村以土豆和杂粮种植合作社为基础、以牛羊和家禽养殖合作社为辅佐、以小型加工业为特色、以写生基地和艺术旅游为龙头，健全产供销一体的产业体系。

工作组还将村里闲置的幼儿园与相关附属设施打造成具有艺术气息、可住宿就餐的银里艺术酒店，并依托工作组成员、画家姚远在艺术界的影响力，把银里村建设成面向高校艺术生、专业画家与艺术爱好者的写生基地和艺术创作基地。

张向前说，艺术酒店建成后，已经有两批省内艺术院校的师生前来写生、度假，营业额逾万元。

此外，他们还在县市场监督管理局注册了"银里"商标，组建了银里种植专业合作社，采购了真空包装机，设计了特色蛋托、塑料袋和包装箱，成立了"银里特产"淘宝网店，销售银里村特色农副产品。利用燕山大学优势特色学科，校村联手创建村集体所有的银里机械加工厂，生产食品烘干设备，实现银里村工业零的突破。

2017-03-21

河北工业大学推进"双一流"建设服务区域经济发展 不忘"兴工报国"初心彰显"工学并举"特色

"河北工业大学（以下简称"河北工大"）诞生于实业救国、挽救国家于危亡之际，成长于工业救国、教育救国的汹涌浪潮之中，发展壮大于创新强国、国家振兴之时。跨越两个世纪，115 年，河北工大一路风雨兼程，砥砺奋进，弦歌不辍……"2018 年 11 月 30 日，百年学府——河北工大举行建校 115 周年纪念表彰大会，该校党委书记李强在会上回顾河北工大发展史时如是说。

刚刚走过的 2018 年，是河北工大建校 115 周年。115 年来，无论在曾经"白手起家，筚路蓝缕"的艰苦岁月，还是在今朝"不忘初心，砥砺前行"的新时代，这所百年高校始终秉承"兴工报国"的大学使命、"勤慎公忠"的校训精神，坚持"工学并举"的办学特色，以"勤奋、严谨、求实、进取"的优良校风，发展成为现在的一所以工为主、多学科协调发展的国家"211 工程"重点建设高校。河北工大 2014 年成为河北省、天津市和教育部共建高校，2016 年入选河北省"国家一流大学建设"一层次学校，2017 年入选国家"世界一流学科"建设高校，重点建设"先进装备工程与技术"学科群。

近年来，河北工大瞄准世界一流大学、一流学科目标，不断优化学科设置，厚植创新基础，着力提升应用基础研究水平和核心技术攻关能力，为区域乃至国家的经济社会发展不断提供强大创新动力。

"立校与报国、办学与兴工、理论与实践"是新时代"工学并举"思想的新内涵

2019 年元旦前夕，《中国科学报》记者走进河北工大校史馆，了解到这

所百年高校的悠久历史，更感受到新时期这所大学在育人、科研与服务区域经济发展中表现出的非凡智慧和创新动力。

"河北工大是中国历史最悠久的现代高等学府之一，是中国近代工业教育源头之一，被新华社称为坐落在天津的京津冀百年地标。"该校党委常委贺立军说，这里创办了中国最早的高校校办工厂，还创办了中国最早的现代水利科学研究机构，是中国水利由传统经验型治理转变为现代水利治理的里程碑。

贺立军介绍，河北工大的前身为创办于 1903 年的北洋工艺学堂，1951 年与北洋大学合并为天津大学，1958 年恢复重建河北工学院，1995 年更名为河北工业大学。

"不忘初心、方得始终。"在谈及对河北工大百年办学启示的感触时，该校宣传部部长陈鸿雁说，河北工大是一所有灵魂有初心的学校，也是饱含革命传统和红色基因的学校，这其中有点燃"五四爱国运动"火炬的谌志笃；有组织湖南工人运动的革命先驱黄爱；有陕西渭华起义领导人卢绍亭；更有毛主席亲书挽联的杨十三、冀东暴动领导人赵观民、抗日英雄洪麟阁，他们都是工大人投身疆场、报效祖国的真实写照，他们用自己的青春和热血诠释了"以国家为前程，以天下为己任，有大我而无小我，有民族而无个人"的工大爱国精神。115 年来，学校始终为国家和民族的需要而建、而做，一路将振兴中国高等工业教育的重任扛在肩上：兴工报国逐梦想、勤慎公忠铸辉煌。

河北工大的前身——北洋工艺学堂的首任学堂总办周学熙首倡"工艺非学不兴，学非工艺不显"的办学理念，首开"工学并举"的高等工程教育思想之先河，使这里成为我国高等工程教育文明的发祥地。1929 年，曾留学美国的魏元光任河北省立工业学院首任院长，将麻省理工学院作为学院未来的发展目标，强调"手脑并用，以作为学，造就实用人才"，他提倡开放办学，开创了"中国式一体化工业教育"道路。全国解放后，我国内燃机和汽车工程教育的奠基人之一、著名教育家、河北工学院院长潘承孝带领全校师生在十分艰苦的条件下白手起家，提出了注重"三基"教育、走产学研一体化的办学道路，进一步丰富了"工学并举"的办学思想，为学校今天的发展奠定了坚实的基础。

进入 21 世纪，学校又把"创新强国"的责任扛在肩上。1996 年，学校凭借着多年积淀首批进入国家"211 工程"重点建设高校行列，并圆满完成"211 工程"三期建设任务。2014 年，学校紧紧抓住京津冀协同发展上升为国家重大战略的历史机遇，成为省市部共建高校；2018 年，学校入选国家"世界一流学科"建设高校行列。

"不断赋予'工学并举'新的时代内涵、培养适合社会发展的高素质人才是河北工大的初心和使命。"韩旭表示，在新的历史时期，"工学并举"中的"学"是指以创新人才培养为根本任务的高等工程教育体系，"工"是指以经济建设特别是以工业发展为主体的高等工程教育实践环境；"工学并举"就是在继承理论与实践相结合培养人才的优良办学传统的基础上，努力构建工程教育与产业经济建设有机联系、理论教学与实践训练紧密结合、科学研究与人才培养相互促进的创新人才培养体系，实现"工"与"学"两个要素在更高层次上和更广阔空间中的融合、互动与统一。"立校与报国、办学与兴工、理论与实践"成为新时代"工学并举"思想的新内涵。"立校与报国"蕴含了价值观，体现了学校人才培养目标；"办学与兴工"是发展观，提供了学校人才培养的基本理念；"理论与实践"是方法论，指明了学校人才培养具体路径。

建设一流学科　为高质量发展提供人才支撑

2018年6月5日，河北省省长许勤到河北工大调研时，对学校推进"世界一流学科"学科建设工作给予肯定，并鼓励学校瞄准世界一流大学、一流学科目标，不断优化学科设置，提升专业水平，厚植创新基础，以高质量教育为高质量发展提供有力人才支撑。

"根据区域经济社会发展实际需求，结合学校自身学科特点，积极优化调整学科布局，通过推进学科群建设，加强交叉学科科研平台建设，引导组建跨学科团队，实现学科交叉融合发展。"李强告诉记者，在制定《一流学科建设高校建设方案》过程中，学校瞄准河北省建设"产业转型升级试验区"、推动装备制造业成为全省第一主导产业的实际需要，瞄准天津市"全国先进制造研发基地"建设的实际需要，发挥学校电气、机械、材料、控制等工科优势，以"先进设计理论与方法"为引领，以"先进材料设计与制备"为支撑，以"智能感知与控制"为保障，以"先进装备系统集成"为目标，集中力量建设"先进装备工程与技术"学科群，努力将其建成引领区域先进装备及相关产业发展的重要支撑载体。

该校在原有的2个国家重点学科、4个河北省强势特色学科、20个河北省级重点学科、7个天津市重点学科组成的重点学科体系基础上，对照世界一流学科建设目标，加强学科建设顶层设计和优化调整，积极推进实施"1+1+X"学科建设总体布局，合并成立了新的化工学院和人工智能与数据科学学院，积极培育学科建设新的增长点，新增 3 个一级博士学位授权学科和 4 个一级硕士学位授权学科。材料科学、化学、工程学 3 个学科领域进入 ESI 全球排名前 1%。

在推进"世界一流学科"建设中，河北工大注重加强对外合作，目前已经和美、英、法、德、澳、新、日等国的 60 多所高水平大学签订合作协议，联合开展人才培养、项目研究、国际事务服务等工作。交流合作培养覆盖本科、硕士、博士各层次，涉及 71 个本科专业、26 个硕士学位授权点、9 个博士学位授权点。学校与美国亚利桑那大学合作申报设立的"河北工业大学亚利桑那工业学院"顺利通过教育部组织的答辩，国际交流与合作取得新成果。

发挥学科资源优势　集中力量开展多学科联合攻关

2018 年，河北工大韩旭教授主持承担了国家重点研发计划"智能机器人"专项——"基于数据驱动的工业机器人可靠性质量保障与增长技术"。该项目以建立面向工业机器人的可靠性质量保障技术体系为总体目标，为提升国产工业机器人可靠性质量水平提供技术保障。

"当今世界正处在新一轮科技革命和产业变革的交汇点上，以机器人和人工智能为代表的智能产业蓬勃兴起，并成为衡量一个国家科技创新和高端制造水平的重要标志。"韩旭介绍，河北工大集中机械工程学院、人工智能与数据科学学院、电气工程学院等优势学科资源，依托"创新方法与实施工具国家工程技术研究中心""省部共建电工装备可靠性与智能化国家重点实验室"等重点平台，着力加强"机器人与智能装备研究中心"建设，努力打造一流的机器人与智能装备研发基地。

其中，由世界创新界最高奖——"阿奇舒勒奖"获得者檀润华教授为学术带头人的"国家创新方法与实施工具工程技术研究中心"，是全国首家装备制造业创新方法工程技术研究中心，依托河北工大建设。该研究中心首创了面向企业的批量"工程师—发明"创新模式，开拓了企业低成本创新驱动发展新路径，开发了一批技术创新成果，对机器人与智能装备的自主创新能力起到了重要支撑作用。

除了打造一流的机器人与智能装备研发基地以外，该校集中力量开展多学科联合攻关，先后承担了一大批国家"02 重大专项"、国家杰出青年科学基金项目、国家自然科学基金重点项目、国家"973 计划"、国家"863 计划"、国家科技支撑计划、国家重点研发计划等项目。

该校微电子研究所所长刘玉岭教授主持的国家"02 重大专项"前瞻性应用示范项目——"极大规模集成电路平坦化工艺与材料",实现了全国地方高校主持承担国家重大专项的突破;陆俭国教授在电器可靠性设计理论方面颇有成就,三次荣获国家科技进步二等奖,获何梁何利基金科学与技术进步奖;任丙彦教授将其在光伏技术方面的研究成果推广到河北晶龙实业集团和晶澳太阳能公司,助力地方企业成长为世界最大的晶体硅生产基地、世界最大的单晶硅太阳能电池制造商,走进世界 500 强;李春利教授主研的"新型立体传质塔板技术"荣获 2012 年国家科技进步二等奖,他主持研发的技术成果在国内 30 个省份和国外企业应用超 3 000 台(套),创造效益超 35 亿元……

该校还承担完成了一批在国内外具有重大影响的科研项目,取得了一批具有国内领先水平的成果:研制成功的励磁装置,有效支持了葛洲坝水电站的建设;科研人员协助侯德榜突破了制碱法的关键难题,成功研制出"侯氏制碱法",改善了民生;学校研制的衬底片成为神舟五号、神舟六号、神舟七号专用集成电路,为"中华民族实现百年太空梦"贡献了力量;研发的智慧供热节能技术已广泛应用于北方 11 个省市;各类"智能机器人"已广泛应用于施工建筑、监察检测、助力护理等生产生活的各个领域,服务"智能中国""健康中国""绿色中国"建设进程……与此同时,该校在先进电工装备等技术与系统开发、新能源汽车、智慧康养、海绵城市建设等方面的研究成果,正逐渐在国家经济社会发展的各领域发挥重要作用。

推进产学研合作　提高服务区域经济社会发展的能力

2018 年 12 月 26 日,河北工大与富士康集团、天津北辰经济技术开发区总公司、天津市海河产业基金管理有限公司正式签署战略合作协议,共同实施"富士康智能建造、机器人科技产业园"建设项目,联手打造智能建造、智能建材、智能家居等现代产业生态。此次合作将加快该校"先进装备工程与技术"学科群建设,推进产学研合作,更好地服务行业、产业和地方经济以及京津冀一体化发展。

在京津冀协同发展战略中,该校结合地方发展战略、资源禀赋、产业特色、区位优势,先行先试创新配套优惠政策,成功探索并提出了个性化特色发展任务与目标。

该校副校长段国林介绍,天津是全国先进制造研发基地,河北是产业转型升级试验区。学校利用地处天津的优势，围绕一流学科建设，先后与衡水泰华集团、河北省建投集团在天津共建联合研发机构，整合京津优势资源进行产业技术研发，形成核心技术并在河北省产业化，推动河北省传统企业转型升级和战略性新兴产业发展。

近年来，学校积极推进成果转化服务平台建设，服务区域经济。成立了工业技术研究院，承担产业技术研发、产学研合作、技术转移、工业技术人才培育及蓄智等职责；成立了"河北工业大学国防科技研究院"，服务于军民融合；与北京工业大学、天津工业大学共同成立了"京津冀协同创新联盟"，助推京津冀协同发展。

2018 年，依托"京津冀协同发展"战略，该校又新增电工产品可靠性技术省部共建协同创新中心，新增国家国际科技合作基地、国家创新人才培养示范基地 2 个国家级平台和 6 个省级科研平台，承担国家基金项目 96 项。

"我们与唐山、衡水、邢台、张家口等地政府联合共建了工业研究院以及技术转移中心分中心等成果转化平台，以创新科技成果推广模式，加强学校新一代信息技术、智能装备、海洋化工技术、新能源、新材料及节能环保等优势方向的科技成果转化，更好地服务行业、产业和地方经济以及京津冀一体化、'一带一路'和'雄安新区建设'等国家战略。"该校技术转移中心主任王新告诉记者，学校近三年先后与中石化、富士康、北方通用动力集团、长城汽车等百余家大型企业建立了稳定的合作关系，1500 余项科技成果在全国数百家企事业单位应用或产业化，创经济效益过百亿元，形成了一批成果转化典型案例。

"河北工大华彩厚重的历史是我们的骄傲，更是对我们的激励与鞭策。站在新的历史起点上，我们仍要铭记'兴工报国''为国储才'的初心，继续前行。"李强说，新时代赋予了"工学并举"新的内涵，培养德、智、体、美、劳全面发展，能够承担起民族复兴大任的社会主义建设者和接班人是河北工大的使命。学校将以一流本科教育为中心、一流学科建设为龙头、高水平师资队伍建设为关键，强化科学研究与服务社会的能力，扩大对外开放的力度，传承"兴工报国"的工大精神与文化，为把河北工大建成"以工为主、多学科协调发展的国内有重要影响、国际知名的高水平大学"而不懈奋斗。

2019-01-01

燕山大学：建校溯源百周年，独立办学一甲子

　　2020 年 9 月 10 日上午，燕山大学"建校溯源百周年，独立办学一甲子"纪念大会在该校召开。因疫情防控需要，大会设主会场和分会场，全程进行网络直播，30 余万校友线上线下互动，共同祝福母校。

　　纪念大会上，河北省副省长徐建培宣读了河北省委书记、省人大常委会主任王东峰给燕山大学的贺信。

　　王东峰在贺信中表示，燕山大学源浚流长，是享誉国内外的知名高校。新中国成立以来，在中国共产党的坚强领导下，一代代燕大人心系祖国、自强不息，在工程教育、基础学科研究、科技创新和成果转化等方面取得了令人瞩目的办学成就，培养了一大批杰出人才，取得了一大批科研成果，为河北乃至全国发展作出了重要贡献。希望燕山大学在新的历史起点上，坚持以习近平新时代中国特色社会主义思想为指导，把握时代要求，胸怀"两个大局"，不忘初心，牢记使命，全面落实党的教育方针和立德树人根本任务，努力培养担当民族复兴大任的时代新人。

　　燕山大学校长赵丁选在致辞中说，燕大人始终与国家、民族的发展同向同行、同频共振，不断为国家和地方经济社会发展贡献智慧和力量。学校始终坚持正确办学方向，以立德树人为根本，构建价值塑造、知识学习和能力培养三位一体的育人模式；坚守"顶天立地"，致力于科技进步，推动科技创新服务经济社会发展；突出办学特色，努力办好高水平行业特色大学；扎实推进文化育人，固精神之本，铸文化之魂。在新百年征途中，将承继燕山大学一个世纪的光荣与梦想，扎根中国大地办大学，为党育人，为国育才。

　　燕山大学党委书记赵险峰在主持大会时说，一代人有一代人的责任和使命。走在燕山大学新百年的浩瀚征途中，要接过前辈们手中的接力棒，发扬熔铸在燕大人骨子里的奋斗基因、工匠精神、卓越品质和家国情怀，不忘初心、砥砺奋进，为早日跻身国家"双一流"建设高校行列和建成"特色鲜明、国内

一流、世界知名研究型大学",服务河北和国家经济社会发展,实现中华民族伟大复兴的中国梦,作出燕大人新的、更大的贡献。

大会还表彰了网络评选出的燕山大学首届"杰出校友"和为学校建设发展作出突出贡献的"创业前辈"。8 名"创业前辈"代表为青年教职工戴上象征燕大精神赓续传承的红丝巾,青年教职工为"创业前辈"献上鲜花。

2020-09-10

河北大学出版《坤舆全图·坤舆图说》让古籍精神财富裨益师生

2019年1月10日，一场特殊的图书推介会在北京举行。说它"特殊"，是因为发布会的主角是一张地图。只不过，这张地图在经过几百年的风雨后，以一种新的面貌出现在我们面前。

这张地图便是河北大学图书馆的镇馆之宝——《坤舆全图》。近日，河北大学出版社对《坤舆全图》作了高清摄影和拼接修复，对其主要文字作了繁改简和点校，并对《坤舆图说》进行整理影印，最终整理为《坤舆全图·坤舆图说》正式发行。

"该书的发行，是河北大学对收藏在校图书馆内的《坤舆全图》进行研究和发掘取得的又一新成果，是我国珍本古籍再生性保护的一项重要成果，在一定程度上解决了珍本古籍'藏与用'的历史矛盾。"河北大学出版社总编邹卫说。

历尽风雨的镇馆之宝

《中国科学报》记者走进河北大学图书馆探访。

在位于河北大学图书馆二楼的古籍阅览室内，悬挂着一幅珍贵的世界地图。它和普通地图不太一样，是由8幅轴高171厘米、宽51厘米的挂屏式地图拼接而成，面积近7平方米，足足占据了展览室的一面墙。

据河北大学出版社学术古籍分社副社长翟永兴介绍，《坤舆全图》的作者是比利时人南怀仁，曾任耶稣会中国副省区会长，是清初最有影响的来华传教士之一。他精通几何算术、天文历法，为康熙皇帝讲授过数学和天文学，是康熙皇帝的科学启蒙老师。

　　"这幅世界地图有彩色版和墨色版两种版本,其墨色版在台北故宫博物院、美国国会图书馆、法国国会图书馆等有收藏,而河北大学图书馆收藏的《坤舆全图》可能是海内外仅存的一幅彩色版,是一件稀世珍品。"翟永兴说。

　　堪称稀世珍品的《坤舆全图》为何珍藏于河北大学?

　　河北大学古籍中心主任马秀娟告诉记者,河北大学 1921 年建校,前身为传教士创办的学校。当时学校聘请的教师中,有许多是河北献县张庄天主教堂的传教士。他们对南怀仁非常敬重,收集了许多与南怀仁有关的物品,其中就包括了 1925 年搜购的这幅南怀仁绘制的《坤舆全图》,并做了复制品。在《坤舆全图》复制品前的序中写到,当时这幅图已经是稀世罕有。

　　"河北大学最早在天津,初名天津工商大学,为法国天主教耶稣会创办。《坤舆全图》就曾张挂在河北大学的前身天津工商大学的招待室。1970 年,河北大学迁到保定,《坤舆全图》也随河北大学的搬迁来到保定,一直完好地存放在河北大学图书馆,成为这里的镇馆之宝。"马秀娟说。

　　"历经百年风雨,河北大学的很多资料已经散失,唯有《坤舆全图》保存完好。"马秀娟说,《坤舆全图》见证了河北大学更名、搬迁等所经历的每一段历史,尤其见证了河北大学一代又一代广大师生对"实事求是"校训精神的执着与坚守。

钓鱼岛属于中国的又一铁证

　　作为清初西方的天主教传教士,南怀仁一直竭力传播西方文化,但碍于当时中西文化差异甚大,一般人很难接受西学。于是,久谙中国传统文化经典之奥的南怀仁,将中国特有的二十四节气时间表绘于图中,更顺应当时天朝大国和世界中心的传统文化观念,将《坤舆全图》绘制成以中国为中心、以穿过清朝京师的经线为子午线,用来契合"中央之国"的观念,以寻求皇权支持与文化认同。

　　"《坤舆全图》是当时中国人认识世界和了解世界不可多得的资料。如今,它对我们研究中国地图学、明清时期中西文化交流以及中国的领土变化等,也都具有重要的价值。"河北大学历史学院教授张殿青认为,通过它可以了解当时中西文化交流的一个侧面。

　　据介绍,《坤舆全图》对海洋的标志尤为明确精详。图中明确反映了四大洋的水域分界,其对大西洋与小西洋(即印度洋)的明确标准在地理学水域命名上堪称一大贡献。

值得一提的是，《坤舆全图》在现在东海、黄海海域的位置上，明确标有"大清海"字样，而现在的钓鱼岛位置恰恰就处在这一海域内，并以清晰标注的"火岛"为名。显然，这是钓鱼岛自古以来就隶属于中国领土的又一铁证。

力促学生全面发展

为了挖掘《坤舆全图》的学术价值，河北大学于 2017 年 11 月 11 日成立了坤舆全图研究所。

在"河北大学坤舆全图研究所"挂牌成立仪式上，时任河北大学副校长杨学新表示，文化交流发生在两个或多个具有明显差异的文化圈之间，而 15、16 世纪是世界格局变化肇始之际，包括中国在内的东亚诸国逐渐被裹挟到西欧主导的近代化进程中。"当我们的人民和国家通过不懈努力摆脱了被压迫的历史，并继续奋进之时，我们也要回望历史，重新认识变局之初东西方之间的交流与碰撞。"

"《坤舆全图》具有重要的文物、文献以及版本价值，对其精神财富和科学宝藏进行开发和有效利用，可以有效促进学生全面发展。"马秀娟说。

近年来，收藏《坤舆全图》的河北大学图书馆古籍阅览室已经成为河北大学历史学院、文学院、新闻学院、宋史中心等学院与中心的教学基地。另外，每年图书馆都举办关于《坤舆全图》等珍贵馆藏古籍的精品展览，对学生进行爱校教育以及传统文化教育。

"如果说南怀仁在当时科学技术尚不发达的情况下，依靠实事求是的科学精神和胸怀世界的开放精神，成就了《坤舆全图》的学术价值和历史价值。那么，一代代河大师生对于《坤舆全图》的潜心研究与发掘传播，凭借的也正是对于'实事求是'校训精神的执着与坚守。"张殿青谠。

2019-05-15

河北大学科研攻关助力疫情防控

新型冠状病毒疫情暴发以来，河北大学在全面动员部署做好疫情防控工作的同时，充分发挥科技与人才优势，组织相关科技力量，成立科研攻关、疫情防控、健康科普等小组，深入开展分子流行病学作用机制、构型，免疫功能靶向药物分子调控机制，中医药材料减毒机制，光学影像分析等医学、生物学、药学、医工交叉项目，立足专业，协同发力，开发基于抗原检测的新型冠状病毒快速检测产品，为战胜疫情提供科技与智力支持。

河北大学临床医学院殷小平主任医师作为中华放射学会传染病学组成员之一，除做好科室防控工作外，还同国内 40 余位从事感染（传染病）影像工作的专家一起昼夜奋战，编制《新冠状病毒肺炎影像诊断指南（第一版）》（中英版）并上线发布，连夜制作了《新冠状病毒肺炎影像诊断指南解读》PPT，为国内影像学领域提供重要参考。殷小平团队还与首都医科大学附属北京地坛医院、佑安医院，解放军总医院第五医学中心，保定人民医院以及河北省其他几个地区的传染病医院合作，收集了大量新冠肺炎的临床资料及影像图像，团队夜以继日撰写了《儿童新型冠状病毒肺炎的临床及影像学表现》等 5 篇关于儿童轻型、普通型以及妊娠期新冠肺炎的论文和个例报道，为战斗在一线的影像同道提供了可借鉴的经验。

该校生命科学学科科技扶贫专家王谦结合多年科技研发和扶贫工作实际，撰写了《发菌速度可管控防疫生产两不误——当前对河北省黑木耳春耳菌袋发菌管理的建议》《疫情对中华鳖产业的影响及对策建议》，指导水产、种植等行业有序开展生产自救。中药学学科发挥中医药优势，查典籍、索验方，挖掘研究新冠肺炎有效预防方剂，依据保定市及雄安地区地域特色，研究出以提高机体免疫力为靶标的方剂，并向卫健部门建言献策。中医学学科成立网上义诊"突击队"，开展网络惠民义诊活动，为相关防疫中药生产企业做好网上咨询服务。

此外，该校还充分挖掘各学科优势，组建教师智囊团，撰写"疫情防护知识""疫情期间营养膳食""疫情期间心理调适""如何使用消毒剂"等科普文章30余篇，为社区、乡村、学生家长等宣讲、普及新冠病毒科学知识及科学防控方法，用科学事实说话，回应群众疑问，增强人民群众战胜疫情的信心。

2020-03-06

河北工业大学：一流学科引领电气工程创新人才培养

近日，《中国科学报》记者从河北工业大学获悉，在国家一流学科建设的引领和带动下，该校电气工程学院围绕国家创新驱动发展战略和科技前沿需求，努力实现电气工程高素质人才培养的目标，不断深化人才培养体系和教育模式的改革，成效显著。

河北工业大学（以下简称河北工大）的前身是创办于1903年的北洋工艺学堂，是我国最早的培养工业人才的高等学校。该校的电气工程及其自动化专业源于1929年河北省立工业学院机电工程学系。历经90年的发展，该学科构建了本、硕、博多层次人才培养体系。2017年，该校电气工程学科入选国家一流学科建设行列。

在一流学科建设的牵引下，河北工大电气工程学科不断加强专业内涵建设和人才培养模式变革，实现了学科与专业一体化建设、本科与研究生阶梯递进培养、课堂与课外教学融会贯通、专业知识与综合能力素养同步提升，构建了"厚基础、重实践、强创新"的高素质人才培养模式。

据河北工大电气工程学院原院长徐桂芝介绍，近年来，该院先后获批了教育部卓越工程师培养计划、国家特色专业、首批国家一流专业建设点，通过了中国工程教育专业认证，实现了专业与学科同向同行螺旋式发展。

同时，在人才培养过程中，该院通过实施全员教师参与的"班导师＋学术导师"的"三全育人"模式，引导学生德、智、体、美、劳全面发展。"电工电子技术"作为课程思政教学设计优秀案例上榜人民网公开课，《电器可靠性增长与可靠性评价》荣获天津市高校课程思政优秀教材，30多人次获得省部级教学名师、模范教师、师德师风及三育人先进个人等荣誉称号，1个教工党支部获2021年全国党建标杆支部。

　　值得一提的是，该院还将新理念、新内涵、新方法、新手段融入育人体系，构建了深度融合、层级递进的理论和教学体系。

　　"我们采用了雨课堂＋雷实验的智慧实验教学、线上线下混合教学、虚拟仿真实验等教学方法，力求让课堂气氛'活'起来，让理论知识'动'起来，让课程内容'新'起来，实现教学内容、教学手段和教学模式的创新，学生自主学习能力和创新能力显著提升。"徐桂芝表示，通过这种方式，该院打造的"金课"先后获批国家级精品课、国家级精品资源共享课、国家级线上线下混合式一流本科课程、国家级虚拟仿真一流课程等。

　　此外，依托"省部共建电工装备可靠性与智能化国家重点实验室""电工产品可靠性技术省部共建协同创新中心"等学科平台，该院将科研精神融入教育理念，把科研平台拓展为教学条件，以科研成果丰富教学内容，将科研方法转化成教学手段，与40余家大型企业建立了校外实践教学基地，构建自主实践、科教融合和产教协同三维度创新培养机制，近五年来，培养的学生荣获各类学科竞赛国家级奖励达400余人次。

　　面对国家新能源与大健康等领域对创新人才的需求，该院还依托"工程电磁场"和"电器可靠性"特色优势，结合学科取得的研究成果，增设无线传能、电力电子可靠性、低碳电工材料、生物电工等研究方向，拓展了传统学科专业的内涵，并以此建立了智慧能源、生物医学工程和智能医学工程专业。

　　"通过上述努力，我们先后获批电气工程一级学科博士点下的生物电工二级学科博士点以及生物医学工程一级学科博士点，牵头成立了中国电工技术学会生物电工专业委员会，为社会输送了交叉学科本、硕、博创新人才近万人，为国家及京津冀区域经济发展提供了强有力的支撑。"徐桂芝说。

2022-10-30

河北工业大学电气工程学院的前世今生：
一台光绪二十八年的美式电机

　　阳春三月，天津市北运河畔，与河北工业大学校园相连接的桃花堤已然"河畔桃花盛开，让人顿感仲春再来。再见桃花，津门红映依然好"。围绕校园漫步在桃花堤上，真切地感受到有着116年历史的高等学府——河北工业大学独特的育人环境的魅力。正如河北工业大学校歌所唱："桃花灼灼，北运汤汤，工学并举，薪火长……"

　　在河北工业大学校园内离桃花堤不足百米的地方，一座标有"全国重点文物保护单位"的砖混结构三层楼房尤其引人注目。

　　"这座楼原为北洋工学院工程学馆，由筑港工程和航道专家谭真主持设计建造，1931年竣工投入使用。"河北工业大学党委宣传部部长陈鸿雁告诉《中国科学报》记者，这座大楼现在是河北工业大学红桥校区第三教学楼，目前已经建成河北工业大学的校史馆。

　　"我们的馆藏很多，每个'老物件'的背后都隐藏着一个和河北工业大学相关的故事。其中有几件是'镇馆'之宝，像这台老电机就是'镇馆'的宝物之一。"在河北工业大学的校史馆内，陈鸿雁手指一台体积不大的发电机告诉记者。

　　记者看到，这台发电机已经有些生锈。说明牌上标注：原产地美国，生产时间为1902年，直流发电机，用作学校教具。

　　"据前辈们说，这台发电机是当时外国人送给慈禧太后的，当作直流发电机给电灯提供电源。"已在河北工业大学电气工程学院（简称电气工程学院）退休的老教授钱俊澄告诉记者，这是自己在1955年刚刚踏进校门读书时听老师讲的。

　　钱俊澄1958年毕业留校任教，1995年退休，今年已84岁高龄。

钱俊澄说，不知什么原因，这台发电机从慈禧太后那里到了北洋工艺学堂。此后，学堂几经更名、变迁，但这台发电机一直都留在这里。刚开始做直流发电机用，给实验设备提供直流电源，但是功率比较小。再后来，就当成教具来使用了。

"1902 年是光绪二十八年。这台当年美国生产的发电机，经历了北洋工艺学堂初建、奉令升格河北省立工业学院、河北工学院的恢复重建等河北工业大学建设发展所经历的每一段历史，见证了电气工程学院从创立到发展再到腾飞的 90 年光辉历程。"电气工程学院原院长徐桂芝说。

据河北工业大学的史料记载，1929 年 5 月，河北省立工业专门学校奉令升格学院，定名河北省立工业学院，魏元光任院长。

魏元光是我国现代著名爱国主义工业教育家，他主张开放办学，首倡"研求适合国情而且实用的中国式工业教育"。他主持河北省立工业学院设立了化学制造、机电工程、市政水利三个系。其中机电工程系就是现在电气工程学院的前身。

徐桂芝介绍，1929 年，正值美国经济危机波及全球，世界经济形势低迷，河北省立工业专门学校在此时奉令升格学院，可见民族工业发展已迫在眉睫。而学校升格的首增专业中，机电工程赫赫在目，足见该学科在民族工业发展中的重要地位。

由于战乱，学校曾一度停办。1945 年抗战胜利，学院才复校，并于 1946 年开始招生。

"即使在战乱期间，学校一度停办的时候，专业先辈们也没有停止对教学的研究和对专业知识的求索。机电工程系设立之初，这台发电机就在实验室里，它沉淀着河北工业大学电气工程学院发展的厚重历史。"徐桂芝说，电气工程学院的整个发展史，汇集着一代又一代电气人创业的汗水、爱国的激情、奋斗的足迹和辉煌的业绩。

在谈到当今实验室建设时，徐桂芝满脸自豪。2017 年 11 月 17 日，科技部与河北省政府联合获批的"省部共建电工装备可靠性与智能化国家重点实验室"就设在电气工程学院，这也是河北省首个省部共建国家重点实验室。

在徐桂芝看来，历史的积淀是巨大的财富，对高校历史文化的开发和有效利用，可以促进学生的全面发展。近年来，她带领大家收藏、收集、整理了上万件教学实验与科学研究的"老物件"，有珍贵图书资料、教材专著、元器件、仪器仪表与设备等，建立了电学博物馆。

"这些设备承载着河北工业大学百十年来的发展历程，记录了电气工程学院人奋斗者的足迹，是河北工业大学人才培养与科学研究的见证，更是'勤慎公忠'校训的诠释。"徐桂芝表示，他们将继续扩充和完善，将电学博物馆与国家重点实验室一起打造成科学研究、人才培养和科普宣传的圣地。

多年来，电气工程学院取得了多项辉煌业绩。1993 年获批河北省第一个工科博士点，为河北工业大学"211 工程"获批立下汗马功劳。2001 年至今，先后为河北工业大学实现了博士后科研流动站、一级学科博士点、国家重点学科、国家级精品课程等零的突破，荣获 5 项国家级科技奖励，为社会培养了几十万人才。

此外，该学院还积极组织学生参加各类学科竞赛以及科技创新竞赛，仅2018 年就有 592 人次获奖，其中获国家级奖 91 人次、省部级奖 244 人次、A类竞赛奖 237 人次。

"电气工程学科伴随着河北工业大学一百多年来的发展，从这台光绪二十八年（1902 年）的美式电机，到 20 世纪 80 年代自主研制的电站励磁装置在葛洲坝水力发电机组水电系统的应用获得国家科技进步奖特等奖，再到河北省首个工学博士点、国家重点学科，又到如今河北省首个省部共建电工装备可靠性与智能化国家重点实验室，为学校'211 工程''双一流'学科的大学建设打下了坚实的基础，这是历代电气人追求卓越的奋斗结果，也是对河北工业大学'工学并举'特色的最好传承。"徐桂芝说。

2019-03-20

河北高教学会：科学构建省级教学监测服务体系

近日，记者从河北省高教学会获悉，近年来，河北省高教学会在省教育厅的领导下，积极推动省级教学质量监测体系建设，许多做法走在了国内前列。

据河北省高教学会副会长兼秘书长胡保利介绍，21世纪以来，伴随着我国高等教育规模的迅猛发展，高等教育质量问题日益受到重视。"地方本科高校是我国本科高校的主体，没有地方本科高校教学质量的不断提升，就没有我国高等教育发展的高质量。全面推进高等教育的质量建设，教学质量评价是关键，教学质量保障体系是基础。"胡保利说。

2020年，中共中央办公厅、国务院办公厅联合印发的《关于深化教育体制机制改革的意见》，要求建立省级政府履行教育职责评价制度，鼓励委托第三方开展教育质量、教育满意度、办学绩效、学生就业、政府教育治理、政府重大教育政策和工程项目等评价。

在此背景下，河北省教育厅充分依托作为第三方社会组织的河北省高教学会，常态化实施省内本科高校教学质量监测工作，建构起高效适用的省级监测体系。

据悉，河北省高教学会依托河北大学的综合性学科优势和人才储备组建团队，以"三项制度"（本科高校教学质量问卷调查制度、教学基本状态数据公示制度、教学质量年度报告制度）为实施路径，构建起为教育行政部门、省域高校、社会用人单位等提供多维服务的协同运行机制、共赢驱动机制和综合保障机制，从多个方面对河北省高校教学质量提升起到积极带动作用。

"首先是省域高校质量监测工作换挡提速。"胡保利表示，教学质量省级监测常态化实施使全省高校质量意识全面提升、质量文化更加浓郁，河北工业大学、燕山大学等一批高校相继成立或健全专门机构，形成了各具特色的工作模式，同时培育了一批拥有先进理念、熟悉问卷调查、掌握数据挖掘方法的质量管理骨干。河北大学、河北师范大学、河北农业大学等高校主动参与筹备河北省高教学会院校研究分会，为全省质量监测工作再上新台阶夯实基础。

同时，河北省高教学会通过搭建资源共享服务平台、信息技术支撑平台，无偿分享数据、技术、研究等资源，全面服务省内高校开展专业建设、调整招生计划、深化教育教学综合改革，已为省内高校在软件开发与运维、问卷设计与调查、数据挖掘与分析等方面节省经费数百万元。

基于 10 余年的教学状态数据和学情数据的分析报告，河北省高教学会还为教育厅加强教学质量监测和针对性开展督导提供科学依据。团队核心成员先后被教育厅邀请参与《河北省中长期教育发展规划纲要（2010—2020）》《河北省教育发展第十三个五年规划》《河北省教育发展第十四个五年规划》等省级规范性文件的编制工作，并全程参与河北省本科高校转型发展试点院校的遴选指标设计、培育过程督导与终期验收评估工作。

胡保利表示，项目团队从科学研究与应用实践两个层面深耕细作，逐渐积累形成了八大类成果集群，主要成果包括完成了 1 部学术专著的撰写、每 2 年出版 1 部《河北省普通高校教学质量发展年度报告》蓝皮书、为省教育行政部门及高校提交专题研究报告 24 项、建成了 1 个教学质量监测信息系统和 2 个教学质量监测数据库、获得了 5 项知识产权专利、获批 1 项国家社科基金课题和 3 项省社科基金课题、主持了 15 项省级教改课题。

"这些研究成果立足于对地方本科高校教学质量监测工作的深刻反思，并广泛应用于河北省政府与省教育厅的政策咨询服务和支撑高校教学改革的具体实践，在省内外本科高校教学质量监测评估领域产生了良好反响和积极效果。"胡保利说。

2022-10-05

河北工业大学："实验室"寄到学生家

从3月4日起，河北工业大学电子信息工程学院2017级的班级群里时不时地会有学生"晒东西"。虽然学生们身处不同地方，但每个人晒出的东西却都是一样的，那就是学院寄给他们的"EDA实验线路板"。

自新冠疫情暴发以来，无法返校上课的学生们，只能在家线上学习。然而，这种方式很难让学生亲自动手做实验。面对这一难题，河北工业大学想到了一个妙招——把"实验室"寄到了学生家！

"随着新冠疫情的变化，如何保证学生通过在线学习达到培养方案的要求，如何保证学生不受疫情影响且能力得到全方位的锻炼，这两个问题始终在学院领导和教师们的心里盘旋。"接受《中国科学报》采访时，该院课程组负责老师韩力英说，尤其是面向2017级学生开设的"EDA技术综合设计"课程，实践性非常强，实践环节比较集中，需要边讲解、边编程、边测试、边验证。

为此，学院多次组织课程组、实验中心教师讨论研究，结合疫情分析现实情况并进行了学生返校评估，最终决定把实验线路板寄给学生，把"实验室"搬进学生家。

学院号令，老师行动。课程组与实验中心迅速组织力量，分头推进工作。课程组教师组织学生进行实验分组，准确核对统计家庭住址，开展实验线路板使用讲解及操作安全培训等工作。实验中心教师小心翼翼将打包好的"EDA实验板"从学校直接运抵市、区各快递点，装箱、核对。

经过7名教师48个小时的流水工作，承载着爱与希望的102个包裹，于3月3日从天津发出，奔向祖国各地。

继"硬核"线上教学后，学生们又收到学校寄送的"爱心教学大礼包"，他们的兴奋与激动溢于言表，花式表白秀遍各个社群、朋友圈。

"太舍得了，一个板儿一千多块！真的就这么寄了！这么寄来了！"

"神操作！优秀！"

"学院也太有心了！"

拿到实验线路板的学生自是爱不释手，并跃跃欲试地对前期云课堂中学习到的理论知识加以验证。在任课教师的指导下，他们展开了测试、验证实验。程序跑顺了，指示灯亮起来了——收获知识技能的同时，疫情带来的阴霾也一扫而空！

受访时，河北工业大学电子信息工程学院副院长武一表示，把"实验室"邮寄到学生家，实现了教师线上指导、学生以小组为单位进行线下自主实验的有机结合。学生不仅可以完成对所学课堂理论知识的验证，还可以自主开展创新试验，在家参与竞赛培训，"实现了大学生创新能力培养的不断线"。

2020-03-17

海水提钾破技术经济难关

在陆地钾矿资源日益短缺、钾肥价格不断攀升的窘境下，海水提钾技术为钾资源开发打开了一扇门。

海水中钾的总储量达 550 万亿吨，是全球陆地钾矿总储量的几万倍，也是可持续开发的天然资源。但是，高效分离提钾技术的难度大，且经济不易过关，却制约着海水提钾的工业化发展。

教育部海水资源利用技术工程中心主任、河北工业大学海洋科学与工程学院院长袁俊生带领团队历经 30 多年研究，在国际上率先突破了海水提钾过技术经济关的难题，并投入万吨级产业化应用，为我国钾肥来源开辟了一条新途径。

突破核心技术

"众多沿海国家都加大力量投入进行海水钾资源的开发。"袁俊生在接受《中国科学报》记者采访时介绍，海水钾资源的开发研究在国际上已有 100 年的历史，在我国却不到 50 年。

1980 年，从天津科技大学毕业的袁俊生进入天津海水综合利用研究所海水提钾课题组。8 年后，他又来到河北工业大学创建了该校的海洋技术专业。截至目前，袁俊生已经在海水中"提钾"30 多年。

据袁俊生介绍，全世界陆地钾矿资源仅集中在加、俄、德等少数几个国家。一个世纪以来，众多沿海国家投入大量的人力、物力，致力于海水钾资源的开发，共提出沉淀法、萃取法、离子交换法和膜分离法等百余种专利方法。

然而，因海水的组成复杂（钾与 80 余种化学元素共存），且浓度稀薄（浓度仅为 $0.8kg/m^3$），造成高效分离提取钾肥技术难度大，特别是经济上不易过关，上述方法均未能实现工业化。

经过 30 多年的刻苦攻关，袁俊生团队研发出"改性沸石钾离子筛"核心技术。该技术使海水中的钾富集 100 倍以上，突破了海水中钾的高效富集和节能分离等一系列关键技术。

不仅如此，袁俊生团队还开发出具有原创性自主知识产权的沸石离子筛法海水提取系列钾肥高效节能技术（氯化钾、硫酸钾、硝酸钾等），并成功地完成了海水提钾百吨级中试和万吨级工业性试验。

据悉，该项技术钾肥产品质量达进口优质钾肥标准，而生产成本却较进口钾肥降低 30%（氯化钾成本 <1 800 元 / 吨）。目前该成果已取得发明专利 20 项，获 2010 年河北省技术发明奖一等奖、2011 年中国国际工业博览会创新奖。

该项成果分别通过了国家科技部、河北省科技厅和天津市科委组织的验收或鉴定。专家组认定：该技术与国内外现有的钾肥生产技术相比，具有原料来源广泛、生产成本低、效益高等优势，技术经济指标达到了国际领先水平，为海洋和化肥的产业结构优化调整提供了可靠的技术依据。

产业化开发需稳步前行

袁俊生团队的"改性沸石钾离子筛"核心技术，在 2007 年迈出了产业化发展的第一步。

当年，山东埕口盐化有限责任公司利用自身的海水资源条件，采用上述核心技术完成了 4 万吨 / 年海水苦卤提取硫酸钾及综合利用工程。

"这个国家发展改革委立项批复的项目是国家火炬计划项目。"袁俊生介绍，项目投资 2.1 亿元，设计年产硫酸钾 4 万吨、精制盐 12 万吨、氯化镁 16 万吨。项目于 2007 年初动工建设，2010 年 9 月已经建成投产。

该工程的投产也标志着海水提钾在我国率先实现了产业化。

"在产业化的开发过程中，我们不会盲目追求'大速度'，我们力求一步一个脚印，稳步前行。"袁俊生告诉记者，继山东"4 万吨 / 年海水苦卤提取硫酸钾及综合利用工程"之后，目前他们参与的河北唐山曹妃甸工业区浓海水提钾综合利用工程建设也已经接近尾声。

该项目是河北省重大技术创新项目，是以海水淡化副产的浓海水为原料，生产氯化钾、精制盐、溴素等海洋化工产品的示范工程项目，也为向北京供水的 100 万吨 / 日海水淡化工程的配套项目提供设计依据。

"在国务院发布的《国家中长期科学和技术发展规划纲要》中把'海洋资

源高效开发利用'列为重点领域的优先主题；国家发展改革委发布的《海水利用专项规划》中，将海洋钾肥的开发列为重点任务之一，规划建设万吨级海水提钾工程。"袁俊生认为，国内钾肥缺口达 500 万吨 / 年以上，海水提钾的产业化发展前景广阔。

"我们的技术既可在沿海地区直接建厂，也可与大规模海水淡化工程配套实施，或与海水制盐及纯碱企业结合。"袁俊生预计，到 2020 年，海水提钾产业化规模将达到 100 万吨以上，不但为大力开发海洋资源、发展海洋经济提供了新的增长点，还将为支援"三农"、保障国家的粮食安全作出重大贡献。

2013-07-17

瞄准植物基因组学领域的前沿

——记华北理工大学生命科学学院研发团队

"染色体的进化仍有很多未解之谜：一是染色体数目是如何维持的，二是B染色体是如何产生的。这里通过比较基因组学分析，我们阐明了这两个问题的遗传学机制……"

2018年4月21日，在河北唐山举行的第五届全国计算生物学与生物信息学学术会议暨第二届凤凰城基因组信息学论坛上，华北理工大学生命科学学院（以下简称"生命科学学院"）院长王希胤的一项新的原创性科研成果——"B染色体如何产生"，引起在座专家学者的极大关注。

很长一段时间以来，"B染色体如何产生"是一个未解之谜。此次王希胤明确阐明了其遗传学机制。这项新的原创性科研成果，对于王希胤以及他带领的植物基因组信息学研发团队而言，仅是他们取得的多个原创性科研成果之一。

近年来，该团队以华北理工大学重点发展的基因组学中心为依托，瞄准国际前沿，参与了10余个植物基因组国际合作测序项目，承担国家级科研项目18项，发表学术论文500余篇，多篇发表在《科学》《自然》等国际顶级杂志上，荣获科研、教学成果奖22项。也因此，生命科学学院植物基因组信息学研发团队成了业界瞩目的专业领域的拓荒者。

坚持特色发展和新型交叉学科的专业建设

"坚持特色发展和新型交叉学科的专业建设，主动适应经济社会发展需求，服务国家发展战略是华北理工大学的办学原则。"华北理工大学校长朱立光介绍，生命科学学科群、海洋科学学科群、脑认知科学学科群是学校积极扶持的 3 个新兴交叉学科群。

华北理工大学生命科学学院是于 2011 年才建院的"小树苗",如何使这棵"小树苗"尽快长大呢?

"坚持国际化战略,推进国际化进程,提升国际交流与合作的层次、领域和内容,建设引领学术前沿的国际合作平台。"华北理工大学党委书记刘晓平在接受《中国科学报》记者采访时说。

2009 年,美国乔治亚大学研究员、国际植物基因组学界的主要研究者之一王希胤受聘出任生命科学学院院长,并担任该学院基因组学和计算生物学实验室主任。

几年来,王希胤带领植物基因组信息学研发团队,建平台、引人才,不断深耕、拓展。他们在原有的简陋的生物实验室基础上,组建了基因组信息学研究中心。

该中心以解决生物学问题为核心,强调生物学与计算机科学、数学等多学科的交叉研究。同时他们又引进了 5 名博士、6 名硕士加盟团队。此外,为搭建高端的科研平台,该团队以"十三五"国家重点专项"七大作物育种"的子课题"小麦等作物功能基因组研究与应用"为依托,设置"植物基因组学"特聘教授岗位,培养具有国际领先水平的学科带头人,打造跨学科的、特色鲜明的教学科研创新团队,构建支持中国作物大数据分析的云计算平台和植物比较基因组学平台。

取得基因组学研究领域原创性成果

从"基因组结构构成与变化、基因丢失的规律的新发现",到"在不同植物中发现了不明原因形成的由端粒构成的微小染色体",再到"基因组多倍化的创新性解读"等,植物基因组学教学科研团队取得了多项突出成果,尤其在真核生物染色体数目减少理论和禾本科比较基因组学上多项原创性成果更为突出。

生命科学学院副教授王金朋是团队的骨干之一。他基于对黄瓜、甜瓜、西瓜基因组的重新分析,发现了一次被忽略的其共同祖先中的多倍化事件,成为整个类群形成的"触发器",由此提出了进行复杂基因组分析的"金标准"。

王金朋介绍,植物基因组加倍和重新整合常常使它们变得很复杂,课题组提出一套软件流程,目前已成为国际上分析植物基因组的重要工具。

"能够和国际科技前沿'大咖们'一起交流，更直接地向他们学习科研的创新思想和方法，受益匪浅。"曾在美国乔治亚大学访问交流 1 年的该团队成员雷天宇说。

王希胤介绍，植物基因组学教学科研团队创新性成果主要包括重要经济作物全基因组比对算法和应用研究、染色体理论创新、基因组多倍化与稳定性、基因家族和调控网络研究、基因组多倍化的创新性解读、生物信息学软件和数据库 6 个方面的研究工作。

据了解，染色体进化理论上的创新性研究基于多种植物的比较基因组学分析，并结合其他真核生物的研究，提出了染色体数目减少的理论。这一研究承接了遗传学奠基人之一、著名的植物学家、诺贝尔奖获得者巴巴拉·麦克林托克在 1930—1940 年间对染色体，尤其是环状染色体遗传上的探索性工作，得到了巴巴拉·麦克林托克嫡传弟子、美国科学院院士詹姆斯·伯驰勒的高度评价。

让科研成果为人类作出更大贡献

不久前，华北理工大学与北京华美源生物科技有限公司举行了校企合作签约仪式。仪式上，该校依托生命科学学院与该企业共建的"饲用酶工程技术研究中心"和"实践教学基地"揭牌。

生命科学学院青年教师李育先介绍，饲用酶工程技术研究中心的主要任务是应用高新技术对企业的工艺技术进行改造提升；对企业引进的科技成果进行消化、吸收、再创新；开展产学研合作，提供研发、设计、实验、测试等服务。

"饲用酶工程技术研究中心的成立为饲料行业的固体发酵和饲料原料研发与应用作出很大贡献，并且能以强大的数据研发能力服务饲料行业。"北京华美源生物科技有限公司副总经理王长城说。

生命科学学院党委书记刘海娟介绍，目前学院与国内多个知名研究单位建立了长期合作关系，共同开展横向课题，使学院的技术成果间接服务地方。

生命科学学院的科研成果价值不仅体现在国内，在国际上也颇有影响。

王希胤介绍，团队多名成员参加了美国乔治亚大学主导的棉花 D 基因组研究计划，相关成果分别发于《自然》和《科学》。

他们利用开发的多基因组比对软件，对禾本科、豆科等多个科属已测得的植物基因组与其他相关模式植物的基因组进行了全基因组比对分析,并生成了有共线性支持的同源基因的比对列表,构成了进行植物生物学研究的重要研究平台。

此外,在生物信息学软件和数据库研究方面,他们发表的植物基因共线性分析的软件和数据库,被世界上近 100 个国家的研究人员广泛引用和下载,每年登录 800 多万次,成为国际上植物基因组学分析的重要研究平台。

2018-04-24

哈尔滨古人类头颅化石发现始末

2018 年 9 月 12 日，河北地质大学举行 2018 年重大科学发现信息交流会，发布该校古生物研究院首席科学家季强在古生物研究中的重大新发现——在中国东北发现似海德堡人古人类头颅化石。河北地质大学校长王凤鸣表示，这一发现很可能刷新我们对人类起源和演进历史的已有认知。

目前，该发现已在《地质学刊》2018 年第 3 期上刊登。

亚洲首次发现似海德堡人古人类化石

"经过初步鉴定，这件化石应是似海德堡人古人类头颅化石。其眉骨宽厚，头盖骨为长圆形，眼眶孔很大，吻部稍微前突，推测化石年龄为 20 万～ 40 万年，但实际时代可能会更早。"会上，季强在向人们展示这件于哈尔滨发现的化石时介绍。

"这不仅是中国的首次发现，也是亚洲的首次发现。"参与该化石鉴定的中国科学院古脊椎动物与古人类研究所研究员、河北地质大学客座教授倪喜军说。

据季强介绍，这件化石是 1933 年 4 月的一天，日本人在哈尔滨市松花江上修建东江桥时，一名中国劳工挖出的，此后一直藏于哈尔滨一户农民家中。

2018 年 7 月，季强和黑龙江省的地质学家在哈尔滨市东江桥作了实地考察，初步认为 1933 年发现的古人类头颅化石曾埋于松花江的河沙沉积物中。

季强表示，将在哈尔滨地区松花江上游两岸寻找古人类头颅化石的原始地点和地层层位。目前他们正在组建科研团队并申请研究项目，准备对其进行多学科的综合研究。

三代人保护的古人类化石终有了"栖身地"

谈及这件古人类头颅化石发现始末，季强讲述了自己的奇缘以及祖孙三代发现和保护这件化石的故事。

2017 年 8 月，季强在广西桂林巧遇一位以出售松花石、玛瑙等标本为生的哈尔滨农民。这位农民在得知季强曾是中国地质博物馆馆长后，告诉季强他家里珍藏了一件几十年的人头骨化石，是祖上传下来的，有意将这件人头骨化石捐赠给一家国有博物馆收藏。

"我现在在河北地质大学任教，这里有一座很好的地球科学博物馆。如果愿意捐赠，河北地质大学地球科学博物馆同意收藏这件化石。"季强告诉这位农民。

经过多次协商，这位农民终于在 2018 年 5 月将这件化石捐赠给了河北地质大学，并作为固定资产永远收藏于该校的地球科学博物馆。

这位不愿意透露姓名的农民还向季强讲述了他们家祖孙三代人发现和保护这件化石的经历。

1932 年 2 月，日本军队占领了中国哈尔滨，强征大批青壮年中国人当劳工，这位农民的爷爷被拉去当了兵。日本人当时在哈尔滨市松花江上修建一座桥梁（现在的东江桥），这位农民的爷爷被派往那里看管劳工。1933 年 4 月的一天，一名劳工在修建桥墩时挖出了一颗"人头骨"，就交给了这位农民的爷爷。这位农民的爷爷没有将这事告诉日本人，而是偷偷地将其带回家中，包裹好后丢进了院子里的水井中，连夜用土将水井填埋。

后来，这位农民的爷爷回到了老家。在以后的几十年中，爷爷对那颗"人头骨"的事只字不提。直到临终前才把此事和埋藏"人头骨"的水井位置告诉了农民父子俩，遗憾的是并没有将发现"人头骨"的准确地点告诉他们。

在沉默了数年后，这位农民和父亲商量着将那颗"人头骨"捐献给国家。机缘巧合，这位农民在桂林遇上季强，终于了却心愿。

"我要感谢那位东北农民祖孙三代的爱国热情，他们把这个宝贵的古人类化石献给国家。"中国科学院院士、河北地质大学名誉校长李廷栋在听了这个故事后很感动。

"这件古人类头颅化石是在人们发现北京猿人之后的第四个年头（1933年）被发现的，只不过当时处于战争时期，没有针对这件化石的相关研究和论文，所以长期以来鲜为人知。"季强说。

可能刷新对人类起源和演进历史的已有认知

作为新中国最早建立的地质院校之一，古生物学与地层学一直是河北地质大学的传统优势学科。近年来，学校依托优势建立古生物专业。2016 年，学校获批了古生物专业，成立了古生物研究院，并聘请曾任中国地质博物馆馆长的季强为该校古生物研究院的首席科学家、地球科学博物馆名誉馆长。

季强一直致力于晚古生代地层和牙形刺与晚中生代地层和古脊椎动物研究，在古生物方面取得了多项重大发现和研究成果，有"龙鸟之父""二代龙王"之称，其许多研究已步入国际先进行列，得到了国际科学界的普遍认可和广泛赞誉。

国际科学界普遍认为，人与猿的分异大约在距今 700 万年前后，人类最早起源于非洲；但也有少数学者认为人类的起源中心不止一个，即多中心起源。

直立人在非洲、亚洲和欧洲均有分布。由于亚洲和欧洲的直立人脑容量较大，体型较大，所以西方学者认为非洲的直立人较为原始，其出现的时间可能较早，推测在 200 万年前左右。西方学者认为，直立人是第一批走出非洲的人，然后再扩散到欧洲和亚洲。

"亚洲先后也发现了一些与海德堡人特征相似的古人类化石，但由于化石保存得不好，始终没有定论。西方学者一般认为，亚洲还没有发现过真正的海德堡人类型的化石。广义上，我们可以说海德堡人是智人、尼安德特人及丹尼索瓦人的共同祖先。因此，海德堡人在研究现代人起源方面处在一个非常重要的位置。迄今还没有任何化石证据证明海德堡人一定起源于非洲。"季强表示，哈尔滨似海德堡人头颅化石不仅为研究现代人起源提供了确凿的化石证据，而且为重新认识人类发展历史和演化模式开辟了新的途径。因此有必要对以往提出的"多中心起源"的观点与"人类三次走出非洲"的"老根发新枝"的演化模式重新进行评价和思考。

"这一突破性发现在古生物、古人类研究领域意义重大，能够为相关的科学研究提供有力的佐证和素材，也很可能刷新我们对人类起源和演进历史的已有认知。"王凤鸣说。

出席河北地质大学重大科学发现信息交流会的李廷栋在会后表示："这项重要的发现，很可能颠覆我国对古人类演化的传统认识，成为我国地质研究历史，甚至古生物古人类研究历史上特别重大的事件。"

2018-09-25

铁路、城市与大学

在一座由铁路拉来的城市，有一所与铁路关系紧密的大学。铁路、城市和一所大学紧密联系在一起，沉淀了厚重的铁路文化，形成了独特的城市内涵和大学精神。

2014年6月5日，石家庄铁道大学举办了首届铁路文化节，"正太铁路百年影像文献珍藏展"和"现代铁路技术发展图片展"吸引了众多师生驻足观看。

正太铁路即现在的石太铁路（石家庄到太原），于1904年动工兴建，1907年全线竣工通车。修建正太铁路时，最初的勘测方案起点选在正定南滹沱河南岸的柳林铺，为了压缩开支，就由柳林铺向南移至石家庄老火车站。这一站的设置，对石家庄城市的发展起了决定作用，从此，石家庄成了京汉、正太铁路的交汇点，也被称为"火车拉来的城市"。正太铁路的修建造就了石家庄这座"火车拉来的城市"，见证了中国铁路发展的百年变迁。

"正太铁路百年影像文献珍藏展"的照片，来自中国书报刊收藏委副主任、石家庄第八届优秀青年社科专家王律新近购藏的1913年法文版《正太铁路》摄影集。王律说这些老照片是石家庄这个城市最初发祥时的历史见证，填补了石家庄近代历史研究影像资料的空白，具有珍贵的文献研究价值。

"现代铁路技术发展图片展"是石家庄铁道大学作为河北省现代铁路技术发展科普基地，充分发挥学术和人才优势，普及铁路历史、铁路选线、铁路枢纽、现代隧道、桥梁技术、路基工程、施工机械、高速列车、磁浮铁路、国防交通、运输组织、环保技术等一系列知识，帮助参观者了解本领域技术最新发展动态，推动全社会形成爱科学、懂科学、重科学、用科学的良好风尚，形成有利于发明创造和科技创新的良好环境的又一重要活动。

石家庄铁道大学原为中国人民解放军铁道兵工程学院，作为全国唯一一所以"铁道"命名的大学，曾在国内第一长隧道——秦岭铁路隧道，第一大桥梁——芜湖公铁两用桥梁，第一快速铁路——秦沈铁路客运专线，第一客票系统——铁路客票预售发售系统和世界第一高原铁路——青藏铁路等国家重点铁路工程中发挥独特作用，获得了包括国家科技进步奖特等奖在内的多项重大科技成果奖励。

在石家庄铁道大学的校园里，有关铁路的元素随处可见。校园主要干道多以教师和校友参建的青藏铁路、成昆铁路、秦沈铁路等命名，灯箱上还附有铁路建设中最感人的故事和最重要的信息，中心花园和广场矗立着"铁路之父"詹天佑和"桥梁大师"茅以升的雕塑。

除此之外，铁路文化还延伸到了石家庄铁道大学的教学改革之中。早在2008年，该校即成立了詹天佑班和茅以升班，单独选拔，单独授课，并设有詹天佑基金会和茅以升基金会提供的单项奖学金；学校还投资300多万元建立了铁道实训基地，铺设了200多米的铁道路轨，引进了"东风4"内燃机车和铁道牵引供电、信号和通信系统，为学生提供真实的实习实训保障。

浓郁的铁路文化使学生受到正向激励和熏陶，让学生在观念认识上体味出人生成长成才的丰富内涵，在行为方式上坚持脚踏实地和坚韧不拔，在价值取向上努力成为德才兼备的社会主义建设者和接班人。据统计，学校2014届的3 000多名毕业生的签约率达到了88.7%，其中，基层一线就业占一半以上。"到祖国最需要的地方去，到最艰苦的地方去，艰苦成才，基层成才，边疆成才。"这是历届毕业生的响亮口号和自觉行动。

2014-07-03

依靠科技创新　不断创造奇迹

——走访石家庄铁道大学国防交通研究所

"流动式架桥机破解世界性造路难题、快速拼装技术加速国防交通战备研究、高架台车法保障铁路既有线成功提速……"近日，《中国科学报》记者在石家庄铁道大学国防交通研究所（以下简称国防交通所）采访时了解到，多年来该研究致力于传承和发展铁道兵部队开创的交通应急保障工程技术，坚持走科技创新之路，在其领域内不断创造奇迹。

据悉，近 20 年来，该研究所承担国家交通战备办公室、河北省、铁道部、交通部重大科技攻关项目 35 项；研究成果获国家科技进步奖 2 项，省、部级科技进步奖 16 项；完成重大技术成果转化 12 项，成为本领域产、学、研相结合的典范。

"全能型"无下导梁流动式架桥机

当我国高速铁路建设开始向山区延展时，巨大的架桥机却难以在狭窄隧道和有限的山间空地上发挥作用。整机过隧、隧道口架梁等成为原有设备不能完成的任务。

国防交通所自主研制的 SLJ900/32 型流动式架桥机，破解了这些世界性难题。2013 年 7 月，该型号流动式架桥机通过了以中国工程院院士何华武为主任的专家委员会的鉴定，整体技术达到国际领先水平。

就在通过专家鉴定之前，在哈大高速铁路的延长线——吉图珲（吉林市—珲春）客运专线 2 标蛟河特大桥南桥头的施工现场，数百名专家、甲方领导、设计监理和施工单位代表，共同见证了该所研发的 SLJ900/32 新型无下导梁流动式架桥机施展出的"全能型"功力。

架桥机总设计师、石家庄铁道大学教授刘嘉武介绍，SLJ900/32新型无下导梁流动式架桥机长91.8米、宽7.4米、高9米，自重580吨。像一只庞大的千足虫的架桥机，轻轻抓起900吨级双线箱梁，放至自己的腹下，然后以每小时5千米的速度缓缓爬上吉图珲客专2标蛟河特大桥南桥头89号墩。

"由于设计时速为每小时250千米的吉图珲客运专线曲线多、半径小，900吨级重载双线箱梁的铺架成为一大难题，新型无下导梁流动式架桥机则可以承担隧道内、隧道外、单孔桥、连续梁等所有复杂工况下的重载双线箱梁、预应力混凝土整孔箱梁的架设施工，技术水平居世界领先地位。"刘嘉武说。

快速拼装技术加速国防交通战备研究

SLJ900/32新型无下导梁流动式架桥机源自国防交通战备器材快速拼装技术的研究和应用。国防交通所是我国地方高校中唯一专门从事国防交通研究的科研机构，也是国家交通战备办公室授权的"国防交通工程技术人才培养基地"。该所长期致力于传承和发展铁道兵部队开创的交通应急保障工程技术，在交通战备科研、高端工程机械研发、重要装备运输、交通应急保障工程技术等领域不断创造奇迹。

据国防交通所所长王海林介绍，交通基础设施不断遭受地震、洪水等自然灾害的侵袭，在现代战争中也是遭受打击的首批目标。为适应新形势下的交通保障任务，还需要进一步完善交通战备器材的品类。为此，国防交通所开展了"装配式公路钢桥桥墩"的研制工作，以解决和克服装配式公路钢桥在公路桥梁抢修抢建中跨越河流、沟壑的宽度超过钢桥最大跨度时不能形成保障能力的局限性，改写了自新中国成立以来公路交通战备器材"有梁无墩"的历史，在汶川"5·12"大地震救灾中还被紧急调往震区，保障了交通生命线的畅通。

该所的交通战备器材快速拼装技术还广泛应用于大型工业设备（1 000吨级）的水陆换装。2000年，天津石化公司从日本进口了两台630吨加氢反应器。面对这一当时国内头号大件，国防交通所临时自建码头，用交通战备器材搭建了800吨龙门吊机，成功地使这一庞然大物上岸装车；2001年，该所研制出被誉为"中华第一吊"的千吨巨吊，将国家重点工程齐鲁石化920吨加氢裂化反应器卸船装车，填补了国内大件吊卸史上的空白；2004年，该所研制出我国当时陆地上起重量最大的1 100吨门式吊机，为我国重型军事装备进出江河海岸提供了技术储备。

高架台车法保障铁路既有线路成功提速

2007 年，我国铁路第六次大提速，地处河南安阳北部的京广线 307 号特大桥恰巧在提速图上，该区段为 160 km/h。提速前，该桥钢板梁须更换为 32 米预应力钢筋混凝土提速梁。更换过程中，交通研究所的高架台车法起到决定性作用。

在不间断行车情况下进行桥梁换架是一项难度大、风险高的工作。高架台车法则是在运营的铁路上方搭建跨线龙门吊，与铁路运梁车配合进行整孔换架梁施工设备。王海林告诉记者："采用传统方法换梁，5 个小时只能换一孔桥梁，而采用新方法，一个封闭点内换架两孔只需封锁线路 3 个小时。另外，换架梁大部分作业均在桥下完成，对邻线无任何干扰，创造了中国铁路史上对运营影响最小、安全可靠性高、工期最短、经济投入最少的既有线路桥梁换架技术。"

在我国铁路数次大提速中，国防交通所结合既有铁路改造的特点与北京铁路局合作，在京广线等特繁忙干线上开展快速换架梁的施工方法及技术的研究，取得了一系列成果，先后参与了京广线 154 号特大桥、35 号特大桥、143 号特大桥、238 号特大桥及 307 号特大桥的桥梁换架工作。

2014-04-22

石家庄铁道大学：协同创新加速
大型工程机械装备成果研发

从我国首个大直径全断面岩石掘进机设备选型咨询、装备引进组装指导、现场应用技术服务的"秦岭特长铁路隧道修建技术"项目获国家科技进步奖一等奖，到研制开发我国自主设计生产的大直径全断面岩石掘进机（简称TBM），再到"隧道施工通风与环境控制"研究成果在国内 300 多个隧道施工过程中推广应用……2015 年 12 月初，《中国科学报》记者在石家庄铁道大学获悉，该校坚持服务国家及地方重大工程需要，协同创新，集中力量开展多学科联合攻关，研发出一批大型工程机械装备制造领域的重大标志性成果。

校企深度合作加速成果转化

"2015 年我们的销售订单突破了 1 亿元，这离不开和石家庄铁道大学的深度合作。"2015 年 12 月 9 日，河北新大地机电制造有限公司（简称"新大地"）总经理张淑凡告诉记者，新大地与石家庄铁道大学的合作已有 10 年之久。

该校机械工程学院院长郭文武介绍，2005 年他们消化吸收德国生产技术，与中国铁建和新大地合作，成功研制出高速铁路无砟轨道板工厂化生产装备。经过几年发展，目前该企业在混凝土轨道板生产线方面的市场占有率为国内第一。

经过 10 年的合作，双方以最初研发的技术为核心，又陆续研制出双块式轨枕全自动化生产线、双块式无砟轨道道床板混凝土浇筑机等多个新产品。2011 年，他们对相关的技术进一步深化研究，把铁路预制建筑工业化生产技术延展应用于住宅产业化，极大地提升了企业的竞争力。

"推进高校、企业联合体等技术联盟协同创新，最关键的是发挥市场的力量，着力以市场引导高校、科研院所走向社会，以技术市场的发展引导企业主动与其对接，以市场机制推动各类技术要素的有效整合，提升协同创新的效率。"石家庄铁道大学党委书记王岳森说。

近年来，该校与徐工集团、北京华隧通掘进装备有限公司、河北冀川实业总公司等多家企业建立了深度合作关系，不断研发新产品。

该校与华隧通掘进装备有限公司成功合作，生产出河北省首台盾构机。

在与河北冀川实业公司合作共同研发大型隧道挖装机后，又根据市场所需研制出新产品——混凝土喷射机械手。此外，双方还在混凝土喷射机械、钢拱架安装车和焊接机器人等项目上携手合作。

2015 年 2 月，TBM 在郑州成功下线，成为该校积极开展校企合作、协同创新研发的又一重大成果。

该 TBM 的研发由中国工程院院士、石家庄铁道大学副校长杜彦良与石家庄铁道大学机械工程学院教授杜立杰等人组成课题组，经过合力攻关，在总体设计、主参数设计、系统集成设计和主要部件的关键结构设计等方面实现了多项突破。

王岳森表示，该大型装备的研制成功，是学校助力我国施工企业和装备制造企业在科技创新的大潮中结出的又一硕果。

开展关键技术研究和产品研发

"我们研制的流动式架桥机目前正应用于渝万高铁客运专线的建设中。"12 月 9 日，石家庄铁道大学教授张耀辉介绍，渝万高铁客运专线全线桥隧总长 168.553 千米，其中桥梁 216 座共计 92.527 千米。石家庄铁道大学研制的流动式架桥机在施工中立下"汗马功劳"。

张耀辉介绍，该流动式架桥机完全自主设计，打破了国外运架一体机技术在我国高铁建设市场上的垄断地位，为我国高速铁路在多山多隧地区的建设提供了有力的技术和设备支持。

无论是我国首台大直径全断面岩石掘进机下线，还是流动式架桥机的研发成功，都是该校按照河北省大型工程机械装备制造协同创新中心新机制运行取得的重要成果。

据悉，该大型工程机械装备制造协同创新中心是河北省教育厅、河北省财政厅于 2013 年 12 月首批认定的 18 个协同创新中心之一。

石家庄铁道大学校长杨绍普认为，装备制造业尽管已成为河北省主要支柱产业，但也存在规模偏小、产业集中度低以及创新能力不强的劣势，做大做强装备制造业，必须寻找契机与突破口。

杨绍普介绍，近年来该中心充分整合资源，重点攻克大型工程机械整机和关键零部件制造的核心技术，打造出一个以推进和引领河北省大型工程机械装备制造产业大力发展为目标的跨学科、跨单位、跨部门、跨行业的创新中心，为提高河北省大型工程机械装备制造产业的市场竞争力提供保障。

目前，该中心汇聚了国家级和省级重点实验室 5 个、国家级服务平台 2 个、省级重点学科 3 个。

杨绍普表示，该中心围绕大型工程机械产业发展需求，构建了工程机械理论基础研究、大型工程机械产品研发和工程机械检测与安全监控 3 个研究平台，组建了工程机械振动控制与检测、隧道施工机械、桥梁施工机械、钻探装备、新能源车辆装备、混凝土制品柔性生产线装备等 6 个研究团队，全力开展重大科学问题、关键技术的研究和产品研发工作。

据悉，目前该中心在研科研项目 120 余项，其中"973 计划"项目 1 项，国家重点基础项目 2 项，国家自然科学基金项目 8 项，地方政府项目 40 余项，企事业单位委托项目 40 余项。

服务国家及地方重大工程需要

"早在 2009 年 8 月，我们就研发出了河北省首台盾构机。"该校机械工程学院书记贾粮棉告诉记者，石家庄铁道大学长期坚持服务国家及地方重大工程需要，瞄准科技前沿，承担完成了一批在国内外具有重大影响的科研项目。

2004 年，该校成功研制了 900 吨高速铁路架桥机，广泛应用于京沪高铁、京津城际、京石、郑西、武广等客运专线。

2009 年 9 月，由石家庄铁道大学研发的 WZ330 型挖装机成功下线，填补了河北省隧道施工机械制造的空白，同时也宣告我国隧道快速施工装备实现国产化时期已经到来。

由该校教授杜立杰担任全面技术指导的全断面岩石隧道掘进机在西藏旁多水利枢纽工程的应用，成为世界首次在高寒、高海拔地区进行的全断面岩石隧道掘进机施工，其高原施工经验对西藏水利、铁路、公路等工程施工具有重要示范、借鉴作用。

围绕国家及河北省重大工程的建设，石家庄铁道大学在全断面隧道掘进机、隧道通风技术及风机研制、铁路客运专线施工架桥机、造桥机设计等领域承担了一批重大科研项目，取得了多项国际先进和国内领先的科研成果。

其中，赖涤泉教授的研究成果在国内 300 多条隧道施工中推广应用；杜彦良、徐明新的"秦岭特长铁路隧道修建技术"项目获国家科技进步奖一等奖；杨绍普的"工程结构的振动控制与故障诊断研究及应用"项目获得国家科技进步奖二等奖；郭文武的"高速铁路无砟轨道混凝土浇筑机研制"项目获河北省科技进步奖二等奖，"客运专线预应力混凝土简支箱梁预制场工业化技术及应用"项目获中国铁道学会铁道科技奖一等奖；贾粮棉主持的"YZP5 型路肩边坡压实一体机"项目获铁道部科技进步奖三等奖；郭京波的"土压平衡盾构机的研制"项目获河北省科技进步奖二等奖……

2015-12-17

河北大学：住宿书院　多维育人

近年来，随着高等教育规模的扩张，高校内涵式发展问题逐渐成为社会广泛关注的焦点。

"所谓内涵式发展，就是提升办学质量，提升学生服务的满意度，把学生管理和教学等各个方面的工作做得更加精细化。"近日，《中国科学报》记者在河北大学工商学院（以下简称工商学院）采访时，该院常务副院长胡保利说。

正是基于内涵式发展的总体思路和校园安全文明建设的考虑，自 2013 年 6 月起，工商学院就结合自身办学特点，借鉴国内外知名高校的先进经验，在摸索中开始了书院制改革，在学生生活园区、宿舍楼里建立了明德、致用、治平、笃学、诚行五大书院。

胡保利介绍，住宿书院制是把学生的学习与生活相结合，是校园内的一个学习社区，是实现通识教育（素质教育）和专才教育相结合，力图达到均衡教育目标的一种育人模式。它把学生宿舍区由学生单一休息场所转变为文化育人环境，转变为师生共享的交流空间，转变为学生自我管理、自我教育的成长平台。

立体化、多维度的住宿书院制育人模式拉近了教师和学生的空间距离，方便了师生之间以及学生之间的交流，书院中的学习互助中心为学习困难学生提供了及时的帮助，各个书院的安全教育办公室也为校园和谐稳定发挥了积极作用。

从 1：1000 到 1：199

梁美玲是工商学院的一名学生辅导员。2013 年 6 月，她和学院的其他辅导员一起，把办公室从教学区搬到了学生的生活园区——笃学书院。

"书院制改革实施之前，我们一般采用的都是班内的互助，但因为都是同班级的同学，在教学中存在着知识掌握不牢、教学水平有限、教学方法不当等问题。"梁美玲介绍，实施书院制改革以后，依托书院互助学习中心积极与任课教师、专业研究生、成绩优异的学生组成导生、导师团，通过在学生身边进行生活督导、学业辅导、实践引导、生涯指导，达到明显的帮扶效果。

"在笃学书院就如同在家一样温馨。在这里有任何需求都可以第一时间找到自己的老师。"笃学书院的学生刘金英告诉记者，老师时时就在身边，沟通、交流方便极了。

据该院党委副书记朱红梅介绍，实施书院制前，教师和管理干部办公都在教学园区，在生活区办公的教师只有 17 名，生活园区的教师力量比较薄弱。而在校大学生有很长时间是在生活园区度过的，包括他们的饮食起居、社团活动、学习交流等。

"之前学生生活区的师生比是 1 ∶ 1 000，现在是 1 ∶ 199。"跟踪工商学院住宿书院三年改革并以此为案例完成硕士论文的该校硕士生田茜说，这个数字的变化，是教师和学生空间距离拉近的体现，也表明师生情感温度的升高。

接力传承

"你好！虽然我们没有能见到面的缘分，但能住在一张床铺上，真的也是另一种神奇的缘分。学姐明天即将离校，今晚给我 2 号床铺的继承者小妹写点什么，希望你真的能看进去，也能对你们的大学生活有一些帮助，学姐真心希望你一切顺利……"

这是 2016 年 9 月 7 日，工商学院 2016 级编导专业新生席汀走进自己的新宿舍——馨雅楼 423 宿舍时，收到的曾在这间宿舍 2 号床生活过的一位学姐留给她的信。

"收到这封信时，我内心是满满的感动与欢喜。信中是学姐温暖的问候、鼓励和对我大学生活的几点建议。"席汀决定，在她毕业时也要为学妹留下一封信，将这份感动与温暖继续传递下去。

"这个传承是我们学院探索书院文化教育新模式后生成的一个好现象。"工商学院园区管理教育中心主任孙善强告诉记者，学生在书院中渐渐产生了不同于"学生宿舍"的"家"的归属感。毕业生涌现出许多温暖学弟学妹的感人故事，他们离开学校时不仅留下了干净整洁的宿舍，还为学弟学妹留下了不同的礼物。信士楼 102 宿舍 2011 级汉语言文学的学长留下的是一封加油鼓劲的信，厚望楼 460 宿舍 2012 级金融学的学姐不仅写下一封温馨的信，还留下一段祝福的视频，更多的学生在自己的床位上留下祝福的话和自己的联系方式……这是学生间文明感染、文化传承的接力。

多维度育人

工商学院 2014 级编导专业学生苏安阁在校期间生活在明德书院，她一直有一个"导演梦"，而正是明德书院的圆梦微电影工作室帮她圆了这个梦。

"明德书院的圆梦微电影工作室是专业的学习平台。"苏安阁介绍，她和自己的小伙伴一起承接了很多学校任务，进行了《工商学院，我们的家》、军训纪录片《磨砺青春》《前进中的河北大学工商学院》、校史篇《百年征程，强校之梦》等多个视频的拍摄、剪辑和后期制作。

"圆梦工作室不仅仅是一个工作室，更有一种家的温暖。我们在工作室里讨论任务、谈天说地，就像一个大家庭，每个人都是大家庭中不可或缺的一员，每个人都可以感觉到家的温暖。"苏安阁说。

据悉，工商学院各书院以专业特色为基础，积极打造品牌活动和精品社团，浓郁校园文化氛围。通过一系列品牌文化活动以及消防训练营、坤瑜女子学堂、武术协会等 59 个社团，开展与专业和个人兴趣爱好相关的活动，增进了学生间彼此的交流和沟通，丰富了知识构成和生活体验，锻炼了想象力、创造力和实践能力，使学生的综合素质不断提高。

朱红梅介绍，随着工商学院各个书院成长辅导室、心理驿站、科技讨论室、日韩文化室、微电影工作室、漂流书吧、咖啡休闲屋等一批极具特色的功能室投入使用，师生日常交流更加方便，学生社团活动、科技文化活动更加频繁。

近 3 年来，该院学生在"挑战杯"全国大学生课外学术科技作品竞赛、中国大学生广告艺术节、AIM 国际设计竞赛、全国大学生"飞思卡尔"杯智能汽车竞赛、全国大学生化工设计竞赛等各类学术科技竞赛中获国家级奖项 110 项、省级奖项 190 项。

2016-10-13

消防安全与人才培养相结合的有益探索

——河北大学工商学院搭建消防志愿者训练营特色实训平台

"特别感谢学院领导给我提供了这样一个平台，让我们有机会加入训练营磨炼身心、提升自我。我会永远记得这个家……"在河北大学工商学院（以下简称"工商学院"）大学生消防志愿者训练营（以下简称"训练营"）第三届退役大会上，在训练营退役的 2014 级学生赵亭亭在作感恩发言时哭了……

2017 年训练营共有 72 名学员退役。同时，经过对 332 名报名大学生为期 1 个月的层层选拔，最终又有 55 名新学员入营。训练营何以让这么多大学生向往？入营条件又何以如此苛刻？

创立河北首个大学生消防志愿者训练营

谈及训练营的建立初始，工商学院常务副院长胡保利讲述了 4 年前工商学院学生宿舍发生的一起火情。

2013 年 6 月的一天晚上，一名毕业班的女生违规使用充电台灯，睡觉时忘记拔掉电源插座。凌晨 5 点左右，台灯燃着周边的堆放物，升腾的烟气呛醒了这名学生，她即刻逃出了宿舍。随后值班老师马卜施救，扑灭了这场火情，但是宿舍内的被褥已经被烧得所剩无几。

虽然没有人员伤亡，但这场火情还是在全院师生心中引发了很大的触动。

事后，经过与保定市公安消防支队的多次研讨，又历经半年多的推进，2014 年 1 月，由经过严格招募的 60 名大学生组成的工商学院大学生消防志愿者训练营正式成立。

"这是河北省首家成立大学生消防志愿者训练营的高校。"保定市公安消防支队防火监督处处长刘涛说，训练营集育人、校园安全维护、社会服务功能于一身，这在全国高校中也不多见。

据工商学院军事法制教育办公室主任付鑫介绍，训练营分设 10 个班，分别入住 10 栋公寓楼，每栋公寓一楼设有消防志愿者工作室，每班 6 名队员，每个队员负责一个楼层的消防志愿工作。

搭建协同育人实训平台

"每天早晨和晚上，我在训练营里各进行 1 个小时的体能或者队列训练。除此之外，我还得到来自消防支队老师或其他校外老师的'真传'。"训练营学员、工商学院 2015 级学生汪雪告诉记者。

据胡保利介绍，工商学院在人才培养方案里设立了必修的"公益学分"，包括训练营在内的各类学生组织的成员积极投身志愿服务活动与社会公益事业，可取得相应的公益学分。

付鑫告诉记者，训练营的素质提升课程是工商学院限定性选修课程。课程分为国防教育、安全专业技能和综合素质修养 3 个模块。根据课程体系建设，工商学院组建了专业的师资队伍，保定市急救中心、保定市航校军事研究室、保定市公安局等单位的"老师"定期为学生们讲授政治、经济、传统文化、社交礼仪等相关主题课。

除此之外，训练营还通过军旅实训、参观学习、日常训练等实践课程，对训练营队员进行系统的消防训练和素质培养。2014 年、2015 年、2016 年连续三年暑期选派训练营优秀队员先后赴廊坊中国人民武装警察部队学院、保定消防支队进行 7~10 天的封闭训练，重点学习消防知识、接受军事消防技能训练。

拓宽消防志愿者的服务领域

2016 年 6 月，在训练营的基础上，工商学院又成立了消防志愿者协会，每间宿舍征集一名消防志愿者，实现了消防志愿者在学院 2 200 间学生宿舍的全覆盖。

"身为一名消防志愿者，我将自己的身份定义为'四员'。"训练营学员郑小涵告诉记者，这"四员"分别是消防安全宣传员、消防安全训练员、安全隐患排查员、校园秩序维护员。

据介绍，在工商学院 2017 年度毕业生离校消防大检查中，志愿者们共发放"消防安全伴你千里行"自查表 4 200 余份、查改火灾隐患 670 余处，"四员"真正发挥了作用。

付鑫告诉记者，虽然训练营是以消防的名义，但更注重志愿者的含义。

在工商学院 2017 年的新生军训活动中，所有教官都来自大学生消防志愿者训练营。除了军训，工商学院、河北大学乃至保定市的很多活动，也都有训练营学员的身影，他们以志愿者的身份，在服务校园、服务社会中受益并成长。

2016 年，工商学院承办了保定市"119"大型消防宣传活动、"3·15"消防产品质量宣传暨春季消防安全进校园活动。自成立以来，训练营累计组织消防安全主题活动 100 余场，参与校园安全保障志愿服务活动 60 余次。

刘涛表示，工商学院将消防安全与学生日常培养相结合的这一做法，很大程度上弥补了消防安全管理"空白"。通过这种形式，可以不断提升学生们的消防安全素质，全面深化整个校园的消防宣传教育氛围，联动实现了"通过一个学生、带动一个家庭、辐射整个社会"的良好局面。

2017-12-05

河北大学三学者入选爱思唯尔
"中国高被引学者榜单"

世界著名出版集团爱思唯尔（Elsevier）于近日发布了2019年"中国高被引学者（Most Cited Chinese Researchers）榜单"，共收录来自242家高校、科研单位或企业2 163名最具世界影响力的中国学者。记者5月9日从河北大学获悉，中国科学院院士、发展中国家科学院院士、河北大学校长康乐教授入选"农业和生物科学"类榜单，该校生命科学学院院长万师强教授入选"环境科学"类榜单，该校数学与信息科学学院刘彦奎教授入选"计算机科学"类榜单。

据悉，2019年"中国高被引学者榜单"的研究数据来自爱思唯尔旗下的Scopus数据库。本次榜单基于Scopus数据库利用大数据技术，遴选了环境科学、物理、化学、数学、经济学等38个学科的2 163名中国学者。Scopus是全球最大的同行评议学术论文索引摘要数据库，收录了来自全球5 000多家出版商出版的超过22 000种期刊和700万篇学术会议论文，覆盖自然科学、技术、医学、社会科学、艺术与人文等学科，提供了海量与科研活动有关的文献、作者和研究机构数据。

"高被引学者"是作为第一作者和通讯作者发表论文的被引总次数在本学科所有中国（大陆地区）的研究者中处于顶尖水平，意味着该学者在所研究领域具有世界级影响力，其科研成果为该领域发展作出较大贡献。

2020-05-09

燕山大学："彩虹计划"温暖巴基斯坦留学生

"我发现中国人民都非常友好和乐于助人。中国与我的祖国是'好兄弟'，能来到这儿我感到非常骄傲，我希望在中国留学期间能够学到更多的中国文化、道德和历史……"

这是目前在燕山大学学习的巴基斯坦留学生李辛发表在校报上的一篇文章中的一段话，而他之所以会发出这样的感慨，是由于燕山大学开展的一项名为"彩虹计划"的公益活动。

缘起：帮"巴铁"融入中国

"说起'彩虹计划'，要追溯到2016年10月。"该公益活动发起人、任职于燕山大学校办的姜文超说，当时，40名巴基斯坦政府奖学金语言留学生来到燕山大学，开始了他们为期两年的留学生活。

在为巴基斯坦留学生专门举办的开学典礼上，燕山大学党委书记孟卫东曾讲道："希望同学们学成回国后，成为连接燕山大学与巴基斯坦知识与智慧的彩虹，更成为连接中国与巴基斯坦合作与友谊的彩虹。"姜文超说，"彩虹计划"的得名正是受到了这句话的启发。然而最初发起这项公益活动，是因为一个更朴素的理由。

每天上下班，姜文超都要经过连接燕山大学东西校区的燕宏桥。有一天，他下班走到燕宏桥时，正遇到几位巴基斯坦留学生在用英语交流不知该去哪里吃饭，心里忽然就产生一个想法："这些'巴铁'来中国留学，但语言障碍让他们一时难以融入，我们是否能做点什么？"

在这一想法的启发下，姜文超回到家就告诉母亲和妻子想建立一个帮助巴基斯坦留学生的公益组织。在获得家人支持后，他找到了燕山大学外国语学院的教师郭晨、党委宣传部的工作人员聂东雪，联合发起了"彩虹计划"。

行动：百余志愿者加入

"在'彩虹计划'实施过程中，我们通过开展'文化展示'系列活动、'朋友小组'结对子活动、文体联谊活动帮助巴基斯坦留学生在汉语课堂之外了解到更广泛的中华文化。"姜文超说。

刚开始时，"彩虹计划"招募了60余位教职工和在校生志愿者。教职工志愿者从多个角度向巴基斯坦留学生作文化展示，同时还组织巴方留学生参加英语角、英文话剧比赛等燕山大学学生的文化活动。

在"朋友小组"结对子活动中，通过与巴方留学生协商，将巴基斯坦学生分为25个小组，每个小组有2~3名巴基斯坦学生，燕山大学文法学院、外国语学院、电气工程学院约150名研究生和本科生平均分布到25个"朋友小组"之中。

"巴基斯坦留学生和中国学生以小组的形式进行深入接触，中国学生帮助巴基斯坦学生解决生活中遇到的一些问题和提高汉语应用水平，而巴基斯坦学生也帮助中国学生提高英语水平甚至教授他们乌尔都语。"姜文超说。

"我跟中方核心小组的成员交流，大家参与'彩虹计划'的初衷不一而足，但都认同两个基本原因。"姜文超说，一是想把中巴的友谊落实到民间层面；二是燕山大学招来这么多"巴铁"留学生不容易，他们想让"巴铁"更爱燕大，吸引更多的巴基斯坦朋友到燕大学习。

收获："我们是最大受益者"

因为"彩虹计划"，巴基斯坦留学生在异国他乡的学习、生活变得丰富而温暖，燕大的很多老师也通过这一平台和他们成为好朋友。

"中巴双方的顶层有大量合作，是切实的'好朋友'，来到中国学习兄弟国家的文化和传统习俗，这对于我们理解中国非常有帮助，也将为我打开不同领域的大门。"李辛希望在中国停留期间可以学习和了解更多的中国文化、社会道德价值及中国历史，好让自己将来回国后能够在巴基斯坦历史性重大项目"中巴经济走廊"中胜任政府官员、翻译等工作，"'彩虹计划'对我的学习起到了很好的推动作用"。

"我们自己交朋友比较难，通过'彩虹计划'，我们和中国学生一起交流、聊天、买东西、吃饭，现在成为很好的朋友。然后大家相互学习，我们是最大受益者。"研究生毕业后来到燕大的巴基斯坦留学生李宗伟说。

如今，又有 40 名巴基斯坦留学生来到燕山大学，作为"彩虹计划"的首批受益者，李宗伟说，他会被介绍给其他学生，让大家了解"彩虹计划"，了解怎么跟中国人交流。

不可否认，"彩虹计划"在实施过程中仍然存在一些困难。"比如朋友小组并不是通过兴趣自由结合，而是简单的随机划分"，但对于姜文超和加入"彩虹计划"的师生来说，他们希望每个人都是一个小火苗，能够发起一个小活动，点起哪怕是一小堆篝火温暖巴基斯坦兄弟，引燃哪怕是一小朵烟花照亮友谊的天空一角。

2017-06-06

河北科技大学学生捧回世界级
工业设计大奖红点至尊奖

记者从河北科技大学获悉，在新加坡举行（2011 年 11 月 25 日）的 2011 年度红点奖（Red Dot Award）颁奖典礼上，由该校艺术学院 2008 级工业设计专业学生组成的参赛团队设计的两件参赛作品分别荣获 2011 年度"红点至尊奖"和"红点设计概念奖"，是中国参赛高校中唯一获此殊荣的北方高校。

据悉，红点奖由德国著名设计协会 Design Zentrum Nordrhein Westfalen 创立，已有 50 多年历史，它以专业性和权威性独树一帜。红点奖被称为全球工业设计界的"奥斯卡"，是国内外工业设计师、设计机构和设计院校追逐的最高国际设计大奖之一。

"红点设计概念奖重点在于产品在成型前的设计创意概念阶段，并致力于成为未来设计方向和潮流的晴雨表；而红点至尊奖竞争则更为激烈，只有达到最佳设计质量的参赛作品才可以获奖。"刚从新加坡率队归来的河北科技大学工业设计系主任高力群教授说，"获得该奖项意味着获得了最具权威的'品质保证'，同时，获奖作品还将得到最大范围的推广和认知。我们的学生作品能从来自 49 个国家的 3500 个作品中脱颖而出，实属不易。"

据河北科技大学艺术学院党委书记宋海生介绍，为备战本届红点奖，学院专门设立了由工业设计专业 2008 级学生组成的 8 个设计团队，在高力群、王军、张楠老师的指导下，历时 3 个月设计完成作品 60 余件，并精心筛选出 6 件作品参加大赛。最终作品《骷髅烟》（Kulou cigar，作者：李昱林、刘汝淼、丁宁、杜亚楠、王彦彩）荣获 2011 年度"红点至尊奖"，《线秀开关》（Line show switch，作者：杜亚楠、刘汝淼、李昱林、丁宁、王彦彩）"获得 2011 年度"红点奖设计概念奖"。

2011-12-01

河北科技大学："网络佐罗"在行动

超限工作室是河北科技大学校园里一个特殊的学生组织，其主要活动阵地是互联网。平时，百十多名成员和其他学生一样享受大学生活，在课余时间，他们会活跃在网上，如虚构世界中的奥特曼与文学作品中的佐罗一样，打造清明世界，引导向善风气。

超限工作室成立于 2006 年，主要在校党委领导下履行舆情监控、舆论引导、舆情处置、网络教育等 4 个方面的职能，由于网络上真实身份的隐匿，这群人被形象地称为"网络佐罗"。

"要做好'网络佐罗'很不容易，不但要掌握必要的网络技术，还要掌握大量心理学、教育学、沟通学的知识。"河北科技大学团委书记孙贺在接受《中国科学报》记者采访时介绍，目前的百十多位成员都是政治坚定、责任心强、知识面广、善用网络语言的优秀学生。

2010 年，工作室成员冯滕蛟在贴吧发现一个发布"我要跳楼"内容的帖子，很多学生把它当作一个玩笑，有的跟帖说"一定要找个高楼跳"，有的起哄说"你跳啊，有本事你跳啊"。冯滕蛟通过 QQ 聊天发现发帖的这个学生刚刚留级，确实是因为学业压力而产生了轻生的念头，就不断帮助他解开心结，并联系辅导员老师对他进行关注。最后，这位学生终于振作起来，开始把全部精力投入到学习中。

"我们就是沟通学校与学生的一座桥梁。我们会到网上搜集学生对学校工作的意见和建议，并把学校的意见与处理办法及时反馈给学生。"现任超限工作室负责人的王启明对记者说。

王启明介绍，2013 年 9 月，科大贴吧里有个名为"食堂在用棉籽油"的帖子引来学生们的强烈反应。超限工作室第一时间向学校有关部门汇报了此事，随后组成参观团，赴生产厂家进行实地参观考察并形成调查报告，在网上发帖向同学们进行解释，使事件得以迅速平息。

记者从河北科技大学团委了解到，10 多年来，超限工作室共发帖、回帖

10万余次，内容涉及学生心理、感情、生活、学习等多方面；撰写涉及社会热点问题和青年学生关心的问题的评论性文章1 000多篇；编辑涉及学生及青年关心的各类问题的情况通报——《超限专报》100余期；与100多名学生建立了固定联系，发现解决了一些较为严重的个案；创作制作了多个新媒体产品，产生了广泛影响。据不完全统计，10多年来，该工作室已累计为上千名学生消除了心理障碍，并围绕新生适应大学生活、沉溺网络游戏、缓解学业压力等问题形成3 000多份报告。

"他们就是网上的心理咨询师。"该校心理咨询室教师刘丽梅对超限工作室予以了高度评价。

刘丽梅认为学生之间的救助有时能够发挥更大的作用。"朋辈心理咨询是一种特殊的心理健康教育形式，是非专业的心理工作者向受助者提供帮助的一种积极的人际互动过程，更易打开别人的心扉。因此在一定程度上可以说，超限工作室的成员个个都是思想政治辅导员。"

"对一所拥有两万余名学生的高校而言，超限工作室的规模不是很大，但他们的工作意义非凡，一支素质高、能力强、覆盖广的网络正能量传播队伍已经初具雏形。"对超限工作室的工作，河北科大党委书记王余丁中肯地说，这种大学生"自助"与"助人"相结合的工作方式，在潜移默化中引导大学生自觉扣好人生第一粒扣子，成为河北科技大学校园中一道独特的风景线。

据了解，近期河北科技大学校党委与共青团河北省委共建了河北省青少年新媒体中心，实现了团省委组织动员优势与科技大学学科专业优势的深度融合。"超限工作室的前景必将是无限的。"王启明说。

2018-06-06

河北科技大学五学生创作
《大学生版二十四孝》

"孝"是中国传统文化中一个非常重要的概念。我国古代就有"二十四孝"的故事。

随着时代脚步的迈进，人们在传承"孝"文化的同时又在不断创新。2012年8月，全国妇联老龄工作协调办、全国老龄办、全国心系系列活动组委会共同发布《新"二十四孝"行动标准》。

不久前，在河北科技大学，有5位学生借鉴旧二十四孝和新二十四孝的形式与内容，编辑创作了《大学生版二十四孝》，引发不少高校大学生网友广泛关注。

有关专家表示，应更好地修正和完善《大学生版二十四孝》，以此为契机，在大学教育中弘扬中华优秀传统文化。

"不好好学习，是对父母最大的不孝顺"

"纵使风景千般好，不如长假归家早；不趁青春多努力，醉生梦死终哭泣……"这是河北科技大学5位学生借鉴旧二十四孝和新二十四孝的形式与内容，编辑创作的《大学生版二十四孝》中的一部分。

发起创作《大学生版二十四孝》的学生叫何阳，是河北科技大学材料学院材料工程专业研一的学生。在何阳看来，现在有些学生沉迷于网络游戏，贪玩任性；有的以自我为中心，无法与同学和谐相处；有的没有远大理想，得过且过，直到快毕业时才后悔。

"大学生不好好学习，是对父母最大的不孝顺。"何阳说，他在本科阶段也有不努力的时候。后来他开始反思自己，就萌发了研究宣传孝道文化的想法。

何阳找到河北科技大学子衿文学社、学生读者委员会的 4 位学生——李龙威、孟欢、于梦爱、王培坤，组成创作团队，着手《大学生版二十四孝》的创作。

从 2014 年 5 月开始，他在河北科技大学、河北师范大学、河北经贸大学等 7 所大学贴吧，陆续更新了古代"二十四孝"的故事，以及 2012 年出炉的新"二十四孝"内容，引起学生们的热议。

关于《大学生版二十四孝》

何阳创作团队在自编"二十四孝"时，把学习态度、生活方式、个人理想等内容融入其中，扩大了传统孝道文化的外延，引导大家积极健康地学习生活，以优异的学习成绩回报父母、报效国家。

据了解，2 500 多字的"大学生版二十四孝"，内容包括亲情篇、学习思想篇、人际交往篇、爱情篇、理想篇 5 部分，共 24 个小标题。每个小标题就是一孝，七言句式，上下联对仗押韵，通俗易懂，朗朗上口。而且，每一孝都有相关内容诠释，引导学生践行孝道文化。

"对自己负责，才是对父母最大的孝顺！"何阳说，"作为一名在读大学生，如果学不好专业知识，没有一技之长，将来如何就业？又何谈孝敬父母、报效国家？"

与新、旧"二十四孝"最大的不同在于，《大学生版二十四孝》紧贴大学校园，不仅有孝敬父母方面的，还有同学如何交往、做人、恋爱等方面的。其最大的亮点是，《大学生版二十四孝》把爱国家、爱老师、爱学习也作为孝道的内容，体现了社会主义核心价值观，以及当代大学生健康向上的精神风貌。

以"二十四孝"为契机，在大学教育中弘扬中华优秀传统文化

河北科技大学党委宣传部部长张建功表示，创作《大学生版二十四孝》是学生自觉践行社会主义核心价值观的一次有益尝试。

6 月 26 日上午，河北科技大学党委宣传部、校团委、学生处就《大学生版二十四孝》如何修改完善、宣传推广等问题进行了研究座谈。

《大学生版二十四孝》不仅包括了孝敬父母，还包括了爱国、爱学习、爱

学校、爱同学等内容，这恰恰是对孝文化内涵的一种丰富，符合当代大学生成长特点和成才需要。河北科技大学团委副书记孙贺表示，从孝文化的传统内涵来说，其表面含义是孝敬父母，但其内涵是体现一种秩序，在家孝敬父母，在外尊敬长辈，包括爱自己所在的组织、忠于自己的国家等内容。从孝文化的时代意义来说，父母最希望、最高兴的事就是看到子女成长成才。因此，通过爱学习、爱同学，促进自己成长成才，也是对父母的一种孝。

河北科技大学中文系副主任高建军认为，大学生关注孝道，并针对这一群体特点，思考创作《大学生版二十四孝》，这种举动本身就是可喜的进步。特别是他们把一些看似日常的修为作为孝道，是一种对传统孝道文化的自然回归，难能可贵。

河北科技大学建筑工程学院党委副书记宋占新说，一般的视角下，如何传播、研究、弘扬中国优秀传统文化，践行社会主义核心价值观，应该是高校教师思考的问题。而这次《大学生版二十四孝》的创作，是 5 位大学生的一种自发行为，难能可贵，也引发思考。

2014-07-31

国内首家依托高校的长城研究院
在河北地质大学成立

11月16日上午，河北地质大学长城研究院成立揭牌仪式在该校举行，这是国内首家依托高校成立的长城研究院。中国长城学会副会长董耀会、中国明史学会会长商传、中国秦汉史研究会会长王子今、北京大学历史系教授赵世瑜、国务院发展研究中心研究员何玉兴等出席成立仪式。

"万里长城是我们伟大祖国灿烂文化的缩影，是中华民族历经磨难而自强不息的象征，它的每一块砖石、每一方泥土，都凝聚着中华民族的勤劳和智慧，都承载着丰富而深厚的历史信息。"河北地质大学校长王凤鸣认为，对长城的研究，是保护长城、宣传长城、挖掘长城价值的重要途径。传统的长城研究多基于历史和军事角度，河北地质大学可以基于地质和经济管理学科的雄厚研究基础拓展出长城研究的新思路和新方向。

据悉，河北地质大学在谋划学校"十三五"发展规划时，经过多方论证、调研，认为在长城地质、地理、生态、文化基础上成立一个学术研究机构，将对更为全面、系统地研究长城、开发长城具有非常深远的意义。这一设想，得到了众多长城专家、学者、文物保护工作者和广大校友的广泛认同和高度赞赏。

王凤鸣表示，通过长城研究院的研究，能够为长城研究搭建新平台，拓展新视野，开辟新领域，取得新成绩。

据介绍，作为国内首家长城研究的专业机构，长城研究院的长期目标是全面、完整、系统地研究与长城相关的各项内容。主要包括：长城历史地图和现代地图，长城区域各历史时期地质、地理、气候水文环境及经济文化类型，长城地区民族与民族政权等；长城勘察、长城资源勘查与开发、长城生态地质环境承载力评价、农业地质环境区划、第四纪地貌与气候重建、环长城绿色经济带研究等；作为军事防御体系，研究包括边略、边政、战事、兵器装备、后勤保障，长城边镇、关隘和堡寨等；作为建筑，研究包括选址与布局、建筑结构、建筑材料、建筑方法、实测图例等；作为世界文化遗产，研究包括保护和利用等相关内容；古文献中有关于长城的大量记载需要深入研究，包括官修史书、边塞志书、兵书、铭文碑碣有关长城的内容；长城精神、长城和平文化、长城文学艺术等内容。该长城研究院在传统的基于历史和军事角度的长城研究的基础上拓展出新的研究领域，对于促进国内外长城研究事业具有重要意义。

2012-05-23

观

点

篇

张伯礼：将中医药原创思维
与现代科技结合

"中医药走向国际的前提是世界需要中医药，而科技是中医药走出去的翅膀，翅膀越硬飞得越高、飞得越远。"中国工程院院士张伯礼在接受《中国科学报》记者专访时如是说。

张伯礼院士介绍，20世纪末世界卫生组织作了一个调研，结论是现代的医学针对疾病的模式不可为继，提出维护健康是医学的主要目的，从疾病治疗转向预防为主，发现和发展人类维持自我健康能力是医学的任务，让人不得病，少得病，晚得病，不得大病，是医学研究的重点内容。中医药学在养生保健、治未病领域具有一定的优势，受到群众欢迎，需求旺盛，也将推动中药大健康产业的发展。

"健康是个人也是家庭的财富。现在，慢病约占整个疾病负担的70%，而慢病的特点是难以治愈，长期服药，甚至终身治疗，形成了重大的医疗负担。不仅在中国，全球都是如此。"

张伯礼认为，健康产业面临重大需求和发展机遇，具有重大的经济效益和社会效益，对推动供给侧改革、发展健康产业、推动健康中国建设均具有重要意义。世界经济社会大发展经历了几次大的变革，从土地革命、工业革命、商业革命，到IT信息革命，现在，健康产业已经成为推动世界经济增长的朝阳产业。

在中药现代化进程中，中药大健康产业悄然形成，市场规模已经达1.5万亿元。中药大健康产业是以中药工业为主体、中药农业为基础、中药商业为枢纽、中药知识经济产业为动力的新兴产业，包括中药材、中药饮片与提取物、中成药、中药保健品、健康食品/饮品、中药化妆品、日化产品、中药加工装备等，已经形成横跨一、二、三产业的跨行业、跨区域的长产业链，在调整产业结构、增加就业岗位、农民脱贫致富、维护生态、服务医改等方面，具有突出的综合效益。

国务院发布的《中医药发展战略规划纲要（2016—2030）》提出了中医药事业发展和大健康产业的规划和具体任务。国务院办公厅发布的《中医药健康服务发展规划（2015—2020）》拓展了中医药的服务领域，提出大力发展中医养生保健服务、加快发展中医医疗服务、支持中医药特色康复服务、发展中医药健康养老、培育中医药文化和健康旅游、促进中医药健康服务相关产业以及服务贸易七大任务。《中药材保护和发展规划（2015—2020）》的发布，将夯实中药发展的物质基础，为中药健康产业可持续发展提供资源保障。

张伯礼指出，中药大健康产业发展，还需要走"提质增效"的道路，落实"中国制造 2025 战略"。目前，我国医药制造水平普遍处于"工业 2.0"水平，实现了管道化、机械化。下一阶段，要推动制造技术升级，推动中药生产技术水平向"工业 3.0""工业 4.0"迈进，实现数字制造、智能制造、绿色发展。科技是中医药走出去的翅膀，翅膀越硬飞得越高、飞得越远。中医药国际化是一个过程，关键要练好内功，把中医药研究的功课做好。

"中医药原创思维与现代科技结合，将产生原创性成果，开拓新的研究领域，从而引领生命科学的发展，为我国解决医改难题作出贡献。"张伯礼说。

2016-07-05

樊代明：必须大力重塑医学文化

"医学发展仍需要正确的医学文化来引领。"近日在石家庄举办的第五届中华健康节院士论坛上，中国工程院院士樊代明演讲时强调，当前必须下大力气重塑医学文化。

樊代明表示，天文学革命催生了科技革命。虽然"天文学革命对科技革命影响很大，但对医学革命影响不大，而且当时人们只是把医学领域的重大发现看成科技革命的一部分，把医学看成是科学的分支。从那时起，医学的独特性就开始被忽视，直到今天，且越演越烈"。

"但是，以纯科学思维为基础发展起来的医学更适用于感染性疾病领域，即一个病因一个病，一个药品（疫苗）就搞定。对外来病原十分奏效。"樊代明说，"但现在我们遇到的是第二次卫生革命，疾病谱以慢性疾病、老年性疾病为主，占死亡人数的87%左右。"

慢性病多数是由人体自身产生的，是多因素、多阶段的结果。樊代明指出，目前人们对多数慢性病都还没有找到确切病因，所以过去单一的研究方法对慢性病的研究力不从心，得出的结论很多是片面的。

樊代明特别指出，现代医学的发展出现了3个偏向：一是医学研究一味地向技术发展，向微观渗透，导致了专业过度分化。二是医学以治疗为主演变成等待医学和对抗医学。等待医学是指现在的医学和医生，等着病人病到一定程度才进行治疗，常常力不从心，而对抗医学是将疾病当成敌人加以对抗，这对于治疗传染病是对的，但不适合慢性病、老年病的治疗。三是医学异化，过度考虑医学和医生的作用，把某些生命的自然过程和身体的自然变化都当成疾病进行过度干预。

此外，樊代明认为，目前在医学研究和实践中还存在文化问题。例如，科技对人体的研究已走得很远，但对生命本质的研究还十分滞后，而且目前的疾病谱已发生了根本变化，却依然在用单一且简单的方法去研究等。

　　"基于上述问题，我们需要改变或重塑现在的医学文化。"樊代明表示，在重塑医学文化的过程中，应坚持医学的人文性、人体的整体性、生命的复杂性和研究的真实性。

　　"医学技术发展到今天，需要的应当是紧跟科学前沿、考虑大众福祉、满足健康需要的重塑后的新型医学文化。"樊代明说。

2019-06-21

丛斌：深度融合信息技术与生命科学
实现重大突破

　　"基因治疗遭遇挫折并进展缓慢、现代医学进步缓慢、医学研究缺乏公理体系和数学计算、有些新方法运用没有根本促进医学进步。"8月22日，在河北省涞源县举行的第三届创新驱动发展大会上，中国工程院院士、九三学社中央副主席丛斌在作题为《揭示人体能量信息网络传递机制的思考》的主旨报告时指出，应以信息技术与生命科学深度融合实现生命科学的重大突破。

　　丛斌认为，人类医学仍然停留在传统时代，依然在用天然的和化学的物质去对抗治疗疾病，对整体生命活动改善有限；外科手术演变成微创治疗，但是微创还是外科手术的一种，这种技术的"发展"是以丢掉组织为代价来治疗疾病的。现代的互联网医学、人工智能医学只是信息技术本身的进步，还没有实现医学与信息科学的真正融合、相互促进式的发展。现代医学对疾病的认知和治疗并没有本质上的突破，有些医生甚至认为对某些疾病的治疗总体上很可能是退步了；疾病的发生不是一个概率过程，其中存在特定的病因；由一种基因导致一类疾病的只是一些罕见病。科学与人文的分离，导致治疗往往被简单归为科学知识的机械运用，而中医药在新冠疫情中再次彰显优势。

　　"马克思曾说过：'一门科学只有当它达到了能够成功地运用数学时，才算真正发展了。'"丛斌指出，现代科学是建立在受控实验所得到的公理之上的，关键在于公理化；医学是建立在病理生理学和生物实验观察之上的，而这些也未能实现公理化；数学家们在生物学中取得的成功远不及物理化学，没有形成计算医学的研究范式；DNA 螺旋依然只能展现一些二维现象，不能系统揭示三维、四维的内在互作机制。

　　丛斌总结了 5 个目前尚未解决的难题：一是对于许多疾病的本质还未揭示清楚；二是对人的整体生命活动规律的认知还停留在局部或碎片化层面，在此领域的研究和发现仍在盲人摸象；三是对于决定生命本质的基础科学问题尚未系统揭示清楚（截至 2019 年共有 219 位诺贝尔生理学或医学诺奖获得者）；四是人体究竟是一个怎样的自动运行系统；五是人体内部的互联互通、人体与外部环境的能量与信息交换是怎样的一种生物物理模式。

丛斌说，单细胞检测技术会产生包括 DNA 序列、RNA 序列蛋白质组以及细胞空间位置等海量的数据，要对这些数据进行分析，用生物信息学的方法从中筛选出有用的信息，建立细胞结构图谱数据库；要以复杂系统科学的整体论作为方法论，探索在生物分子、细胞、组织、器官等多个层级结构之间相互作用中"涌现"出的新属性，系统探索它们之间的关联关系。

"揭示随时间变化的细胞状态特征、瞬时属性、细胞数量等信息，以及包括不同健康状况、不同基因型、不同生活方式和生活环境下的细胞结构的动态变化规律，采用密集数据驱动的科学范式，挖掘隐藏于高维、高通量多维融合的生物医学大数据中的新洞见，将生物医学领域的知识模型转换为数学模型，以生物医学大数据作为输入参数，以人工智能算法对模型进行迭代、训练，输出逼近于真实的生命系统结构与功能的时相变化表征。"丛斌认为。

"以基因组学、蛋白组学、代谢组学、系统生物学等为代表的生命科学技术进步使医学科学有可能从超微观的分子、微观的生物大分子、亚细胞、细胞、细胞间链接、组织、器官、系统和整体层面解析其之间的关联关系，系统性探究组织器官细胞的精细结构及其功能的时空变化，获取海量的生命活动数据知识，并转化为数学模型，模拟、复现或再现相关生命活动过程，系统解密生命活动的本质。"丛斌特别强调，这是生命科学技术发展的方向和追求的目标。医学科学与以大数据、物联网、人工智能和量子计算为代表的信息技术深度融合是促进生命科学进步的必然途径。

丛斌在报告中还强调了五点：一是揭秘人体能量信息网络系统。融合还原论与整体论的系统论层面解析生命现象，用信息技术及其算法刻画人体从微观到宏观，从局部到整体，从分子到组织、器官乃至整体的演进过程。解析局部与整体、局部与局部、局部与节点、节点与节点之间的逻辑关系和互联互通的能量信息网络结构。二是改变生命科学实验模式。减少实验动物的使用，尽量用更多的数字疾病模型替代动物疾病模型，其实验结果可能更接近于人的疾病特征。三是要全球合作共享。推动全球生命科学领域的交流合作，搭建全方位、多层次、机制化的交流平台，共享成果，携手合作，不断提高生命科学研究水平。四是要全面认知生命。要将已发现的和今后新发现的局部生命物质运动和演化现象，放到人体生命系统网络的体系中去评价其价值和意义。促使生命科学技术的全面进步，对人类疾病的精确诊断及治疗、维护人类身心健康有着不可估量的价值和意义。推动脑科学的系统研究向纵深发展，深度挖掘脑与外周的互联关系。五是全面促进科技进步。人体全息生命系统网络解析成果可以引领其他科学技术的快速发展，如促进化学、物理学、信息科学、制造业、农业、数学等科学技术领域的发展。

2020-08-23

钟南山、王辰、高福发起"知感冒·防流感——全民科普公益行"活动

2018 年初，一篇《流感下的北京中年》引发全网热议，文章作者目睹岳父在短短一个月内因一场小感冒而离世；2019 年 1 月，一位急诊科医生分享了一个真实病例，由于家属对流感的无知且不配合治疗，一位老人从发热到死亡仅用了 13 天……

不只在中国，如今，流感已成为全球威胁。据世界卫生组织估计，全球范围内每年因流感死亡的达 65 万例，相当于每 48 秒就有 1 人因流感死亡。

近日，在冬季流感高发期前夕，由中国工程院院士钟南山、王辰，中国科学院院士高福联合发起的"知感冒·防流感——全民科普公益行"活动，在于武汉举行的"中华医学会呼吸病学分会 2019 学术会议"上启动。

三位院士联合国内众多医学专家、业内资深人士及国内主流媒体共同倡导："感冒要重视，流感要早治。"借此呼吁更多的公众重视感冒并关注流感防治，减少流感带来的危害。

危害严重　认知不够

流感，每个人对此都不陌生：流感严重时，孩子身体受累，学校普遍停课，医院门诊排起长龙、一号难求……

国家卫生健康委发布的官方数据显示，2018 年，我国全年感染流感的人数为 768 291 例，因流感死亡的人数共计 154 人。仅 2019 年 1 月，感染流感的人数就超过 60 万例，死亡病例更是几乎与 2018 年全年数据持平，超过 2017 年整年流感死亡人数的 3 倍。中国疾病预防控制中心数据显示，仅 2019 年前 5 个月，流感上报发病病例数已达 177 万，超过了过去 4 年的流感上报人

数总和。

另据 2019 年季节性流感防控策略学术交流会披露的一组数据显示，全球每年成人的流感罹患率可达 5%～10%，儿童更高达 20% 左右。这意味着在流感高发季，每 10 个成人中就有 1 个人感染流感，每 5 个儿童中就会有 1 个人感染流感。此外，流感每隔 10～40 年会暴发大流行，已在全球范围内造成了严重的健康和经济负担。

钟南山指出，流感危害如此严重，与公众对流感认知不够、分不清普通感冒和流感、"扛一扛就过去了"的这种思想有着极大关系。"流感是传染性疾病，影响面特别广，哪怕是普通流感都会造成生命危险，所以我们每年都要加强对流感的认识。"

据悉，2019 年 7—8 月，米内网联合以岭药业发起了一场公众感冒认知的大型网络调查，调查结果也反映出这一问题。在近 16 万受访者中，80% 的受访者表示分辨不清普通感冒和流感，其中男性群体多于女性群体，并且年龄越小，对流感的认知越低；69% 的受访者出现感冒症状后选择"扛一扛"，18 岁以下年龄段及时用药意识最低，其次是 36~45 岁群体。

钟南山特别呼吁，我国的疾控部门、科研部门和医疗工作者，要多投入到流感的科普宣传工作中，积极参与"知感冒·防流感——全民科普公益行"活动，提高全民的健康思想水平，积极防控流感，保护老百姓的健康。

不过，面对流感，公众也无须恐慌。中国疾病预防控制中心病毒病预防控制所国家流感中心教授王大燕表示，中国流感监测能力的提高为消除民众恐慌提供了关键的科学依据，可以发现一些罕见的新型流感病毒。通过监测和分析，可以非常肯定地告诉公众，这些病毒并没有发生致病力的改变，也不是流感大流行来了，可以消除不必要的紧张。

应关注疫苗和中成药

防治流感，疫苗接种是最为经济有效的手段之一，可以有效减少流感病毒导致的住院和感染，以及降低重症和死亡的风险。

不过，王大燕同时指出："尽管流感疫苗在 80 多年前就已问世，但是由于流感病毒非常容易发生变异，每年需要根据监测的结果不断更新流感疫苗株，这样就大大影响了流感疫苗的接种意愿和接种率。"

据了解，我国流感疫苗接种率仅 2% 左右。之所以如此，一方面是因为流感病毒容易变异。世界卫生组织每年都会更新流感疫苗种株，这就导致流感疫苗需要每年接种，不像乙肝疫苗接种一次就可以管很多年。另一方面，流感疫苗在大部分省份和地区不是国家免费强制接种的疫苗，是需要收费的，这也是流感疫苗接种率比较低的原因之一。

对此，钟南山认为，我国需要展开一个大范围的疫苗有效性临床观察。他还呼吁国家提供免费接种，让一些特殊群体，如老年人、体质较弱的群体以及医务人员、孩子及时接种。

王大燕表示，未来，我们不仅要继续做好监测工作，还要一起努力来研发更好的疫苗和药物，中药在其中就发挥了重要的作用。与会专家也指出，在流感防治领域，中国已走在世界前列，中西医联合治疗已成为我国在流感防治领域的一大特色。

2018年底，由国家卫生健康委办公厅、国家中医药局办公室联合发布的《关于进一步加强流行性感冒医疗工作的通知》中明确指出，在流感医疗救治中要充分发挥中医药特色优势，辨证论治，尽早应用中医药技术方法开展治疗，努力提高临床疗效。

中国医药教育协会感染疾病专业委员会主委刘又宁教授在会上介绍，流感患者有一部分会发展成肺炎，有三分之一的病死率。得了感冒一定要认真对待，尤其要发挥中成药的作用。

以我国流感季节热销的中成药"连花清瘟胶囊"为例。2009年甲流期间，以首都医科大学附属北京佑安医院为组长单位，联合国内9家医院开展的循证医学研究发现，连花清瘟抗甲流H1N1病毒的效果与奥司他韦无差异，且退热及缓解咳嗽、头痛、乏力、肌肉酸痛等流感症状优于奥司他韦，从药物经济学角度来看，连花清瘟胶囊仅是奥司他韦治疗费用的八分之一。

另外，在临床医生公认最为严格的双盲循证医学研究中，连花清瘟也显示出有效减轻流感患者症状的治疗效果，特别是出现高热症状的患者在发病早期使用效果更好。钟南山就此指出，对于普通感冒的发热、喷嚏、流涕等症状一定要重视，尽早服用连花清瘟类中药感冒药，争取时间，以获得有效治疗，以免转为肺炎、心肌炎等。

2019-09-23

康乐：协同发展关键在人才资源配置

"协同发展的根本目的是实现共同发展，协同发展的关键是人才资源的配置和平衡问题。"2018年3月9日，参加全国两会的全国政协委员、中国科学院院士、河北大学校长康乐说，京津冀协同发展须建立人才共享或联动机制，在京津冀全区域打造产业、城市、人才融合的示范区。

"人才资源短缺，加上人才流失的压力，对河北而言，是制约发展的根本性问题。"康乐认为，除了人才资源的结构性短缺和全面性流失外，更令人担心的是，河北的高层次人才受到京津优越政策环境的吸引，外流趋势愈演愈烈。

康乐建议，建立人才共享或联动机制，鼓励和推进京津冀区域内高端人才资源合理、有序、良性流动；在京津冀全区域打造产业、城市、人才融合的示范区，真正把人才资源作为发展第一资源，落实到产业发展和城市建设的方方面面；河北要敢于打造"硬性引才"的政策环境，深化和落实"放管服"改革，建立具有竞争力的薪酬体系，尝试设立人才改革试验区，为人才服务河北、建设河北搭建更宽广的平台；完善选人用人机制，政府在招录毕业生时，要不拘一格用人才，不要盲目，要求名校学历、博士学位；河北要以部省合建为契机，集中力量发展高等教育，打造人才聚集、人才培养的高地，补齐发展短板，助力京津冀协同发展。

2018-03-10

王浩：海水淡化产业需要政府全方位扶持

"虽然海水淡化技术已经比较成熟，但相对于大部分城市的自来水价格，海水淡化成本仍然偏高。"近日，在河北省科协年会暨沧州渤海新区人才项目洽谈对接会上，中国工程院院士、流域水循环模拟与调控国家重点实验室主任王浩坦言，海水淡化产业化发展面临诸多困难，需要政府全方位扶持和培育。

"我国研究海水淡化技术起步较早，目前初步形成了南、北两大技术中心。"王浩表示，1972年，国家海洋局在杭州的第二海洋研究所成立了海水淡化研究室，现为杭州水处理技术研究开发中心，主要从事膜法淡化过程的研发；1984年，组建了国家海洋局天津海水淡化与综合利用研究所，主要从事蒸馏法海水淡化过程的研发。

"经过近40年的研发和示范，我国海水淡化技术日趋成熟。已建海水淡化装置中，反渗透法约占总容量的74%，蒸馏淡化法约占25%，其他海水淡化法约占1%。"王浩说。

他表示，海水淡化一般要高于常规水资源开发利用成本。海水淡化成本包括能源费、药剂费、设备费、管理费等。多级闪蒸成本相对较高，反渗透技术综合能耗最低，但反渗透膜一般五年更换一次，固定成本较高。

"应将海水淡化水等非常规水源利用起来，纳入国家水资源配置体系和区域水资源利用规划。"王浩建议，从国家水安全战略的高度，鼓励火电、石油石化、化工、冶金等高用水企业布局到沿海地区。

他认为，应将海水淡化项目纳入公益性工程项目，给予基础设施建设资金补助和配套政策优惠。

同时，对为城镇生活供水的海水淡化项目，其建设资金应由中央和地方财政给予补助；允许经批准为城镇生活供水的海水淡化水优先进入城市自来水管网；对淡化水与当地自来水的差价，财政应予以补贴；将海水淡化涉及的管网视为市政公用基础设施，纳入市政基础设施建设。

"影响海水淡化成本的最大因素是能源费，要从国家水资源战略和社会效益的角度，将'水电联产'政策上升到国家层面，增加'水电联产'电厂的发电灵活性，促进海水淡化产业的可持续发展。"王浩说，在膜法海水淡化中，电的成本占到总成本的一半左右。同时，淡化水输送需要另外建设输水管网，世界上绝大多数地区的淡化水成本要高于传统供水价格。这就需要政府给予电价、水价、税收等特殊优惠政策，否则海水淡化企业和设备制造企业均难以正常运行。

在王浩看来，还应大力发展海水淡化利用新技术。以热膜耦合技术为例，从全球已建成的热膜耦合项目来看，综合成本较传统技术低 10% ～ 15% 左右。同时，正向渗透膜、电渗析、膜蒸馏等新技术和石墨烯等新膜材料快速发展，正在或将要进入产业化阶段，这将使海水淡化产业发生划时代的变革，吨水成本将进一步降低。

2014-09-30

中国工程院院士王浩谈海绵城市建设内涵：

水量削峰　水质减污　雨水利用

"从目前海绵城市建设的推进现状来看，海绵城市建设整体上仍处于在摸索中前进的状况，总体上取得了一定成绩，但是仍存在许多方面的现实问题。"近日，中国工程院院士、水文水资源学家王浩在接受《中国科学报》记者采访时表示，海绵城市是我国城市水问题综合治理的一种新理念。考察海绵城市的本质内涵，应从城市水问题基本判断出发，其建设就是在"一片天对一片地"思想的引领下，根据海绵城市顶层设计，综合运用多种海绵措施，促进城市经济社会与城市水循环的良性互馈。

近 40 年来，我国经历了急剧的城市化过程。从 1977 年到 2016 年，我国城市化率从 17.55 % 提高到 57.35%。快速城市化导致下垫面发生显著变化，"钢筋混凝土森林"等不透水面积快速增加，绿地河湖等透水面积显著减少。这引发了一系列水文效应，带来包括城市内涝、水污染和水资源短缺等在内的诸多城市水问题。

王浩介绍说，"海绵城市"这一新理念是在 2013 年 12 月召开的中央城镇化工作会议上正式提出的，海绵城市迅即成为各行业及社会关注的热点，而且由于解决我国城市水问题具有紧迫性，社会各界对海绵城市的建设表现出极大热情。

"目前，科学界和实践部门因各自的专业所限和视角不同，对于海绵城市的本质内涵、顶层设计和建设途径还存在诸多不同观点，在一定程度上阻碍了海绵城市研究与实践的深入。"在王浩看来，海绵城市建设目前存在的问题主要包括：一是对于海绵城市的本质内涵缺乏统一认识；二是海绵城市顶层设计体系不甚健全；三是海绵城市要达到的目标与实现途径存在一定的脱节现象。

"城市水问题主要包括城市内涝、城市水污染和城市缺水三类。"王浩指出，考察海绵城市的本质内涵，应从城市水问题基本判断出发，而不仅仅从海绵城市概念自身出发，同时应认识到海绵城市是以水为核心的城市水问题综合治理理念，具有多学科、多层次和多维度属性。

基于该观点，针对城市内涝、城市水污染和城市缺水三类基本城市水问题，王浩将海绵城市的本质内涵归结为"水量上要削峰、水质上要减污、雨水资源要利用"三个方面。

"对城市存在的水问题进行系统诊断和识别，是海绵城市科学规划和实施的基本前提。"王浩说，海绵城市主张"自然积存、自然渗透、自然净化"，即强调生态优先原则。城市生态修复既是海绵城市建设的重要手段和原则，又是海绵城市建设的目标之一。

其中，海绵城市顶层设计的核心思想是"一片天对一片地"。王浩介绍说，它以城市自然水循环、社会水循环及其伴生过程的客观规律为科学依据，充分尊重和发挥自然界对城市水循环过程的综合生态调控作用，并通过一系列工程措施和非工程措施，减少城市内涝和城市水污染、充分利用雨水资源，促进城市水循环过程与人类社会活动的良性互动，实现城市对变化环境和自然灾害的弹性适应。

2018-08-16

吴以岭：中医药应在学科前沿交叉点

寻找突破口

　　"实践证实，在现代科学技术高速发展的条件下，一定要保持中医的整体思维优势，要加强基础理论研究，提高临床疗效，对所有创新药物要进行随机、双盲、多中心的临床循证研究。"近日，中国工程院院士、河北省中西医结合医药研究院院长吴以岭在接受《中国科学报》记者采访时如是说。

　　吴以岭认为，在高科技条件下，中医药发展要在坚持中药整体系统原创思维优势的同时，利用中药转化医学优势，搞好理论、临床和创新药物研发，在学科前沿的交叉点寻找突破口。

　　"我们应借鉴国际公认的临床循证评价方法，让第三方进行设盲和数据处理，保持数据的客观性、权威性，"吴以岭说，"并用循证方法评价创新中药临床疗效。"

　　脉络学说是中医整体思维和现代微观分析科学技术相结合的一种研究模式。"络病研究已有 3 000 年历史，其概念实际上来自临床。"吴以岭说。

　　"但总的看来，络病没有形成一个系统的理论。"吴以岭表示，现代络病研究只有 30 年左右。2 000 年之前，国内专家基本上是做文献整理和临床研究，2004 年后形成络病证治，而学科、学会建立都基于络病证治，最后形成脉络学说。

　　吴以岭说，临床研究由心脑血管病向内分泌、肿瘤、呼吸等多系统疾病延伸，络病理论研究由络病证治发展到脉络学科的构建。络病证治主要是指对某一类络病进行临床辨证论治方法，并找出用药规律。脉络学说则是建立起一个指导血管病变的理论。

　　"络病研究要走向世界，造福全人类。所以我们要注重推动中医药国际化进程。"吴以岭说，目前我国已经成立世界中医药学会联合会络病专业委员会，主要是为了加强和国外的学术交流。

目前，欧洲、瑞典已经正式批准建立欧洲中医络病学会；英文版《络病学》和繁体字版《络病学》已经出版；通心络等药物已经开始在韩国、越南等东亚、东南亚国家进行销售，同时，我国也将通心络等药物列入了国家医保范围。这都有利于络病研究的快速发展。

络病研究也产生了一些重大的国际影响。美国心脏学会杂志发表了芪苈强心治疗慢性心衰的临床研究并评论道：这项富有前景的研究已经打开了一扇在心衰治疗中协同作用的大门。如何利用最新科技研究传统中药成分，这是一个挑战。

2014-04-17

吴以岭：医疗卫生体系应转向预防为主

"当前，我国医疗卫生体系建设对慢性重大疾病的防治不够重视。尤其是公立医院未能体现出其公益性质，导致我国心脑血管病、糖尿病等重大慢性疾病在近10年的发病率及死亡率仍呈直线上升趋势。"近日，中国工程院院士吴以岭在接受《中国科学报》记者采访时表示，我国医疗卫生体系建设必须改变目前重治疗轻预防的倾向，完善慢性重大疾病防治体系。

吴以岭介绍说，在西方发达国家，心脑血管病等慢性重大疾病的发病率已呈现下降趋势，而我国由心脑血管病、糖尿病等重大慢性疾病导致的患病率和死亡率仍在持续上升。

国家心血管病中心在2013年发布的数据显示，我国心脑血管病患者为2.9亿人，每年死亡人数接近300万，平均每10秒就有1人死亡。更严重的是，今后20年，我国心血管疾病发生数的上升幅度将超过50%，到2030年我国心血管病患者将增加2 130万人，心血管病死亡人数将增加770万。

"世卫组织的统计表明，慢性病发病率与当地医疗卫生防治体系的完善程度有着密切关系。美国早在1979年就发起了'第二次公共卫生革命'，建立起主要针对冠心病、中风、糖尿病等重大疾病的防治体系，形成包括预防、初级保健、亚急性及急性医疗、慢性和长期医疗、康复、特殊医疗和临终关怀等在内的服务体系。"吴以岭表示，当前我国公益性医院重在创收，导致重治疗轻预防现象严重，甚至出现过度检查、过度治疗、费用过高等问题。同时，尽管我国在重大疾病治疗方面取得不少进展，但并未建立起重大慢性疾病防治体系。

在吴以岭看来，预防工作是重大疾病防治体系的主要组成部分，也是一项庞大而繁杂的工程。这需要制定宏观的健康公共政策，构建针对重大疾病的预防性服务体系，最终形成一个有利于重大疾病预防的社会、经济、文化和市场环境。同时，还应根据国务院颁布的《全民健身运动计划纲要》，积极组织农村、社区、机关和企事业单位，因人、因时、因地制宜，开展形式多样、健康文明的全民体育健身活动。

"要对高风险人群采取早期防治措施，发挥中医药在重大疾病防治中的作用，从源头上降低心脑血管病及糖尿病的发病率。"吴以岭建议，把医疗卫生体系建设的疾病预防与大健康产业发展相结合，实现医药养生的有机结合，促进医疗卫生体系向预防为主转变。

2015-04-22

张运：中药走向国际须经过现代医学检验

　　"中药要走向国际，需要做的工作还有很多。"近日，在济南出席第十四届国际络病学大会的中国工程院院士、教育部心血管重构与功能研究重点实验室主任张运在接受采访时表示，要向全人类推广中药，就必须接受现代医学的检验。

　　本届络病学大会上，张运以《动脉粥样硬化抗炎治疗的新时代》为题作主题报告。多年来，张运带领团队在动脉粥样硬化抗炎治疗的研究上不断创新。此次会议上，他介绍了近年来在该领域取得的最新进展。

　　据了解，2017年，张运整合了心血管领域中药研究的最强证据，写成万字综述，并发表于《美国心脏病学院杂志》，在国外引发广泛关注。

　　张运认为，国外医学界正在慢慢转变对中药研究的看法，从过去的不认可到慢慢认可。这个转变源于越来越多的中药研究文献开始发表在国外的主流学术期刊上。

　　"中药要想走向国际，需要做的工作很多。一个主要的问题就是中药的科研证据现在还很薄弱，同时国内的相关药企不愿意投资科研工作。"张运强调，要把中药的优势说清楚，要说服全人类，必须加大科研投入。

　　"目前，国内对于用现代方法检验中药（包括临床和基础的方法）是存在争议的。"张运认为，中药需要经过严格的医药实验和统计学检验，才能消除那些在古代无法排除的多种混杂因素的影响，在国际上也才会更有说服力。

2018-03-27

殷瑞钰：钢铁工业应实现绿色转型

"中国钢铁工业要把绿色化发展作为产业转型升级的主要方向，要重视产业结构调整升级、企业结构的顶层研究和顶层设计，解决产业、企业层面的复杂性命题。"近日，以"打造绿色钢铁，建设生态文明"为主题的"技术创新·企业发展"论坛在河北唐山举行。中国工程院院士、钢铁研究总院名誉院长殷瑞钰表示，绿色是钢铁业升级发展的新要求和转型主线。

他介绍说，当前乃至今后相当长的一段时期内，中国钢铁业将面临产能过剩的困局以及债务、就业、环境、生态等方面的严峻压力。

"中国钢铁工业正处于两侧受挤的境遇。"殷瑞钰说，上游铁矿石、焦煤，电力价格以 3 ～ 6 倍的速度暴涨，下游钢材价格却波动不振，加之产品销售半径扩大引起钢材运输物流费用增加，企业的盈利空间被进一步挤压。

与此同时，殷瑞钰表示，虽然吨钢能耗、水耗、渣量等有所改善，但由于当前中国钢铁行业的生产总量正在以 5 倍左右之势发展，资源、环境、生态负荷已到了无法容忍的境地。

因此，在他看来，源于钢厂功能拓展的钢铁工业必然要实现绿色化转型。

"绿色经济"最早出现于 1989 年英国经济学家皮尔斯等撰写的《绿色经济的蓝图》一书中。皮尔斯认为，必须把经济发展限在自然资源和环境容量之内，以避免经济发展难以持续。

"绿色发展就是要改善民生，加快生态文明建设，促进并形成节约能源资源和保护生态环境的产业结构、增长方式和消费模式。"殷瑞钰解释说，绿色发展、循环发展和低碳发展相辅相成，构成一个有机整体。三者均要求节约资源，提高资源利用效率；要求保护环境，充分考虑生态系统承载能力，减轻污染对人类健康的影响。

"钢铁业未来的发展方向是构筑集成的、多元的、绿色的产业体系，以此来促进企业的综合竞争力和可持续发展能力。"殷瑞钰表示，压缩过剩产能，淘汰落后产品、落后工艺设备、落后生产线，是钢铁业以绿色化作为产业升级目标的主要措施之一。

谈及钢铁业绿色转型升级的具体路径，殷瑞钰认为，应加强低成本、高效率洁净钢生产平台的构建，同时重视能源的充分利用，特别是能量流的网络化高效利用，进一步提高能源利用效率，并注重研发战略性新兴产业所需的钢材（特别是能源、交通、动力、海洋等方面用钢），提倡冶金过程工程与材料工程相结合的产品研发思路和方法等。

他尤其提到，为实现以问题带动学科发展，促进学科交叉，作为支撑钢铁业发展的冶金工程学，应重视有关环保、生态、气候变化等关乎时代责任和社会伦理命题的战略性对策研究以及对卓越工程师、战略科学家的培养、训练与使用等。

2013-11-26

陈润生：精准医学将使整个医疗体系
发生本质变化

　　"精准医学就是组学大数据与医学的结合，组学数据对人类健康指导具有重要意义。"4月21日在河北唐山举行的第五届全国计算生物学与生物信息学学术会议上，中国科学院生物物理研究所研究员、中国科学院院士陈润生在作题为《基因组、大数据、精准医学与人工智能》的报告时指出，精准医学将使整个医疗体系发生本质变化，精准医学的发展将带动相关产业快速发展。

　　"精准医学包括精准诊断和精准治疗。精准医学使医学发生的本质变化是：医疗健康体系从以诊断治疗为主转变成以健康保证为主。"陈润生说，精准医学的发展将带动相关产业快速发展，孕育巨大市场空间。

　　陈润生在"生物样本和数据方面、基因测序、分子诊断、基于精准医学理念的个体化治疗"等方面介绍了精准医学市场规模日益扩大和商业价值快速提升的情况。

　　据介绍，在生物样本和数据方面，2018年生物大数据的市场总额将增长至76亿美元，年复合增长率将达到71.6%。基因测序市场总量从2007年的794.1万美元增长至2013年的45亿美元，预计未来几年全球市场仍将继续保持快速增长，2018年达到117亿美元。分子诊断是精准医疗的另一重要子行业，已经成为生物医药行业新热点，Markets and Markets公司曾估测，2018年的全球市场市值将达到79亿美元。基于精准医学理念的个体化治疗，2018年前全球市场规模将达到2 238亿美元。美国十大商业保险公司已将50余项疾病个体化诊疗分子检测项目列入医疗保险。巨大市场空间吸引众多医药公司开展研发，目前已有多种个体化诊疗产品上市。

　　陈润生认为，精准医学研究已成为新一轮国家科技竞争和引领国际发展潮流的战略制高点。国际上在基因资源利用、新药靶点发现、新的诊断治疗方法开发、生物医药新产品研发等方面的竞争进入新的阶段，为我国生物医药与健康产业的发展带来严峻挑战。

"应以我国常见高发重大疾病及若干罕见病为切入点，构建百万人级自然人群国家大型健康队列和特定疾病队列、多层次精准医疗知识库体系和生物医学大数据共享平台，突破新一代生命组学技术和大数据分析技术，建立创新性的大规模研发疾病预警、诊断、治疗与疗效评价的生物标志物、靶标、制剂的实验和分析技术体系。"陈润生同时还指出，应以临床应用为导向，形成重大疾病的风险评估、预测预警、早期筛查、分型分类、个体化治疗、疗效和安全性预测及监控等精准防诊治方案和临床决策系统，建设中国人群典型疾病精准医疗临床方案的示范、应用和推广体系，推动一批精准治疗药物和分子检测技术产品进入国家医保目录，为显著提升人口健康水平、减少无效和过度医疗、避免有害医疗、遏制医疗费用支出快速增长提供科技支撑，使精准医疗成为经济社会发展新的增长点。

2018-04-25

康绍忠：提升粮食产能须走
农业节水化道路

　　"单纯依靠扩大农业用水总量规模增加粮食产能是不可持续的，要提升我国粮食产能，务必要走习近平总书记提出的'农业节水化'道路。"近日，在中国农业水问题研究中心组织的第六期"谷水"学术沙龙上，该中心主任、中国工程院院士康绍忠指出，水资源短缺和区域灌溉用水增加导致了生态环境问题，迫切需要破解农业适水发展和农业水资源高效利用的核心科技问题。

　　在康绍忠看来，目前我国实施节水农业所面临的突出问题主要有农业节水补偿机制尚未形成，节水成本无人买单；土地分散经营模式限制了高效节水技术的应用；重建设、轻管理，节水工程标准低；缺乏经济、可靠、耐用、适应性广的先进实用技术；节水科技推广与技术服务体系不完善；农业节水试验与监测网络建设滞后；缺乏对变化环境下农业节水的基础性研究。

　　针对这些瓶颈问题，康绍忠提出了"四个转变"和"四个完善"。"四个转变"指由单一节水灌溉技术向与农艺技术相结合转变，由单一高效节水向节水节肥节药一体化转变，由单一节水高产向节水提质增效转变，由重视节水面积数量向重视工程质量和效益转变。"四个完善"则包括完善节水科技推广与技术服务体系，完善农业节水试验与用水监测网络，完善农业节水补偿机制，完善节水产品市场准入机制。

　　康绍忠认为我国需要采取以下措施：进一步完善国家农业节水化的管理体制，建立农业节水化行政首长责任制；建立农业节水化发展基金，形成农业节水化投资收益保障机制；打造多要素深度融合的农业节水利益共同体，建立农业节水化综合改革试验示范区；尽快启动"农业节水化"科技创新专项，创建农业节水与适水发展新理论、突破农业绿色高效用水关键技术、培育抗旱节水优质型作物新品种、创制关键设备与制剂、创新主导种植业节水增效标准化技术体系、创建区域农业绿色节水增效新模式、形成可持续发展新机制、培育有竞争力的企业、构建国家相关科研共享平台。

2020-07-09

诺奖得主萨金特：发展产业集群成制造业新抉择

"近年来，中国经济每年都有 8% ～ 10% 的增长，生产力提高的速度非常惊人。中国的制造业发展大有可为，将对世界产生持续的影响。"

2012 年 5 月 18 日，以"制造业变革：可持续升级与战略转型"为主题的"2012 环首都绿色产业高端会议"在河北廊坊举行。诺贝尔经济学奖得主、纽约大学教授托马斯·萨金特在题为《制造业发展的动力与阻碍》的演讲中如是说。

此次会议由河北省政府和国家发改委国际合作中心主办，是中国廊坊国际经济贸易洽谈会的重头戏。众多专家学者和企业负责人围绕着"全球产业布局调整与中国应对""中国制造业新抉择"等话题，进行了深入探讨。

只有全球化，才能有更大发展

"当前是中国企业实施全球化的最好时机。"中国国际经济交流中心秘书长魏建国表示，中国已成为世界第二大经济体、第一大外汇储备国，拥有了一批可应对世界制造业变革的基本技术和人才队伍，并打造了一批具有国际化管理经验的优秀跨国企业。

同时，国家实行经济增长方式转变以及扶持八大新兴产业发展的政策，给中国的制造业产业升级和战略转型带来了巨大机遇。

魏建国介绍说，中国加入世贸组织的 10 年间，抓住了世界产业转移的大好时机，解决了 1.2 亿农民工的就业问题，并成为全球制造业的重要基地。

来自美国研究所的智库研究报告表明，目前，世界上约有 64% 的日用消费品、工业制成品、交通工具、通信器材等在中国生产或组装。中国成为全球化的最大受益者。

"但我们也要清醒地看到,这是中国以资源消耗、环境污染以及劳动力红利作为代价得来的。"魏建国说,下一步,中国的制造业只有实施全球化,才能在新形势下有更大发展。

复星集团总裁汪群斌说,中国制造业升级的过程中面临很多全球资源,这值得我们好好利用。"这要求中国的制造业用创新来推动转型升级,当然包括自己的产品和品牌走向世界。"

中国机械工业联合会会长王瑞祥则表示,目前我国制造业面临着很大的困难。"制造业正在发生深刻的变化,多种不利因素叠加,国内市场国际化趋势越来越明显,加快产业升级迫在眉睫,刻不容缓。"

魏建国补充说,中国制造业在实施全球化的过程中,要加快产业布局,特别是要尽快形成二、三线城市产业发展格局。

加速产业集群的发展

会上,众多专家认为,中国制造业要加速产业集群的发展。

魏建国指出,我国应继续打造全方位的制造业和服务业密切结合的产业及平台,特别是在京津冀、环渤海、东北以及中西部地区,要选择有条件的地方,打造出像廊坊这样的高新技术产业、制造业与城市发展完美结合的产业新城。

国家发改委经济体制司副巡视员宋葛龙认为,21世纪初,我国产业集群就进入了加快转型阶段,呈现出工业化、市场化、城市化、信息化、国际化相互融合的特点。

工信部产业政策司副司长辛仁周说,目前产业集群有两大特点:一是产业集群发展呈现高端化趋势;二是产业重组力度在加大,产业集群的发展在很大程度上是通过推进兼并重组这种方式实现的。而这两个特点也将是今后产业集群发展的路径选择。

对于具体的政策支持,德勤华永会计师事务所华北区合伙人陈建明认为,金融体系和税务体系的改革,对中国制造业改革和整体竞争力的提升起着至关重要的作用。"法律和监管体系的改革、知识产权的发展,一定会促进制造业竞争力的提升。"

也有专家表示,最恰当的产业政策并非体现为多大幅度的税收减免,而是体现为政府和民间资本能通过战略合作及时地发现产业发展的各种障碍，然后通过恰当的干预去消除。

而在托马斯·萨金特看来，生产力增长最首要的原因就是教育，创新的重要途径之一就是重视以研究和开发为主导的优秀大学建设。"这些研究人员今天做的事情看起来好像还没有什么实用价值，但如果他们具有创造性，一旦取得成功，就会对整个世界产生巨大的影响。"

"15 年后，或许我没有机会再到中国，但我相信中国将会在每一方面成为领导者，包括创新能力。"萨金特说。

2012-05-23

侯立安：加强新冠病毒室内空气污染
与传播阻断

"截至 3 月 5 日，全国已确诊超 8 万例，并有多例患者康复出院后复查核酸复阳性，再次住院治疗，治疗难度和复杂性超过预期；同时，境外已有多国和地区疫情暴发，境外输入风险也在不断增加。研究表明，飞沫传播、气溶胶传播和接触传播是病毒传播的主要途径，前两项均以空气作为传播介质。"2020年 3 月 5 日，中国工程院院士、中国人民解放军火箭军工程大学教授侯立安牵头，天津商业大学副校长陈冠益和天津大学管理与经济学部教授杜慧滨、天津大学环境科学与工程学院副教授孙越霞、教授王媛等联合发文建议，在各地逐步复工复产的过程中，防控形势依然严峻，考虑到人的大部分时间在室内度过，加强室内空气污染与传播阻断工作，既是重要的，也是紧迫的。

在谈及加强室内空气污染与传播阻断的重要性与紧迫性时，侯立安告诉《中国科学报》记者，目前，新型冠状病毒主要的传播途径还是呼吸道飞沫传播和接触传播，气溶胶和粪口等传播途径尚待进一步明确。2 月 27 日，吉林大学第一医院根据采集到的隔离病房、发热门诊、导诊台等处的样本，在医学预印本（medRxiv）网站上发表论文指出，医院空气中存在新冠病毒，有一定的潜在风险。这一研究结论和此前的相关研究发现都表明新冠病毒在室内空气中传播的可能性，但是具体的传播机制还不是很清晰。

"在 2003 年 SARS 疫情中，香港淘大花园由于病毒气溶胶通过排水管道传播，曾导致一栋公寓内出现了 300 多例 SARS 感染者的重大公共卫生事件。历史教训提示我们亟须加强室内空气污染与传播阻断工作。"侯立安表示，目前我国疫情防控阻击战向好的形势转变，但是疫情防控一刻不能放松，加强室内空气污染与传播阻断的研究和应用，切断病毒的气溶胶传播，仍然必要。

陈冠益在接受《中国科学报》记者采访时表示，复工已经大面积开展，复学也将到来，未来会有上亿人次的人口流动，他们陆续回到工作岗位，聚集在室内相对封闭的空间内。阻断疫情通过室内空气（或暖通空调系统）进行传播是目前迫切需要开展的重点工作之一。

鉴于防控时效的极端重要性，加强室内空气污染与传播阻断具有紧迫性和关键性，侯立安团队从监督管理（包括监测）、公众教育、科技攻关、工程改造角度提出如下几点建议。

第一，针对定点医院和疑似病例隔离建筑以及人口密集的老旧小区、商业楼和学校开展建筑空气污染与传播风险评估，重点是病毒及污染物的阻断能力、环境与健康风险的防控能力和疫情传播风险；重点针对人口密集区域、卫生间等重点区域开展风险排查，对发现的风险环节开展阻断改造和管理。

第二，加强公共环境与健康教育，通过网站、短信、微信公众号、App等途径开展疫情通报和教育工作，发布权威信息，使公众了解室内空气消毒净化、开窗通风、室内室外暴露途径、饮水和饮食等环境行为和模式，提高公众的环境与健康素养，提高个人防护能力。

第三，开展室内空气污染与传播阻断机理与技术攻关。组建专家组，包括国内外相关领域专家。开发有针对性的建筑空气污染与传播阻断成套技术方案，形成技术规范和指南。

第四，对于各类建筑，针对不同通风类型采取有效工程改造和措施，防止新冠病毒在室内空气中扩散。对不同的建筑类型，开展有针对性的阻断工作。在湖北省武汉市和其他地市病人集中的重点医院，需要一院一策，开展有针对性的评估、监控、改造和管理。

2020-03-09

武义青：以绿色全要素生产率引导开发区发展

全国"两会"即将召开，全国政协委员、民建河北省委副主委、河北经贸大学副校长武义青告诉记者，他拟在会上提交一份《关于把绿色全要素生产率作为引导国家级开发区高质量发展重要抓手的建议》的提案。他表示，国家级开发区作为工业经济发展的重要载体，在区域经济高速发展阶段起到了重要的辐射和带动作用。在当前追求经济高质量发展阶段，以提高绿色全要素生产率（以下简称 GTFP）为重要抓手，科学测度和评价开发区的经济发展质量，对引导国家级开发区发挥转型升级重要支撑和引领作用，具有更客观、更重要的现实意义。

武义青指出，采用 GTFP 进行经济增长质量的测度和评价更为科学。传统的全要素生产率（TFP），一未考虑能源、资源环境因素的影响，二未全面考虑生产要素的真实投入量。实证研究结果显示，用传统生产要素对特定区域或行业的经济增长进行贡献度测量，既可能造成高估，也可能产生低估。

新的 GTFP 测量方法将能源、资源环境作为约束性生产要素，以发展绿色生产力、提高经济管理水平、推动传统产业转型升级、推动经济社会与环境协调发展为背景条件，以统计口径的工业增加值为有效产出，选取对应的资产总额、劳动用工总数、能源消耗量、水资源消耗量为投入量指标，综合考虑资本产出率、劳动产出率、能源产出率、水资源产出率四项复合指标的指数及变动规律，形成一套相对完整的绿色生产率测度模型。实证研究结果显示，该套模型目标指向明确、简洁高效、层次分明、内在逻辑一致，可用以科学测量特定的地区、行业、企业在特定时间区间里的工业经济综合管理水平。

"以国家级开发区为示范推动区域经济转型更为重要。"武义青认为，各类开发区由于主体功能不同，承担的经济发展职能也不尽相同，但都在各阶段的改革发展中起到了示范引领带动作用。因历史原因，当前我国各类开发区的治理水平参差不齐，很多园区存在多头管理，不同部门、不同时间段、不同口径、不同提交对象，统计数据五花八门。尤其是能源与环境管理，指向明确的绿色绩效管理的数据极为匮乏，绿色发展状况底数不清，环境监管困难重重。由于缺少统一的、全口径的基础数据平台，当前对开发区的高质量发展绩效难以展开全面、客观、实际的评价。

国家级开发区基本上都设在开放型经济重要节点城市，生态环境治理机制不协调是影响当地营商环境的一项重要因素。另外，信息不完善、绿色服务能力跟不上导致的中小企业发展缓慢，也是与当地发展环境紧密相关的一项重要影响因素。因此，引导国家级开发区应用以 GTFP 为经济发展目标的管理体系，实施绿色高质量综合绩效管理，推动区域经济的整体转型，可以起到举足轻重的示范引领作用。

"以指标测量体系为重要抓手，建设国家级开发区'绿色高质量发展目标协同管理'平台，运用区块链模式，建立一套完整的全景可视化生产力绩效数据链管理体系。"武义青提出以下建议：一是推动区域绿色全要素生产率底层数据与相关统计部门的统计数据，以及与各工业管理部门运行监测数据的互动共享，推动开发区产业发展管理信息的透明完善，进而推动工业经济管理主客体协同的信息决策支撑能力建设；二是建立区域绿色全要素生产率协同管控体系，深度挖掘和分析产业体系生产要素数据，科学测度转型升级和高质量发展的产业发展逻辑。落地绿色高质量发展的理念，引领绿色生产力优先发展，盘活激活存量企业，经营好产业链优势资源，投入引导性政策使传统产业变绿、变高、变新。新时期，政府需要用更直观的数据路径，全景观察经济新动能的发展和变化情况。

2020-05-20

武义青：组建雄安大学应充分考虑使命、目标和策略的核心命题

"《河北雄安新区规划纲要》提出，'以新机制、新模式努力建设世界一流的雄安大学，构建高水平、开放式、国际化高等教育聚集高地'。2019 年 2 月中共中央办公厅、国务院办公厅发布的《加快推进教育现代化实施方案（2018—2022 年）》提出，'以新机制新模式建设雄安大学'。组建雄安大学，是雄安新区建设发展的一项基础性、战略性工程，对我国建设世界科技强国和教育强国具有重要的战略意义。"近日，京津冀协同发展研究领域专家武义青在接受《中国科学报》记者采访时表示，组建雄安大学应该充分考虑其使命、目标和策略的核心命题。

武义青系河北经贸大学副校长、京津冀一体化发展协同创新中心执行主任、雄安开发研究院执行院长，同时身兼民建河北省委京津冀协同发展研究中心副主任、天津市京津冀协同创新发展研究院副理事长等职务。由他参与发起的由北京大学、南开大学、清华大学、河北经贸大学、首都经济贸易大学共同组建的京津冀协同发展联合创新中心于 2015 年成立。

谈及雄安大学的组建，武义青表示，筹建一所大学，必须认真回答 3 个问题：为什么要办这所大学？要办成什么样？怎样办？这涉及大学发展的三个核心命题：使命、目标和策略。具体可细分为战略意义、办学定位、学科设置、管理体制、办学模式与运行机制 6 个方面。

充分认识雄安大学的战略意义

"组建雄安大学，对雄安新区高质量发展、京津冀联手打造'全国创新驱动经济增长新引擎'、我国早日成为世界科技强国具有重要的战略意义。"武义

青说，雄安新区作为一座几乎"零基础"的新城，要成为我国创新驱动引领区和全球科技创新高地，急需引进和培养大量高端人才。而雄安大学通过建设国际一流的科技教育基础设施，必将集聚人才、学科、资源和平台优势，为雄安新区高质量发展提供坚实的人才和科技支撑。

武义青认为，雄安大学是促进京津冀高等教育协同发展的必然选择，在我国建设世界科技强国和教育强国的新征程中扮演着重要角色。雄安大学作为一所在体制改革上具有示范效应的大学，承担着引领我国高等教育改革开放与创新发展的历史使命。在全新的体制机制下，充分发挥高校人才荟萃、学科齐全、思想活跃、基础雄厚的优势，努力形成更多更先进的重大原创性科学成果，并将优质丰富的科学研究资源转化为人才培养优势，不但有助于将"京津雄创新三角"打造为"全国创新驱动经济增长新引擎"，而且将助力我国在新一轮全球科技竞争中牢牢掌握战略主动权。

明确雄安大学的办学定位

武义青认为，应该将雄安大学的办学定位放在新时代历史坐标上来思考，体现国家重大战略意图。雄安大学应承担时代赋予的历史使命，立足中国大地，成为世界一流研究型大学。

"新组建的雄安大学，应该是一所以建设世界一流大学和一流学科为目标，以培养具有爱国情怀的一流科技人才为使命，以突破关键核心技术、前沿引领技术和颠覆性技术为方向，以形成标志性科技创新成果为宗旨，以探索与高水平研究型大学相适应的科研管理体制和人才培养模式为己任，以基础性、前沿性、相互交叉融合的理科、工科、医科等学科群为特色，以研究生培养为起点，面向世界科技前沿、经济主战场和国家重大战略需求的研究型大学。"武义青表示，在内涵上应注重"五个一流"建设，即熔铸一流的大学文化，培育一流的科技人才，打造一流的师资团队，汇聚一流的学术科研，作出一流的社会贡献。

科学设置学科体系

在武义青看来，雄安大学在学科设置上，要强化国家战略导向和目标引导，坚持"有所为、有所不为"和"先长高、后长胖"的原则，有选择、有重点地谋划相关学科群和院系建设。

"雄安大学在学科门类上不应'贪大求全'，建设初期，应以理工科为主，建设一批特色优势学院和军民融合等创新型研究中心，选取 3～5 个符合雄安新区高端高新产业发展需要的特色优势学科作为主攻方向，力争在较短时间内在 1～2 个学科取得突破性进展，从而带动整个大学水平的提高。"武义青认为，学科要突出基础性和前沿性，在"杀手锏"技术和"卡脖子"领域下功夫，力争实现我国关键核心技术从跟跑向并行和领跑转变，保障国家经济发展和国防安全。要与已有高校学科错位发展，重点在基础和新兴学科领域进行部署，不搞低水平重复建设。

创新办学体制机制

"要探索建立中国特色现代大学制度；坚持开放办学原则，面向全球选聘校长、管理团队和师资队伍；建立以政府投入为主、多渠道筹集资金的多元教育经费投入体制。"在谈到创新办学体制机制时，武义青表示，雄安大学应秉持"敢为天下先"的办学理念，通过创造性的实践，明晰党委、校长、大学理事会、学术委员会等机构的权责关系，成为我国高教改革的"领头羊"。同时，要深化教育领域"放管服"改革，大幅减少各类检查、评估、评价，赋予雄安大学高度的办学自主权。雄安大学管理体制创新的步子可以迈得更大，更彻底地"去行政化"。当务之急是组建雄安大学筹建临时委员会，提早谋划"掌舵人"的遴选，以点带面，为建设有中国特色的大学校长选拔制度提供有益借鉴。

探索新的办学模式

武义青认为，雄安大学应探索建立新型治理结构，为公办研究型大学建立现代大学制度提供样板；借鉴中国科学院大学科教融合的办学模式，在高水平科研活动中培养高层次创新创业人才；支持"双一流"建设高校在新区办学；在突出国际化办学特色这 4 个方面探索新的办学模式。

"由于历史原因，我国高校实行了数十年的行政化管理模式至今没有彻底改变，学术权力边缘化、虚化和弱化现象与行政权力泛化现象广受诟病。《国家中长期教育改革和发展规划纲要（2010—2020 年）》提出，要完善中国特色现代大学制度，克服行政化倾向，取消实际存在的行政级别和行政化管理模式。"武义青说，实现学术权力与行政权力的协调，是我国现代大学制度建设的重要目标之一。

武义青指出，强化"科教融合"，是顺应新时代的必由之路，也是新一轮改革浪潮的重点。"科教融合"本质上是围绕学生培养的全方位全过程的融合，在实施上是一个面向"创新驱动发展"的系统性改革工程。雄安大学应进一步完善依托高水平研究基地的人才培养机制，积极联合科研院所、企业、金融机构共建产业创新中心，联合承担重大科研任务，建设专业化、高水平的科技创新智库；应加强跨学科的独立研究院建设，围绕国家关注的重大课题、国际尖端领域及全球问题，组织跨学科研究院，为跨学科科研活动与人才培养提供坚实的平台和组织保障。

"实践证明，与世界一流大学联合办学，既能借助一流大学的品牌影响力吸引集聚高端创新要素，又可以借鉴利用国外母校先进成熟的办学理念、模式和经验，迅速提升办学水平。截至目前，我国现有的 9 所具有独立法人资格的中外合作大学，全部位于东南沿海发达地区。以中外合作方式创办雄安大学，能够大大推进京津冀高等教育的国际化进程。如果以公办为主，则应加强与国际高水平大学和学术机构的实质性合作，整合利用全球创新资源，推进国际协同创新，以开放促改革，激活高等教育体制，提高大学的活力和办学质量。"武义青说。

2019-03-07

吴相君：强化中医药防治慢性病的作用

2020 年的全国"两会"期间，全国人大代表、石家庄以岭药业股份有限公司总经理吴相君拟在会上提交的议案中建议：强化中医药防治慢性病的作用。他表示，应大力开展中医"治未病"理念教育，推动中医药早期介入慢性病治疗，进一步提升中医药服务群众覆盖面。

"慢性病已成为严重威胁我国居民健康的重大公共卫生问题。"吴相君表示，国家高度重视中医药在慢性病防治中的积极作用，党的十八大以来，先后出台《中医药发展战略规划纲要（2016—2030 年）》《"健康中国 2030"规划纲要》《中国防治慢性病中长期规划（2017—2025）》等一系列文件，为中医药防治慢性病指明了具体路径。

吴相君指出，中医药治疗在慢性病发展的不同阶段介入可发挥未病先防、既病防变、瘥后防复等不同作用效应，从而节省大量医疗资源与费用。但就目前实际情况而言，中医治疗在慢性病防治中发挥的作用还不够充分：一是"治未病"理念在广大城乡居民中还不够普及，有待进一步加强对中医养生保健知识的宣传；二是中医药在慢性病防治中的早期干预还有待进一步加强；三是中医药覆盖面有待进一步扩大。

吴相君建议，应大力开展中医"治未病"理念教育：一是推动中医"治未病"理念进校园；二是推动中医"治未病"理念进社区；三是鼓励广播电视台等各类媒体开设公益性中医药文化与中医养生保健知识专栏，传统媒体和新媒体相结合，多渠道多角度向全社会传播中医"治未病"理念，促进健康生活方式深度融入全民日常生活。

吴相君认为，应推动中医药早期介入慢性病治疗。筛选一批经过循证医学研究证实对慢性病疗效确切的现代中药，作为各级医疗机构的必备药品和相应疾病治疗的一线药物，一旦确定患者患有慢性病，及时使用中医药进行治疗。首先，筛选出理论特色明显、疗效突出的专利中药优先纳入医保和基药目录；其次，对于有确切循证医学证据支持、国内权威指南共识推荐的优势品种，强化各级医疗终端的优先配备和保障使用；最后，强化政策支持，让各级中西医师能够顺畅地使用高品质中成药防治慢性病。

吴相君还建议，推进医学院校深化教育改革，调整人才培养结构，加强中医药学科建设，完善中西医并重的人才培养体系，把中医人员比例从 15.9% 提高到与西医卫生人员同等的比例。加大对中医院的投资建设力度，大力发展中医诊所、中医门诊部和特色中医专科医院，把中医类医疗机构的占比从目前的 6.09% 逐步提升到与西医院同等的比例。

2020-05-21

周松勃：制定《人体器官捐献与移植法》

出席"两会"的全国人大代表、乡村医生周松勃，拟提交一件"关于制定《中华人民共和国人体器官捐献与移植法》"的议案。他认为，应为器官移植提供明确的法律依据和可靠的法律保障。

周松勃是河北省涿州市刁窝镇刁四村的乡村医生。他行医 33 年，记录了 255 本病历，诊治患者 51.2 余万人次，减免贫困患者医药费不计其数，对于特困患者不仅免费看病，还捐款表达爱心。他曾被评为"全国优秀乡村医生""全国最美乡村医生"，并荣登"中国好人榜"。

周松勃夫妻都是乡村医生，2012 年国庆节，他们夫妻和保定红十字会办理了无偿捐献遗体和器官的手续。他说，要把有用的器官无私捐献给需要的人，把遗体奉献给医院作医学研究之用。

周松勃指出，我国的器官移植水平已达到世界先进水平，目前存在的主要问题不是技术问题，而是器官来源匮乏。他认为，我国现行自发的活体或尸体器官自愿捐献方式，没有从法律层面规范和明确器官捐献方式和途径，再加上科普宣传和大众教育不力，导致器官捐献者少，供体器官严重不足且质量较差。

"供体器官的组织与调配缺乏合理性及科学性，主要原因是没有统一的法律、尺度，无完善的器官移植网络体系。"周松勃建议，应尽快制定《中华人民共和国人体器官捐献与移植法》，使器官移植事业在法治轨道上健康发展。

2020-05-22

王岳森：高校应以创新驱动助推经济发展

党的十八大报告明确提出实施创新驱动发展战略，强调科技创新是提高社会生产力和综合国力的战略支撑，必须将其摆在国家发展全局的核心位置。实施创新驱动，必须更加注重以市场的力量激活创新动力，强化企业创新能力，构建产学研相结合的技术创新体系，同时以体制机制的优化提高协同创新的效率。

以市场为导向，强化创新动力

市场最大的功能是能够自发地培育创新。实施创新驱动战略，关键是要更加注重市场的力量。

一是要强化市场意识。在市场配置资源的基础性作用日益明显的今天，科研院所、高等院校应该把关注的重点转向市场，在主动适应市场中向市场要效益，从市场中获取资源，而不是仅盯着政府的政策性资源。

二是要着力提高知识、技术、信息和人力资本的市场化程度。当前急需的是各级政府要以务实的精神和手段推进技术市场、人才市场、信息市场的建设，努力以产业政策、财税政策和科技政策的改进与融合，促进人才、技术、信息等各种要素的有机组合。高校和科研院所要强化自觉服务区域经济发展的意识，在发展战略的规划与实施中注重与区域经济的有机结合，在学科、专业、技术和项目建设推进中注重与企业和社会需求的有效对接。

三是要活化管理模式。要对应市场法则，按技术创新的要求，进一步集聚和释放创新的力量。科研院所、高校和企业应以更加宽松的方式，管理和引导科技人员实施富有效率的创新。

以企业为主体，构建创新体系

技术创新是一个从研究到产业化的完整过程。提高创新的效率，必须优化这个过程。突出企业的作用，强化企业在技术创新中的主体地位，必须解决科学研究、技术研发与经济相结合的问题。

首先，企业要真正成为技术要素结合的组织者。在一般的技术研发中，企业是研发资金的主要投资方，有些还是创新平台的主要建设者，也是技术产品的生产单位和供应方，承担着中试和量产等多个环节的主要工作。可以说，对于技术创新的各种要素，企业是最合适的整合者。技术创新的完整链条，两头都在企业，中间诸环节也需要企业的直接参与。因此，企业应主动地承担起技术要素结合组织者的角色，并以此强化自身的主体地位，在技术创新中发挥更大的作用。

其次，企业应责无旁贷地承担起技术创新投资方的责任，这是企业主体地位最重要的体现方式。知识、技术应用于产品和服务，其价值只能通过市场才能实现。市场最看重的是投资方。出资方可以调动各种技术要素和生产要素，使其在良性结合中催生出有价值的商品。出资方享有商品售出的利润，并可通过利润的合理分割引导科研院所、高等院校和科技人员配合跟进。

以体制机制优化为重点，提高协同创新效率

以战略联盟和产学研相结合的方式推进协同创新，效果明显优于个别企业和科研院所、高校在技术开发中的单打独斗，但前提是要具有良好的运行模式。从当前的情况看，迫切需要深入探索并充分发挥产学研综合体的体制优势和机制潜能，努力在创新要素组合方面实现更有效率的提升。

一是以市场利益的驱动效应激发创新主体的创造热情。技术创新在很大程度上是市场行为，这就需要各级政府和各类创新主体注重发挥市场机制的作用，尽可能多地让市场配置科技资源。当前，企业、科研院所和高校不仅应增强技术意识，亦应强化市场意识，更加关注技术和技术产品的价值实现。高校的科研人员在完成教学任务的基础上，应积极地走出"书斋"，向企业和社会寻求创造的灵感，在市场中实现自身的价值。

二是要以现实和预期利益的合理分割调动各方积极性。以市场的力量推进产学研协同创新，必须要设计好各方相对满意的利益分配机制。这是协同创

新和产学研综合体健康运行的核心问题。从实践来看，企业要想获得技术创新产品的利润，必须优先解决好资金投入的问题。一般来说，高校更加关注的是创新成功后的预期收益。由于高校不能在经济上承担创新失败的风险，所以，在利润分配中给高校提供确定的份额或给予其创新公司一定数量的股份，可能是较为现实的选择。

三是以技术链的深度开发和产品链的协同打造，推动产学研综合体向纵深发展。企业作为创新体系中的主体，在产学研综合体中，要承担起投资主导方的责任。企业应以经济上的先期投入支持科技人员对关键技术进行前期开发，对应用中的技术进行深度开发。地方政府、金融机构和技术中介等应以开放的心态，注重长远利益和远期回报，支持企业和高校研发合作。科研院所和高校作为产学研综合体中的技术主导方，应以核心技术的开发引导企业的科技资源在关键技术上合理集中。同时，围绕核心技术，大力开发相关技术，努力形成新的技术簇系和系列产品，全方位延长技术链和产品链。

特别应注意的是，产学研各方在协同发展的过程中，不仅要关注现实利益，更要注重协调机制建设，努力以利益共享机制促进风险共担机制的形成，使不同企业和院所在其中都有发挥自身优势的项目、技术、机会等，进而形成开放发展、成果扩散与辐射带动机制，在优化产业结构的同时推动经济持续健康发展。

2013-01-24

破京津冀生态难题，还看协同发展

2015 年 5 月 18 日，主题为"低碳、循环、智慧"的京津冀生态环境协同发展高端会议在河北省廊坊市召开。与会专家认为，京津冀生态一体化，协同发展是关键。

"我们目前已经发布了 79 项强制性能耗限额标准和 65 项强制性能效标准，涉及钢铁、有色、建材、石油、化工、煤炭、电力等高耗能行业，以及家用电器、照明器具、工业和商用办公产品等终端用能产品。"国家质量监督检验检疫总局党组成员、国家标准化管理委员会主任田世宏在会上说，抓好这些标准的有效实施，必将有效支撑京津冀节能减排和产业结构升级。

田世宏指出，当前京津冀区域人口集中，产业集聚，钢铁、水泥、平板玻璃等行业产能严重过剩，给本就脆弱的区域环境造成了巨大压力，导致水资源短缺、雾霾频发，而解决区域生态问题，最有效的方法就是联防联控、协同发展，共建生态文明。生态文明建设最有效的技术和管理手段之一，就是要建立和完善技术标准体系，推动生态文明建设各项标准的有效实施。

国家发展改革委环资司司长何炳光介绍，京津冀地区是全国水资源最短缺、大气水污染最严重、资源环境与发展矛盾最尖锐的地区。推进生态文明建设，要着力推动经济绿色化和绿色产业化，推进生活方式和消费模式的绿色化。

国务院发展研究中心副主任刘世锦建议，应该进行生态资本的核算。刘世锦认为，应该使绿色发展商业化、产业化。

"如果要成为一种商业化、产业化活动，一定要有金融的支持。"刘世锦建议要发展绿色金融。"发展绿色金融，政府应该给予一定政策支持，比如有些绿色产业基金是免税的，对绿色证券有一些税收上的优惠等。"

"靠蛮干、苦干不解决问题。"环保部科技标准司司长熊跃辉说，在生态环境质量改善上，应依靠科技进步，在治理和预防上协同推进，在污染上要协同治理，统筹考虑当今体制和长远的质量改善要求。

"我们国家不缺乏立法标准，缺的是执行不到位，所以必须监管到位。"熊跃辉说，需要省市县协同发力，各行业之间、各指标之间协同发力，要协同推进国家的标准和地方的标准。

新奥集团董事局主席王玉锁表示，应结合区域现状因地制宜，统筹能源、资源、环境等规划，进行协同优化，形成以人为本、可持续发展的生态城市规划以及相应的标准和产品，牵引生态城市建设。

"京津冀的生态环境协同发展，不能简单照搬前人的经验技术，应加大技术创新力度，形成符合区域特征的业绩方案。"王玉锁认为，要勇于打破传统，推动商业模式的创新。无论资源利用还是污染物排放，都是可以定价的市场行为。设计一个好机制，让市场来优化配置资源，这才是生态环境保护的长久之策。

2015-05-27

郭双庚：流感不要纠结风寒与风热

目前正值流感高发时节，许多人在选择药物时，看到药品说明书上有"适用于风热感冒""不适用于风寒感冒"等内容，便开始纠结一个问题：我们的感冒究竟是风寒，还是风热呢？

近日，河北省中医药科学院郭双庚教授在接受记者采访时指出，流感不要纠结风寒与风热。

郭双庚介绍，中医所讲的风寒感冒、风热感冒，是普通感冒的两个主要类型。风寒感冒是指人体在没有内热的情况下受风着凉、淋雨等，风寒之邪侵入人体，出现流清鼻涕、打喷嚏、嗓子痒等症状，一般不会发烧。风寒感冒的人多为虚寒之体。过去，人们的饮食以蔬菜粮食为主，体内一般蕴积毒火较少，所以一些人得了风寒感冒喝些红糖姜水，出出汗也能痊愈。风热感冒是人体存在内热的情况下，由于机体免疫力的下降，外感邪气侵袭，扰动内热，出现发热、打喷嚏、流鼻涕、嗓子痛、咳嗽、头痛等症状。其实现今风寒感冒的发病机会极少，这与人们饮食结构的改变有很大关系。整天"酒肉穿肠过"，很多人平时体内就有积热，过一段时间就有嗓子痛、口腔溃疡、牙龈肿痛、扁桃体肿大等症状，这都是内热的表现，在这个基础上感受风邪，就会引发风热感冒。

"不少人曾质疑流感是不是也有风寒型、风热型。其实流感属于中医讲的'外感热病'，所以流感患者基本上都表现为内热，发病之初的咽红、轻咳，就是体内蕴积热毒反映在上呼吸道的表现，至于流感一开始就表现为发热或高热、嗓子疼、咳嗽，更是热毒蕴结体内、袭击于肺的表现。"郭双庚指出，国家卫计委最新推出的流感诊疗方案也指出，本轮流感患者主要表现为风热犯卫证，热象再严重一点就是热毒袭肺证。说明学术界权威意见也是认为流感属于外感热病，并将连花清瘟作为推荐用药。

"连花清瘟组方中麻黄、薄荷可以发散外邪；银花、连翘、板蓝根、贯众等可以治疗嗓子痛，杏仁、鱼腥草可以治疗咳嗽、咳痰，生石膏、大黄可以清肺泄热，让患者体内蕴积的火毒通过大便排出，整个药方组合，清瘟解毒、宣肺泄热，既能散外邪，又能清里热。"郭双庚说。

郭双庚告诉记者，连花清瘟对流感的治疗效果得到了大量基础及临床研究的验证。中国中医科学院、广州医学院呼吸疾病国家重点实验室等多个科研机构实验证实，连花清瘟对 2018 年流行的甲型流感病毒（H1N1、H3N2）、乙型流感病毒等都有很好的抑制拮抗作用。循证医学研究也证实连花清瘟抗甲流 H1N1 病毒的效果与奥司他韦无差异，且在退热及缓解咳嗽、头痛、乏力、肌肉酸痛等流感症状方面优于奥司他韦。连花清瘟先后 15 次被列入各种流感推荐用药，现已进入美国 FDA 二期临床试验。

"普通感冒 90% 以上都是由病毒侵袭引起的，能够引起感冒的病毒有很多种，如呼吸道合胞病毒、鼻病毒、副流感病毒等。研究表明，连花清瘟胶囊不仅拮抗流感病毒，对这些普通感冒病毒，连花清瘟也有很好的对抗作用，所以，它对普通感冒有很好的治疗作用。"郭双庚指出，需要了解的是，治疗流感也好，感冒也好，连花清瘟不仅仅是抗病毒，还能通过发汗、排大便等多种途径让体内蕴积的毒火排出体外。连花清瘟含有发汗、通便、清热药物成分，可促进热毒清除，所以有些患者服后有轻微腹胀、大便稀等属于正常的用药反应。感冒流感症状解除后，随着服药量减少或停用，这些反应就会消失。有体虚胃寒的患者服后有凉感，甚至恶心、呕吐，说明患者的胃肠道对寒凉药物较为敏感，可以把服药时间改为饭后；有个别患者服药后出现过敏性皮疹，也会随着停药消失。

2018-01-20

徐长山：在高速发展中呼唤工程精神

工程精神是工程活动的精神支撑、社会文明的象征、工程教育的灵魂。当前，我国工程建设以前所未有的速度发展，工程建设取得骄人成就的同时，也出现了大量问题，如创新不足、人才缺乏、生态破坏、人文精神缺失等。其原因是多方面的，而工程精神缺失是一个重要原因。为此，人们呼唤工程精神，研究工程精神，倡导工程精神。

近日，《中国科学报》记者专访了工程哲学学者、石家庄铁道大学教授徐长山。

《中国科学报》：您目前正在研究工程精神的有关问题，这也是工程哲学领域研究的热点问题，请您谈谈什么是工程精神？

徐长山：工程精神是以工程实践为基础的知、情、意的统一，同时也囊括了价值观念、思维方式、行为规范、理想信念等工程精神的构成要素。

科学精神、工程精神、大学精神，这是密切相关的几个问题。科学精神是贯穿于一切科学活动和技术活动之中的，工程精神包含科学精神、体现科学精神。就高等工科院校来说，大学精神的核心就是工程精神。

目前，关于工程精神的研究更多地体现在"大工程观"的研究中。美国麻省理工学院院长莫尔 1993 年提出的"大工程观"，是关于工程教育的新思想，也是一种新的工程精神的倡导。"大工程观"是要使工程教育更加重视工程实际以及工程本身的系统性和完整性的思想，强调工程不再是狭窄的科学与技术含义，而是建立在科学与技术之上的包括社会、经济、文化、道德、环境等多因素的大工程含义，倡导工程教育要为学生提供综合的知识背景，强调工程的实践性，注重培养学生的创新性。

2010 年教育部启动为期 10 年的"卓越工程师教育培养计划"，体现的也是一种工程教育新理念，本质上与"大工程"教育观是一致的。"卓越计划"的着眼点是要培养一批创新性强，具有实践能力、社会责任感和国际化视野，能够适应我国经济和社会发展需求的各类工程科技人才，而这样的人才正是具有工程精神的人才。

工程精神的研究也体现在工程哲学的研究中。无论国内外，工程哲学研究都涉及工程创新研究、工程思维研究、工程文化研究、工程伦理研究，这些也都体现了工程精神。尽管我国工程哲学研究者的研究为工程精神的研究开辟了道路、奠定了基础，但他们尚未提炼出工程精神的丰富内涵，并加以完整的表述。

企业文化中也揭示了工程精神。各种类型的企业，特别是大企业，都根据自己的生产经营领域提出了自己的企业文化，其中内核的东西是企业精神。对许多工程企业来说，企业精神就是工程精神。但这样的工程精神往往带有特殊性，不一定具有普适性，而且往往不够严谨，没有文化深度和力度。工程精神研究当然可以从许多企业文化中吸取营养，但必须超越现有的企业文化，使其有深度和力度，并对工程企业具有普适性。

《中国科学报》：您认为研究工程精神有何现实意义，它的研究价值体现在哪里？

徐长山：现在，工程精神的缺乏是一个事实，而我国飞速发展的工程事业在呼唤工程精神，迫切需要工程精神的支撑。创新精神不足、工程伦理缺失等已经成为我国工程建设的"短板"，迫切需要矫正。

针对我国的工程现状，进行工程精神研究至少有以下几个方面的意义：

首先，有利于形成符合我国实际，既继承传统的民族精神，又反映当代文明进步，同时又具有工程活动特点的工程精神。

其次，有利于矫正当前工程精神缺失的状态，促进我国工程建设又好又快地发展。目前，我国工程科技人才总量已经在世界排名第一，但整体创新能力不强，特别是缺少关键技术领域的领军人物。中国正处于工业化、信息化、市场化、城镇化和全球化的发展中，大规模的生产与基础设施建设正在国内普遍开展，但出现的问题也相当多。原因当然是多方面的，但缺乏工程精神是一个重要原因。因此，倡导全社会尊重工程文化，崇尚求实、求精、求新的工程精神，就成了当务之急。倡导工程精神，才能激发出工程创新的潜力和国际竞争力，纠正工程中的各种偏差，减少问题的发生，促进我国工程建设又好又快地发展。

最后，有利于促进工程教育，培育工科大学生的工程精神，使之成为合格的工程建设者。当前工程精神的缺失，与我国高等工程教育所存在的弊端不无关系，如重论文、轻设计、缺实践；工科教师队伍的非工程化趋向严重；学科老化，缺乏知识融合与交叉，创新教育不足；学生动手和解决问题的能力差。教育中重理工、轻人文的问题也比较突出。因此，必须以培育工程精神，培养具有实践能力、创新精神、伦理道德素养和社会责任感的人才为目标，进行高等工程教育改革，加强工程实践训练和案例教学，强化教师的工程背景，加强创新意识、设计能力和创新方法的培养环节，培养多样化人才，以适应我国经济社会快速发展的需要。

工程精神的研究价值也是多方面的：

首先，工程精神是工程活动的精神支撑。人具有精神属性，是人之所以为人的价值确证，是人的伟大能动力量之所在。所以，工程人、工程活动都需要精神支撑，如果没有精神支撑，就失去了动力源泉和价值标准。

其次，工程精神也是社会文明的象征。在工程实践中凝结的工程精神，也是社会精神文明的一部分，因此，倡导工程文化、崇尚工程精神，是社会文明的重要体现。

再次，工程精神也是工程教育的重要方面，甚至可以说是工程教育的灵魂，如果没有工程精神，工程教育就等于失去了灵魂。为此，无论高等工科院校，还是工程单位，在对工程人的培养和教育中，都应当把工程精神教育放在突出的位置。

《中国科学报》：工程精神问题应该从哪些角度去研究？工程精神的核心是什么？

徐长山：我认为，哲学是工程精神的理论基础，研究工程精神应该以哲学，特别是马克思主义哲学理论作为指导。研究我国的工程精神，还应当体现社会主义核心价值体系，不能脱离文化传统，不能离开人类的文明大道，也要赋予它当代意义。

工程精神的核心是实践精神。马克思说："哲学家们只是用不同的方式解释世界，而问题在于改变世界。"科学的特点是探索发现，技术的特点是革新发明，工程的特点是集成建造。虽然工程集成了科学、技术和社会的因素，但工程的突出特点是"造物"，是改造世界的实践活动。因此，实践精神应该成为工程精神的核心。

《中国科学报》：目前，您研究工程精神有没有形成一个基本的框架？工程精神的主要内涵包括哪些方面的内容？

徐长山：我的研究已经大体形成了一个工程精神的基本框架。工程精神是以实践为基础的知、情、意统一的体系。那么，可不可以把知、情、意与中国的传统文化结合起来呢？我认为是可以的。通观中国的传统文化，"实事求是"的态度、"厚德载物"的情怀、"自强不息"的意志，就是知、情、意最好的表达。它们都是中国传统文化的精华，是中华民族可贵的民族精神。若以这三个方面为结构来论述工程精神，不仅是可行的，而且是必要的，如此才能彰显中国工程精神的民族特色。

工程精神的具体内涵如下：

实事求是的态度。实事求是作为一个哲学命题，属于认识论范畴，是马克思主义认识论的根本要求。在工程活动中，实事求是的态度主要体现为三种精神：求真务实精神、勇于创新精神、精益求精精神。

厚德载物的情怀。厚德载物是一种包容的情怀，是一种道德的情操，是中华民族优秀的品质之一。在工程活动中，厚德载物的情怀主要体现为三种精神：伦理精神、合作精神、开放精神。

自强不息的意志。自强不息是中华民族意志和力量的体现，是我们宝贵的精神传统。在工程活动中，自强不息的意志主要体现为四种精神：艰苦奋斗精神、爱国主义精神、追求卓越精神、敢冒风险精神。

《中国科学报》：工程精神需要通过多种途径和方法进行培育，才能够弘扬起来，发挥作用。那么，怎样培养工程人的工程精神？

徐长山：工程精神的培育，首先要通过学校教育这个途径。高等工科院校是培育工程精神的摇篮，大学生的工程精神要靠学校教育奠定基础。

工程实践是培育工程精神的主要途径。工科学生毕业后就要进入工程活动领域，通过工程实践才能最终培育出工程精神。为此，工程企业必须十分重视这项工作，让毕业生在工程规划、设计、建造和使用等实践中体验、认同、创造工程精神。工程精神应该成为企业文化的核心部分，通过企业文化的熏陶，培育毕业生的工程精神。

工程精神的培育也不仅仅是学校和企业的事，还需要整个社会的配合。国家应该通过多种手段，营造有利于工程精神培养的舆论氛围、政治和法律环境、社会价值取向，并化为习惯，深入社会心理。这也是工程精神培育的重要途径。

2012-07-16

大学博物馆：文化"富矿"尚待深挖

"大学博物馆具有文化传承、艺术熏陶、思想政治教育和教学辅助等重要功能。要深入研究大学博物馆在学科建设、科学研究、人才培养、服务社会等方面的重要作用。"近日，在由教育部高等学校社会科学发展研究中心主办、河北大学党委宣传部承办的"大学博物馆与大学文化建设"理论研讨会上，与会专家学者认为，要更好地发挥高校博物馆的文化育人功能，推进大学文化的传承与创新，使大学博物馆更好地承担在大学文化建设中的历史使命。

博物馆：校园里的"文化宝藏"

目前，我国大学拥有数百座博物馆，还有不少大学博物馆正在兴建或筹建。那么，在如今的大学校园中，越来越多的博物馆究竟扮演着怎样的角色呢？

对此，河北大学党委宣传部部长刘焱总结说，大学博物馆是人类生存的缩影，是沉淀人生体验的载体。

河北省委教育工委副书记韩俊兰认为，高校博物馆融思想性、知识性、趣味性和服务性于一体，是大学文化系统的实物表征，是大学文化特性的集中表现。

在发言中，教育部高等学校社会科学发展研究中心主任杨河表示，从大学博物馆的馆藏来看，这些博物馆拥有的藏品数量庞大，极具保护和研究价值，其中不乏国家级珍品；从科研水平来看，大学专业人才集中，处于学术的最前沿，掌握最新的科研动态，可以为博物馆的发展提供有力的智力支持；从专业性来看，这些博物馆种类繁多，各具特色，既有综合性的历史文化博物馆，也有反映各行各业历史文化和研究成果的行业博物馆，涵盖领域包括地质、美术、建筑、农业、船舶、纺织、音乐、建筑、中医药、航空航天等方面。

"这些博物馆以大学为依托,具有历史悠久、馆藏丰富、科研实力雄厚、专业性强等特点,是大学校园里的'文化宝藏'。"杨河说。

发挥博物馆作用符合高教规律

杨河认为,大学博物馆是传承民族文化和大学精神的重要场所,是大学学科建设和科学研究的重要平台,是实现文化育人的重要抓手,也是为社会大众提供文化服务的重要场所。

"在新的历史时期,我们要深入开展大学博物馆研究,在理论上深刻阐释大学博物馆在大学文化建设方面的重要作用,更好地发挥高校博物馆的文化育人功能,推进大学文化的传承与创新。"杨河说。

以河北大学为例,据了解,该校博物馆的历史可追溯到 1914 年由法国天主教耶稣会神甫桑志华创立的天津北疆博物院。目前该博物馆存有动物标本 125 余万件,基本囊括了动物界的各大主要类群,标本收藏范围覆盖包括台湾在内的 30 个省、市、自治区,另有 12 个国家的交换或馈赠标本。我国蝗虫分类领域的唯一院士印象初便在河北大学博物馆工作。另外,博物馆还存有文物近 8 000 件。

"河北大学博物馆年均接待的专家学者、大中小学生和社会各界人士达 5 000 人次,目前是全国科普教育基地、全国野生动物保护科普教育基地。"河北大学党委常委杨立海介绍,学校博物馆作为展示学校精神传统和办学水平的窗口,作为大学文化建设的重要载体,已经产生了良好的社会反响和辐射效应。

韩俊兰则表示,17 世纪英国牛津大学的阿什莫林博物馆(Ashmolean Museum)是现代意义上的博物馆的直接起源。由中国人于 1905 年独立创办的第一座现代博物馆——南通师范学校的南通博物苑同样也是高校博物馆。博物馆与现在教育制度,特别是大学有着血肉联系。

"充分发挥大学博物馆在大学文化建设中的作用,符合高等教育发展规律,顺应人类文明的发展潮流,不仅对大学,而且对整个民族文化都有利。"韩俊兰说。

博物馆应成为高校名片

显然，高校博物馆已经成为大学文化中的一座"富矿"。然而对于这样的宝藏，我们的"挖掘工作"是否充分呢？韩俊兰给出了明确的否定答案。

"我们的多数博物馆尚处于'养在深闺人未识'的状态。"韩俊兰说，高校须深度挖掘，在扩大规模、提升内涵、扩大影响、加强文化交流、建立长效机制等方面进一步加大工作力度，充分发挥高校博物馆在大学文化建设中的重要作用，努力使高校博物馆成为高校办学实力和办学特色的综合反映，成为高校对内对外和国际交流的重要宣传窗口，甚至成为一所学校的名片和标志。

"应该把大学博物馆作为一种大学文化基因、大学与社会衔接的文化纽带，开展以大学博物馆为核心的社会公众文化服务，从而推动大学文化建设。"北京航空航天大学党委宣传部部长、艺术馆馆长蔡劲松如是说。

河北大学博物馆副馆长、研究员李文龙则表示，大学博物馆应认清自身的主体任务，应为学校教学科研服务，并发挥特有的资源和科研优势，不断提高学术研究水准，为地方经济建设服务。同时，大学博物馆要在不影响教学科研的前提下，适时、适度地对外开放。

河北农业大学校党委宣传部副部长夏至学谈到，建设大学博物馆应当"因地制宜、因校制宜"，抓住本校特有的校园精神文化内核，使校园精神的物化成果和师生的教育行为推动社会主流价值观的建设。

2013-12-12

"文明污染"或致人类染色体异常

近日，记者从河北省石家庄市妇幼保健院获悉，该院优生优育中心诊断出一位染色体异常核型患者。

后经国内唯一遗传学鉴定机构——中南大学湘雅医学院中国医学遗传学国家重点实验室的专家进行鉴定，该患者的染色体异常核型在国内外文献资料中未见报道，为世界首报人类染色体异常核型。

据石家庄市妇幼保健院优生优育中心主任封纪珍介绍，患者为 22 岁的女性，15 岁时初潮，16 岁后停止例假。"例假不正常是其来医院就诊的主要原因。我们为其做完常规检查后，建议她再做一个染色体检查。"

染色体检查的结果让封纪珍和同事们有了新发现：患者是 1 号染色体与 9 号染色体平衡易位携带者。

据了解，人类的细胞中有 23 对（46 条）染色体。染色体的数量、结构是相对恒定的。当某一条染色体上有一段"搬"到另一段染色体上，就称为染色体平衡易位。

因这种易位只是造成了染色体遗传物质的"内部搬家"，就一个细胞而言，染色体的总数未变，所含基因并未缺少，所以这种人不会表现出不正常的症状，外貌、智力都是正常的，发育上也没有任何缺陷。

"染色体平衡易位是染色体结构畸变的一种常见类型。在各种诱因下两条染色体同时断裂，产生黏性末端，两个黏性末端错误拼接重排而导致平衡易位染色体的形成。"河北北方学院基础医学院生物教研室主任魏会平说。

"这名患者即便是结婚了，也很难做母亲。"封纪珍告诉《中国科学报》记者，在没有其他疾病的情况下，一名染色体异常的女性与一名染色体正常的男性结婚，该女性生育正常儿的概率仅为 1/18，生育与她染色体核型一致的婴儿概率为 1/18，其余 16/18 的概率为无法做母亲。

到底是什么原因导致染色体异常呢？

　　魏会平认为，主要原因包括：物理因素如射线，化学因素如某些保胎药物、预防妊娠反应药和抗肿瘤药等均可引起染色体畸变，生物因素如真菌毒素。此外，还与母亲年龄有关。

　　"特别是一些'文明污染'，如室内装潢、饮食、电气化的普及导致染色体异常更是不容忽视的。"魏会平说。

　　魏会平建议，未婚青年男女结婚前最好要做婚检和染色体检查，已结婚准备怀孕的或有过不良生育史的，最好要做染色体检查。

　　此外，还要改善环境，远离辐射源、化学毒物。孕妇在怀孕早期尽量少到公共场所，以免接触风疹、麻疹病毒等，不要养宠物，尽量不要服用一些具有致畸性的药物，以预防染色体异常的发生，确保优生优育，提高人口素质。

2012-04-17

民办高校"招研"之旅并非坦途

不久前，教育部正式宣布，包括北京城市学院、河北传媒学院、西京学院、吉林华侨外国语学院、黑龙江东方学院在内的全国 5 所民办高校已通过审批，正式获得研究生招生资格。

这是新中国成立以来，我国民办高校首次获得研究生教育资格。

"这是件好事！"教育专家、河北省高等教育学会秘书长胡保利在接受记者采访时说，此举标志着民办高校学历培养层次的进一步提升，打破了过去研究生招生由公办高校、科研院所独家垄断的局面。这传递出国家对民办高校教育进一步支持和扶持的信号，体现了国家正在推进的教育公平。

职场人期望高，应届生"不感冒"

提到民办大学获得研究生招生资格，很多人的第一反应就是民办学校能否有相应的培养能力。"民办高校的牌子总体不是很硬，又是试点第一年，怕就业的时候用人单位不认可。"想报考研究生的河北农业大学学生左晗表示自己不会报考民办高校。

同样想报考研究生的大学生田丽告诉记者，自己担心的是民办学校的师资力量没保证，学费会很高。

据记者在高校了解到的情况，对报考民办高校研究生"不感冒"的应届生并不在少数。而与此相对应的是，在职人员对报考民办高校研究生的期望却很高。

在河北省涿州市电视台工作的刘丽鸿就想试一试。她说自己从河北师范大学毕业后，就一直没进行过学历再教育。考取研究生，无论是公办还是民办，都对自己评职称等会起到积极作用。对于民办学校的办学性质，她觉得并不重要，"毕竟全日制培养比在职研究生含金量要高"。

对此，河北科技大学机械学院教师张丽认为，随着高等教育日益大众化，学历文凭已经相对"贬值"，而民办高校研究生教育刚刚试水，在人们持观望与怀疑态度之时，必须注重严抓师资队伍、课程建设和培养模式的质量，才能为持续发展打下更好的基础。

对于人们的疑惑，胡保利表示，相对于公立高校，民办高校社会的公信力不是很高，但这不能否定有一些民办高等学校已经具备了招收研究生的能力，其教学水平也已经达到培养硕士研究生的标准。至于民办高校研究生的培养质量，关键还是要看学校是否按照标准、条件、制度做。

冲击研究生培养体系

据了解，自恢复高考制度以来，我国研究生教育发展很快。1984 年全国仅招收研究生 2.3 万人，到了 2011 年，这一数字已达到 49.5 万人，研究生教育已经从精英化走向普及化、从教学研究型走向应用型。

"民办高校研究生招生资格的破冰，不仅扩大了民办高校的办学空间，也将推进这些高校从单纯规模发展向规模、质量并举的转变。"张丽说，少数有理想的民办高校定位于研究型大学，直接和公立大学展开竞争。

在采访中，胡保利也表示，民办高校招收和培养研究生，将给研究生教育带来新的变化，并对整个研究生培养体系产生一定的冲击。"这不仅是民办高校的事情，也将对现有的研究生管理体制产生巨大压力。"

事实上，我国目前的民办高校数量已经近 700 所，在校生数也已占全国高校在校生数的 19.4%。随着规模的发展和实力的增强，民办高等学校对提升办学层次的呼声越来越强烈。

胡保利认为，民办高校研究生招生资格的破冰，更有利于高层次人才在民办高校和公立高校之间合理流动，有利于进一步打破"铁饭碗"的思维，让高校真正变成培养最具有思想和开创精神的人才的地方。公立学校为了应对私立高校的竞争，也将更加重视高层次人才的培养和使用。

"民办高校办研究生教育，最直接的效应就是扩大了学位和研究生教育资源供给总量，弥补公办高校学位和研究生教育资源的不足，扩大研究生教育的规模，提高学位和研究生教育的质量。"胡保利说。

民办高校研究生培养面临新挑战

不久前公布的全国教育事业发展统计公报显示，目前国内高校中，在籍研究生已经达到 153.84 万人，毕业研究生为 38.36 万人。规模的持续扩大伴随着就业形势的日益严峻，引起社会关注，不少舆论开始呼吁停止扩大研招的步伐，重视质量建设。在此现实下，民办高校加入研究生培养队伍，远不像当初他们办本科教育那么简单。

"目前研究生规模持续扩大，研究生就业形势日益严峻。在这种大环境中，民办高校办研究生教育，必定会面临巨大的挑战。"胡保利说，尤其很多民办高校本科教育在师资力量、课程设置、教学模式等方面还存在比较严重的问题，在此基础上办研究生教育，急需通过教学质量与就业质量来证明自己。

然而在这方面，民办高校能不能"稳住心神"，还是一个问题。

在张丽看来，我国目前公办高校中，很多大学存在着脱离科研和教学定位，将主要精力用于申报硕士点、博士点的不正常现象。"如果这种情况同样发生在民办高校，导致很多学校走上追求高学历层次之路，将会给民办教育带来严重的负面影响，也会使本来就比较单薄的本科教育更加薄弱，而研究生教育也将最终失去生长的根基。"她说，民办高校试水研究生的培养，必须经受住追逐学历层次转变为提升办学质量的挑战。

此外，近年来我国研究生教育一直在增加专业硕士数量，减少学术型硕士培养。根据教育部的规划，到 2015 年，专业硕士和学术型硕士之比将达到 1：1。然而很多专家认为，专业硕士教育迅猛发展衍生出很多问题。例如，与学术硕士相比，专业硕士除了学制变化、学费变化、地位变化和名称变化外，几乎没有其他不同，有的名校还招不满专业硕士，由此引发"花钱买硕士""注水硕士"的质疑。由于一般认为，民办高校的招生将多以专业硕士为主，因此这一挑战将格外沉重。

对此，有专家表示，与国外民办高校相比，我国民办高校发展的成熟程度还有待提高，其拓展研究生教育的步伐还不能太快，教育行政部门也要加强督查和评估。"但无论如何，民办高校的研究生招生资格已经破冰，这就是一件值得庆贺的好事。"胡保利说。

2011-11-11

新媒体时代要保持"阅读定力"

"尽管互联网给人们提供了观察世界的新窗口，但较传统阅读方式，网络阅读大多是'浅阅读'。"2015 年 6 月 3 日，河北大学图书馆技术部主任任瑞娟在接受《中国科学报》记者采访时表示，这种碎片化阅读在带来海量信息的同时，也造成知识来源的随意性和不可考性，它终究替代不了纸书阅读，尤其是代替不了深度阅读带来的快乐和收获。

任瑞娟同时还认为，无论是传统（纸书）阅读还是网络阅读，关键不是阅读方式，而是阅读的内容。

在 2015 年 4 月的第 20 个世界读书日，河北大学图书馆给记者提供了这样一组统计数据：该图书馆 2012 年度的总借还量为 430 566 册，2013 年度的总借还量下降到 330 129 册，2014 年度的总借还量下降到 283 689 册。

河北大学图书馆馆长李振纲介绍，图书馆近 3 年借还量逐年下降，且降幅巨大，环比降幅达到 23%。

据第 12 次中国国民阅读调查数据：2014 年，我国国民人均纸质图书阅读量为 4.56 本，电子书阅读量为 3.22 本。与 2013 年相比，电子书的阅读量有所提升，纸质图书阅读量下降。另外，2014 年我国国民人均每天读纸本书时长 18.76 分钟，人均每天互联网接触时长 54.87 分钟。

"上网时长 3 倍于纸质阅读，看起来可能让人忧心，从一个视角折射出国民纸本书籍阅读率偏低。"任瑞娟认为，造成这种反差的原因有很多：一方面，随着生活节奏的加快，人们的工作压力越来越大，业余时间也被分割得零零碎碎，人们以"没时间""工作忙"为借口，静下心来读书变成了"奢侈"的习惯。另一方面，乡村公共图书馆、乡村阅览室等文化设施建设不足，阅读资源及环境极度匮乏。

"网络为了吸引眼球，无所不用其极。对于正面的、经典的、正能量内容的推送少，而大量吸引眼球的'标题党'等现象如洪水。"任瑞娟说，网络内容本身良莠不齐；网络内容的评论等有"水军"存在，可能会影响普通读者对内容的判断；网络入口（无论是桌面屏还是移动屏）的争夺激烈，网络内容的推送存在问题。

李振纲表示，随着工业化、现代化、都市化的不断发展，手机、电脑成为人群获取知识的便利途径，但也让知识成了碎片，使人群成了工具、技术的附属品，失去了阅读的"本真"。

"在大学校园，老师与学生的阅读需求也有不同，人文社会科学与理工科的需求更有差别。教学科研及专业学习需要通过网络资源快速定位资源并寻找到这些资源所承载的知识之间的脉络，为掌控知识脉络而服务。"任瑞娟认为，无论是传统阅读还是网络阅读，都要针对不同的人群，并且针对这组人群不同的需求，即所谓个性化阅读。

任瑞娟说，数字阅读需要读者掌握数字资源的组织架构与使用方法，特别是针对特定人群的具体的领域知识的脉络的梳理与把控。掌握得好，事半功倍，否则就变成被数字文献驾驭了。

"越是新媒体大发展的时代，越需要保持阅读的定力，倡导经典阅读，提升阅读对于凝聚民族道德的力量。"任瑞娟说，我们国家全民阅读量能够逐年增加，这也是我们社会进步、文明程度提高十分重要的标志。把阅读作为一种生活方式，把它与工作方式相结合，不仅会增加发展的创新力量，而且会增强社会的道德力量。

2015-06-05

进展篇

用创新"拼"成"第一天眼"

　　2015 年 10 月中旬，贵州省黔南布依族苗族自治州平塘县大窝凼洼地依然青山环绕。一个直径 500 米的圈梁在群山的臂膀中"横空出世"，被 50 根 6 米到 50 米高低不等的钢柱支在半空，其周长达 1.6 千米。

　　这正是中国"500 米口径球面射电望远镜"（Five-hundred-meter Aperture Spherical radio Telescope，FAST）施工现场。"国庆节期间，我们拼装现场仍然一片繁忙。4 450 块面板的生产和拼装是个巨大的任务，因为它们由上百万个零件组成。"10 月 15 日下午，中国电子科技集团公司第五十四研究所（以下简称"五十四所"）高级工程师、FAST 工程反射面单元设计与制造项目副总设计师张万才在施工现场接受《中国科学报》记者采访时说。

　　"按照工程进度，每天需要提交至少 20 余块面板，即 2 000 个子单元和上万个零件的生产与拼装。"张万才向记者介绍说。从 7 月 25 日开始拼装第一块面板，两个多月来，项目组已经拼装完成 800 余块反射面。"国庆长假结束后，完工的工程量又提升了 3 个百分点，虽然劳累，但我们项目组的成员都觉得很踏实。"张万才补充说。

世界"第一天眼"

　　FAST 有着世界"第一天眼"之称，它是目前世界上计划及正在建造中的口径最大、威力最强的单天线射电望远镜，拥有 30 个足球场大的接收面积。FAST 比号称"地面最大机器"的德国波恩 100 米望远镜灵敏度提高了约 10 倍。建成后，它将成为世界第一大单口径射电天文望远镜，并在未来二三十年持续保持世界领先地位。

　　反射面面板是决定 FAST 探测威力和探测精度的核心要素。据了解，FAST 反射面由 4 450 个单元构成，每个单元由 100 块基础面板组成，总面积为 25 万平方米，它们均由五十四所研制。

拼装完成后，巨大的反射面看起来就像一口"超级大锅"，6 个支撑塔高高竖起，网格逐渐"爬"满了"锅"底，向上延伸"咬住"环梁，反射面面板一圈一圈铺满索网的空隙，织完巨网。

张万才告诉记者，反射面板最终将要被安装在这些索网上，但在此之前，首先要把面板拼装在网架上。拼装地点就在大窝凼旁边一个 1 万平方米的空地上，被称为"小窝凼"。

中国电科产业部主任杨定江介绍，依据最初规划，FAST 的主要目标不是在短期内实现经济效益，而是要探测宇宙中的遥远信号和物质。

作为一个多学科基础研究平台，记者了解到，FAST 建成后将用于捕获"天外之声"，探索宇宙奥秘。它有能力将中性氢观测延伸至百亿光年外的宇宙边缘，用以观测暗物质和暗能量，寻找第一代天体；有能力将深空测控由地球同步轨道延伸至太阳系外缘，将卫星数据接收能力提高 100 倍。它将在从宇宙起源到对星际物质结构的探索、对暗弱脉冲星及其他暗弱射电源的搜索、对地外理性生命的搜索等 6 个方面实现科学和技术的重大突破。

挑战"超级工程"

FAST 工程反射面板拼装面临着种类多、数量大、工期紧、任务重等问题。工程人员不仅要把 4 450 块反射面单元最终构成完整的 FAST，而且更为复杂的是，这些反射面单元种类达 484 种，子单元的种类更是多达 3 388 种，仅安装铆接部件就有 140 种。同时，据该项目总设计师郑元鹏介绍，施工要求安装精度误差不能超过 2 毫米。

"为完成这一'超级工程'，前期设计阶段大量引入计算机辅助，用计算机为生产任务进行批量设计，组织物料、生产直至施工。"郑元鹏介绍。

由于安装精度要求高，手工测量费时费力，很难保证每天 20 多块的拼装要求。为了实现 2 毫米精度的批量测量，五十四所还研发了自动化摄影测量系统，实时校准施工精度。据介绍，这些反射面单元最终将具备主动调整姿态能力，在计算机设置下根据研究需求对不同天区聚焦观测。

研究人员根据索网节点坐标数据以及单元的安装尺寸要求，采用参数化设计方法，准确高效地给出每种单元的尺寸数据，最终能够将构件数量达上百万件的单块子单元的表面精度控制在 1 毫米以内。正因为如此，4 450 个反射面每一个都可以进行对焦，灵敏度可达阿雷西博射电望远镜的 2 倍，巡天速度是阿雷西博射电望远镜的 10 倍。

创新核心"天眼"

作为馈源接收机的安装平台的馈源舱，相当于 FAST 的"眼睛"，是一个集多种技术于一体的光机电一体化复杂综合系统。而馈源舱及舱停靠平台的研制任务，正是五十四所在 FAST 工程中承担的另一重要系统任务。

"馈源舱作为 FAST 的核心部件，'天眼'捕捉的信号将全部聚焦到馈源舱并由其接收。但馈源舱被 6 根柔性支撑索悬吊于空中，精确控制其位置难度极大。"五十四所高级工程师、FAST 工程馈源舱系统总设计师李建军介绍，经过创新多项精调软件和硬件，项目最终可以实现在风力干扰下，将馈源舱实时定位精度控制在毫米级。

此外，五十四所研发的馈源舱还在保证刚度基础上，取得了轻量化的突破，自重仅为 13 吨。结合超高电磁屏蔽效能和动态测量标定技术，最终实现 FAST 空前的灵敏度。

"舱停靠平台在去年 11 月安装完毕，同时安装的还有一个与正式馈源舱相仿的代舱。"李建军介绍，正式馈源舱正在紧张生产，预计 2015 年 10 月底进行现场安装。按照施工计划，2016 年 9 月 FAST 有望投入使用。

2015-10-19

中国参与 SKA 国际大科学工程获历史性突破

2015 年 11 月初在加拿大召开的 SKA（平方公里阵列射电望远镜）国际大科学工程天线工作包联盟董事会会议上，中国电子科技集团公司第五十四研究所（以下简称"五十四所"）提交的 SKA 天线设计方案通过批准，被选为后续唯一研发方案。这标志着中国参与 SKA 取得历史性突破，并将在 SKA 的核心设备研发中发挥引领作用。

SKA 是多国合作的国际大科学工程计划，我国在 2013 年由科技部牵头参加 SKA 的研发和建设。"建成后的 SKA 将承担重要的科学观测使命，它将致力于回答和探索宇宙中的一些基本问题，比如宇宙起源问题、宇宙学与星系演化、开展宇宙黑暗时期探测、探测外星生命等；它还会致力于探索宇宙间的基本力问题，检验爱因斯坦的相对论等理论是否正确，探索宇宙磁场的起源和演化。"五十四所首席专家、SKA 天线项目总设计师杜彪介绍说。

据悉，约有 20 个国家上百个科研机构的天文学家和工程师参与 SKA 国际大科学工程。工程拟由约 3 300 面 15 米口径反射面天线、250 个直径约 60 米的致密孔径阵列及 250 个直径 180 米的稀疏孔径阵列组成，分布在 3 000 千米范围内形成望远镜阵列。SKA 使用的光纤可绕地球两周，每天产生的数据量预计是全球互联网流量的 10 倍，建成后将成为世界上最大的综合孔径射电天文望远镜，比 EVLA 望远镜的灵敏度高 50 倍，巡天速度高 1 万倍。

SKA 工程选址位于南非和澳大利亚，总部设在英国，并将在各大洲设科学分中心。为便于 SKA 的研发建设，由中、英、澳等 7 个国家成立了平方公里阵列天文台（SKAO）。SKAO 目前有 11 个成员国。

据介绍，SKA 项目有包含基础建设等在内的 11 个工作包，中国电科、中科院、清华大学等单位参加了其中 6 个工作包的研发。项目建设将分为两个阶段：SKA1 为试观测阶段，该阶段项目总投入高达 6.5 亿欧元左右，包含 133 个天线制作，其目的是为 SKA2 阶段奠定工程技术、经费和科学观测基础；

SKA2 阶段将进入大批量生产阶段，大约包含 2 000 ～ 3 000 个天线。

"在 SKA 项目的 11 个工作包里，天线工作包是其中最主要、最核心的部分，15 米口径反射面天线的单价在 100 万欧元左右，其资金占项目总投入的 20% 以上。"杜彪说。据悉，天线设计方案通过以后，五十四所计划到 2017 年研发并制造出一个 15 米口径的双偏置格利高利天线正样样机，为进入 SKA1 阶段正式建造天线打好基础。

杜彪介绍，2014 年，团队在 8 个月的时间里，设计并制造出了 SKA 天线的概念样机 dvac（SKA 中国验证天线），得到了国际同行的好评。其中，面形精度小于 1 毫米的 18 米 ×15 米碳纤维整体成型主反射面面板的成功研制，使我国成为国际上仅有的掌握这种创新技术的两个国家之一。

2015-11-23

吴以岭团队：理论原创脉络学说破解微血管病变难题

2020年1月10日上午，国家科学技术奖励大会在北京隆重举行，由中国工程院院士吴以岭为第一完成人、以岭药业子公司河北以岭医药研究院为第一完成单位的"中医脉络学说构建及其指导微血管病变防治"项目荣获2019年度国家科学技术进步奖一等奖。据悉，这是医药卫生界本年度唯一获得国家科学技术进步奖一等奖的项目。

"多年来课题组围绕微血管病变国际难题，依托两项国家"973计划"项目，分别从理论、机制、临床3个方面开展研究并取得了突破。"吴以岭介绍，该项目从理论方面系统构建了脉络学说，属重大理论原创；从机制方面，发现了微血管病变是心脑血管病、糖尿病肾病病变的共性机制，而通络治疗微血管病变的核心机制则是保护微血管内皮细胞；从临床方面，通过循证医学研究解决临床重大难题。

河北省科技厅副厅长郭玉明表示，该项目首次构建脉络学说，属中医药学术研究原创成果，取得中医药治疗血管病变重大突破，解决了急性心梗无再流、心功能不全伴室早临床难题，填补窦缓伴室早快慢兼治药物智力空白，明显改善慢性心衰临床疗效，显著提升了心脑糖肾临床重大疾病防治水平，为"全民健康"总目标的实现奠定了良好的基础。尤其是促进了河北省乃至我国科技创新成果的转化能力，有力推动了中医药事业高质量传承、创新和发展，更好地为人类健康服务。

国家"973计划"项目验收专家组的意见认为，该研究创立了"理论＋临床＋新药＋实验＋循证"一体化的中医学术创新与转化新模式，中医传统理论创新与现代科学技术相结合，产生重大原创成果，为中医药传承与创新发展作出了示范。

围绕心脑血管病的 40 年络病学研究

"当今，心脑血管病、糖尿病肾病等重大疾病正严重危害人类健康和生命。"课题组成员、河北以岭医药研究院副院长魏聪给《中国科学报》记者提供了这样一组调查数据：最新出版的《中国心血管病报告》和《中国脑卒中防治报告》显示：目前大约有 2.9 亿心血管患者，每 10 秒有 1 人死于心血管病；我国每 5 位死亡者中至少 1 位死于脑血管病，40 岁以上脑卒中患者人数为 1 242 万，每年有 196 万人因脑卒中死亡；有 1.14 亿糖尿病患者，糖尿病肾病患病率达 30% ～ 50%。

微血管病变被认为是上述重大疾病临床疗效难以提高的关键因素。然而，因其机制不清、疗效不定、证据不足等，多年来国内外学者始终未有突破性进展。微血管病已成为国际医学界至今尚未突破的难题，急需中医理论创新开辟有效治疗新途径。

吴以岭说，常见的脉络病变涵盖了心脑血管病、心律失常、慢性心力衰竭及糖尿病血管并发症等严重危害人类健康的重大疾病。

"久病入络，病程较长、疼痛反复发作、迁延难愈的一类疾病归为络病，包括胸痹、中风、癥积、消渴等，涵盖心脑血管病、肿瘤、糖尿病等重大疾病。新病入络，常见于外感温热病引起的脏器损伤。"吴以岭介绍，"经""络"源于古代水利学概念，经是人体中运行气血的主干，络是从主干分流而出，如同灌溉田间的沟渠。经脉、经络、络脉、络病，整个理论基础源自《黄帝内经》。

吴以岭进一步介绍，脉络学说——基于中医学"脉"在解剖形态上与西医学血管具有同一性，运行血液的脉相当于人体的大血管，从脉主干依次分出、逐层细分的"脉络"则相当于从大血管依次分出的中小血管、微血管，乃至微循环。脉络学说即是研究上述脉络病的发病规律、基本病理、临床证候、辨证治疗的系统理论，对心脑血管病、心律失常、慢性心力衰竭及糖尿病血管并发症等严重危害人类健康的重大难治性疾病的防治具有重要指导价值。

据了解，吴以岭 1979 年在南京中医药大学读研究生期间就接触了络脉、络病的课题。20 世纪 80 年代初，他创新研发了治疗心脑血管疾病的处方——通心络胶囊。

历经了 40 年的不懈努力，吴以岭带领课题组承担国家级、省部级课题 30 余项，围绕络病理论传承创新临床重大疾病诊治规律、中医新药研发关键技术等方面开展深入研究，成果丰硕。

如今，河北以岭医院心血管病科被确定为国家中医药管理局重点学科和优势学科，被列为原卫生部国家临床重点专科、国家中医药管理局区域诊疗中心，还与中国医学科学院阜外医院合作建立国家中医药管理局重大疑难疾病中西医协作试点。脉络学说相关内容列入"十三五"规划教材《中医内科学》和人民卫生出版社《中西结合神经病学》，通络药物列入《中西医结合内科学》和第9版西医《内科学》教材中，同时在全国40家高校开课。

2005—2015年，国家中医药管理局络病重点研究室、络病理论与创新中药研究国家重点实验室先后获批成立。此外，吴以岭主编的《脉络论》获中华中医药学会学术著作奖一等奖，"脉络学说构建及其指导血管病变防治基础研究"获中华中医药学会科学技术奖一等奖。通络中药先后荣获包括1项国家技术发明奖二等奖、4项国家科技进步奖二等奖等在内的30余项国家级、省部级科技奖励。

脉络学说开辟微血管病变有效防治新途径

2019年11月25日，在"2019中国中药品牌建设大会"上，中医脉络学说指导治疗心脑血管病的中药新药——通心络胶囊获评临床价值中成药品牌产品。

经过多年的研究探索实践，"中医脉络学说构建及其指导微血管病变防治"项目创立了"理论＋临床＋新药＋实验＋循证"一体化中医学术创新与转化新模式。

从承担国家中医药管理局课题——"络病理论及其应用研究"，首次形成系统络病理论，为络病学学科建立奠定理论基础，系统构建络病研究三大理论框架——"络病证治""脉络学说"和"气络学说"以来，吴以岭带领团队先后承担国家"973计划"、国家"863计划"、国家"十五"攻关计划、国家自然科学基金、国家重点研发计划等国家级、省部级课题30余项。

2005—2010年，吴以岭团队开展了国家"973计划"项目——脉络学说构建及其指导血管病变防治基础研究；2011—2016年又进行了国家"973计划"项目——基于心脑血管病变的脉络学说理论研究。

2019年初，络病研究团队骨干成员、河北以岭医药研究院院长贾振华教授领衔的国家重点研发计划——"脉络学说营卫理论指导系统干预心血管事件链研究"项目正式启动，该项目是对已完成的以上两项国家"973 计划"项目研究的进一步深化与发展。项目由河北以岭医药研究院、中国医学科学院阜外医院、南京医科大学第一附属医院、武汉大学人民医院、中国人民解放军总医院、复旦大学附属华山医院、河北医科大学、首都医科大学、复旦大学附属中山医院共同参与。

吴以岭介绍，两个"973 计划"项目构建起一个新的理论学说——脉络学说。"脉"，中医叫血脉，就是西医解剖学上的血管。脉络就是血管的分支。按照古代文献记载，末端的孙络有 160 多亿根，包括了微血管、微循环层次。把脉络学说构建起来，又提出了脉络学说的核心理论——营卫理论，建立了它的临床辨证、诊断标准，把整个临床调营卫气血的用药规律总结出来，形成一个指导临床的系统理论，特别是为指导心脑血管病、糖尿病肾病这些重大疾病的临床治疗开辟了一个新的途径。

"我们发现治疗缺血性心脑血管病的通心络胶囊，对微血管的保护具有非常大的优势。治疗心律失常的参松养心胶囊则能改善微循环。治疗慢性心衰的芪苈强心胶囊，同样保护微循环。"吴以岭介绍，课题组采用既往研究的这 3 个中成药，围绕其保护微血管的机制、微血管的发病规律以及它们的作用和相应机制等进行了深入研究。

据悉，吴以岭团队的 10 多个课题组从 2005 年开始潜心研究，对 3.3 万多条研究数据进行分析。课题组专门有一个数学数据分析专家，建立数学公式进行分析，最终揭示出微血管病变存在一个以微血管内皮细胞为核心和启动因素，血液成分、神经体液调节共同参与心、脑、肾这些脏器细胞结构功能损伤的多维时空、动态演变的复杂网络病变规律。

"这个规律的揭示非常重要，使我们对微血管的认识上升到一个全新的高度。"吴以岭说。

吴以岭认为，全球对微血管的干预效果不佳，往往是单靶点的干预，解决不了复杂的问题。

"我们围绕复杂网络病变规律，进一步揭示了它的微观病理特征，提出了微血管病变存在的绌急、疏失、淤阻、滋生等 4 类微观病理特征，基于这 4 类微观病理特征，受损伤的不同脏器在临床上就表现出不同的重大疾病，包括高血压、缺血性心脑血管病、糖尿病的微血管病变等。"吴以岭介绍，课题组进一步提出微血管病变导致的组织血流灌注不足是引起这些临床重大疾病的一个关键因素。在治疗上，通过对通心络胶囊、参松养心胶囊、芪苈强心胶囊 3 个通络治疗心血管疾病的药物进行实验，证实了保护微血管就是治疗临床心血管包括冠心病、心梗、脑梗和糖尿病、肾病在内的这些临床重大疾病的关键机制。因为保护了微血管，就改善了心、脑、肾微循环的组织血流灌注，从而减轻了临床的病情。

据悉，微血管的结构、功能和大的血管不一样，后者有血管外膜、平滑肌、内膜，内膜是单层排列的内皮细胞。但是到了微血管，特别是微循环毛细血管，就是单纯的内皮细胞排列。在第二个"973计划"项目中，吴以岭带领课题组聚焦于3个通络药物能否保护内皮细胞的研究。

"如果能保护微血管内皮细胞，说明它们能保护微血管。聚焦在这一点，我们大量的实验数据证实，通络药物对微血管内皮细胞有非常好的保护作用，不仅保护了其结构的完整性，也调节了分泌功能。"吴以岭说，保护微血管内皮细胞，使微血管的完整性得到了保护，组织的血流得到了有效的改善，微血管内皮细胞本身又是全身最大的内分泌器官，它分泌的这些细胞因子、信号，影响了组织细胞，给组织细胞创造了一个好的生存环境，由于血流灌注，组织细胞得到改善，脏器功能最后也得到了改善，从而使心血管、脑血管、糖尿病、肾病这些重大疾病有了一个新的有效治疗途径。

魏聪告诉《中国科学报》记者，课题组通过对11个城市3 469例临床进行调查，建立了"脉-血管系统病"辨证诊断标准，揭示共性发病机制，并分析了汉代至近代2 487首方剂有关"调营卫气血"的用药规律，基于中西医解剖和功能认识，提出"孙络-微血管"概念。利用智能化模式识别等数学分析方法，揭示微血管病变多维时空、动态演变的复杂网络病变规律；利用动态可视化技术揭示"孙络-微血管"微观病理特征——绌急、疏失、淤阻、滋生，通络干预有效改善微血管病变。

贾振华介绍，除了"首次系统构建脉络学说，提出核心内容——营卫理论，建立脉络-血管系统病辨证标准，摸索出调营卫气血治疗用药规律，属重大理论"这个创新点外，"中医脉络学说构建及其指导微血管病变防治"研究成果还包括另外两个创新点：一是脉络学说指导微血管病变系列机制研究——揭示营气与血管内皮细胞、卫气与血管外膜及神经体液调节功能的相关性，揭示"孙络-微血管"多维时空、动态演变的复杂网络病变规律，揭示通络改善微血管血流灌注、保护组织细胞、改善脏器功能是治疗心脑血管病、糖尿病、肾病重大疾病共性机制，治疗微血管病变核心机制是保护微血管内皮细胞；二是以循证研究解决国际医学界重大难题——解决急性心梗无再流临床难题，为心功能不全伴室性早搏提供新药物，填补窦缓伴室性早搏快慢兼治、整合调律的药物治疗空白，明显提高慢性心衰临床疗效。

"我们的研发费每年都在增加，从 2015 年的 2.18 亿元增长至 2018 年的 3.57 亿元，占企业营业收入的比例从 6.83% 提高至 7.41%。2019 年三季度业绩报告显示，报告期内公司对研发投入进一步增加，共计实现研发支出 2.62 亿元。"魏聪介绍，以岭药业以络病理论创新带动中医药产业化，运用现代高新技术研发的创新专利中药就达 10 个，临床批件 10 多个、临床前项目 20 多个，覆盖心脑血管疾病、感冒呼吸系统疾病、肿瘤、糖尿病等重大疾病领域。其中，有 7 个产品被列入国家医保目录，6 个产品被列入国家重点新产品名录，5 个产品被列入国家基药目录，5 个产品被列入中华医学会、中国中西医结合学会等颁布的疾病诊疗指南及专家共识。

以中医药循证医学研究促进中医药国际传播

2019 年 3 月 29 日，由中国工程院院士、山东大学齐鲁医院教授张运领衔的"应用通心络干预颈动脉斑块的随机、双盲、安慰剂对照、多中心临床研究"结果在中国介入心脏病年会上公布。

此前，张运联合国内 35 家三甲医院开展的通心络胶囊干预颈动脉斑块循证医学研究，在全国 18 个省份筛选出 1 212 名颈动脉粥样硬化斑块患者作为研究对象，在临床常规治疗的基础上加用通心络胶囊，观测用药两年后双侧颈动脉内中膜厚度、斑块面积和血管重构指数等指标的变化。

"该研究标志着已在国内上市 23 年的中成药通心络胶囊首次得到国际认可。"张运表示，此项研究是国际上首个中药干预颈动脉斑块的临床循证医学研究，为中医药的国际传播提供了样本。

近年来，课题组采用完全符合国际标准的随机、双盲、安慰剂对照、多中心的循证医学临床研究方法，由权威医院、权威专家牵头，进一步验证中医药的疗效。

中国医学科学院阜外医院教授杨跃进牵头，9 家三甲医院共同参与，开展通心络胶囊治疗急性心梗无再流循证研究，得出的数据显示：通心络胶囊可改善心肌血流灌注、缩小心肌梗死面积、改善心功能，疗效提高了 20%，在解决这一国际心血管界难题上取得重大进展。

武汉大学人民医院教授黄从新牵头，30 家三甲医院参与，开展了参松养心胶囊治疗室性早搏伴心功能不全的循证研究，得出的数据表明：参松养心胶囊可明显减少室性早搏、改善心功能，为这一国际临床难题提供了新的治疗药物。

南京医科大学一附院教授李新立牵头，23家三甲医院参与，开展了芪苈强心胶囊治疗慢性心力衰竭512例循证研究，得出结论：西医国际标准化治疗＋芪苈强心胶囊，可提高16%的临床疗效。

据介绍，该项目的循证研究解决了急性心梗无再流、心律失常、慢性心力衰竭等心血管疾病领域临床难题。

通心络胶囊的循证研究，在解决国际心血管界难题上取得重大进展，因此被列入中华医学会《冠状动脉微血管疾病诊断和治疗的中国专家共识》、国家卫健委《冠心病合理用药指南》、中国老年医学会《高龄老年（≥75岁）急性冠状动脉综合征患者规范化诊疗中国专家共识》等指南共识。

参松养心胶囊治疗室性早搏伴心功能不全循证研究证实其可有效减少室早同时明显改善心功能，为这一临床难题提供了新的药物。参松养心胶囊治疗窦性心动过缓伴室性早搏循证研究证实减少室早，提高心室率，填补了快慢兼治、整合调律药物治疗空白。据此被列入卫健委《心律失常合理用药指南》及"十三五"规划教材西医学《内科学》心律失常用药。

芪苈强心胶囊治疗慢性心力衰竭临床研究证实在国际标准治疗基础上使用芪苈强心胶囊，可改善心功能，减少复合终点事件发生率。该研究结果发表于国际循环杂志《美国心脏病学会杂志》（JACC），编辑部配发评论：《让衰竭的心脏更加强劲——中国传统医学给我们的启示》，称这是一个挑战，对此应该热烈拥抱。该研究被列入JACC 2013年度学术亮点。芪苈强心胶囊被列入中华医学会《中国心力衰竭诊断和治疗指南》《中国扩张型心肌病诊断和治疗指南》。

据了解，随着中医药循证医学研究的不断深入，越来越多的络病学国际合作相继开展：美国杜克大学以及韩国、越南、新加坡等国家医疗机构已经加入国家重点研发计划"脉络学说营卫理论指导系统干预心血管事件链研究"项目中；与美国得克萨斯州贝勒医学院合作开展的"通心络对心血管系统的保护作用及分子机制研究"课题，以及与美国杰克逊实验室合作开展的"中药肌萎灵冻干粉质量及作用机制研究"课题，均被列入科技部国际科技合作计划；与荷兰莱顿大学合作的"复方中药芪苈强心胶囊治疗慢性心力衰竭联合研究"被列入河北省科技厅重点研发计划国际科技合作专项，并围绕心血管疾病、传染性疾病等领域开展合作。此外，"密西西比大学－以岭天然药物研究院"将围绕中医药临床中心、药代检测、新产品研发等开展深入合作。

"中医药是一个有机整体，中医的发展离不开中药，理论发展要靠中药治疗疾病。理论创新必须依托处方用药，最终以临床疗效来评价。这就是中药的学科规律。回顾 2 000 多年中医药的学术发展，一直是学术理论创新带动着中药和处方的创新和发展。几十年来，我国中医药缺乏基础理论的重大创新，成为中医药发展的一个瓶颈。'中医脉络学说构建及其指导微血管病变防治'项目荣获 2019 年度国家科学技术进步奖一等奖。同时也是医药卫生界该年度唯一获得国家科学技术进步奖一等奖的项目，这说明中医药的传承创新大有前途，中医的基础理论创新前景非常广阔。"吴以岭表示，此次中医药获得国家科学技术进步奖一等奖令中医界人士备受鼓舞，它能够引领研究者更注重中医学术理论的创新，补上这个短板，并可通过中医学术理论创新，提高中药的医疗服务能力，创造更多的特色专科。同时，可通过临床有效处方的研究，促进新药的研发，使之产业化、国际化，为中药的发展作出重大贡献！

2020-01-13

袁隆平团队培育的超级杂交稻品种再创纪录

记者 10 月 29 日从河北省科技厅获悉，袁隆平及其团队培育的超级杂交稻品种"湘两优 900（超优千号）"再创亩产纪录：经第三方专家在河北省硅谷农科院超级杂交稻示范基地测产，该品种的水稻在试验田内亩产 1 203.36 千克，比去年增 54.43 千克。

此次测产经国家杂交水稻工程技术研究中心、河北省硅谷农业科学研究院和河北硅谷肥业有限公司申请，由河北省科学技术厅组织，邀请华中农业大学、河北省农林科学院等单位的 5 名专家组成专家组，在超级杂交稻示范基地 150 亩试验田现场考察的基础上，随机抽取了 3 块土地（面积分别为 1.15 亩、1.13 亩、1.11 亩，合计为 3.39 亩），进行人工收割、机器脱粒、实打实收后，经除杂、称重等，最终评测结果为平均亩产 1 203.36 千克。

"好的种子、好的肥料、好的管理是连续高产的基础。"此次测产的专家组组长、华中农业大学资源与环境学院教授涂书新说，2018 年该试验田科学增加了种植密度，从而创造了新的纪录。

河北省硅谷农科院超级杂交稻示范基地位于河北省邯郸市永年区，该地区多年平均降水量为 527.8 毫米，有 60% 以上的降水集中在汛期，全年无霜期 200 天以上。2017 年，"湘两优 900"水稻在试验田内亩产 1 149.02 千克，其中一块地的亩产产量最高，达到 1 181 千克，创造了当年世界水稻单产的最新、最高纪录。当时袁隆平曾亲临测产现场。

2017-10-18

钟南山团队在国际期刊发表
中药治疗新冠新成果

记者 5 月 23 日从广州医科大学附属第一医院获悉，中国工程院院士钟南山科研团队开展的中药治疗新冠肺炎前瞻性、随机、对照、多中心临床研究，近日发表于《植物医学》。据悉，这是目前首个发表于国际期刊的中药前瞻性、随机、对照、多中心临床研究。

国家科技部启动防治新冠药物筛选的重大科研专项后，钟南山团队成为担负此项任务的重点团队之一，他带领团队从老药新用和中药筛选两个角度进行科研攻关。为找寻和验证哪些中药对此次新冠疫情防控有效，钟南山团队对 40 余种中成药和中药方剂进行筛选，证实了连花清瘟胶囊等中药对新冠病毒感染引起的细胞病变具有良好的抑制作用，具有抑制新冠病毒活性、减少病毒含量的作用，并能显著抑制炎症因子过度表达。该研究发表在《药理学研究》期刊，为临床试验研究的开展奠定了重要理论基础。

据了解，该研究在全国定点收治新冠肺炎的 20 余家医院展开，共收集了符合研究方案的 284 例病例。入选患者被随机分为治疗组和对照组（常规治疗组），参照《新型冠状病毒肺炎诊疗方案（试行第四版）》，治疗组治疗方案为：常规治疗 + 连花清瘟胶囊 4 粒 / 次，3 次 / 日（或颗粒 1 袋 / 次，3 次 / 日），治疗周期 14 天。试验数据经过第三方专业统计分析，结果显示：经过连花清瘟治疗组治疗 14 天后，主要临床症状（发热、乏力、咳嗽）治愈率较对照组显著提高，在治疗第 7 天达 57.7%，治疗第 10 天达 80.3%，治疗第 14 天更是达到了 91.5%。发热、乏力、咳嗽单项症状持续的时间也明显缩短，连花清瘟治疗还明显提高了肺部 CT 影像学异常的改善率，提高了总体临床治愈率。从降低转重型患者的比例方面分析，连花清瘟胶囊治疗组比对照组明显更低（连花清瘟治疗组：2.1%；对照组：4.2%）。在本临床试验中，连花清瘟胶囊在提高新冠病毒核酸检测转阴率和缩短转阴时间方面与对照组（常规治疗组）对比虽然显示出一定优势，但差异尚未达到统计学意义。研究中出现的不良事件以轻至中度为主，且两组之间没有明显差别，研究中未出现与研究药物相关的严重不良事件。

上述系列发现表明，在常规治疗基础上联合应用连花清瘟胶囊14天可显著提高新冠肺炎发热、乏力、咳嗽等临床症状的改善率，明显改善肺部影像学病变，缩短症状的持续时间，提高临床治愈率，遏制新冠病情恶化，而且安全性较高。

2020-05-23

5 倍！金刚石断裂韧性与铝合金相当

　　燕山大学亚稳材料制备技术与科学国家重点实验室教授田永君的团队及北京航空航天大学化学学院教授郭林的团队等合作，成功截获了多种金刚石多型体，并制备出韧性优异的多级结构金刚石复合材料，将纳米孪晶金刚石断裂韧性提高至人工合成金刚石断裂韧性的 5 倍。相关研究成果近日在线发表于《自然》。

　　金刚石是已知材料中脆性最大的无机晶体材料。如何协同提高其硬度和韧性一直是材料科学研究面临的重要挑战之一。燕山大学团队的前期研究已经证实，通过显微组织的纳米孪晶化可以协同提高金刚石的硬度和韧性：在维氏硬度提高到 200 吉帕的同时，断裂韧性能够提高到与硬质合金相当的水平。

　　燕山大学与北京航空航天大学等单位合作提出金刚石增韧的新思路。通过组织调控，该团队制备出一种具有多级结构特征的金刚石复合材料。该材料由金刚石多型体、交织的 3C 金刚石纳米孪晶和互锁的金刚石纳米晶粒分级组装而成。这种组织实现了纳米孪晶增韧、叠层复合增韧和相变增韧的协同，在保持 200 吉帕维氏硬度的情况下，将纳米孪晶金刚石的断裂韧性再次提高到 26.6 MPa·m$^{1/2}$。该值约为人工合成金刚石断裂韧性的 5 倍，已高于镁合金且与铝合金相当。

　　该项研究不仅证实了 2H、4H、9R 和 15R 四种 sp3 杂化金刚石多型体的存在，而且发现的协同增韧机制为发展高韧性超硬材料和工程陶瓷提供了新的途径。

2020-06-22

直径 5 英寸 CVD 金刚石窗口制备技术

跻身国际行列

近日，《中国科学报》记者从河北省激光研究所获悉，该所研究的直径 5 英寸 CVD（化学气相沉积）金刚石窗口制备技术再上新台阶，其产品厚度达到 1 毫米，比之前的 0.7 毫米高出 0.3 毫米。该所所长孙振路表示，这标志着我国 915 兆赫、75 千瓦的微波 CVD 金刚石设备基本成熟，实现了比肩国外先进水平的目标。

据了解，CVD 金刚石膜研究已有 30 余年的历史，不断有新的亮点和研究方向出现。纳米（NCD）和超纳米（UNCD）金刚石膜及相关应用研究将在相当长一段时间内是国内 CVD 金刚石膜研究的热点之一。

"基于金刚石膜的 SOD、SAW、行波管和其他高功率器件，光学窗口（球罩）等高技术应用有可能得到更大的重视，并在未来 5 ～ 10 年内获得实际应用，形成小规模的市场。"河北省激光研究所技术人员姜龙举例说，随着 5G 时代的来临，高频大功率微波器件的散热问题越来越突出，而金刚石的热导率是常用硅材料的 15 倍，采用 CVD 金刚石作为衬底的器件优势非常明显。河北省激光研究所已经和国内多个研究所合作，进行了此方面的研究工作，取得了良好的开端。

隶属于河北省科学院的河北省激光研究所，从 1992 年开始从事 CVD 金刚石制备技术的相关研究，先后承担了"八五""九五""十五"期间的国家"863 计划"项目（和北京科技大学共同承担），以及多项河北省科技支撑计划、河北省自然基金等，研发出独具特色的直流电弧等离子体喷射 CVD 金刚石设备及工艺，相关科技成果获河北省科技进步奖一等奖 1 项、二等奖 2 项、三等奖 4 项，专利授权 8 项。

姜龙介绍，近年来他们分别和中科院上海应用物理研究所、中科院高能物理研究所合作，实现了 CVD 金刚石荧光靶成功应用于国家大科学工程"上海光源"中，CVD 单晶金刚石高压窗口应用于 X 射线小角散射测试线；与中科院上海技术物理研究所合作，CVD 金刚石成功应用于型号卫星载荷的探测窗口；与中科院大连化物所合作，CVD 金刚石热沉应用于碟片激光器晶体散热。

为发展 CVD 金刚石在光学、电子学等领域的应用，该所项目组和北京科技大学教授唐伟忠合作开发微波 CVD 金刚石沉积技术，验证了多种谐振腔的高功率 2.45 吉赫微波 CVD 金刚石设备，建成了国内首台 915 兆赫、75 千瓦微波 CVD 金刚石设备。目前，直径 2 英寸的多晶 CVD 金刚石窗口已经进入中试阶段，直径 5 英寸的多晶 CVD 金刚石窗口也已经制备出样品。以 2.45 吉赫设备为基础，项目组还进行了同质外延单晶 CVD 金刚石的研究，主要应用于探测器、电子器件和珠宝等领域，目前已经取得了可喜的进展。

"CVD 金刚石在先进科研、航空航天、大科学装置等领域有广泛的应用，甚至是唯一的选择，例如研究核聚变的托卡马克装置上，大功率微波的馈入窗口只能选择多晶 CVD 金刚石。"孙振路表示，河北省激光研究所研究团队和上海及北京同步辐射光源进行了多项合作，已经成功研制了 CVD 金刚石荧光靶探测器、刀片探测器，正在进行 X 射线位置探测器、X 射线窗口、红外窗口的研发；金刚石已经成功在卫星扩热板、遥感卫星窗口、相控阵雷达收发模块上成功应用。

孙振路介绍，项目组研发的 915 兆赫微波 CVD 金刚石设备及 5 英寸 CVD 金刚石制备技术目前在国内尚未见报道，具有较大的技术优势。

据悉，在多年研发的基础上，河北省激光研究所项目组在石家庄市平山县建立占地 30 亩的产业化基地，基础条件完善，一期工程共有直流电弧等离子体喷射 CVD 金刚石设备 60 多台，产业化规模行业内领先。目前 4 000 平方米的二期工程正在建设中，将为科研成果的转化提供更好的条件。

2019-12-05

279

中外学者揭示被子植物早期进化关系

被子植物是地球上种类最繁多的植物类群，其产生和分化是陆生植物发展的重要阶段，但是它们早期分化的系统发育关系仍然不清楚，并缺乏完整的基因组以厘清其进化关系。目前，四川大学、兰州大学、华北理工大学以及美国哈佛大学的研究人员合作，揭示了被子植物早期进化，相关论文于2月25日刊登于《自然·植物》。

该论文的通讯作者之一、华北理工大学教授王希胤告诉《中国科学报》记者，研究团队对两种水生植物——多刺的芡实和坚硬的金鱼藻，进行了基因组测序，装配出染色体水平的基因组序列，通过与其他代表性陆生植物基因组进行深入比较分析，揭示了被子植物生命之树的关键部分。

"共发现5个主要进化枝，即睡莲、木兰、单子叶植物、松果体和双子叶植物，都经历了独立的多倍化事件。"王希胤介绍，分析表明无油樟和睡莲是其他所有被子植物的姐妹群。这些基因组帮助阐明了包含约35万物种的核心被子植物中的主要分枝关系，并推断金鱼藻是双子叶植物的姐妹群。

专家表示，被子植物是人类大部分食物的来源，该项研究对认识被子植物起源和早期进化史作出了重要贡献。

2020-02-26

"北京方案"开启细胞免疫治疗的中国之路

2019 年 8 月 24 日上午，北京大学基础医学院免疫学系特聘教授、贝赛尔特（北京）生物技术有限公司董事长许中伟在北京宣布，其团队与北京大学人民医院血液所教授黄晓军团队合作共同创立的 HLA 半相合异体 CAR-T 免疫细胞治疗，成功救治的急性淋巴细胞白血病（ALL）儿童佳佳（化名），至今治愈已 3 年。这也是中国首例单纯以 HLA- 半相合异体 CAR-T 治疗的白血病患儿无癌生存时间最久的案例。

CAR-T 的专业名称是嵌合抗原受体 T 细胞免疫疗法。目前，CAR-T 治疗主要是以自体 CAR-T 细胞治疗为主，基本过程是采集患者自己的外周血，分离 T 细胞，并完成 CAR-T 细胞的制备和回输。

世界上第一位"吃" CAR-T 细胞免疫疗法"螃蟹"的小女孩叫艾米莉（Emily），她 5 岁（2010 年）时不幸被诊断出急性淋巴细胞白血病。她在进行首轮化疗时受到感染，差点失去双腿。后来在做骨髓移植手术的等待期间，她的病情再度复发，传统医学已经没有办法治疗和施救了。

幸运的是，此时，美国宾夕法尼亚大学终身教授、美国科学院院士 Carl June 教授和他的团队研究出一种免疫细胞疗法——CAR-T。艾米莉的家人决定"赌一把"。当医务人员将 CAR-T 免疫细胞回输给艾米莉后，令人不可思议的事情发生了，大量免疫细胞"特种兵"剿杀了她体内的癌细胞，至今她的生存期已超过 7 年。

"尽管艾米莉出现了严重的副作用，但目前医生在其体内没有检测到癌细胞，这无疑是急性淋巴白血病治疗历史上的一个奇迹。"许中伟当年亲自参与了这名儿童的治疗，作为 CAR-T 细胞药物的设计和开发的主要研究人员，感到无比自豪。

2016 年，回国后的许中伟带领团队与北京大学人民医院血液病研究所黄晓军教授团队合作，在国际上开创性地开展了 HLA 单倍体半相合的异体

CAR-T 疗法，解决了异体 CAR-T 供体难求的现实问题。此方法被业内称为异体 CAR-T 治疗的"北京方案"，也使我国异体 CAR-T 技术走在了国际前列。

据黄晓军介绍，"北京方案"在异体 CAR-T 治疗上另辟蹊径，不需要进行基因编辑，不需要细胞的冻存及复苏，只要患者有可以提供 T 细胞的健康的父母、儿女或者兄弟姐妹，就可以进行 CAR-T 治疗，无须抽自己的血制备细胞。此外，适度的移植物抗白血病效应的存在，还可增强杀灭肿瘤细胞的效果。

"3 年前，佳佳被确诊为急性淋巴细胞白血病，之后他经历了化疗、骨髓移植等一系列治疗后再次复发。绝望之际，我们得知许教授团队和北大人民医院血液病研究所联合进行 CAR-T 临床试验研究，便立即来京求治。"佳佳的母亲说。

经过多次探讨治疗方案，许中伟与黄晓军决定采用 HLA- 半相合异体 CAR-T 治疗该患儿。2016 年 8 月，佳佳接受一次性细胞免疫治疗，4 周后进行分子生物学及形态学检查，白血病痊愈，骨髓达到完全缓解状态。

"3 年来，他定期复查，期间未做其他的抗白血病治疗，检查显示白血病细胞已经消失。"8 月 24 日上午，在北京中关村生命科学园举办的"庆祝白血病患儿佳佳治愈 3 周年"活动中，佳佳的主治医生、北大人民医院血液病研究所程翼飞表示，这标志着佳佳的白血病获得临床治愈。

不过，在许中伟看来，中国男孩佳佳和美国女孩艾米莉虽然都被临床治愈，但二者还是有所不同。佳佳是异体 CAR-T 治疗，且是非基因编辑的异体 CAR-T 治疗，这在国际上是一个创新。

据了解，异体 CAR-T 细胞治疗可分为有基因编辑的 CAR-T 细胞和无基因编辑的 CAR-T 细胞，二者都是从健康供者身体采集血液分离出免疫 T 细胞。经过基因工程技术的改造，T 细胞成为能识别并杀灭肿瘤的 CAR-T 细胞，在扩增培养后被输回患者体内，达到治疗的效果。

"CAR-T 疗法不仅可以治疗肿瘤、艾滋病，还可以运用在自身免疫疾病的治疗，甚至器官移植中。"黄晓军说，艾滋病的治疗与肿瘤治疗的道理相同，只是肿瘤是自身产生的，而艾滋病病毒是外来入侵的，尽管靶点不一样，但识别方法是一样的。可以根据不同病种，采取不同的方法，最终目的是治疗疾病。

采访中，记者了解到，除了与北京大学人民医院的合作，许中伟团队还与北京儿童医院、北京陆道培医院、北京京都儿童医院等医疗单位开展合作，探索不同靶点和不同技术路线的异体 CAR-T 治疗方案，为 CAR-T 治疗开辟新的方法。其中，在与北京陆道培医院和北京儿童医院进行的 HLA- 半相合异体 CAR-T 治疗中，临床试验多例病人，完全缓解率已达 90% 以上，包括罕见的白血病心肌转移的病人。

许中伟认为，随着取材及应用范围更广的异体 CAR-T "北京方案" 在临床上获得认可，我国在异体 CAR-T 治疗领域已走到国际前列，这标志着细胞免疫治疗的 "中国化" 之路已经开启。

2019-08-26

国际络病学大会：中医药与现代医学
真实世界的碰撞

2016 年 2 月 27 日，第十二届国际络病学大会在上海召开，这次会议落实了李克强总理主持召开的国务院常务会精神"探索运用现代技术和产业模式加快中医药发展"，是一次中医药与现代医学真实世界的碰撞。

真实世界研究是临床试验和药品上市后再评价药物疗效的一种现代医学研究新方法，完全针对实际用药情况，通过大量病例观察临床疗效及可能存在的不良反应，真实地收集药品安全性和有效性信息，客观，科学，真实。

通络药真实世界研究取得突破

在这次会议上，上海长征医院吴宗贵教授介绍了自 2013 年启动的中药通心络胶囊治疗心绞痛真实世界研究概况，该研究在全国 28 个地区、1 000 家医院开展 50 000 例研究，一个中药开展范围如此之广、牵涉医院之多的真实世界研究在我国实属罕见。从已经完成的 23 340 例患者分析结果来看，在基础治疗之上加用通心络胶囊，缓解心绞痛的疗效提高了 25.3%，缓解胸闷的疗效提高了 28.3%，充分显示出通心络治疗冠心病心绞痛的良好疗效，应该说这是客观、科学的真实世界研究结果，这一结果为心绞痛的治疗找到了更为精准的方法。

心绞痛在许多情况下是由于冠状动脉痉挛引起的，正是因为对心绞痛治疗的确切疗效，通心络于 2015 年入选中华医学会心血管病分会《冠状动脉痉挛性疾病的诊断与治疗中国专家共识》。中国医科大学附属第一医院曾定尹教授指出，通心络防治冠状动脉痉挛进而治疗心绞痛的内在机制是通过两种机制实现的，内膜参与机制是调节一氧化氮 / 内皮素 -1（ET-1）平衡，外膜参与机制是抑制 Rho 激酶活性，多途径、多靶点缓解冠状动脉痉挛改善变异型心绞痛的特点，使通心络成为《共识》唯一推荐的中成药。

西医专家研究中药疗效更真实

中医药是一个宝库，吸引了许多西医专家投入精力发掘中药的治疗亮点。近年来，许多西医专家采用与国际接轨的科学规范研究方法研究中药，使中药疗效更客观真实，中药在防治重大疑难病方面的价值越来越得到普遍认可。日前，由北京阜外医院副院长杨跃进教授主持的国家"973 计划"项目子课题"通络药物防治急性心肌梗死再灌注后心肌无再流的作用和机制"荣获中华中医药学会科学技术一等奖。

据杨跃进教授介绍，该课题之所以获奖，是因为进行了大量的临床与实验研究，随机、双盲、安慰剂平行对照的多中心临床循证医学研究结果证实，通心络胶囊可通过保护微血管内皮结构和功能的完整，达到改善冠脉微循环的作用；病人使用后可有效防治心梗再灌注后心肌无再流，缩小无再流面积和梗死面积，长期服用疗效确切。该研究为解决心肌无再流这一世界性难题提供了全面的思路和策略。该研究成果在国际生理学权威期刊发表，被《心血管研究》等心血管领域高影响因子杂志引用，并被高度评价为解决了冠心病微循环障碍的国际难题。

长期从事动脉粥样硬化的张运院士，10 多年前开始研究中药通心络治疗动脉粥样硬化易损斑块，于 2009 年在国际权威杂志《美国生理学杂志》发表论文，表明通心络能够靶向稳定易损斑块。编辑部评论："通心络为未来可能发展为心脑血管病的高危患者点燃了希望之灯！"近期，张运院士发表在国际循环类排名第二的权威杂志《欧洲心脏杂志》的一项基础研究表明，我国传统中药复方制剂通心络可抑制斑块内炎症性血管新生，增强斑块稳定性，为动脉粥样硬化斑块的靶向治疗带来了新的启示。

通络药物研究方兴未艾

近年来以中医络病理论为指导，心血管、肿瘤、呼吸系统、神经内分泌等重大疾病领域不断取得突破，研发出一批国家专利新药，包括通心络胶囊、参松养心胶囊、芪苈强心胶囊、津力达颗粒、养正消积胶囊和连花清瘟胶囊等。

为了进一步验证这些通络药物的临床疗效，相关学者开展了一系列现代循证医学研究。其中，芪苈强心胶囊治疗慢性心衰临床循证研究结果发表在《美国心脏病学会杂志》，编辑部配发题目为"让衰竭的心脏更加强劲——中国传统医学给我们的启示"的评论，引起国际医学界的关注；参松养心胶囊经过5项循证医学证实可整合调节、快慢兼治心律失常；2015年12月在络病理论指导下研制的连花清瘟胶囊得到了美国食品与药物管理局（FDA）的批复，同意在美国进行二期临床研究，这是全球第一个进入美国FDA临床研究的大复方治感冒抗流感中药。

随着一系列络病理论研究成果的取得，国内外对通络方药开展了进一步的基因、蛋白、分子水平的实验研究，络病学研究成为海内外中西医研究的焦点与热点，更成为西方医学探寻东方医学之秘的重大课题。以岭药业与美国得克萨斯州贝勒医学院合作开展的"通心络对心血管系统的保护作用及分子机制研究"课题以及与美国杰克逊实验室合作开展的"中药肌萎灵冻干粉质量及作用机制研究"课题均被列入科技部国际科技合作计划。

十二届国际络病学大会把"传承、开放、创新、融合"作为主题。每一届国际络病学大会的召开，都为推动络病学研究带来了勃勃生机，成为中西医、中医药科研交流的平台；每一届国际络病学大会结束后，中医药与现代医学真实世界的碰撞都更加深入，络病学研究都会结出累累硕果。

2016-02-29

世界首台特高压大容量现场组装变压器
研制成功

《中国科学报》记者从保定天威保变电气股份有限公司获悉，6月30日，由该公司自行研制，具有完全自主知识产权和核心技术的世界首台单相交流特高压大容量现场组装变压器在子公司天威保变（秦皇岛）变压器有限公司顺利通过所有试验项目考核，主要技术性能指标达到国际领先水平。该产品的成功研制填补了国内技术空白，该研究成果应用后可满足国家特高压输电工程建设的急需。

该产品一次研制成功是我国变压器行业攻破整体运输1 500兆伏安/1 000千伏变压器研制难关后，再一次填补世界特高压变压器研制领域空白，标志着天威保变全面占据世界变压器行业技术最高峰。

1 500兆伏安/1 000千伏特高压交流变压器的应用能显著提高特高压变电站的经济性，并与特高压线路输送能力形成较好匹配，具有广泛的应用前景。因其超大容量、超大体积、整体充氮运输重量约470～490吨以及目前受限的运输条件，运输问题成为1 500兆伏安/1 000千伏特高压交流变压器应用急需解决的关键问题。为了使该产品能够应用于我国可能的任意一个特高压变电站，国网公司将"方便运输的特高压大容量变压器研究"列为重点科研项目，并委托天威保变开展研究。

在该科研产品研发过程中，天威保变采用了先进的设计技术，该产品采用模块化设计，变压器可实现解体运输，具有器身紧凑、运输重量小、运输成本低等优点，有效满足了交通运输受限地区特高压建设的需要。运用最先进的三维磁场计算软件，对变压器线圈以及铁心、油箱钢结构件中的漏磁和涡流损耗分布进行了详细的分析计算，运用先进的电场计算软件对变压器主纵绝缘进行了详尽的计算分析，掌握了特高压大容量变压器主纵绝缘布置、线圈漏磁分布的控制等技术，使产品具有损耗小、噪声低、体积小、抗短路能力强、无局部过热等显著优势，能保证产品长期安全稳定运行。

2014-07-02

"天蓬工程"项目在河北涿州竣工

《中国科学报》记者 11 月 21 日从中国农业大学涿州教学实验场获悉，在该实验场建设的模式动物（猪）表型与遗传研究国家重大科技基础设施项目（又被称为"天蓬工程"）近日正式通过建安工程竣工验收。

模式动物表型与遗传研究设施项目是《国家重大科技基础设施建设中长期规划（2012—2030 年）》"十二五"时期建设重点项目之一，由教育部、中科院分别作为主管部门，由中国农业大学和中科院昆明动物研究所分别在河北省涿州市和云南省昆明市建设猪和灵长类动物表型与遗传研究设施。

猪表型与遗传研究设施项目建设办负责人张树川介绍，"天蓬工程"规划建设面积为 3 万平方米，将主要聚焦心血管疾病、代谢性疾病、动物育种等重大问题的研究。目前，除了基建工程竣工外，该项目在科研方面也已经建立了稳定的基因修饰猪生产平台。制备了动脉粥样硬化、人类多囊肾、先天性心肌肥厚、人类侏儒综合征等小型猪疾病模型；创建了猪抗腹泻疾病模型，并参与非洲猪瘟抗病品种培育，取得良好进展。同时，中国农业大学发起了国际模式猪大科学计划，重点针对大设施的定位，瞄准生物医学研究的源头和国家战略核心技术，充分实现模式猪在人类医学和现代农业中的价值。

据悉，该项目将于明年投入试运行。投入使用后将成为世界首个对猪全方位、全尺度研究，整合猪资源、模型构建及异种器官移植研究的一流综合设施，形成猪模式动物标准化生产和信息精确化、自动化采集分析能力，对解答人类生命科学重大问题、保障人类健康和人民生活需求、促进生物高技术发展和转化医学研究具有重要意义。

2022-11-22

《气络论》举行首发式：中医气络学说
对重大疾病治疗具有重要价值

2018 年 3 月 17 日，由中国工程院院士、教育部和卫生部心血管重构和功能重点实验室主任张运，中国工程院院士、国医大师、天津中医药大学第一附属医院名誉院长石学敏，中国工程院院士、中国医学科学院、协和医科大学学术委员会执行委员程书钧，中国工程院院士、上海药物研究所唐希灿，中国工程院院士、络病研究与创新中药国家重点实验室主任吴以岭等院士参加的第十四届国际络病学大会在济南召开。会上，吴以岭院士发布了中医气络学说的最新科研成果，举行了由他主编，由科学技术文献出版社出版的《气络论》的首发式。

据悉，气络学说是我国中医药界近年来的重大学术创新，提出气络对人体健康至关重要，系统阐释了气络病变发生发展规律、基本病理变化、临床证候特征及辨证治疗用药，证实了该学说对重大疾病治疗的重要价值。

《气络论》是吴以岭院士亲自主笔，历经 4 年撰写完成的络病理论又一著作，全书 240 余万字，分上中下三篇，上篇为气络学说总论，中篇为常见气络病变临床治疗，下篇为气络病变治疗代表性方药研究，佐证气络学说的重要价值。气络学说研究搭建起形而上的整体思维与形而下的临床实验，既坚持中医系统思维优势，又汲取西医学等新兴学科研究的进展。值此以络病证治为学科基础，以脉络与气络为学科研究方向，开辟了络病理论指导与防治的新时代。

中医认为，人体是由多个脏腑器官有机结合组成的整体，各脏腑器官之所以能长期正常运行，共同维护人体在自然环境中的健康状态，与气络功能密切相关。气络是人体内运行经气的网络，它就像现代生活中不可缺少的"互联网"一样，时刻监控着各个脏腑器官的运行状态，在各个脏腑器官之间输送营养和信号，协调人体内环境的稳定平衡，同时还能起到"防火墙"的作用，防止外界"病毒"侵入人体。所以，气络畅通有利于人体各系统正常发挥机能，使人体保持在健康状态，以及拥有正常良好的自愈能力。

《气络论》中对神经、内分泌和免疫这三大系统的气络病变进行了重点解读。比如西医尚无特效治疗药物的运动神经元病，在气络学说看来就是因为神经系统气络亏虚，不能支配和营养周围神经和肌肉，引发的不同程度、不同部位的肌肉萎缩、无力等症状。再比如发病率日益升高的 2 型糖尿病，气络学说认为是由于脾脏络气亏虚，无法正常运送输布每天饮食摄入的营养物质，从而导致血糖升高等一系列病变。还有严重威胁现代人生命的肺癌、肝癌、胃癌等恶性肿瘤，气络学说指出其发病都是由于肺、肝、胃等脏器络气虚滞，免疫抵御功能低下，久而久之癌毒内生形成积块。此外，气络病变还可引发重症肌无力、类风湿性关节炎、强直性脊柱炎、肾病综合征等多种疾病。只有疏通气络，才能祛除各系统的病理损伤，让人体恢复健康态。

在气络学说的指导下，研制出一系列重大疾病防治代表性通络药物，其显著疗效得到大量实验研究的证实。比如治疗运动神经元病的肌萎灵系列制剂，可以保护神经元细胞，促进神经末梢的再生，增强肌力及抗疲劳作用，临床上可明显改善患者临床症状，提高患者生活质量，延长生存期。治疗 2 型糖尿病的津力达颗粒，可保护胰岛 β 细胞，改善胰岛微循环，促进胰岛素分泌，增强胰岛素敏感指数，调节糖脂代谢，改善胰岛素抵抗，延缓糖尿病并发症发生。用于初发的 2 型糖尿病患者，可起到改善胰岛功能和降低血糖作用；用于血糖控制不良的 2 型糖尿病患者，可以作为二甲双胍联合治疗药物的新选择；还能促进低胰岛素血症患者的胰岛素分泌，有效逆转糖耐量异常人群为正常血糖水平。它被列为《中国 2 型糖尿病防治指南（2017 年版）》《国际中医药糖尿病诊疗指南》《糖尿病中医药临床循证实践指南》推荐用药。治疗肿瘤的养正消积胶囊具有抗肿瘤、增效减毒、调节免疫作用，英国卡迪夫大学、北京大学肿瘤医院、山东省肿瘤医院等院校研究证实其能有效抑制肿瘤细胞的黏附、迁移，抑制肿瘤生长，抑制肿瘤血管的生成，与化疗药物合并应用具有协同增效作用，且能减轻化疗药物引起的白细胞降低、骨髓抑制等不良反应。临床上常用于中晚期肺癌、肝癌、胃癌等肿瘤患者或配合放化疗治疗，可明显改善脘腹胀满、食欲不振、形体消瘦、体倦乏力等症状，减轻放化疗不良反应，改善患者生存质量，延长生命。

2018-03-21

谷子全基因组序列图谱构建成功

近日，河北省张家口市农科院和深圳华大基因研究院等单位的科研人员成功完成了谷子全基因组序列图谱的构建，为揭示谷子抗旱节水、丰产、耐瘠和光合作用效率等生理机制的研究奠定了数据基础，并为高产优质、抗逆谷子新品种的培育提供了重要的指导意义。该研究成果于5月14日在国际期刊《自然·生物技术》上在线发表。

科研人员通过新一代测序技术对一株来自中国北方的谷子品系进行了全基因组测序和从头组装，获得了谷子的全基因组序列图谱。通过基因组注释和分析发现，谷子基因组中的重复序列约占整个基因组的46%，大约含有38 801个蛋白质编码基因。

为了检测群体变异和构建遗传图谱，研究人员对另一谷子品系进行了重测序。经过对两个父本的杂交和两年的培育，研究人员获得大量的代个体，利用这些个体的遗传信息，对遗传变异进行了检测和验证，并绘制了高精密度的遗传图谱。

谷子和水稻大约在5 000万年前开始分化，二者分化之后的基因组结构仍存在明显的共线性。在该研究中，研究人员发现谷子的2号和9号染色体分别由水稻的7号和9号、3号和10号染色体融合而成，同时发现这两次融合事件也发生在高粱的染色体中。由此，研究人员推测，这两次染色体融合事件发生在谷子和高粱分化之前。

据华大基因研究院项目负责人张耕耘博士透露，目前他们已经把谷子基因组信息添加到整个禾本科的数据库中，希望能够为谷子基因组进化的进一步研究和分析提供有价值的科研依据。

张家口市农科院谷子研究所所长赵治海表示，目前张家口市农科院培养出来的杂交谷子最高亩产达810千克。谷子全基因组序列图谱构建后，双方目前已着手谷子品种的进一步改良，计划用3～5年时间使谷子亩产量超过900千克。

2012-05-16

中外学者破译香菜基因组序列
并搭建数据共享平台

  记者从华北理工大学获悉，该校科研人员与加拿大农业与农业食品部、美国佐治亚大学的研究人员合作，解析了国际上首个香菜基因组序列，相关论文发表在《植物生物技术》期刊上。基于香菜、胡萝卜等伞形科物种基因组序列，研究人员搭建了香菜等伞形科作物多组学数据共享及分析平台（http://cgdb.bio2db.com/），相关论文于 2020 年 4 月 1 日刊登于《园艺研究》杂志。

  香菜，学名芫荽，是园艺类作物伞形科非常重要的一员，作为一种调味用的蔬菜类作物，在人们的日常生活中被广泛食用。

  "每个人含有的嗅觉基因不同，基因对醛类物质非常敏感，而香菜中含有大量的醛类物质，因此造成了人们对香菜的喜好程度大相径庭。"该论文的通讯作者、华北理工大学教授王希胤告诉《中国科学报》记者。

  香菜还具有极其重要的药用价值，美国加州大学的研究人员发现，香菜中富含十二烯醛，该物质能与钾通道的特定部分结合并打开它们，进而降低细胞的兴奋性，揭示了民间自古以来使用香菜治疗癫痫的分子机制。此外，研究表明，香菜还具有抗癌、消炎、抗真菌细菌、保护心脏以及镇痛等作用。除香菜外，伞形科还包括许多非常重要的蔬菜作物及中药材，如胡萝卜、芹菜、茴香、孜然、柴胡、当归和明党参等。

  "搭建香菜等伞形科作物多组学数据共享及分析平台，是课题组在成功破译香菜基因组后，在伞形科作物领域取得的又一重要研究成果。"王希胤告诉《中国科学报》记者，该平台整合了大部分伞形科物种的基因组、转录组和代谢组学数据，提供了多个分析工具，以方便科研人员查询、比对和下载数据。平台可供研究人员免注册使用，并且会持续更新。

  "该研究搭建的伞形科多组学数据平台具有非常重要的意义。"研究人员宋小明介绍，该平台不仅为伞形科作物的进化及比较基因组学研究提供了丰富的组学数据资源，而且也为伞形科作物的分子遗传育种提供了丰富的基因资源，具有重要的理论指导意义和应用价值。

专家表示，伞形科含有许多重要的物种，为人类提供了丰富的食材和药用成分，该研究将极大地推进伞形科作物比较基因组学和功能基因组学的研究进程。

2020-04-03

全球首个零碳研究机构在河北正式成立

2017年7月6日，《中国科学报》记者从总部位于河北保定的英利集团获悉：依托光伏材料与技术国家重点实验室、国家能源光伏技术重点实验室等国家级研发平台，由英利集团等单位发起的全球首个零碳研究机构——零碳发展研究院当天正式成立。该研究院院长、光伏材料与技术国家重点实验室主任、英利集团首席技术官宋登元表示，零碳发展研究院的成立旨在建立一个集技术研发、成果转化、技术服务、标准输出、人才培养、国际交流等于一体的高水平研究平台。

当前，《巴黎协定》成为人类共识，中国作为有责任有担当的大国主动扛起了应对全球气候变化的大旗。党的十八届五中全会提出坚持绿色发展，推动低碳循环发展，建设清洁低碳、安全高效的现代能源体系，实施近零碳排放区示范工程。此外，在雄安新区的建设规划中，特别强调要坚持生态优先、绿色发展。绿色、循环、可持续的生产、生活方式已经成为全民共识。在此背景下，零碳发展研究院应运而生。

据了解，目前零碳发展研究院设有零碳技术研究与应用中心、零碳成果孵化与转化中心、政策规划和标准研究中心、培训中心等机构，将围绕零碳能源、零碳建筑、零碳交通、零碳农业、零碳服务、零碳生活等领域，开展技术路线、技术开发、技术集成及应用研究，实施成果孵化、标准输出和产业化应用，促进零碳技术的交流与合作。

宋登元表示，零碳发展研究院将秉承发展合作的理念，引资引智，不断拓展研究领域，助力全球零碳研究事业的发展。研究院将培养各领域的专业型人才，尤其是对发展中国家相关领域的政府机关、行业组织、企业进行培训，为"一带一路"倡议沿线国家乃至全球进行人才输送。

"未来，我们将制定《巴黎协定》项下的零碳发展方向和目标，成为国际零碳研究领域的智库，成为全球'零碳、绿色、生态、共享'的代表性机构。"宋登元说。

2017-07-06

3D 打印赵州桥创吉尼斯世界纪录

《中国科学报》记者 2020 年 7 月 21 日从河北工业大学获悉，当天，该校科研团队完成的装配式混凝土 3D 打印赵州桥，成功挑战吉尼斯世界纪录，获"最长的 3D 打印桥"认证。吉尼斯认证官吴晓红为纪录创造者、该校教授马国伟及其团队颁发认证证书。

按照《纪录挑战规则》，吴晓红仔细查阅了该桥的规划方案、设计图纸、施工建造过程资料、3D 打印材料配制和用量等技术资料，听取了两位第三方见证人的陈述意见，全程参与了具有测绘勘察资质的工程师的现场测量过程，确认流程规范、合理，并确认最终测量结果，宣布该桥的实测桥长 28.1 米，净跨径为 17.94 米，"2020 年 7 月 21 日，最长的 3D 打印桥吉尼斯世界纪录称号由河北工业大学教授马国伟在中国天津挑战成功"，并为团队负责人马国伟颁发吉尼斯纪录证书。

"除了建造技术的成熟和指标参数的严谨，我们在桥梁设计上特别强调文化回归。"马国伟说，这座建在校园的桥梁，以河北赵县赵州桥为原型，配以河北工业大学桃花堤的"桃花"纹样，是对河北工业大学厚重历史的致敬，更是对"河北文化"的致敬。

吴晓红说，在认证过程中，她从专家证人那里了解到，这座桥梁净跨径 17.94 米，建造难度很高。该桥的 3D 打印技术和其他建造技术，都处于世界领先水平。"这是令我们中国人感到骄傲的一座桥！"

据悉，该装配式混凝土 3D 打印赵州桥于 2019 年 10 月在河北工业大学北辰校区落成。在该项目中，马国伟带领团队精选特种水泥基复合材料，不断优化原材料矿物化学组成、颗粒细度。最终，所选用的材料具有速凝快硬、水化放热低、早期强度高的早龄期材料特性，同时具有优异的低收缩、微膨胀、高抗裂、自修复的长期工作性能。他们还通过科学设计材料配合比，协调 3D 打印工艺参数，借助人工神经网络算法量化适用于超大尺寸 3D 打印的水泥基复合材料的流变特性参数区间，以满足赵州桥主拱的快速打印成型。

此外，该装配式混凝土 3D 打印赵州桥同时使用了内嵌式智能传感技术，应用北斗卫星、无人机等空天地一体化监测技术，以及物联网云平台集成系统，借助 5G 无线数据传输为 3D 打印赵州桥的长期监测保驾护航。此外，装配式 3D 打印赵州桥引入 BIM 虚拟仿真技术、现代化智能监测手段为传统桥梁赋予现代气息，充分实现设计新型化、材料功能化、施工虚拟化、装配模块化以及监测智能化。

2020-07-22

参松养心胶囊治疗心衰伴室性早搏研究

取得重大突破

近日，在北京召开的第二届国际中西医血管病大会上，由张伯礼院士、高润霖院士、张澍教授担任顾问，以武汉大学人民医院为组长单位，联合国内30家三甲医院历时两年完成的参松养心胶囊治疗心衰伴室性早搏的循证医学研究结果发布。

据介绍，心力衰竭是高血压、冠心病、风湿性心脏病、心肌病等各种心血管疾病的终末阶段，被称为"生命的绊脚石"。据流行病学资料统计，目前全球心衰患者的数量已经高达2 250万人，且在过去的40年中，心力衰竭导致的死亡增加了6倍。我国目前约有400万心力衰竭患者，并且70%以上心衰病人并发室性心律失常，极易发生心脏性猝死，所以心力衰竭患者5年存活率与恶性肿瘤相仿。目前使用的抗心律失常药物多数具有致心律失常副作用，甚至增加死亡率，胺碘酮疗效确切但存在严重心外脏器毒副作用，导致临床应用两难，这使得心力衰竭合并室性早搏（室早）的治疗成为一个困扰医学界的难题。

参松养心胶囊治疗心衰伴室性早搏的循证医学研究是在2008年完成的参松养心胶囊治疗心律失常1 476例研究的基础上，历时两年完成的又一项循证医学研究，该研究纳入465例患者，在慢性心衰标准化治疗基础上，治疗组加用参松养心胶囊，对照组给予安慰剂，以治疗3个月后两组患者24小时动态心电图中室性早搏次数下降率为主要评价指标。研究结果证实：加用参松养心胶囊可显著增加患者24小时动态心电图中室早次数下降率，改善心功能，增加左室射血分数，且具有良好的安全性，与对照组比较具有显著性差异。这一成果为医学界、为难治性心律失常患者筛选出了疗效确切、安全性高的治疗药物。

　　参松养心胶囊是以岭药业研制生产的科技中药，既往循证医学已经证实具有整合调节和快慢兼治心律失常作用，曾获 2009 年度国家科技进步奖二等奖。本循证医学研究系国家"973 计划"项目子课题，经国内、国际循证医学注册中心注册。本次研究把心衰伴心律失常作为研究重点，起点更高，难度更大，对于中药走向国际具有重大意义。

2014-08-10

超大口径长距离聚乙烯输水管道工程
技术国际领先

"我们开展的'超大口径长距离高密度聚乙烯输水管道工程关键技术研究与应用'科研工作，填补了国内此项技术标准空白，推动了高密度聚乙烯输水管道在我国水利工程建设行业的应用和发展。"近日，河北省水利科学研究院教授级高级工程师、水工所所长朱永涛在接受《中国科学报》记者采访时介绍，该科研成果已成功应用于南水北调配套工程——邢清干渠南宫干线工程。

2013 年开始，河北省水利厅组织河北省水利科学研究院等单位开展了"超大口径长距离高密度聚乙烯输水管道工程关键技术研究与应用"科研工作。朱永涛是该科研课题组的主要负责人。

2014 年 12 月 20 日，河北省水利厅主持召开该研究成果鉴定会。鉴定委员会认为：该成果总体上达到国际先进水平，在超大口径高密度聚乙烯输水管道公称壁厚研究方面达到国际领先水平。

国内首个长距离超大口径高密度聚乙烯输水管道

2013 年 1 月 17 日，河北省南水北调办组织会议，决定选取邢清干渠末端威县至南宫市段作为高密度聚乙烯管道施工的试验段。

"邢清干渠是南水北调配套工程的重要组成部分，承担南水北调中线总干渠向邢台市 11 个县（市）13 个供水目标的输水任务。"朱永涛介绍，管线从总干渠赞善分水口分水，输水至清河、南宫，全长 168.746 千米。

在开展"超大口径长距离高密度聚乙烯输水管道工程关键技术研究与应用"科研工作中，河北省水利科学研究院成立了由单位领导和主要技术人员组成的课题组。

据悉，当时国内标准只是对直径小于等于 1 米的给水用埋地聚乙烯管材、高密度聚乙烯缠绕结构壁管材作了相关规定，且大多数以欧美标准为依据。

"高密度聚乙烯管道国家标准处于空白阶段，管道制造、热熔熔接、铺设回填、试验检测等关键技术问题亟待解决。在施工过程中，施工单位和监理单位都因没有超大口径高密度聚乙烯管道工程技术规程发愁，不知从何下手施工和验收。"朱永涛说。

南宫干线属于邢清干渠的一部分，全长 44 千米，采用公称直径 1.2 米和公称直径 1.4 米的超大口径高密度聚乙烯输水管道，如此长距离的超大口径高密度聚乙烯输水管道在我国输水管道中应用尚属首次。

解决超大口径长距离高密度聚乙烯输水管道工程关键技术

"在开展课题工作中，我们收集了许多不同部门相关科研成果及大量的试验数据，总结了该输水管材性能指标与测试方法，对该输水管材性能有了深入了解。同时，对超大口径的此类输水管道进行了设计研究，建立了适用于超大口径高密度聚乙烯输水管道水力坡降的数据库。"朱永涛介绍，课题组总结出了一套系统的高密度聚乙烯输水管道施工技术，并提出了一套完整适用的超大口径高密度聚乙烯输水管道热熔熔接工艺参数。

在勘察施工现场过程中，课题组无意中发现超大口径高密度聚乙烯管道与钢制阀门或钢制管道连接装置。

"这个是国内比较先进的连接方法，以前没用过。"朱永涛介绍，课题组针对此连接装置研发了超大口径高密度聚乙烯输水管道与阀门的变径接头以及钢塑管道连接装置共 2 项实用新型专利技术，解决了超大口径高密度聚乙烯输水管道钢塑连接的关键技术难题。

据介绍，该课题组搜集了许多相关的管道施工技术资料和产品资料，编制了《大口径聚乙烯给水管材》《大口径聚乙烯给水管道工程技术规程》两部河北省地方标准，填补了国内外超大口径高密度聚乙烯输水管道技术标准空白，为以后类似输水工程提供了理论和技术支撑。

"课题组对南水北调配套工程高密度聚乙烯输水管道输水能力、使用寿命、经济成本和节能环保等指标进行了分析，采用原状土代替中粗砂后，大大地降低了施工投资成本。"朱永涛介绍，高密度聚乙烯输水管道低渗透、无污染、使用寿命长、节能环保，为进一步提高供水保障率与用水安全起到关键作用，将产生巨大的社会效益和环境效益。

推动高密度聚乙烯输水管道在我国水利工程建设行业的应用

"'超大口径长距离高密度聚乙烯输水管道工程关键技术研究与应用'解决了五大关键科学问题。"朱永涛告诉记者，这其中包括不同公称直径超大口径高密度聚乙烯在不同工作压力下所对应的公称壁厚和水力坡降数据库，超大口径高密度聚乙烯输水管在道管道制造、热熔熔接、铺设回填、试验检测等关键技术如何施工，超大口径高密度聚乙烯输水管道与钢制阀门或钢制管道如何实现钢塑连接，国内外超大口径高密度聚乙烯输水管道技术标准空白等。

朱永涛介绍，该研究的主要创新点为：提出了管道公称直径分别为 1.2 米至 2.5 米间 7 个数据高密度聚乙烯输水管分别在 7 种公称压力下对应的公称壁厚，建立了适用于超大口径高密度聚乙烯输水管道水力坡降数据库；提出了一套完整适用的热熔熔接工艺参数；研发了管道外径分别为 1.4 米高密度聚乙烯输水管道与公称直径 1.4 米阀门的变径接头和公称外径 1.2 米的钢塑管道连接装置。

据悉，该研究成果有力地保证了南水北调工程邢清干渠南宫干线顺利施工，解决了施工中出现的制造、连接、铺设、试验检测等关键技术问题；同时，填补了国内超大口径高密度聚乙烯新型输水管道的技术标准空白，推动了高密度聚乙烯输水管道在我国水利工程建设行业的应用和发展。

2015-05-05

大型地下水库调蓄关键技术研究达国际领先

自 2006 年开始，河北省水利厅、河北省南水北调工程建设委员会办公室组织河北省水文水资源勘测局和河北水文工程地质勘察院开展"大型地下水库调蓄关键技术及其在引江水配置中应用"科研工作。历经课题组刻苦攻关，形成了以关键技术参数为核心支撑的大型地下水库调蓄关键技术体系，并成功应用于南水北调中线工程引江水配置，该研究成果获得王浩院士、林学钰院士等业内人士的高度评价。

2012 年 1 月 17 日，河北省水利厅主持召开该研究成果鉴定会。鉴定委员会认为：该研究成果整体达到国际先进水平，其中在动水条件下大型地下调蓄关键应用技术方面达到国际领先水平。

开展大型地下水库调蓄关键技术及其在引江水配置中应用研究的必要性

"与地表水库调蓄方式相比，地下水库有调控能力强、投资少、运行风险相对较小、供水保证率较高的特点。"河北省水文水资源勘测局总工程师刘克岩介绍，地下水库占地面积少，人为影响因素少，有利于工程的快速建设和安全运行，具有地表水库调蓄不具备的优势。

刘克岩认为，地下水库位于地下，地表没有明显的标识，其管理模式和运行机制有别于地表水库，探索符合当地特点、有效实现地下水库良性循环的管理模式是地下水库研究的难点之一。

据悉，近 20 年河北省平原区由于连年超采地下水，腾空了巨大的地下水库容，客观上具备了建设地下水库的基础。能否在河北平原建立地下水库，需要进行详细的外业调查试验和科学研究，特别是解决困扰大型地下水库调蓄的地下水库选址、入渗能力、入渗场淤积、地下水库水量外泄等一系列关键技术问题。

河北水文工程地质勘察院高级工程师、副院长张增勤介绍，南水北调中线工程为河北省多年平均调水 30.39 亿立方米，这在一定程度上将缓解河北水资源供需紧张的状况。为解决来水、用水过程不一致的矛盾，提高供水保证率，需要对调进的水源进行水量调蓄、合理配置和科学管理，使引江水能够"调得进、卖得出、用得合理"。

"因此开展大型地下水库调蓄关键技术及其在引江水配置中应用研究，十分必要。"张增勤说。

解决大型地下水库调蓄关键技术

在开展"大型地下水库调蓄关键技术及其在引江水配置中应用"科研工作中，河北省水文水资源勘测局和河北水文工程地质勘察院成立了由单位领导和主要技术人员组成的联合课题组。

"工作中我们收集了近 10 年来不同部门相关科研成果及大量的实验成果，应用系统工程、水循环等理论系统性解决了大型地下水库调蓄关键技术及其在引江水配置中应用，并于 2007 年 5 月完成阶段性报告。"刘克岩介绍，该项技术确定了水库选址、库容计算、入渗能力计算、边界稳定性、分区调节、地下水库调蓄量、水资源配置、入渗场规模、管理模式等问题，提出了动水条件下大规模河道入渗方式解决入渗场中出现的淤堵问题。

为进一步深化研究成果，确保地下水库运行安全，获取和率定接近南水北调中线工程实际运行情况下的入渗能力等地下水库关键参数，定量分析水量外泄，验证动水条件下入渗方式解决入渗场淤积问题，课题组在 2009 年进行了滹沱河大型入渗试验工作。

"这个试验是迄今为止国内规模最大的入渗试验，试验场面积 1.72 平方千米，试验水量 1 820 万立方米，投资 1 100 万元，通过对入渗试验场测量勘查，入渗试验过程中水位、水质和流量监测，抽水试验及野外试验等手段取得了大量的宝贵试验数据，完成了试验之初设定的任务，为地下水库建设提供了依据和支撑。"张增勤说。

刘克岩介绍，整个项目报告在 2011 年 12 月完成。该研究成果表明，大型地下水库调蓄关键技术先进、可靠、切实可行，应用于引江水配置；在配套工程规划中可不建或少建平原地表水库，减少工程规模，节省工程投资，缓解资金压力；实现了本地地表水、地下水与引江水的配置，有效提高了供水保证率。

研究成果创新点多

"大型地下水库调蓄关键技术及其在引江水配置中应用研究，解决了六大关键科学问题。"刘克岩告诉记者，这其中包括如何进行地下水库选址，如何科学评估入渗场入渗能力，如何解决入渗场淤积问题，如何定量评估引江水的蒸发浸润损失量和边界稳定性，如何利用地下水库进行分区调蓄以提高引江水的保证率、实现水资源的优化配置和如何管理地下水库以实现引江水成本回收与地下水库的正常运行。

张增勤介绍，该研究的主要创新点为：提出了地下水库靶区确定方法，划定了引江水地下水库靶区；确定了 3 个南水北调中线工程地下水库调节分区；设计并开展了滹沱河野外大型动水条件下的河道入渗试验，提出了解决入渗场淤堵问题的技术方法；建立了滹沱河地下水库水流模拟模型，模拟不同入渗条件下滹沱河地下水库时空变化特征，得出了滹沱河地下水库外泄水量比例阈值，验证了水动力边界具有稳定性。

据悉，该研究成果直接推动了滹沱河地下水库被列入《石家庄市南水北调受水区供水配置优化方案》，为地下水库被纳入南水北调配套工程建设奠定了基础，并对类似条件的地下水库建设具有重要研究意义，经济、社会和生态环境效益显著。

2015-04-21

以酶治污　解皮革行业后"固"之忧

"肉渣固废的酶解利用技术在我们公司的小试应用，已经成功获得含有脂肪酸和甘油的酶解液；下一步计划重新寻求方向，比如可不可以回收肉渣中的蛋白进行利用……"不久前，河北省辛集市梅花皮业有限公司（以下简称"梅花公司"）企管部经理罗恒一给河北省微生物研究所研究室主任郑翔打电话，专门就肉渣固废中蛋白质的提取及再利用技术的可行性进行交流，并就生皮废料酶法回收羊毛纤维的大试应用效果及改进方法交换意见。

2020年3月12日，罗恒一告诉《中国科学报》记者，梅花公司和河北省微生物研究所以"酶"为媒，已经合作了两年。清洁化酶制剂产品与技术在企业的小试、中试以及大试，不断实践该成果的转化应用，推进了企业的清洁化生产。

皮革行业是我国轻工支柱产业之一，但制革过程会产生污染，其污染物主要分为三大类：废水、废气和固体废弃物。过去，由于缺乏污染治理技术，环保意识不强，固体废物处理不够规范。据统计，一家中型皮革企业每天可产生10吨左右的固体废料。

随着焚烧和填埋处置方式被叫停，加之有资质的固废接收单位少且处理量极为有限，大量的固废只能滞留在厂区。同时，生鲜固废还面临腐败产生废气污染的问题，严重影响着制革厂的正常运行。皮革企业寻求清洁化的固废处理技术迫在眉睫。

"关于清洁化酶制剂产品与技术的研究，2 000年以前河北省微生物研究所曾研发过JW-1和JW-2脱毛酶制剂，应用于制革脱毛工艺。"河北省微生物研究所所长马清河说。2014年之后的制革酶课题研发的酶制剂命名为JW-3、JW-4、JW-5，分别代表应用在不同制革工艺的酶制剂。

"针对梅花公司的技术需求，科研人员多次深入企业生产车间，实地交流固废产生工艺、产量、现有设备及技术应用可行性等信息，采集并分析了羊皮毛废料和肉渣的组成成分。"郑翔告诉《中国科学报》记者，他们利用 JW-4 酶制剂开展羊毛纤维回收试验，并结合该企业产品的实际情况及回收毛纤维的质量要求，制定了多条处置工艺方案。

郑翔介绍说，在实验室建立应用工艺后，课题组先后前往皮革厂进行了多次 100 升、200 升、15 吨放大试验，终于在羊毛皮废料的酶法处置工艺中初见成效，在一定程度上解决了含毛生皮废料的污染问题。

而课题组针对废弃肉渣采用 JW-5 酶制剂进行酶法清洁化处置，也建立了高效的肉渣酶解工艺。郑翔说，获得的肉渣酶解液可经物理和化学方法分离得到工业用脂肪酸和甘油等成分，可实现对废弃肉渣进行资源化、高值化开发。

"利用酶制剂处置制革固废，不仅可以降低固废对环境的污染，还能对固废进行高值化利用，符合循环经济要求。"罗恒一表示，2020 年梅花公司将与河北省微生物研究所深度合作，联合开发肉渣处置中的脂肪酸、甘油分离纯化技术的应用。

马清河告诉《中国科学报》记者，近年来，河北省微生物研究所不断加大各类工业固废清洁处置技术研发力度，在专利技术"一种清洁化回收废弃兔毛纤维的方法"的基础上，实现了对衡水大营兔毛皮加工中产生的生鲜、醛鞣废料回收毛纤维及蛋白水解液，对无极牛皮盐腌边角废料开发工业明胶，对制革废弃肉渣深度酶解制备脂肪酸、甘油等清洁技术开发应用。

"下一步，我们将结合各类工业固废清洁处置技术的需求，不断提升科研水平，推出更多的 JW 系列酶制剂，加速成果转化，更深入地推进清洁化制革固废处置技术的开发应用。"马清河说。

2020-03-13

河北发现世界首例
致多次胚胎停育染色体异常核型

记者 2013 年 7 月 28 日从河北邯郸市中心医院获悉：该院出生缺陷研究项目课题组日前发现了一种新的复杂异常染色体核型，该核型可导致多次胚胎停育。经中南大学湘雅医学院中国医学遗传学国家重点实验室鉴定，该发现为世界首报，被《中国人类染色体异常核型数据库》收录。

该核型是从一位 30 岁男性患者身上检测发现的，患者因妻子婚后自然流产 3 次，来到邯郸市中心医院就诊。经检查发现，女方染色体核型正常，男方染色体核型异常，为罕见的 2 号和 4 号染色体平衡易位，且男方母亲是同一类型平衡易位，系母亲遗传。

该医院出生缺陷研究项目课题组负责人、院长要跟东表示，近年来，复发性流产的发生率越来越高。其中，染色体异常因素占 3% ～ 8%。

据介绍，染色体平衡易位是一种常见的导致复发性流产的异常染色体核型，但 2 号和 4 号染色体的平衡易位还是首次发现。异常染色体的来源有两种，一是来源于亲代，另一种是来源于自身的基因变异，与生产和生活环境、污染、物理化学条件异常等因素有关。变异的染色体又可进一步经第一种方式遗传给子代，导致染色体异常的胚胎出现。此类患者往往由于反复的胚胎停止发育而导致不育。

2013-07-29

我国器官功能快速检测技术加快国际化步伐

《中国科学报》记者从河北秦皇岛经济技术开发区获悉，该开发区内秦皇岛市惠斯安普医学系统公司自主研发的 HRA 疾病早期筛查及健康风险评估系统，近日获得欧盟 CE 认证证书及国际质量管理体系认证 ISO13485 证书。至此，这款能够实现全身器官快速检测的功能医学设备已同时拥有欧盟 CE、美国 FDA 和中国 CFDA 等多方认证，为进一步走向国际市场创造了条件。

HRA 健康风险评估系统是惠斯安普自主研发的功能医学健康检测设备，它应用生物电感应技术，结合人体电阻抗测量技术，采用计时电流统计分析方法，采集人体组织器官的电阻抗信息，完成 3D 模型重建，直观展示和分析全身器官、组织和系统的功能变化情况，揭示早期疾病和当前存在的健康风险。HRA 检测不用空腹、不用抽血、没有任何辐射，5 分 38 秒即可完成对全身 220 多项指标数据的检测筛查，临床准确率达 96% 以上，技术成果鉴定"达到国际先进水平"。

无创、无辐射健康检测技术研究和应用，一直是一个国际热点，惠斯安普公司在于 2011 年完成了这款应用人体生物电及电阻抗测量原理开发的第一代产品后，通过不断扩充亚洲、欧美和非洲人体阻抗数据库，完善算法，提高了评估的准确性和客观性，在实现身体器官功能状态全面评估的基础上，通过关键指标参数变化实现辅助诊断的功能进一步提升。产品应用于城市区域人群健康评价后，得到了业界的肯定。

为把这项自主知识产权技术应用推向国际，惠斯安普公司从 2018 年开始着手 CE 认证工作，研发和生产部门从人员管理到原材料采购、从产品设计到生产运营，都严格按照 ISO 13485 国际质量管理体系标准执行。技术团队按照欧盟标准对 HRA 设备的器件重新选型，改进内部结构和外观，提升静电防护等级，升级软件语言，并对说明书、合格证、保修卡、售后维修手册等配套资料进行了规范。2019 年 11 月 18 日，HRA 获得美国 FDA 认证；2020 年 4 月 10 日，

HRA 取得了国际质量管理体系 ISO 13485 证书和欧盟 CE 认证证书。

在申请 CE 认证的同时，惠斯安普公司也没有放慢拓展国际市场的脚步，已先期与韩国 Healer's 公司、印度 Gen 公司签订了 HRA 在本国的独家代理协议。

土耳其 MTS 公司早在年 7 月已经邀请惠斯安普技术人员到土耳其开展了 HRA 设备应用和报告解读培训。截至目前，原来已经确定合作关系的伊朗、沙特、阿联酋、约旦、印尼、苏丹、保加利亚、墨西哥等国的代理商，在拿到 CE 认证文件后，正在制订设备采购计划，以便尽快将其用于对所在国民众的健康维护。

2020-04-28

世界最大挤压机组河北试车成功

　　2012 年 7 月 15 日，由河北宏润重工集团自主研发制造的世界首台 5 万吨热垂直挤压机成功热试车，并顺利生产出第一根厚壁无缝钢管。该机组是目前世界上吨位最大的钢管热挤压机，此前的"第一"属于美国威曼高登公司的 3.5 万吨垂直挤压机。这是我国大口径厚壁无缝钢管生产领域的又一重大突破，标志着我国装备制造业在该领域达到发达国家的先进水平。

　　据该公司董事长刘春海介绍，该项目是宏润公司在 2009 年 12 月投资近 4 亿元上马的重大技改项目，被河北省科技厅列为"2011 年度河北省自主创新重大成果转化项目"，并在 2012 年被列入"国家 04"重大专项申报项目。

　　在压力机研发过程中，科研人员攻克了设备、安装、调试等技术难题，在大型铸锻件设计、压机制造、大吨位钢锭制坯、工模具设计制造、挤压工艺等方面取得了一系列重大技术突破，创造了多项世界第一。

　　据了解，5 万吨垂直挤压机项目批量生产后，每年光替代进口产品就可为国家节省 5 亿美元。利用该机组，不仅可挤压大型无缝管材，还可挤压棒材、异型材等大型耐高温高压的高端挤压件产品，能满足火电、核电、石油化工、航空、航天、军工等特种材料和超大型产品需求。

　　该机组生产的直径 1 320 毫米、厚度 200 毫米的无缝钢管，是世界上最大口径和厚壁的巨型管，对推进特殊管道部件国产化、示范带动管道装备产业结构调整升级、打破国外技术和产品双重垄断具有重要意义。

2012-07-17

植物介导地上地下互相作用研究取得新发现

从土壤颗粒到植物叶片，从动物牙齿到肠道表皮，地球上几乎每一个表面都有微生物的存在。这些微生物在诸如养分物质循环、动植物健康、生态多样性等方面起到至关重要的作用。早期的研究发现，植物作为媒介可以像"电话"一样为地上和地下微生物传递信息。然而，地上地下微生物组是否也能通过植物进行传递尚不清楚。近日，中科院遗传发育所农业资源研究中心的朱峰研究员和荷兰皇家生态学研究所的 4 位生态学家组成的联合研究团队发现，地上昆虫可以从地面上有选择性地获取微生物组，无须植物干预。相关研究成果近日在线发表于《自然·通讯》（《Nature Communications》）。

研究人员首先发现，当只被允许取食植物叶片时，昆虫体内微生物群落结构非常简单。然而，当为昆虫提供整株盆栽植物取食时，昆虫体内微生物与土壤微生物群落结构惊人的相似，重叠率高达 75%。这也推翻了该研究最初的假设，即植物微生物组与植食昆虫体内微生物组是最为相关的。

进一步的研究发现，通过田间种植不同功能类型、生长速率的植物群落对土壤进行驯化，导致土壤细菌和真菌群落结构显著差异。这一差异同样在地上昆虫体内微生物群落结构得以体现。这也是首次发现植物影响下的土壤状态可以通过这种"遗传"方式影响昆虫微生物组成。研究还发现，在昆虫体内聚集的大量土壤微生物中，有一些与昆虫健康甚至与人类肠道健康息息相关。这也为今后的研究开拓了思路。

通过对昆虫体内微生物组的调查，可以看到植物在土壤中的"遗留"影响。这项研究的发现，不仅在生态学研究领域有着重要意义，也对植物种植者和生态资源管理者有指导意义。

2019-03-29

河北大学等环境污染因子生态毒理检测研究
取得新进展

《中国科学报》记者 7 月 1 日从河北大学获悉，河北大学生态与环境治理研究所王洪杰教授团队和湖南大学王冬波教授团队合作，在环境污染因子与生态毒理检测等问题研究中取得新进展，相关研究成果相继发表在《危害性材料学报》和《生物资源技术》上。

抗菌剂作为环境中主要的新型污染物种类之一，绝大多数是不易溶解在水体中的，在使用过程中随着生活废水进入生活管网，最终进入生活污水处理厂中。因此，污水处理厂成为抗菌剂环境污染的主要源头之一，但其对污水处理厂各阶段毒性影响仍不清楚。

王洪杰团队的王亚利助理研究员等，通过厌氧消化体系对典型抗菌剂（三氯生和三氯卡班）与剩余污泥两者之间关系进行了总结和分析。研究发现，三氯卡班暴露能够在一定程度上改变剩余污泥系统理化性质，促进污泥有机物的溶出，改变污泥官能团及表面形态。进一步研究发现，三氯卡班暴露可以促进污泥消化酸化、乙酸化阶段，严重抑制污泥甲烷化，增加了营养型产甲烷菌丰富度，却减少了氢营养型产甲烷菌丰富度，最终导致污泥消化系统甲烷产量的降低。该项研究填补了三氯卡班对剩余污泥毒性影响研究的空白，可为消除剩余污泥系统中三氯卡班提供一定帮助。该研究成果发表于《危害性材料学报》。

王亚利介绍，三氯生作为三氯卡班同系物同样在污泥系统中被广泛检出，但是对于三氯生与污泥消化之间的关系还没有系统分析。为此，他们在前期污泥消化研究基础上，通过暴露不同浓度的三氯生，研究发现三氯生暴露浓度与污泥甲烷产量呈负相关，对污泥溶解、水解、酸化、乙酸化及甲烷化阶段均有不同程度的抑制作用。该项研究为深入理解抗菌剂三氯生的生态毒性提供了理论支撑。研究成果近日发表于《生物资源技术》。

据悉，河北大学生态与环境治理研究所成立于 2019 年 12 月，研究所主要针对白洋淀—大清河流域（雄安新区）水质安全保障与水生态修复、流域 / 区域土壤面源污染、环境污染因子的生态毒理检测等问题开展研究，并为此提供了扎实的科技支撑和技术保障。

2020-07-01

我国研制 1 000 千伏现场组装变压器
填补世界空白

　　《中国科学报》记者从保定天威保变电气股份有限公司（以下简称"天威保变"）获悉，11 月 28 日，由其自主研发，在天威保变（秦皇岛）变压器有限公司（以下简称"天威秦变"）生产的世界首台电压等级最高、容量最大的现场组装变压器——1 500 兆伏安 /1 000 千伏现场组装变压器试制成功，各项性能指标均达到合同要求。

　　该产品是天威保变为国家电网公司研发的目前最大额定容量（150 万千伏安）和最高电压等级（1 000 千伏）的超大容量特高压自耦无载调压现场组装变压器，填补了多项世界空白。

　　该产品容量大、电压等级高、对绕组温升要求高，为防止结构件过热，采用风冷、强油循环方式。此台产品设计为分体式，既可分体运输，也可整体运输，确保了运输便利性。

　　为解决偏远山区特高压大容量变压器的运输限制，国家电网公司于 2012 年针对可现场组装大容量特高压交流变压器进行了可行性调研工作。现已规划多条 1 000 千伏特高压交流工程。在此背景下，2013 年 11 月天威保变凭借 1 500 兆伏安 /1 000 千伏等一系列特高压交流变压器国内领先的技术水平及制造经验，赢得了为国家电网公司研制首台 1 500 兆伏安 /1 000 千伏现场组装变压器的宝贵机会。

　　该产品的成功试制，标志着天威保变和天威秦变完全具备 1 500 兆伏安 /1 000 千伏现场组装式变压器的研制生产能力，不仅可以满足平原地区电站的建设需要，而且对于偏远山区电力的建设具有重要的经济、社会效益。

2014-12-02

全球首家光伏发电酒店 10 年发电 323 万度

"截止到 2020 年 8 月 15 日，这座光伏建筑一体化的建筑 2020 年完成发电约 17.4 万度。"《中国科学报》记者 8 月 19 日从英利集团获悉，位于河北省保定市高新区的全球首个运用光伏发电的酒店——保定电谷国际酒店，自 2009 年运行至今，已经发电约 323 万度。平均每年发电量约 28 万度，可替代超过 100 吨标准煤。

2006 年，保定市提出"中国电谷"发展战略。同年，在保定市高新区的北端，一座 23 层高的烂尾楼正在被改造，它就是保定电谷国际酒店的前身。当时，已经开始探索研发光伏建筑一体化光伏组件的英利集团，提出一个将太阳能光伏组件应用到酒店建设中去的改造思路。

没有先例可循就自己研发。英利集团用全玻组件来代替传统玻璃幕墙，既有传统幕墙功能，又能发电。英利集团的庞成学参与了前期研发及建设工作，回忆起当年的建设过程，他仍记忆犹新："当时，行业里用晶硅做幕墙的企业几乎没有，都需要自己探索，设计施工都是自己上。为了接线，我们一个个地都要爬上几十米高的脚手架，走动接线，害怕也要硬着头皮上，现在想想，胆量和经验都是从那个时候开始练出来的。"

经过不断地摸索与试验论证，最终确定了工艺路线，首次采用 EVA 层压工艺，将全玻组件应用于电谷国际酒店幕墙。幕墙正面用超白玻璃增加透光率，背面阳光镀膜玻璃使得整栋幕墙的视觉效果为黑色。"玻璃与时装"，蓝天与幕墙，于是，一座会发电、呼吸式的酒店诞生了，这也是全球首个运用光伏发电的酒店。

这座高 26 层的酒店外披光伏玻璃，当阳光照到光伏玻璃上时，光源通过里面嵌着镍矿粉烘干机的金属线转化成直流电，直流电聚合到酒店底层的控制室中，经"逆变器"变成交换电，并入国家电网。在酒店的西立面、大门上方为宾客遮风挡雨的雨棚等其余 8 个区域也都装上了太阳能玻璃幕墙，总计 3 300 多块。所以，这里不只是一个酒店，同时还是一个总装机容量为 0.3 兆瓦的绿色太阳能发电站。

数据显示，该酒店从 2009 年投入使用到 2019 年底，10 年发电衰减率仅为 5%。这一项目被科技部列入国家"十一五"科技支撑项目，被国家建设部、财政部评为可再生能源示范项目，同时酒店被建设部评为可再生能源示范基地。酒店设计标准也为我国太阳能双玻组件的产品标准、太阳能双玻组件在幕墙应用的设计标准、太阳能双玻组件在幕墙应用的安装标准这三个标准的建立奠定了基础。

2020-08-19

河北成功轧制出时速 350 千米的百米高速轨

　　记者从河钢集团获悉，河钢集团邯钢公司首次为国家铁路工程鲁南高铁研发量身定制的 350 千米／时的百米高速轨，首批 4 000 余吨已成功发货，确保合同订单总量为 2.2 万吨的供应任务如期完成。

　　时速 350 千米高速轨，是目前世界运行最高时速的高速轨，一定意义上代表着"世界速度"。100 多年前，我国第一条铁路京张铁路建成，时速 35 千米。从时速 35 千米到 350 千米，这凝聚着中国铁路百年发展之变，也见证着中国国力的巨大飞跃。

　　据了解，鲁南高铁是国家《中长期铁路网规划》"八纵八横"高速铁路网的重要连接通道，也是山东省"三横五纵"高速铁路网的重要组成部分。项目总投资 700 亿元，为双线客运专线，全长 494 千米。

　　高铁是国民经济发展的动脉，而重轨是建设高铁的重要材料。重轨生产连续性强，冶炼工艺复杂，轧制难度大，属于"高、精、尖、特"钢种，代表着钢铁企业的制造水平。350 千米／时百米高速轨与其他铁路用重轨相比，在夹杂物、尺寸精度、平直度、表面质量等方面要求极为苛刻。接到该批订单后，该公司专门制定了研发试制、生产组织、工艺控制和产品发运方案等，组织技术人员进行专项攻关。按照高尺寸精度、高平直度、高表面质量轧制要求，分别制定了专项措施，在钢轨轧制温度控制、导卫装配调整、矫直工艺参数优化等方面进行改进提升。产品下线后，经过严格检验，钢轨各项性能指标完全满足 TB/T 3276—2011 标准要求。

　　据悉，350 千米／时高速轨的生产是该公司继去年 250 千米／时高速轨产品首次批量供应中国铁路集团有限公司后又一新突破。

2020-05-20

非线性光学材料研究获进展

非线性光学晶体材料是满足全固态激光器实现多波段激光输出的关键核心材料，但目前仍缺乏性能优异的非线性光学晶体。同质多晶体具有多变的结构—性能关系，能够很好地调控材料性能，河北大学化学与环境科学学院副研究员武奎通过系统调研所有已知的 51 种非线性光学同质多晶体，包括氧化物、卤化物及硫属化合物，对上述材料的"相变—结构转变—非线性光学性能"三者关系进行了总结和分析，概括了非线性光学同质多晶体的相变条件以及结构—性能之间的调控关系。该研究成果以综述的形式发表于《配位化学综述》。

在非线性光学同质多晶体的研发中，武奎研究团队通过调控原料比例和合成温度等，设计合成出 $SrCu_2SnS_4$ 同质多晶，分析了材料相变与性能调控之间的机理关系。测试结果表明两相均具有与商业化红外非线性光学晶体硫镓银相当的倍频能力，但抗激光损伤能力有了显著的提高，同时基于变温粉末 XRD 测试和差热分析方法确定了两相之间的相转变温度和不可逆的相转变行为。该成果发表在《化学材料》上。

为了进一步获得高激光损伤阈值的红外非线性光学材料，武奎研究团队设计在晶体结构中引入共价性更强的功能基元与高正电性的碱土金属结合来合成新材料，成功制备出 3 种新的硅硫化合物。3 种材料结晶于不同的空间群，结构对比发现，一价阳离子对材料的结构类型有很强的调控作用，同时上述材料抗激光损伤能力有了很大的提升。该研究结果已在《材料化学杂志 C》上发表。

2020-05-27

河北大学科研团队提出
人工智能视觉系统新方法

人体超过 80% 的信息是通过眼睛从外部接收的，视觉系统也是生物最重要的神经系统。在如今的人工智能（AI）技术中，通常使用图像传感器采集图像数据，但是图像传感器需要持续实时检测图像，这与人类视觉系统相比产生了大量冗余数据。

为了解决这一难题，河北大学电子信息工程学院教授闫小兵及其团队受生物视觉系统工作模式的启发，提出了一种完全基于忆阻器的人工视觉感知神经系统（AVPNS），它由光电忆阻器和阈值开关（TS）忆阻器组成，分别模拟神经系统的神经突触和神经元。该系统成功模仿了生物视觉系统的基本功能，实现了图像感知。

近日，该成果在国际知名期刊《ACS Nano》在线发表。

研究团队还将该系统概念性地应用在无人驾驶汽车中，模拟了无人驾驶汽车会车过程中汽车速度的自我调节过程。该成果表明基于忆阻器的硬件系统可以准确地模拟生物视觉神经系统的功能，从而扩展忆阻器在 AI 中的应用范围，为人工神经系统的研究提供了全新的思路。

闫小兵与复旦大学研究员刘琦为文章通讯作者，河北大学博士生裴逸菲、硕士生晏磊与吴祖恒博士为共同第一作者，河北大学联合复旦大学、中国科学院微电子研究所、新加坡国立大学和安徽大学共同完成此项研究工作。该研究工作得到国家自然科学基金、河北省杰出青年基金的资助。

2021-11-11

华北理工大学的现代榴梿基因组
研究取得新突破

  《中国科学报》记者从华北理工大学获悉：该大学王希胤课题组的现代榴梿基因组研究取得新突破。近日，《Plant Physiology》在线发表了王希胤课题组题为《Recursive paleohexaploidization shaped the durian genome》的研究论文。课题组对榴梿基因组进行了重新分析，并与棉花、可可、葡萄基因组进行了比较，发现榴梿的基因组的构成源于一次独有的六倍化事件及一次与其他双子叶植物共有的更古老的六倍化事件；而棉花独有一次十倍化事件。

  据介绍，多倍化在植物进化过程中广泛且反复地发生，这是基因组测序在植物学领域的重要成果之一。多倍化在一定程度上解释了重要植物类群的发生、形成及快速分化。然而，确定多倍化发生的规模和对基因组的影响是一项极其复杂的工作，不充分的分析可能产生有问题的研究结果。

  榴梿"臭"名昭著，却因果肉营养丰富，享有"水果之王"美称。2017年榴梿（Durio zibethinus）基因组测序发表，提出榴梿和棉花共享基因组加倍事件，但并没有明确多倍化事件的性质和规模。实际上，较早的研究表明棉花有一个十倍体的祖先。榴梿基因组公布后，王希胤课题组以葡萄、可可树为外类群重新分析了榴梿和进化上相近的棉花基因组，利用课题组提出的植物复杂基因组的软件流程，深入细致地进行了基因组间同源基因点阵图分析、共线性基因与相关进化事件的联合分析、共线性基因构树分析和榴梿—棉花共线性基因的共有分析等。研究发现，除双子叶植物共有的近1.3亿年前的六倍化事件之外，榴梿和棉花又各自经历了一次独立的多倍化事件：榴梿基因组经历了一次古六倍化事件，大约发生在 1 900～2 100 万年前；而棉花基因组经历的是一次古十倍化事件，约发生在 1 300～1 400 万年前。

  王希胤课题组的研究指出，先前得到共享多倍化事件的不正确结果的可能解释是：首先，棉花基因组经历古十倍化事件后进化速率加快，使棉花基因的进化速率相对榴梿提高了约 64%；而榴梿的古六倍体事件并没有显著地提高榴梿基因组的进化率，这可能与榴梿生命周期较长有关。其次，植物基因组高度复杂，此前的研究没有对不同进化事件产生的基因进行有效的分别。

2018-11-15

华北理工大学以二氧化碳还原制乙醇
取得新进展

　　《中国科学报》记者从华北理工大学获悉，该校教授崔文权团队在二氧化碳还原制乙醇方面取得新进展，通过光热协同催化实现了二氧化碳还原过程中的碳碳耦合制备乙醇。相关研究成果近日发表于《应用催化 B：环境》。

　　化石燃料的燃烧释放大量的二氧化碳，引发了严重的环境问题。将二氧化碳还原转化为高附加值的化学品或液体燃料，是解决气候变暖、能源危机的理想方式，是当前科学研究的热点和难点。二氧化碳分子稳定、活化困难，通常需要活泼的氢源才能还原利用。传统的热催化二氧化碳加氢制备多碳产物，一般需要较高的温度和压力，且产物分布宽、选择性低。以水作为氢源，利用太阳能驱动催化还原，有望实现温和条件下的二氧化碳转化制备多碳产物。

　　研究团队采用种子晶体介导法和热缩聚法，设计并合成了金铜合金修饰二维超薄氮化碳纳米片复合光催化剂，通过调控金铜合金的电子结构，促进了二氧化碳活化为碳氧活性中间体，实现了光热协同催化还原二氧化碳制备乙醇，突破了二氧化碳还原制备多碳产物过程中碳碳耦合的瓶颈。该方法仅以水提供氢源，将热催化加氢的反应温度从 300 摄氏度左右降低至 120 摄氏度，突破了催化还原二氧化碳产物集中在碳一产品的问题，为二氧化碳还原制备高附加值化学品提供了新思路。

2020-04-21

纪

事

篇

五十四所七型装备参加国庆阅兵的背后

10 月 1 日的北京，天朗气清，万人空巷。庆祝新中国成立 70 周年大阅兵在北京天安门广场隆重举行。

这一日，威武雄壮的阅兵画面湿润了中国电子科技集团公司第五十四研究所（以下称"五十四所"）人的双眼。在本次大阅兵中，五十四所研制的七型装备参加阅兵。

三型通信设备呈现先进通信手段

"10 年前，五十四所研制的 8 辆散射通信车和 8 辆卫星通信车组成通信方队，参加了国庆 60 周年阅兵。10 年后，五十四所又有三型通信装备接受党和国家的检阅，展现了多种先进的通信手段。"五十四所党委书记原普感慨道。

在三型通信装备中，4 辆卫星通信车展现了我军强大的远程通信、广域通信能力。该装备能实现双频段卫星组网通信，能够实时、远程传输包括指挥控制信息在内的各种信息，为部队远程指挥、远程决策提供坚实的信息保障。

"阅兵前，我们对车辆进行了全方位的检测、整改，不放过任何一个细小的环节，就像完成一幅画，一丝一毫都不敢松懈。任务紧张的时候，常常一干就是十几个小时，衣服湿了干、干了湿，每个人的背后都结了一圈圈白花花的盐渍。"五十四所卫通专业部技术人员赵光艺说。

散射通信是不可或缺的军事通信方式之一，它以"三抗"能力强、超视距大容量等特点在军事通信发展中占据一席之地。国庆期间，五十四所研制的 4 辆新型散射通信车参加了此次阅兵。

"与同类设备相比，它在现役散射装备中传输速率最高、天线自动对准速度最快，体现了我军散射通信技术的最新发展。"技术人员吴丹介绍，为了让设备以最优的姿态展现在全世界面前，"每个细小的改动和关键的环节都至少设计三四个预案"。

"从电视画面上，我们可以看到通信车在经过天安门广场的时候，同时以右上角 45 度的角度展开天线，以仰视的姿态向主席台行'注目礼'。为了达到整齐划一，我们伺服控制的设计师下了很多功夫。"天线伺服技术人员李涛说。在本次阅兵中，他们仅用了 7 天时间，就改造完成了 3 种类型共计 15 套车载站天线。为不耽误部队训练，他们利用训练间隙进行改装，平均每天工作 16 小时以上。

五十四所自主研制的单兵战术信息终端设备也参加了本次阅兵。"小而好用、管用"，是这款通信设备的突出特点。作为网络信息体系的末端节点，它主要面向部队营以下班组和单兵应用。

"设计师大胆创新，突破多个关键技术，采用集约化设计，将通信传输、导航定位、指挥控制、态势感知等功能集于一体，解决了长期困扰我军信息系统装备建设'最后一公里'的问题。"五十四所技术人员王涛介绍，这款设备融合多种通信模式，有力推动了单兵终端由"单功能多型号"向"多功能单型号"的转变，切实推动我军信息系统装备减型增效和集成优化。

三型信息作战装备亮相经受考验

"除了通信装备，我们还有三型共 12 套装备分别编入信息作战 3 个方队参加了本次阅兵。"原普说。

参加此次阅兵的某跟踪干扰站，具有侦测距离远、干扰覆盖区域广、干扰能力强等显著特点。不过，极限环境下的试验，同样是该装备测试的"必做题"。

2018 年 10 月的库尔勒，白天阵风达 8 级，漫天黄沙，项目组成员眯着眼睛都看不到 10 米开外的装备车。"天为被，地为床，山川卷帘，星月同榻，阵阵风声恰似催眠曲；白天酷热汗流浃背，晚上严寒穿着军大衣直哆嗦；泡面就沙子……"五十四所一名技术人员在日记中这样写道。

2019 年 4 月，项目组又转战海拔近 4 800 米的不冻泉做高原试验。在强烈的高原反应下，项目副总师安效君硬是靠着止疼片，边吸氧边干活，坚持了半个月。一天，分系统副总师贾宸正在做某项试验，突然开始流鼻血，他的第一反应是大喊一声："血掉到频谱仪上了，快给我纸！"他第一时间清理了仪器上的血迹，继续测试。

五十四所研制的某超短波侦察干扰车是我军新一代战术电子对抗装备体系的重要组成部分，集侦察、测向、干扰功能于一体，具备较强的高机动作战和环境适应能力。从 2019 年 5 月接到阅兵保障的通知后，五十四所技术人员甄凌航就开始全程跟随部队训练，执行保障任务。6 月底，甄凌航随装备进入阅兵村。太阳炙烤着大地，也炙烤着参加阅兵的同志们。汗水夹杂着尘土等异物肆意而下，导致甄凌航的左眼患结膜炎，并恶化成角膜炎。

"那个时候就是边医治边演练，军方和单位领导都很关心我的情况，但是 70 年阅兵这么重要，我拗着一股劲儿，绝不能在关键时刻掉链子。"就这样，甄凌航圆满完成了几次合练任务。

再助"空中阅兵"：不同设备同样惊艳

当威武雄壮的飞机编队飞过天安门广场上空时，飞机俯瞰拍摄的长安街沿途景象，以及飞机内空军指挥员的图像，都被实时传输到现场大屏幕和电视直播画面中。这些让人血脉偾张的镜头，正是通过五十四所专门为本次阅兵研制的音视频采集与传输系统实现的。

"这是我们继'9·3'大阅兵后，再次助力我军实现'空中检阅'。"五十四所项目负责人刘成朋自豪地说，这套设备可以将飞机上空军指挥员向首长汇报的图像和声音实时传输到现场电子大屏和千家万户的电视上，让大众不仅能看到飞机编队飞过后拉出的条条彩色烟带，还能实时感受空军指战员的风采和铿锵有力的声音。

"这种'如在眼前''就在耳边'的效果，正是我们研制设备的初衷和追求。"刘成朋说。

据介绍，五十四所研制的两套设备分别装在两架飞机上。从 1 月底接到任务，到 5 月份交付用户，中间需要完成方案论证、方案设计、样机竞标、初样研制、正样研制、调试测试等工作，时间非常紧张。为节省时间，刘成朋大胆采用新的设计理念，要求两个波段的链路设备完全实现模块化，在体积、功耗、接口等方面做到完全一致。通过反复的方案讨论和试验，最终实现两个波段的软件通用，大大缩短了软件开发周期和联试时间，同时也保证了设备的可靠性、稳定性。

"这套设备还有一个特点，就是要实现多路高清音视频同传。这就要求我们图像压缩效率在现有高效算法的基础上再提高一倍。"为了研制新一代压缩算法及全新的硬件平台，团队图像组的同志们从新年开始就开启了"常态加班"的模式。

计划日报，整个团队拧成一股绳。经过两个月的技术攻关，第一版基于新一代高效压缩算法的高清图像呈现在大家面前，图像清晰稳定，方案验证可行。

然而，还没来得及高兴，图像组又遭遇一个难题：伴音传输功能无法联通。

时间已是5月中旬，设备交付在即，方案却遇到技术瓶颈，一时难以突破，怎么办？

技术人员立即对备用方案开展攻关，查资料、写代码、验仿真、做实测，连轴转奋战了10多个日夜后，在设备交付前夕，清晰的声音从耳机传出——伴音功能联通了。

按照要求，系统的功能和性能要不断完善，直到8月底完成固化。为此，项目团队不分昼夜开展工作，不断进行拷机试验，穷尽各种可能进行模拟操作，对出现的问题逐一解决。有时为攻克一个难点，团队要连续进行了20多天的反复拷机，累计加电时间345小时，编程20余次。

6月的华东某机场，五十四所的工程师们正在紧张地安装设备，按照要求，他们要在1周内完成两架飞机的安装和联试。

又是一场鏖战！骄阳似火，机舱内的热浪裹挟得人喘不过气，机场里噪音轰鸣，联试的时候，得扯着嗓子吼才能维持机上和地面的通话。

就这样，绳宇洲、权润禾、雷伟等技术人员连续多天测试到凌晨3点多，他们轮流值班，最终顺利完成任务。

2019-10-10

院地合作，孵化制革工艺新技术

"我们课题组对 jw-2 产脱毛酶微生物菌株进行基因改造，获得了理想性状的产脱毛酶菌株，这项研究可作为潜在的清洁化脱毛技术替代传统灰碱法脱毛制革工艺。"河北省微生物研究所第三研究室主任郑翔告诉《中国科学报》记者。

河北省微生物研究所所长马清河介绍："这项清洁生产新工艺研究的重大突破，得益于河北省微生物研究所与中国科学院微生物所不断开展高新技术孵化的深度合作。"

共建联合实验室

早在 2012 年 3 月，河北省政府与中国科学院就签署了合作共建河北省科学院协议，双方达成了重点围绕新能源与工业节水、新材料、电子信息、生物医药与生物技术、地理科学与资源环境、自动控制与机电一体化、海洋科技等领域开展全方位合作的意向。

根据协议，中科院和河北省科学院开展项目的联合申请与合作研究，由两院共同申请一批具有高学术水平的国家级和省级科研项目，并在人员、科研条件等方面给予优先支持，以提高河北省科学院的科技创新能力。

据悉，双方开展共建科技成果转移转化专业平台，主要依托河北省科学院现有的成果转化平台，承接中科院相关领域的科研成果转化工作，选择与河北省经济社会发展密切相关的科研成果，重点引进、优先转化。

此外，双方还将在人员培养、资源共享以及干部互派等方面开展交流与合作，促进中国科学院的科技优势、人才优势、成果优势与河北省的区位优势、资源优势、产业优势紧密结合，共同推进河北省区域创新体系建设。

马清河表示："在院地合作的大背景下，隶属于河北省科学院的河北省微生物研究所和中科院微生物所在生物医药与生物技术等领域开展了深度合作。"

2014年11月,河北省微生物研究所与中科院微生物所共建了微生物技术及生物转化联合实验室。此后,双方展开了包括"胶原蛋白酶基因敲除及中性蛋白酶重组表达""脱毛酶清洁化制革工艺的研究与应用"等在内的9项课题的合作研究。

借力人才和技术

马清河介绍,联合实验室成立以来,河北省微生物研究所每年都分批次选派技术骨干到中科院微生物所开展项目研究,中科院微生物所研究员陶勇课题组成员也按照年度计划到河北省微生物研究所开展培训讲座以及技术指导。

郑翔曾3次前往中科院微生物所,在陶勇课题组进行项目合作研究。他坦言:"通过与中科院微生物所的项目合作,自己能够更接近国际前沿技术,同时学到了中科院科研人员严谨认真的科学精神和科学态度,受益匪浅。"

其中,"脱毛酶清洁化制革工艺的研究与应用"课题合作已连续开展3年,中科院微生物所派出3位科研人员参与,其中陶勇课题组的副研究员胡美荣为中科院微生物所的项目负责人。

胡美荣针对河北省微生物所在微生物菌株基因改造方面的技术需求,指导其科研人员郑翔和杨何宝突破原有的技术难题另辟蹊径,成功构建了产脱毛酶性能优越的微生物工程菌株,并从产酶菌株的工业需求出发进行代谢改造,提升发酵产量及稳定性。

马清河表示:"合作学习提升了河北省微生物所青年科技人员在基础研究领域的科研技能,使基础研究与应用研究良好衔接,为工业工艺的转型升级、节能减排提供了技术支撑。"

据马清河介绍,近年来,河北省微生物研究所借力中科院微生物人才技术优势,以微生物酶产物制备及应用、生物制药和生物环保三大领域为重点,在微生物发酵工艺、工业化酶制剂生产、天然产物有效成分分离提取等方面进行了一系列研究,开发出了葡萄糖氧化酶、蛋白酶等新型酶制剂产品,广泛应用于医学检测、食品添加剂、食品保鲜、饲料添加剂等领域,尤其在生物漂白、生物制浆、生物制革和生物脱硫等清洁生产新工艺研究上实现重大突破。

此外,河北省微生物所与中科院微生物所陶勇课题组在微生物来源的诊断用酶制剂方面的联合开发研究也在有条不紊地进行。

加速成果转化落地

通过院地合作，河北省微生物研究所借助中科院微生物所的人才和技术优势，建立了自己的科研平台，提升了科研水平，加速了成果转化落地。

比如，皮革工业是我国的传统产业，若干年来均采用灰碱法脱毛制革，产生大量污水。为了缓解当前制革业在传统脱毛环节的重污染情况，河北省微生物研究所与中科院微生物所联合攻关清洁化脱毛技术研究。"我们利用基因工程技术改造、构建新型产酶菌株，用酶脱毛清洁化生产工艺替代灰碱法高污染工艺，其优点是无毒无害，可减少 70% 硫化物的排放。"郑翔说。

"针对制革行业传统脱毛工艺的重污染情况及清洁脱毛制剂的市场空白，我们不仅在河北省无极县制革区工厂进行了小试应用，还对河北省衡水大营镇兔毛皮制革产生的边角废料进行酶学资源化利用。废料经酶解后获得了具有经济价值的兔毛纤维和蛋白酶解液。"郑翔认为，这项研究成果可促进制革固体废弃物的高值化利用，有助于推进制革业的健康可持续发展。

目前，该项合作内容上游的基因改造工作已基本完成，且获得的脱毛用酶制剂也已进入小试应用阶段，推动清洁脱毛制革工艺的转型升级指日可待。

"在中科院微生物技术平台的指导帮助下，河北省微生物研究所在加快生物制造技术推广应用的同时，注重降低物耗、能耗和污染，并进一步对废水处理、垃圾处理、生态修复等生物技术进行了研究。"马清河表示，现在河北省微生物研究所已拥有知识产权科研成果 160 余项。

2018-02-05

农业资源高效利用与可持续发展
国际学术研讨会在冀举行

2018 年 10 月 25—26 日，由中国科学院遗传与发育生物学研究所农业资源研究中心（以下简称中心）主办的"2018 年农业资源高效利用与可持续发展国际学术研讨会"在石家庄市举行。

孙鸿烈、秦大河、刘昌明、张福锁、赵春江等两院院士和诺贝尔奖和平奖获得者、荷兰瓦赫宁根大学 Oene Oenema 教授，新西兰皇家科学院院士 Hongjie Di 等国内外 70 余所科研院校或研究机构的 300 余名专家学者参加了会议，共同探讨农业资源高效利用及农业可持续发展，共话中国特色社会主义新时代的农业发展之路。

"绿色发展、生态文明、乡村振兴"是我国现阶段农业农村发展的重要思路。目前，我国农业发展中存在着耕地和水资源污染严重、农业资源利用率低、农产品不安全等系列问题，迫切需要农业资源利用效率提升、农业生态系统物质和养分精准管理、可持续的农牧业循环系统、作物生物学机理及分子设计育种、智慧农业等方面的技术和研究。

本次会议设立了"农业水资源与水环境""农业生态与环境""作物遗传与分子设计育种""智慧农业"4 个主题。同时，根据专业特点，设置"农业水资源与水环境""农业生态与环境""作物遗传与分子设计育种""青年专场"4 个分会场。

会上，国内外知名专家围绕氮磷养分高效利用及其引发的污染以及污染防控措施、"渤海粮仓"区域增粮与绿色提质增效、中低产田治理与提升、土壤微生物对环境和作物影响、小麦高产基因组、农业水资源保护和高效利用、干旱对生态系统的影响、水分与养分之间的互作关系、氮磷淋溶引起的面源污染以及作物抗病抗逆等方面的问题进行了深入探讨。

本次会议的召开恰逢中国科学院遗传发育所农业资源研究中心成立 40 周年。中心主任胡春胜研究员在大会致辞中表示，农业资源研究中心诞生于"科学的春天"，既是改革开放的参与者、经历者、见证者，更是我国农业现代化发展道路与农业新技术创新的探索者和开拓者。40 年来，中心始终以"服务国家、造福人民"为宗旨，积极探索和创新现代农业共性和关键性技术，取得了一大批独具特色的重大科研成果。

1978 年开展的农业现代化基地县农业自然资源考察与区划，开启了全国第一个农业现代化基地县的建设；1979 年首次从日本引入管式温室大棚，研制出我国第一代管式塑料大棚，开创了我国设施农业发展；1979 年首次引进示范美国大型农田机械设备，开启了我国现代农业道路的探索；1984 年首次提出了"庭院经济"与"林业生态工程"理论，推动了全国"庭院经济"的蓬勃发展与林地综合生态治理；1992 年在原国家科委组织的全国 5 000 多个科研院所绩效评估中，排名位居全国第二；系统研究小麦远缘杂交育种遗传规律，培育出系列小麦新品种，国审小麦"高优 503"成为中国食用小麦打入国际市场的"破冰之旅"；2000 年后首次研究出保健食品"胡萝卜鲜榨汁"，成为国奥队的专供饮品。

2002 年至今，中心进行了现代农业转型发展的探索研究，并取得了一系列成果。从承担国家"六五"科技攻关重点项目"黄淮海平原中低产地区综合治理"任务，到承担国家"十三五"国家科技支撑计划"渤海粮仓科技示范工程"项目，开创了我国中低产田治理的新时代；历经 10 余年研发的华北平原缺水区保护性耕作技术，创新了两熟制保护性耕作理论，填补了国际研究空白；新兴研制的农畜牧业废弃物资源化利用装备，提供了畜牧业环境污染治理的全新方案；突破了小麦品种研发、作物抗病抗逆关键技术，为从分子水平解决农业发展中的问题作出了重要贡献。

40 年来，中心获国家科技成果奖 9 项，省部奖 56 项；发表 SCI 论文 585 篇；授权专利 259 项；培育新品种 36 个；制订技术标准 20 项，为我国农业科技创新与区域农业绿色发展作出了重要贡献。

目前，围绕国家粮食安全、水资源安全和生态环境安全重大战略需求，中心确立和完善了水资源与节水农业、生态与环境、植物遗传与育种三大研究领域，为推进农业绿色化、优质化、品牌化发展，实现区域农业现代化和乡村振兴提供科技支撑。

中心拥有"中国科学院农业水资源重点实验室""河北省节水农业重点实

验室"和"河北省抗逆植物繁育及种质资源创新工程实验室"。拥有（CERN）栾城农业生态系统试验站、南皮生态农业试验站和太行山山地生态试验站，建设了海兴实验基地，并积极筹建南大港湿地试验站等重要科研基地，在野外台站公共监测平台、试验研究平台建设方面取得了长足进步。

中国科学院农业资源研究中心党委书记赵军表示，站在新时代的起点上，农业资源研究中心将以习近平新时代中国特色社会主义思想为指引，深入学习贯彻党的十九大精神，继续努力，开创更美好的未来，为国家、为人民、为农业科技作出更大的贡献。

2018-10-28

京涿城际通勤高铁专列试运行

2022 年 7 月 18 日 6 点 23 分，由涿州市首发、直达北京西站的通勤高铁专列 G6702 次正式开通试运行。该专列的运行，对于加强北京与涿州两地之间的交通联系、疏解北京非首都功能具有重大意义。这不仅极大地便利了京津冀地区人员往来、加快了产业聚集和区域经济融合，而且对于提升区域整体竞争力、推动城市建设和京津冀协同发展，具有重要的战略性意义。

河北涿州北接首都，南望雄安新区，市区距天安门和雄安新区均为 60 千米，距北京大兴国际机场 25 千米，距天津港 150 千米。境内京广铁路、京广高铁、京港澳高速纵贯南北，京昆高速、廊涿高速、张涿高速横跨东西，大兴国际机场涿州城市航站楼于 2021 年投入使用，交通区位优势明显。

家住涿州、工作在北京的李先生成为 G6702 次列车首批乘客，他说："太方便啦！24 分钟的车程，到北京后还可以从容地吃个早餐再去上班。"

据高铁涿州东站值班员赵勇介绍，周一早晨约有 3 000 余人从该站乘车赶往北京西站。G6702 次通勤高铁专列的开通，为京涿两地上班族提供了便捷通道，也为涿州及周边群众进京提供了便利。

涿州市委书记蔡炜华指出，京涿城际通勤列车开通试运行，不仅标志着"轨道上的京津冀"更进一步，也标志着京涿"同城化""一体化"更进一步。这既是坚持人民至上，更好满足在京工作、在涿生活人群通勤现实需要的重要举措，也是坚持发展第一要务，深化与北京互通互联、加快北京非首都功能疏解的重要举措。

全国政协委员、河北经贸大学副校长、京津冀协同发展河北省协同创新中心主任武义青在接受记者电话采访时表示，京涿城际通勤高铁专列的开通运行，实现了京涿两地的同城化，此举对于承接北京人才、技术、资金、项目、信息等优质资源，对于涿州、保定乃至河北深度融入京津，促进京津冀协同发展具有重大意义。

2022-07-18

河北省科学院：把科研实验室
建在驻村扶贫第一线

　　"多亏了省科学院的驻村帮扶工作队，是他们的专家团队帮村里修复了近百亩的沙化土地，并顺利流转出租，实现了我们村集体经济收入零的突破。" 2020年1月17日上午，在河北省承德市围场县张家湾乡宝元昌村，正和全村老百姓欢天喜地过小年的该村党支部书记孙凤英接受《中国科学报》记者采访时表示，这个小年过得特别开心，因为宝元昌村在2019年底彻底摘掉了贫困村的帽子！

　　宝元昌村位于围场县北部，距离县城约75千米。全村包括5个自然村，有337户1 036人。2016年初共有贫困户178户489人，贫困发生率为44.5%，是围场县22个深度贫困村之一。

　　"基础建设滞后、思想观念落后、经济基础差、集体收入微薄是宝元昌村致贫的主要原因。"河北省科学院副院长刘波是第一个进驻宝元昌村的扶贫干部。他和工作队员充分调研、积极谋划、多方沟通，不断探索该村扶贫的路径。

　　从2016开始，河北省科学院有三批驻村帮扶工作队共8人奋战在宝元昌村扶贫一线，他们把扶贫战场当作科技创新的"练兵场"，使更多科技创新成果惠及贫困群众。

　　"河北省科学院驻村工作队坚持把精准扶贫与省科学院部门特色结合起来，突出专业优势，发挥科技力量，扎实开展驻村帮扶工作。"河北省科学院党组书记刘春成介绍，驻村工作队以单位为后盾，以专业为依托，以项目为抓手，通过大力开展有机肥料试验、特色示范种植、沙化土地治理等科研项目，把科研实验室建在扶贫工作第一线。在引导宝元昌村经济社会发展和带动贫困户脱贫致富上，充分发挥科学技术的示范引导和辐射带动作用。

据悉，胡萝卜、万寿菊等种植是宝元昌村及周边地区的传统农业产业，该地收储胡萝卜、万寿菊等的企业在农产品的清洗、脱水中产生大量污水，一直是制约产业发展的瓶颈。驻村工作队积极协调河北省科学院生物研究所发挥专业优势，以治理宝元昌村及周边企业水污染问题为抓手，以生产生物有机肥为目标，推动本地万寿菊、胡萝卜等深加工企业向产业振兴、环境友好、可持续方向发展。在该项目中，生物研究所刘洪伟博士的科研团队依托"河北省主要农作物病害微生物控制工程技术研究中心"这个科研平台，把实验室建在农业生产第一线，在将万寿菊脱水后的废水废渣变废为宝的同时，充分发挥省科学院现代科技优势，与本地胡萝卜种植与深加工产业相结合，推动形成全产业链循环发展模式，以提高特色种植产业的专业化和精细化，实现特色农产品产量、品质、生态效益的多重提升。

河北省科学院驻村工作队长赵红芳介绍，为进一步优化宝元昌村种植结构，改变胡萝卜一枝独大的种植现状，工作队在多方调研的基础上，结合驻村帮扶实践和探索，以及有机肥料试验，引导种植农户持续扩大种植面积，不断调整优化宝元昌村农业种植结构，带动贫困户增收脱贫。2019 年，示范种植的 60 亩有机小米"高原小红"和 10 亩有机马铃薯顺利通过环保部门的有机认证，并实现了丰产丰收。除此之外，围绕宝元昌村气候特点和产业结构，河北省科学院生物研究所食用菌专家开展的"食用菌示范种植"项目，通过对比石家庄、平泉、围场等不同气候条件，选用不同菌种，开展对比栽培实验。首次示范栽培的食用菌（香菇、木耳）长势良好，品质、口感均达到预期目标，为宝元昌产业发展培育了新的收入增长点。

由于受历史原因、资源状况以及地理方位等条件制约，宝元昌村集体经济发展滞后。河北省科学院主抓扶贫工作的副院长张德强，多次带领专家团队深入宝元昌村调查研究，指导驻村工作队依托"河北省地理信息开发应用工程技术研究中心"，大力推进荒山改造、沙化农田改良等一系列生态修复工程。通过开展对"土地风蚀沙化对农田肥力的影响及改良措施"的深入研究，制定科学的风蚀沙化农田改良措施体系。4 年来，由该中心王仁德博士牵头的科研团队多次到实验农田取样测试，累计整理修复沙化土地近百亩，并顺利流转出租，实现了宝元昌村集体经济收入零的突破，为村集体带来持续稳定的经济收入，为下一步各项惠民工作的开展打下坚实的基础。

"过去我们村的贫困户有 178 户 489 人，贫困发生率为 44.5%；现在，全村只剩贫困户 2 户 4 人，贫困发生率仅为 0.39%。"孙凤英告诉《中国科学报》

记者，省科学院驻村工作队不仅帮助宝元昌村改善了村容村貌和基础设施，提升了村民的落后思想观念，更重要的是把科技元素和科技理念带入宝元昌村，让村民们看到了科技在脱贫路上的力量。"我们会借着'这股劲儿'，再出发、再努力！奔向下一个目标——富裕之路！"孙凤英说。

2020-01-21

河北装备制造业突围

　　国内首家采掘机械装备综合实验室在张家口中煤张煤机产业园建设；河北省重大技术创新项目"多向模锻液压机研制"填补了我国在精密锻造领域的技术空白，建成了国内首条 40MN 多向模锻自动化生产线；河北"千吨级对位芳纶纤维制备技术"的成功研发和应用，打破了国外对我国长达 20 多年的技术封锁，实现了我国独立自主的对位芳纶技术和产业的跨越式发展……

　　进入 2013 年以来，河北装备制造业捷报频传，在转型突围方面取得了一系列的成果。

五个转变路径

　　据河北省工业和信息化厅统计：2012 年 1—12 月，河北省装备制造业规模以上企业完成工业增加值 1 987.87 亿元，同比增长 14.98%，增速比上年同期回落 9.88 个百分点；1—12 月装备制造业完成出口交货值 497.05 亿元，同比降低 6.12%，增速比上年同期下滑 41.79 个百分点。

　　此外，装备制造业亏损企业的亏损额也同比大幅增长 147.57%，高于全省工业亏损额增速达 120.90%。

　　有专家指出，从表面看，全行业增速降低的主要原因是需求增长急剧趋缓，出口受挫。但深入分析，实质上是由于行业发展方式粗放，经济增长主要依赖投资拉动和产能扩张等所致。

　　2012 年 9 月 7 日，在河北石家庄举行的第十四届中国科协年会河北省装备制造业发展论坛上，有专家表示，河北装备制造产业明显存在层次不高，企业规模不大；技术创新能力薄弱，创新驱动发展乏力；高端装备不能满足需要，基础工艺、基础部件产业发展滞后等"硬伤"。

　　中国机械工业联合会副会长朱森第则在会上提出了河北装备制造业实现

转型升级的 5 个路径：从生产型制造向服务型制造转变，从要素驱动向创新驱动转变，从传统制造模式向两化深度融合转变，从低端产品大批量生产向高端产品个性化定制转变，从产业集聚向产业集群转变。

转型突围

在 5 个转变路径思想的引领之下，河北省在装备制造的转型突围方面开展了一系列的工作。

近日，河北省开展 2013 年度院士工作站认定工作，决定在长城汽车股份有限公司等 25 个单位设立院士工作站。截至目前，河北省院士工作站已经达 105 家。

通过院士工作站引进人才获得智力支撑仅是河北的举措之一。

据记者了解，河北把科技创新作为发展装备制造业的核心动力，目前已在全省建立创新技术中心 138 家、博士后科研站和流动工作站 93 个，建成生产力促进中心 104 家，同时与全国百家院所校签约 187 个项目。

在把科技创新作为核心动力的同时，河北还大力推动装备制造业从产业集聚向产业集群的转变。

河北保定国家高新技术产业开发区建设的保定新能源与智能电网装备产业集群入选全国首批创新型产业集群试点，成为河北省首家国家创新型产业集群试点单位。

据介绍，该产业集群以新能源与智能电网产业为主导，目前已形成光电、风电、新型储能、高效节能、智能输变电和电力自动化等六大产业体系，光电、风电、输变电产业国内领先优势突出；英利公司、天威集团、国电联合动力等骨干龙头企业带动效应显著，科技型中小企业不断涌现，企业数量已近 300 家。

另据了解，为加快产业集聚区建设，河北还确定了保定中国电谷、华北轻型汽车城等 32 个产业聚集区，以华电曹妃甸重工装备制造、唐山轨道客车等骨干企业为核心，形成十大装备产业制造基地。

除此之外，环首都经济圈和河北沿海上升为国家战略，也给河北装备制造业的转型发展带来新机遇。

记者从河北省发改委央企办了解到，2013 年上半年，河北省与央企新签合作协议 34 项。截至 2013 年 6 月底，到河北省投资的央企总数已达 71 家。

"央企入冀"已完成事项和部分建成投产项目 61 项，总投资 2 376.3 亿元，累计完成投资 898.4 亿元。

如今，河北省的相关举措已经初见成效。记者从河北省机械行业协会了解到，2013 年上半年，该省装备制造业完成工业增加值 954.4 亿元，同比增长 15.23%，高于全省工业增加值 3.93 个百分点。

2013-08-21

一把车锁打开通向世界的大门

2013 年 7 月 20 日，记者从中国兵器工业集团旗下的北方凌云工业集团（以下简称"凌云"）获悉，1—5 月份，凌云主营业务收入达 40.96 亿元，同比增长 113.88%，利润总额同比增加 15.65%；其中德国凯毅德公司的主营收入达到 48%，利润贡献率达到 43.6%。

德国凯毅德公司是一家有着 150 多年历史的国际知名汽车门锁企业，2012 年，凌云联合收购了这家百年老字号企业。其中，凌云、河南北方星光机电有限公司分别持有德国凯毅德公司 55%、25% 的股权，天津鼎硕股权投资基金合伙企业持有 20% 的股权，凌云实际成为德国凯毅德公司的控股股东。

"技术能力在哪里，未来就在哪里。我们收购德国凯毅德，更看重的是其自主研发能力、可持续发展能力及稳定的盈利能力。"凌云集团董事长李喜增对《中国科学报》记者强调。

非同寻常的收购

德国凯毅德公司是大众、福特、宝马、奔驰等汽车厂家的核心供应商，主要产品为高质量边门锁、前后盖辅助锁与模块、执行器。目前，该公司掌握着汽车锁行业最前沿、最先进的技术和工艺。

凌云工业集团有限公司党委书记信虎峰介绍，从 2011 年开始洽谈，历经 1 年多的时间，2012 年的 9 月份才完成了招资。

很多企业的并购仅仅是买了一个子公司，然而其研发设计的能力在总部。虽然子公司具备某一阶段的研发能力，但却缺乏后续再发展的设计能力。

据悉，此前凌云曾接触过一家德国零部件制造商，但最终因为其发展潜力不足而放弃。此次凌云收购德国凯毅德却非同寻常。凌云等联合收购的是拥有 840 余项专利技术，模块化、智能化设计水平处于国际领先地位，其创新发明技术引领了汽车锁市场变革的德国凯毅德公司的 100% 的股权。

德国凯毅德公司研发投入一直占企业收入的 4% 以上，这高于行业 3% 的平均水平，并未受到出售转手的影响。

此次收购对于凌云集团而言是第一次，并且意味着全球化布局的开始。对于行业而言，此次收购也极具借鉴意义，同时也标志着中国零部件行业转型升级进入到一个新的阶段。

走向全球市场

"作为中国一个汽车零部件的专业供应商，这个项目收购后，扩大了我们汽车零部件的业务品种。"信虎峰说。

德国凯毅德公司是一个全球化的跨国集团，其在欧洲、北美、南美甚至东欧都有工厂和研发基地。通过这种收购，凌云实现了一种强强联合和资源共享。

信虎峰坦言，德国凯毅德公司在欧洲、美洲也有工厂和研发基地，利用这种资源可以把凌云其他的零部件业务做到全球去，实现资源共享。最终的目的还是把凌云汽车零部件业务做大做强，拓展全球的市场。

凌云借力凯毅德走出去的同时，也能够为凯毅德在中国市场的发展提供帮助。

据悉，凌云汽车金属零部件占据 33% 的市场份额，稳居全国第一。汽车管路系统在国内卡车市场占据 70% 以上的份额。

信虎峰表示，凌云在中国的零部件市场上非常有影响力，通过这种收购，可以帮助凯毅德公司更快更好地发展中国业务。

凯毅德在中国拥有一家全资子公司，在中国市场的占有率不到 10%，在中国市场的份额并不与其在国际上的地位相匹配。借助凌云遍布全国的布局，凯毅德可以进入到更多新客户的视野。

记者注意到，无论吉利收购 DSI 自动变速器公司，还是北京京西重工宣布收购德尔福的相关设备，或是宁波均胜电子收购德国微控制器生产厂商等，都如同凌云收购凯毅德一样，把评估其真正的核心价值和竞争力作为收购的方向性选择。

凌云的海外并购，用一把车锁打开了通向世界的大门。

2013-07-24

星际空间公司为建设智慧城市提供支撑：
破解三维数字城市技术瓶颈

2014年10月9日上午10时，在四川省某地，隶属于天津市勘察院的天津市星际空间地理信息工程有限公司（简称"星际空间公司"）的技术人员正在有序实施机载激光雷达航摄作业。

"机载激光雷达航摄可以采集到人工和其他航摄工具无法比拟的信息数据。"该公司航测事业部总经理刘永强说。据刘永强介绍，机载激光雷达航摄可以实现有人机、无人机、地面基站技术相互融合。项目完成后可提供高精度的三维基础地理信息，为该区域内三维数字城市建设、规划、国土等领域提供坚实的数据支撑。

"机载激光雷达航摄技术只是该公司的核心技术之一。"天津市勘察院副院长田春来告诉《中国科学报》记者，近年来星际空间公司立足于国际前沿研究技术，对三维空间数据获取、处理、建模、存贮、集成等关键技术展开研究，成功突破了特大城市三维数字城市快速构建关键技术瓶颈，为建设智慧城市提供了有力的空间支撑。

已成基础性课题

智慧城市是数字城市与物联网相结合的产物，是在城市全面数字化基础之上建立的可视化和可量测的智能化城市管理和运营，包括城市的信息、数据基础设施，以及在此基础上建立的网络化的城市信息管理平台与综合决策支撑平台。

"智慧城市的空间支撑是数字城市，数字城市与智慧城市具有承前启后的紧密联系。"天津市勘察院副总工程师、星际空间公司总经理黄恩兴说。

黄恩兴进一步指出，"三维数字城市"是在"二维数字城市"概念的基础上发展起来的，是三维地理信息技术、虚拟现实技术和计算机技术等技术手段的综合应用，实现了用三维数字场景来表现真实空间地理要素的目的，具有直观、可视、精细表达三维空间的优点。同时，也是城市信息化的基础，以及政府提升城市管理水平的手段。

"三维数字城市建设已成为当今城市信息化研究和应用中的一个基础性课题。"黄恩兴说。

据黄恩兴介绍，国内较发达的大中型城市，如上海、深圳、广州、武汉、重庆等，在城市规划管理、规划展示、城市建设等领域均积极推行三维数字化城市建设技术，并逐步得到了一定应用。国际上，美国、欧洲、日本等发达国家也已展开相关研究，其整体研究水平和应用状况目前同国内发达地区相当。

需求难满足

据记者了解，三维数字城市建设是一项周期长、投资大、技术难度很高的应用性课题，同时，三维数据制作效率低、精度低、老化快，数据更新和系统维护困难，后续投资不足，因此，难以满足我国城市建设快速发展的需要。

"一些三维数字城市建设存在内容单调、区域较小、功能较少、投资不足和重复投资等问题，难以适应现代城市建设和管理对多元信息的需求，大大限制了三维数字城市功能、作用和效益的发挥。"星际空间公司技术总监江贻芳坦言。

在江贻芳看来，受现有软硬件环境限制，目前三维数字城市的应用主要存在以下方面的困难：首先，大城市特别是特大城市海量高精细三维数据组织应用困难，难以实现多元信息集成应用，制约了三维数字城市的实用价值；其次，海量三维空间数据的动态维护管理问题没有得到有效解决；最后，三维数字城市主要应用在虚拟展示和辅助规划管理方面，应用广度和深度比较有限。

如何突破

那么，上述应用难题应如何突破？

星际空间公司航测事业部总工程师王国飞告诉记者，机载激光雷达测量主要采用基于单体建筑物和单向道路的设备检校方案。由于检校飞行过程中误差模型的复杂性，现有设备检校方案存在参数的检校效果不佳、不能有效检核检校成果的可靠性等一系列局限性。

针对这一问题，星际空间公司提出了融合检核功能的机载激光雷达测量设备检校方法，通过检校场特征地物的选取和内业数据处理方法的改进，提高了设备检校精度和可靠性，并加强了测区航测数据成果的质量控制能力。

目前，该公司在技术方面的努力已经有了收获。据了解，该公司承担了天津市三维数字城市建设，已累计完成 11 919 平方千米的三维数字地形模型、数字正射影像、数字高程模型及 1 400 平方千米建筑物三维数字体框模型、近 500 平方千米三维数字精细模型的制作。同时，还开发了具有自主知识产权的三维数字城市 GIS 管理平台，并实现了三维数字规划方案辅助审批、二三维一体化的城市规划管理。

"目前该项技术已经广泛应用于规划、国土、应急、交通、经济、城市建设、数字测绘等领域。"黄恩兴说。

2014-10-21

打好京南"桥头堡"的疫情阻击战

——河北涿州应对新冠肺炎疫情工作综述

设立 22 个交通防疫检查站点,打好京南"桥头堡"疫情阻击战;1 300 个党组织、近万名党员筑起坚不可破的红色防线;4.7 万名志愿者并肩战"疫",助力编织防控疫情牢固的安全网;京涿沿线 4 个乡镇 33 个村,保卫自己并坚守卫护首都的职责;积极助力本市相关企业复产扩能,保障疫情防控物资供应……

自新冠肺炎疫情防控工作开展以来,位于北京南大门的涿州市,结合本地实际,广泛动员群众、组织群众、凝聚群众,严格落实联防联控措施,按照"市界不输入,市内不扩散,环京不输出"的工作目标,坚定不移地筑牢抵御疫情的每道防线,以实际行动当好首都政治"护城河"。

22 个交通防疫检查站点全力开展疫情阻击战

涿州地处京畿,是首都的"南大门"、北京的"桥头堡"。国道、京白路、京港澳高速公路、京广铁路、京石铁路客运专线纵贯南北;省道廊涿涞路、首都地区环线高速横贯东西,形成了涿州对外交通快速通道。同时有 4 个乡镇 33 个村与北京市的镇村接壤,特殊的区位赋予了涿州市拱卫首都安全的重大政治责任。

涿州市因地制宜,科学布局,设立京港澳高速京冀省界站、107 国道挟河北京检查站、京白路检查站及其他进京路口等交通防疫检查站点 22 个,全力打好疫情防控阻击战。

在各个站点,由公安、交警、交通、医务工作者、机关干部和志愿者组成的专门执勤队伍共计 1 000 余人。他们夜以继日,全力以赴筑牢抵御疫情的每道防线，确保疫情市界不输入、市内不扩散、环京不输出。

京港澳高速京冀省界站是北京的南大门，是疫情防控点中的重中之重。

"你好，请停车测量体温。"

"请下车登记车辆和人员信息。"

2月14日，一场春雪不期而至，傍晚又刮起了风，气温陡然下降。

晚18时许，在京港澳高速京冀省界站，室外温度为零下7摄氏度。现场有公安、交警、医务人员共计30多名人员值班，他们身穿防护服、佩戴口罩和护目镜，分工明确。有人手持红外线额温枪逐车逐人测量体温，有人负责维持车辆秩序，有人负责登记车辆和人员信息。据悉，他们要从晚上6点一直工作到第二天早上8点。

当天带班的领导是京港澳高速公路涿州检查站副站长刘浩，他主动请缨，大年初一就从家回到了工作岗位。他家里也有年老的父母、幼小的孩子，只能让妻子一人在家照看。他只有不执勤时才能通过微信视频和家人说说话……

"这里是北京南大门，任务艰巨。我们必须全力以赴，为首都安全做最好的保障。"刘浩表示，检查站的每个人都一样，再苦再累也不会退缩，必须守好北京的南大门。

京港澳高速公路涿州西出口，每天晚上7点到第二天早上7点是涿州市华丰医院的医护工作者值班。2月15日晚，已经好几天没回家的华丰医院院长任贵全冒着寒风，来到检测点和大家一起值班。

从大年初二开始，该医院医务人员就奉命到检测点一线执勤。57岁的梁庆春是一名有着20多年党龄的党员，两年前刚做了心脏支架手术，但他还是第一个举手报名加入执勤小分队。同样57岁的该医院党支部副书记杨斌，也主动要求加入执勤小分队，在一线执勤的同时还承担着开车转送队员的任务。

开启疫情防控工作以来，涿州市城乡广大医护工作在疫情防控一线任劳任怨，全力打好新型冠状病毒疫情防控阻击战。

涿州市清凉寺社区卫生服务中心的康晨阳，是一名退伍军人，他第一时间报名参与到疫情防控阻击战中；涿仝村卫生室80岁乡医蔡汉云，也义无反顾地投入到防控疫情的第一线，从疫情开始至今一直在洋泗庄村北检查站执勤；赵家铺村卫生室乡医邓国民在疫情开始时就向卫生院领导提交请战书……

目前，涿州市共有520多名医务工作者奋战在疫情防控一线，他们舍小家、为国家，以实际行动奏响了战"疫"的最强音。

"可爱的医务工作者们把工作当作'事业'、把岗位当作'战场'、把标准当作'准绳',坚守在疫情防控的最前沿,他们是涿州市在新冠肺炎疫情防控工作中的英雄!"涿州市卫健局局长王东威如是说。

近万名党员筑起坚不可破的红色防线

"敬爱的党组织:

我志愿加入中国共产党……

"2020年新年伊始,全国人民就都投身到了防控阻击新冠疫情的战斗中。在这次疫情中,我被抽调到京港澳高速涿州市开发区口执行新冠疫情防控排查工作。我虽不是党员,但我义无反顾地坚守工作岗位,以一名党员的标准要求自己……"

这是在京港澳高速公路涿州东口执勤的涿州市妇幼医院儿科医生吴迪,在2月2日向涿州市妇幼医院递交的入党申请书。

"在疫情防控工作中,妇幼医院儿科护士长刘美伶在工作中的表现一直感动着我,影响着我。"吴迪告诉记者,在高速路口值班的刘护士长,每天坚持在寒风瑟瑟的夜晚值班,让其他护士姐妹值白班,彰显了特殊时期一名共产党员的本色。

"这种在任务面前勇往直前、勇于担当的精神触动了我的心灵!我时刻准备着成为他们中的一员,成为一名共产党员!"吴迪说。

在一线执勤的涿州市妇幼医院检验科主任于晓硕也深受感触,向党组织递交了入党申请书。

为更好地凝聚基层疫情防控群防群治力量,中共涿州市委组织部发出了《关于完善社区基层组织设置为打赢疫情防控阻击战提供坚强组织保障的通知》,截至目前,已经成立临时党委34个,疫情检测站点和社区设立临时党支部(单独建支或联合建支)255个。

设立临时党支部以来,已有来自各行各业的546人递交申请书或提出入党申请。他们纷纷表示,要以身边的共产党员为榜样,以共产党员的标准要求自己,听从组织指挥,时刻准备为党和人民奉献自己的一切!

疫情防控阻击战中,涿州市255个临时党支部筑起坚不可破的红色防线,广大党员率先垂范,成为疫情防控第一线的排头兵、主心骨和战斗员。

涿州市疫情工作领导小组交通检疫组专门成立了临时党总支,21个交通防疫点成立临时党支部,由全市抽调的21名科级领导干部担任临时党支部书记，党员一律佩戴党徽上岗值勤，各检疫站全体党员开展宣誓、重温党的誓词等活动，调动了工作热情，激发了工作斗志。

在进出首都北京的重要通道涿州京白路的检查站，有一名执勤的医务工作者孙国忠，他本已退休在家，但在国家需要的紧急关头，他毅然报名。他说："虽然离开单位有一段时间了，但是医务室里我最有经验，有我在，年轻人心里也踏实。"

在涿州市挟河公安检查站，作为党员的副站长王鸿宇，从腊月二十九那天开始就一直奋战在执勤一线。他说："防控责任重大，我们公安民警不仅守土有责，更要守土尽责！"

京港澳高速公路涿州检查站基层民警乔雨晴，新婚不足半个月，一听说有任务，她便放弃休假，主动请缨，奔赴疫情防控一线。

在涿涞路防疫检测点上，涿州市交通局路政站55岁的刘红忠，主动请缨和检测点的其他同志一起站岗值班。他的同事告诉记者，刘红忠曾经得过心梗、脑梗，身体里有"6个支架"，"老刘是在偷偷吃着药坚持上岗的"。

在这场没有硝烟的战争中，涿州市广大党员挺身而出、扎实工作，一面面鲜艳的党旗，飘扬在疫情防控第一线，也飘扬在群众心里。当前，来自全市995个基层党支部的9 959名党员正奋战在疫情防控一线，他们是疫情防控第一线的排头兵、主心骨和战斗员，成为筑牢抵御疫情"三道防线"的最坚强基石。

4.7万名志愿者并肩战"疫"

"用微信扫一下二维码，填个表特方便！"在涿州市桃园办事处电梯厂小区，临时党支部书记李春兰逢人就介绍志愿者报名的事。

涿州市新时代文明实践志愿服务总队向全市发出倡议，号召社会各界群众同舟共济、众志成城，积极参与到联防联控、群防群治的志愿服务中来。

广大志愿者迅速投入战疫一线，守路口、跑楼栋、宣传防控知识、摸排返乡人员、做好消毒消杀、开展爱心捐助。一句句温馨的提示，一次次贴心的服务，成为冬日里最暖心的一抹"志愿红"。

在清凉寺办事处，成建制小区有185个，人口数近17万，疫情防控压力较大。辖区新时代文明实践所发出了《致房地产企业和物业公司的公开信》，号召企业主动承担社会责任，发挥物业优势，为小区居民撑起一道阻隔病毒传播的生命安全网。

"您好,您加我微信,把您需要购买的物品发给我,我们安排人员给您送上门。"水岸花城社区新时代文明实践站的志愿者杨立英一刻不停地接听业主电话。在她的手机备忘录里,详细记录着帮哪位居民采购了什么物资。社区负责人介绍。有 283 名志愿者主动当起"红色代办员",每个单元楼的代办员电话都在业主微信群里公布,尽最大可能帮助居民解决生活不便。

在际华三五四三小区,社区志愿者协会负责人尤鹏从大年初二起每天按时到岗巡楼巡户。"这是一个老旧小区,物业力量不足,我们就地发动了 23 名志愿者,协助做好疫情排查工作,还有 402 名协会志愿者在本小区、本村就近开展志愿服务活动。"

让文明之光照亮战疫之路,一幕幕志愿者"一心移疫"的感人故事正在上演。双塔办事处北关村 46 名党员志愿者联名向村委会提交"请战书";义和庄镇中任村 3 名医护专业大学生自发成立"小木兰"志愿服务队;百尺竿镇泗各庄村 76 岁老党员王聪每天走 4 万多步进行义务消毒;爱心企业家李志刚分两批次支援武汉 5.25 吨消毒水;针织工人杨春艳每天工作 15 个小时坚守在防护服生产线;崔舟、谢萌萌夫妻舍小家、顾大家,分赴公安和医疗一线……

截至目前,已有 4.7 万余名志愿者和 11 个社会志愿服务组织投入疫情战斗,他们并肩战"疫",助力各个卡点、村庄和社区,编成一张阻隔疫情的安全网。

京涿沿线 33 个村:保卫自己并坚守卫护首都的职责

涿州市东仙坡镇北务村是一个地理位置尤其特殊的行政村。该村地处涿州最西北,村西南是北京长沟村,村西是北京沿村,村北是北京的五侯村,村东是北京的七弦和南张村,可以说和北京邻村呈犬牙交错之状。

村支部书记聂振海表示,在这场抗击疫情的战役中,北务村不但在保卫本村的乡亲们,同时作为北京的外围防线,也有拱卫京师的政治任务。

在涿州的 402 个村中,与北京市镇村有类似"关系"的不止北务村一个。毗邻北京的涿州市,有百尺杆镇、东仙坡镇、码头镇、义和庄镇 4 个乡镇的 33 个村与北京市大兴区、房山区等地的镇村相邻。这些相邻村地连地,亲连亲,不少村之间结成了"友好村",互相往来,交通更是四通八达。

按照"市界不输入,市内不扩散,环京不输出"的工作总目标要求,在疫情防控中，各村必须做到"既要保护好自己村庄，也要守卫紧邻的北京村庄"。

有着 2 000 左右人口的涿州市义和庄镇陶营村，处在涿州北部与北京的交接点，进村路口有六七个，平时人员和车辆往来繁多。该村成立以村支书为组长的抗击疫情领导班子，下设排查、消毒、安检、巡检等多个小组共计 100 余人，每个小组各尽其职，各负其责。

"我们不仅要看管好本村的路口，还要帮助临近的北京市房山区韩营村和五间房村多留心。这两个村是我们的友好村，共同防控疫情，是我们的友好责任。"陶营村党支部书记鲍磊如是说。

在码头镇东杨合庄村，村内 40 名党员充分发挥先锋模范作用，戴党徽、亮身份，冲锋在一线、战斗在一线。工作中，他们巡查布控、排查摸底、宣传动员，并在与北京交界的各路口设立卡点，实行"封闭式"管理，对进出车辆逐一进行登记，为进出人员测量体温，对外来人员进行劝返。该村党支部书记裴国介绍，村里落实党员包户制度，引导群众增强自我保护意识，提升自我保护能力，同时还必须全力守卫北京百姓的健康和安全。

在涿州市西疃村，该村卫生室 71 岁的乡医周树华和 75 岁的卫生所大夫刘存的高尚行为更是赢得了赞誉。两位古稀老人自 2 月 1 日起至今都在西疃村北与北京交界处义务执勤，以实际行动守卫京涿两地百姓的健康和安全。

在义和庄镇南蔡村，由党员干部和群众组成的 100 多人的志愿者队伍，已成为该村疫情防控的重要力量。该村志愿者服务队投身到第一线，组织岗哨，24 小时值守，不定时巡逻。

记者在涿州市百尺竿镇、东仙坡镇、码头镇、义和庄镇 4 个镇采访了解到，目前 4 个镇 33 个临近北京的村中，有近 6 000 名志愿者在行动，他们有的捐款捐物献爱心，有的夜以继日全身心投入"抗疫"一线，成为京涿"边界线村庄"里疫情防控的一支生力军。

助力企业复产扩能，保障疫情防控物资供应

在疫情阻击战中，涿州市政府相关部门积极助力疫情防控物资生产企业快速复产、扩大产能，大力保障疫情防控物资供应。

2 月 16 号，涿州市的际华三五四三针织服饰有限公司生产的 4 500 套防护服发往武汉。这也是该公司转产后，第一批发往武汉的物资。

据悉，际华三五四三针织服饰有限公司原本是一家以生产面料、成衣、

肩章服饰为主的国有企业。面对疫情的严峻形势，该公司积极响应上级号召，转产防护服。

该公司在1月底筹备转产防护服，成立设备采购、原材料采购、技术准备、生产组织、后勤保障等小组，并在涿州市市场监督管理局、涿州市工信局等部门支持帮助下，很快完成了设备添置、原材料采购。与此同时，该公司还积极与省市相关部门联系，简化审批手续，缩短审批流程。2月2日第一个防护服样品下线，3日设备调试，4日正式投产。目前，该公司有5条生产线全线运转，日生产达2 000套。

在涿州，转产防护服的不只有际华三五四三针织服饰有限公司。

涿州华诺救生装备有限公司是一家专门从事研制、生产、经营医疗急救器材和急救装备的高科技民营企业，面对突然暴发的疫情，该公司决定紧急转产，组织研发团队重新进行排版设计，对原材料进行检测，在原有的生产线上紧急调整，研制医用防护用品。该公司总经理张武荣介绍，目前生产车间有50多人在加班加点，除去吃饭去卫生间的时间，几乎已经"长"在了操作台上。产量从最初的三四件，到后来的上百件。随着生产工艺的日趋成熟，目前日产量已达500件。

而生产医用防护口罩的涿州福美神盾生物科技有限公司，本来在1月17日已经放年假，工人们已经回家。1月18日上午，公司总经理曲凤岩接到上级部门指示，医用口罩告急，务必开工生产。疫情就是命令，公司所有员工被紧急召回公司，停止休假，重新组织生产。

连日来，该公司有30多名员工在岗位加班加点，每人每日工作超过13个小时。从除夕到现在，员工们一直没有和家人团聚。目前，该公司的口罩日生产量达5 000个，每天当晚就有专门运输车辆把这些口罩发往医疗单位。

涿州市把支持疫情防控重点物资生产企业复工复产作为重要政治任务，重点围绕防护服、医用外科口罩、消杀用品等急需物资，动员组织有关重点企业复工复产，结合实际扩大产能，并开足马力生产。按照上级计划，一批又一批消毒液、防护衣、医用口罩等物资从涿州发往各个有疫情防控需求的部门或者医疗单位，为及时保障疫情防控物资供应作出了贡献。

2020-02-18

打造京津冀协同发展中的"涿州场景"

    距离北京 60 公里的涿州市，是河北省一个县级城市。近年来，依托毗邻北京的独特区位优势，该市把"对接北京"作为战略选择之一，不断探索重点领域协同联动，借势借力发展，大力打造京津冀协同发展中的"涿州场景"，京涿"同城化"和"一体化"不断向纵深推进。

打造"交通强市"实践场景，推进与北京互联互通

    早上 6 点多，在高铁涿州东站的候车大厅，贺鹏站在 G6702 次高铁的乘客队伍中，等待检票上车。

    贺鹏家住涿州，已经在北京从事 IT 行业 10 余年，每天都要往返于北京和涿州。

    "这趟车早上 6：23 发车，6：47 到达北京西站，确实给我们这些住在涿州、工作在北京的通勤人员带来了很大方便。"在贺鹏看来，自己虽然跨省通勤，但和居住在北京的同事通勤的时间成本差不多。他感受到了京涿两地"同城化"的进程在不断加快。

    G6702 次高铁，于 2022 年 7 月 18 日开通，是由涿州东站始发到北京西站的高铁专列。该专列进一步满足了"涿州买房、北京上班"的"双城记"通勤人员的需求，拉近了涿州和北京的距离。

    近年来，涿州市不断深化与北京交通领域协同，围绕"进京要畅""缩短乘客通勤时间"等，不断推进与北京互联互通，打造"交通强市"实践场景，构建了多节点、网格状、全覆盖的"纵横交错、辐射相接"的大交通体系。

    目前，北京 838 公交每 5 分钟发一次班车，往来京涿；涿州境内京广铁路、京广高铁、京港澳高速纵贯南北；京昆高速、廊涿高速、张涿高速横跨东西；京雄高速建成通车和大兴国际机场涿州城市航站楼去年投入使用；乘京石

客运专线进京仅需 20 分钟……

京津冀协同发展河北省协同创新中心主任武义青表示，大兴机场涿州城市航站楼的启用和京涿城际通勤高铁专列等的开通，标志着涿州至北京交通一体化进程加快，对于承接北京的人才、技术、资金、项目、信息等优质资源，以北京之长补涿州及周边地区之短，对于涿州、保定乃至河北深度融入京津，促进京津冀协同发展具有重大意义。

58 家央企入驻涿州，"央企强市"实践场景初具雏形

阳春二月，乍暖还寒，位于涿州市松林店镇的分子靶向诊疗药品生产基地项目施工现场一派火热，工人们正加紧施工。目前，一期工程已全部封顶，二期工程正压茬推进。

生产基地负责人高松介绍，该项目由中国核工业集团旗下原子高科华北医药有限公司投资 10.5 亿元建设，2026 年建成投产后，将批量生产活脱氧注射液、碘化钠诊断胶囊等核医学临床应用药品，成为亚洲产能最大、产品线最齐全的放射性诊疗药品生产基地。

分子靶向诊疗药品生产基地项目是涿州引入的央企代表之一。该市牵牢北京非首都功能疏解这个"牛鼻子"，多次赴京开展对接，吸引央企国企入涿。

"针对央企二、三级总部扩资增容、扩大产能等需求，涿州市采取'一对一、点对点'的方式，有针对性地开展招商活动。"涿州市发改局局长郭学良介绍，在承接北京非首都功能疏解、推动京雄保一体化发展的过程中，涿州市围绕打造"六大金饭碗"（智能制造、金属材料、央企总部、影视传媒、文化旅游、高端农业）和"一体两翼"（以工业制造业为主体和以现代农业、文旅产业为支撑）的产业发展格局，积极承接央企国企及分支机构，重点承接智能制造、教育科研、文化旅游、康养卫生等优质项目，大力打造承接北京非首都功能疏解和产业转移的"桥头堡"，借势借力加快自身发展。

为使项目引得进、落得下、建得好，2022 年涿州市对外打出了"涿悦服·最卓越"营商环境品牌。2023 年 2 月 15 日，该市又专门举行优化营商环境实践场景专项行动新闻发布会，对外发布《进一步优化营商环境十条政策措施》和《优化营商环境"十必须十严禁"》，进一步激发市场活力和创造力，严格涉企管理和服务行为，唱响"涿悦服·最卓越"营商环境品牌 2.0 版本。

该市还实行定期"过堂会"和"一把手"领办制度，创新实行"红黄绿

白"四色管理机制，定期进行走访，及时跟踪问效，不断优化营商环境实践场景，增强企业家到涿州投资发展的信心，推进引入项目快速落地生根。

2022年，该市围绕布局数字产业新业态，在北京创新举办"数字引领·智汇涿州"招商推介会，共签约项目9个，投资额达44.85亿元。

郭学良介绍，目前入驻涿州市的央企总数由37家增长到58家，"央企强市"实践场景在涿州初具雏形。

据悉，2022年涿州市全年推进省、保定市重点项目56个，完成投资91.96亿元。其中，模式动物（猪）表型与遗传研究国家重大科技基础设施项目、中国五矿产业园等一批央企项目主体工程陆续竣工。

其中，总投资7.6亿元的模式动物（猪）表型与遗传研究国家重大科技基础设施项目投入使用后，将成为世界首个对猪全方位、全尺度研究的项目，将吸引全球相关领域科研创新力量聚集，打造生命科学科研创新高地，带动河北省相关产业高质量发展；中国五矿涿州科技产业园未来将打造成一个以企业总部行业协会和技术研发中心为主的新兴产业集群，新增产值50亿元，带动就业岗位2 000多个，对推动当地产业转型升级、经济高质量发展起到积极的促进作用。

"目前涿州市正大力推进总投资18.7亿元的赛高波特智能计量制造等4个项目建成投产；加快总投资115.6亿元的华铝新能源电池箔、原子高科分子靶向诊疗药品研发生产基地等14个项目建设进度；推动总投资50.6亿元的中国钢研涿州基地、涿神铝加工装备制造等12个项目开工。"郭学良说。

生态建设一体化，助力京冀区域打赢蓝天碧水保卫战

2月15日下午2时许，在涿州市义和庄镇长安城村东的永定河岸边，涿州摄影爱好者刘永兴正用相机镜头捕捉河水中嬉戏的白天鹅的精彩瞬间。

"去年2月份这里就有白天鹅飞过来，我到这儿拍摄过，当时大约有30多只。今年来这里的白天鹅又增加了，现在大约有50多只。"刘永兴说，是永定河水质变好了，周边环境也美了，才把白天鹅吸引了过来。

永定河被称为北京的"母亲河"，刘永兴拍摄白天鹅的河段位于涿州和北京大兴交界处。

河北省保定市生态环境局涿州市分局局长祖金涛介绍，为保护好永定河的生态环境，涿州市于2020年10月启动永定河综合治理与生态修复项目。批

复总投资额 4.3 亿元，对 7.9 千米的堤防和 7.76 千米的河道进行综合治理和修复。项目的实施，使古老的永定河重新焕发出活力。

"在加快生态建设一体化进程中，建立北京房山与涿州两地职能部门联合环保执法机制，保定市生态环境局涿州市分局、北京市房山区生态环境局、涿州市生态办、涿州市公安局交警大队每个月进行一次联合执法，共同在京冀交界处，对汽车尾气、加油站、非道路移动机械和厂区、工地等开展检测和治理工作，以联合执法、协同治理推进蓝天碧水净土保卫战。"祖金涛表示，两地联合环保执法，为京冀双方环保工作提供了互动机会、增进了业务交流，为处理交界棘手问题提供了有效应对措施。

"河北涿州京源热电有限责任公司（以下简称'京源热电'）项目在涿州投入运营以来，对促进京津冀能源基础设施一体化、改善京南地区生态环境意义非凡。"祖金涛介绍。

据悉，京源热电一期工程建设的 2 台 350 兆瓦国产超临界热电联产机组，分别于 2017 年 11 月和 2018 年 6 月投产。

"京源热电是我国北方地区第一个基于纳滤分制盐技术实现脱硫废水零排放的电厂，替代关停房山和涿州两地高污染、高能耗燃煤小锅炉近 500 台，每个供暖季可节约天然气约 2 亿立方米，对改善大气环境质量、优化能源结构发挥了重要作用。"京源热电设备管理部部长孟旸介绍，项目一期工程电力直供京津唐电网，供热服务范围包括北京房山和河北涿州，供热服务范围覆盖房山韩村河、窦店等 4 个重点镇以及涿州主城区和码头等镇，满足了近 50 万人的供热需要。

京源热电党群工作部副部长张旭表示，为进一步满足京涿两地供热需求和电力需求，有效提升两地居民生活水平和城市环境质量，京源热电正在着手项目扩建。

张旭称，扩建项目将投资扩建 2 台 1 000 兆瓦超超临界热电联产机组。项目建成后可满足约 4 200 万平方米的集中供热需求，其中北京市房山区约 1 800 万平方米，涿州市约 2 400 万平方米，同时每年可向京津冀地区输送约 90 亿度电量。

引入首都医疗优质资源，老百姓不出涿州就能享受到北京医疗卫生服务

"本来计划去北京同仁医院给父亲做白内障手术，现在北京的专家就在涿

州，不用再跑到北京挂号排队了。在这儿做手术省时省力省钱，太方便了！"2月14日中午，河北省涿州市松林店镇岐沟村的郑桂民，陪护77岁的老父亲顺利在涿州立明眼科医院实施了白内障手术。

"今天一共安排了18台手术，上午已经成功为10名患者实施了手术。"2月14日12时，眼科专家镇华走出涿州立明眼科医院手术室，她擦了擦额头的汗告诉记者。

镇华原是中国中医科学院眼科医院主任医师，2020年被涿州立明眼科医院聘为坐诊和手术专家。

涿州立明眼科医院院长助理杨征宇介绍，目前该院有像镇华一样的，来自北京同仁医院、北京世纪坛医院、北京普仁医院、中国中医科学院眼科医院等医疗单位的20余名眼科专家，长期到院坐诊或为患者实施手术，使涿州市的老百姓在家门口就能享受到北京的医疗卫生服务。

在京津冀协同发展中，涿州市大力推进京涿医疗一体化。全市各医院结合实际不断加强与北京各大医院的交流对接，创新合作模式，找准切入契合点，深化合作内容，助力医院高质量发展。

河北一洲肿瘤医院与北京大学第一医院、首都医科大学三博脑科医院、北京大学肿瘤医院、北京儿童医院、北京协和医院等三甲医院签订合作协议，采取远程会诊、专家定期来院指导培训、院外送进修等方式开展深层合作。

"北京优质医疗资源的引入，除了直接方便患者外，还促进了各医院的重点学科建设、医院运行管理以及未来发展理念提升。"据涿州市卫健局局长刘建华介绍，目前保定涿州长和儿童医院与北京儿童医院建立了工作站合作模式；涿州立明眼科医院加入依托首都医科大学附属北京同仁医院组建的全国眼科联盟，成为联盟成员单位；涿州市中医医院与北京中医药大学东直门医院签订帮扶协议，并挂牌成立了北京中医药大学东直门医院涿州分院。

"北京医院每个月向我市派驻专家100多人次，诊疗患者大约1 000多人次，并参与指导手术、讨论疑难病症、组织专家会诊等。"刘建华说。

2023-02-23

最美村医特殊时期"隔空问诊"

3月20日上午11时许，河北省涿州市刁三村冠心病患者宋振芳与村医周松勃通过微信视频寻医问药。周松勃耐心地解答，告知他在饮食等方面应注意的事项，并对他进行心理疏导和简单的用药指导。

这是周松勃疫情期间给"老病号""隔空问诊"的一个场景。

周松勃，河北省涿州市刁四村卫生室乡村医生，是第十三届全国人大代表。他曾荣获过"全国优秀乡村医生""最美乡村医生特别关注奖""白求恩式好医生"等荣誉。

从1987年从医开始，周松勃就养成了一个习惯——做病历记录。每诊治一名患者，周松勃都会将病人的姓名、住址、就诊时间、症状、用药等情况工整地记录在册。33年的时间里，他整理记录了255本病历册，涉及病历51.2万份，摞在一起足有一人多高。这个习惯，让周松勃对乡亲们的既往病史、用药过敏史、家庭病史和健康状况等基本了如指掌。

新冠肺炎疫情期间，村级医疗机构全部停止接诊，而且慢性病患者也不能出村看病。很多慢性病人在这个特殊时期会产生焦灼不安、恐惧害怕等心理。有的患者每天量十几次体温，有的因为对疫情的恐惧而加重了病情。为此，周松勃转变工作方式，通过电话和网络，继续跟患者保持联系。他把这个称之为"隔空问诊"。

"平时工作是和患者面对面交流，现在只能通过网络视频或者电话的方式和患者沟通。还好大多数都是我的"老病号"，他们的基础病和健康档案我都装在心里。基本上听完他们的描述，我大概都知道是怎么回事，可以对他们进行心理疏导和简单的用药指导。"周松勃告诉记者，这些天手机24小时开机，随时"隔空问诊"，科学指导病人以及家属日常保养和保健，指导他们如何调整心理状态。心理调整好了，病人就大大缓解了病痛。

据悉，疫情以来，周松勃"隔空问诊"患者达到6000人次，其中不仅有本地四邻八村的患者和群众，还有来自廊坊、张家口以及天津、山西等地的"老病号"。

"网上诊病快速便捷，为医患双方都节约了很多时间和精力，下一步我计划专门开设网络医院，通过网上挂号、网上诊疗为患者治病，让一些病人少跑腿，也方便给一些外地的患者进行诊断。"周松勃说。

2020-03-22

在中国桥梁模板行业中领跑

——涿州市三博桥梁模板制造有限公司创新发展纪实

从杭州湾跨海大桥工程的成套预制箱梁和墩柱模板，到润扬长江公路大桥的翻模，再到青藏铁路—拉萨河特大桥、长江源特大桥的特大异形墩柱模板和破冰棱模板制作；从承担制作加拿大温哥华—曼港高速公路节段拼装模具，到圆满完成美国轻轨——杜勒斯铁路工程中节段拼装模具的设计安装，近年来，河北省涿州市三博桥梁模板制造有限公司（以下简称"三博公司"）在国内外桥梁模板设计制作领域业绩卓著、名声显赫。

该公司通过自主创新和引进、消化吸收集成创新，把高、精、尖的产品作为发展的重点，以质量过硬打造了业内知名的"三博"桥梁模板的品牌，不仅始终保持了中国桥梁模板行业排头兵的地位，而且得到了世界上同行业的认可，产品出口到世界五大洲20多个国家。

三博——博科技、博质量、博市场

"我们的经营理念是'博科技、博质量、博市场'，所以我们的公司叫'三博公司'。我们的这个'博'，不是拼搏的搏，意思是不能简单地、粗放地、硬性地去拼搏；而是广博的博，就是要有尖端的核心技术、一流的产品质量和广大的市场。"

三博公司总经理杨秋利在接受《中国科学报》记者的采访时，解释公司名称中"三博"的含义。

杨秋利，高级工程师，现为中国模板协会副理事长、中国模板协会专家委员会副主任委员。

1997年，杨秋利带领他的团队，组建了涿州市三博桥梁模板制造有限公司。

成立之初，三博公司承接的第一个工程是津保（天津至保定）高速公路白沟河溢洪道一段桥梁模板设计和制作。

当时共有 3 家公司设计制作这段桥的桥梁模板，三博公司承接的工程量占到三成。

为打响这第一炮，杨秋利带领公司设计和施工人员一丝不苟，力求每个设计的细节、每个产品的施工制作都精益求精。

三博公司的产品运到施工现场，施工的监理方一看很震惊："这么多年没见过这么高品质的模板产品。"

有了比对，另外两家企业的产品因为逊色被"勒令"重新返厂制作。后来，津保高速公路的施工方干脆把该段总体桥梁模板设计和制作工程的三分之二给了三博公司。

近年来，三博公司先后与中铁各局以及省内外多家建设单位强强联手，完成了国内多项大型铁路工程和特大型桥梁及城市立交桥建设，其中包括舟山连岛工程、秦沈高速铁路客运专线月牙河特大桥、城市立交桥——南京赛虹立交桥、青藏铁路拉萨河特大桥、长江源特大桥的工程建设，并承担了京津、合宁、哈大等城际客运专线成套预制箱梁模板、液压内模、墩柱、墩帽、挂篮模板等的设计和制造。

把建筑业模板做成"精品""工艺品"

随着社会的发展进步和市场的变化，建筑模板设计生产企业也面临严峻的挑战。杨秋利认为，建筑业模板必须要向精品化方向转化。

记者在三博公司采访时了解到，虽然这家公司在业内影响很大，国内外市场业绩突出，但却没有专门的业务员。

"我们的目标是把建筑业模板做成'精品''工艺品'，依靠品牌效应开拓市场。"杨秋利介绍，公司没有建立专门的业务员队伍，也不需要业务员去跑业务，大部分订单是客户"慕名"主动上门的。

杨秋利说，"'百年大计，质量第一'，我们开拓市场的法宝就是把这句口号变成现实。"

而为把这句口号变成现实，杨秋利和他的员工曾当着施工方监理的面砸过自己的产品。

1994 年，三博公司承接了河北省沧州的一段公路桥梁模板设计施工。验收时，监理方验收合格顺利过关，但三博公司检测人员发现产品没达到公司制定的质量标准。

"拆掉！推倒重来！必须达到公司的标准要求！"杨秋利给设计和施工的车间主任下了命令。看着自己辛辛苦苦设计生产的产品，车间主任和几名工人的眼泪在眼眶里直打转转，最后还是咬牙动手砸掉了自己"不合格"的产品。

这一被三博人称为"自砸"的事件，其影响力在三博公司内部不断放大，同时产生了长久效应。

2007年7月，在美国匹兹堡市召开的第24届IBC（国际桥梁会议）上，南京长江第三大桥荣获本届国际桥梁会议年度大奖——"古斯塔夫斯·林德恩斯奖"。这是该奖项自设立以来首次授予中国桥梁建设工程。

"我们参与了南京长江第三大桥的建设，这个奖项里包含着我们三博人的智慧和汗水！"杨秋利说。

杨秋利介绍，南京长江第三大桥是我国第一座全部采用清水混凝土工艺的桥梁。当时参与建设的三博公司，经过刻苦攻关，设计制作的"哑铃形"柱模在满足可根据墩柱标高不同互换的同时，接节的缝隙精度采用机械加工标准执行，攻克了清水混凝土浇筑技术，填补了国内空白。

目前，三博公司是中国模板协会副理事长单位，中国土木工程协会、中国公路学会隧道工程分会会员单位，并荣获"河北省名牌产品""河北省优质产品"及"全国守合同重信用单位"等称号。

2010年10月8日，"三博"商标被国家工商总局认定为"中国驰名商标"。

开创世界桥梁建设领域新纪录

杭州湾跨海大桥是世界上最长的跨海大桥。

杨秋利介绍，三博公司在杭州湾跨海大桥桥梁模板的设计和施工中攻克了人型箱梁现浇、预制和箱梁湿接头施工技术难题，开创了世界桥梁建设领域新纪录。

2005年7月28日，由三博公司制作的首片50米预制箱梁在杭州湾跨海大桥南引桥滩涂区架梁成功，向世人展示了当今世界运架设备和远距离"梁上运梁架设"的先进工艺，开创了世界上单跨重量"梁上运梁架设"的世界纪录，实现了世界第一架。

近年来，三博公司不断提高企业自主创新能力和创新水平，取得了多项成果。

2006 年 9 月 21 日，由三博公司设计制造的国内铁路首孔 32 米先张法预应力混凝土双线整孔箱梁模板，其箱梁静载弯曲实验，在合宁城际铁路全椒制梁场取得圆满成功。据悉，时速 250 千米、32 米客运专线先张法简支双线整孔箱梁预制，在我国铁路史上尚属首次。

针对铁路专线预制桥梁，三博公司研制开发了拥有自主知识产权的专利产品——无垂直"滑道"装置的全液压自锁整体内模，以及 32 米移动模架造桥机整体液压内模。

记者了解到，目前三博公司已获得专利 21 项，形成了一系列有自主知识产权的核心技术，并以其突出的技术优势与行业影响力，参与了《建筑业 10 项新技术》《清水混凝土应用技术规程》的起草与制定工作。

2021-01-03

中药材种养殖特色基地助力脱贫

"我们村共有 700 多人，大部分在外打工。留守在家的 100 多人大都靠'连翘'赚钱。"

2018 年 9 月初，《中国科学报》记者来到河北省涉县桑栈村采访。村委会会计王河山介绍，连翘现在是村里的支柱产业，全村连翘在 8 月底就全部采摘完成并交售到基地公司。

桑栈村位于革命老区河北省邯郸市涉县偏城镇，是涉县海拔最高、最偏远的山村，几年前也是当地最穷的村。

连翘属落叶灌木，是木樨科连翘属植物，生于山坡灌丛、林下或草丛中，果实可以入药。

2012 年，以岭药业全资子公司——涉县以岭燕赵中药材有限公司（简称"以岭涉县公司"）承包了该村万余亩荒山，建立了以连翘种植为主的太行山道地药材种植基地。

"以前村里的荒山灌木丛生，我们只能靠天吃饭。自从以岭（以岭涉县公司）在村里建立连翘基地后，情况就改变了。"王河山介绍，村里沾了连翘种植园的光，虽说 2018 年的倒春寒使连翘减了产，但村里人所采的药材（连翘果）全部被以岭涉县公司按市场价位收购。王河山除了采摘连翘外还跑运输，向县城运送连翘药材赚钱。连翘今年已给他家带来 2 万元收入。

"公司以基地为中心，依托产业、技术等优势，构建了公司 ┃ 基地＋农户的模式，推出了免费为村民技术培训、提供就业岗位、以市场价格收购中药材等多项扶贫举措。"以岭涉县公司副总经理李鑫介绍，在推进技术推广、做好中药材回收、解决就业等多项服务的同时，公司还不断提升桑栈村万亩连翘种植基地的内涵和外延品质，积极配合当地政府推进该村的美丽乡村建设，协助政府部门做好连翘种植基地的建设规划和面貌提升，促进旅游业发展。

据悉，2018 年 4 月，河北省 11 市推出 37 条休闲农业与乡村旅游精品线路，其中桑栈连翘种植基地就成为精品线路中的旅游观赏景点之一，吸引了越来越多的游人走进这个偏僻的山村。

"近万亩连翘种植基地直接使村民增收，同时带动桑栈村相关产业的发展，为村民致富开辟了新途径。但是，桑栈村只是以岭中药种植基地中的村庄代表。"以岭药业药材资源部副主任崔旭盛介绍，目前公司在涉县太行山地区已经建立了 10 万亩原态中药种植基地，通过道地药材产业基地建设，达到"绿化了荒山、造福了百姓、带动了旅游、保障了质量"的目的，实现了社会、经济、生态效益的丰收。

"不仅仅是涉县太行山地区的 10 万亩原态中药种植基地，以岭旗下的河北故城县茂丰养殖基地也特色鲜明。"崔旭盛告诉记者，该基地通过与贫困群众形成"公司＋贫困户"的利益联结机制解决就业，实现当地部分村民脱贫。

2018 年以来，茂丰养殖基地内就已安置就业人员 300 余人，同时也带动基地周边餐饮、物流等产业的兴起，使周边村农民投身这些产业，拓展了他们增收的途径。据该基地相关负责人杨杰介绍，茂丰养殖基地养殖着以岭创新中药通心络胶囊中使用的土元虫，其中雌性土元可以入药，雄性土元则成为基地内优种肉猪和 12 万只蛋鸡的饲料。该基地生产出的猪肉、鸡肉味道鲜美，营养丰富，"土元鸡蛋"胆固醇低，蛋白质高。这种多元化的模式形成了绿色主题的健康产品产业链。

"产业扶贫是促进贫困地区发展、增加贫困农户收入的有效途径。"崔旭盛介绍，以岭药业结合自身的产业需求，近年来在河北、吉林、甘肃、江苏、四川、广东等地建立了 17 个道地中药材种养殖基地。

"仅涉县连翘基地一处，就已经培训农民 2 000 人次，带动 2 000 多家农户进行连翘抚育和种植。加工厂区实现年产连翘 1 000 吨的生产能力，新增就业岗位上百人。"崔旭盛告诉记者，以岭药业把自身的产业、品牌、渠道、资金优势与贫困地区的资源对接，不断探索"产业扶贫、就业扶贫、技术扶贫、产业增值扶贫、企业拉动扶贫"五位一体扶贫模式，大力构建政府主导、以科研院校为技术依托、以龙头企业和基层农技站为实施主体的科技服务推广体系，加速了当地道地中药材特色产业的发展，并以此带动当地物流业、旅游业等相关产业的发展，实现了农业增效、农民增收、农村繁荣。

2018-09-19

教授"卖土豆"

"卖土豆啦！又到了丰收季，今年雨水足，马连道村土豆大丰收。但目前价格偏低，行情不稳，急需大客户前来购买。请圈内朋友多宣传，有需求者请与我联系。"

这是 2018 年 8 月 9 日晚上 20：12，燕山大学驻河北省承德市围场县银窝沟乡马连道村扶贫工作队队长张振华在自己微信朋友圈发布的一条消息，同时他还配发了 9 张有关的图片。

张振华是燕山大学新闻传播学专业副教授，任职这所大学党委宣传部副部长。

3 月 10 日，他和燕山大学里仁学院招生就业部部长王鹏、继续教育学院教师孙福兆组成扶贫工作队，被派到河北省围场县银窝沟乡马连道村开展帮扶工作。张振华任扶贫工作队队长，第一书记。

马连道村位于河北省承德市围场县银窝沟乡，该村经济以农业生产为主，是国家级贫困村。

工作队驻村以来，他们迅速了解村情村貌，深入走访调研，开展精准扶贫，与村班子密切配合，积极推进 2017 年规划立项的项目，争取新建分布式光伏、小街小巷道路硬化、村庄亮化等新的扶贫项目。短短 5 个月就取得了一定的工作成效。

马连道村的主导产业是土豆种植，多年来因为信息闭塞等诸多原因，导致土豆价格偏低、销路不畅，常常增产不增收。

今年该村土豆种植户 160 多家，共有 1 500 余亩，预计总产量将达到 370 万千克。和往年一样，销售难仍是村民的愁心事。

"要通过解决马连道村土豆销售难的问题，引导群众增强脱贫致富的信心和勇气！"张振华和工作队员下定了决心。

眼下正值土豆的收获季节，这几天张振华和工作队员一直在田地里奔波，了解实情，探寻新的销售路径。

8月9日，他和队员在田间帮助农户收了一天的土豆，晚上发出"卖土豆"的朋友圈后，一夜也没睡好。马连道村的土豆销售成了他的心事。

第二天一大早，张振华就来到马连道村吕成家的土豆地里。吕成今年种植的土豆共有40亩，每亩产量达到2 500多千克。他们一边帮助吕成收土豆，一边和吕成探讨土豆的销路问题。

"农民才开始收土豆，昨天我刚发朋友圈，只有几个朋友电话咨询情况，还没有人买。"8月10日上午，张振华电话接受《中国科学报》记者采访时介绍，9日晚上已经和秦皇岛市广缘超市的朋友联系过，准备10日傍晚带着样品到这家大型连锁超市洽谈，争取让马连道村土豆直接进超市。他还准备到秦皇岛市海阳蔬菜批发市场调查行情，推销马连道村土豆。

"马连道村的土豆不仅产量高，而且绿色无公害，品质好，决不能让它滞销在村里。"张振华表示，下一步除了争取马连道村土豆推入大型超市外，在条件成熟时还准备帮助马连道村申请土豆的农产品商标、建立电商平台、广辟销售渠道，同时还要在土豆的深加工上作规划，改变马连道村主导产业增收不增产的现状。

"土豆产业的发展只是一个方面，工作队将综合结合村里的实际情况，依托和利用燕山大学的优势资源，用新思路、新模式，多角度、多路径培育马连道村经济的新业态，以新的经济增长点带动村民脱贫致富。"张振华说。

2018-08-10

芦苇资源化利用　　保护白洋淀湿地生态

近日，《中国科学报》记者在河北省科学院生物研究所获悉，该所研究人员以芦苇秸秆为主料进行食用菌栽培的实验取得成功，尤其是平菇的生产实验效果好，出菇率高、生物转化率高于110%。该项目实验的成功，将开启雄安新区白洋淀芦苇的资源化利用方式之门。

"白洋淀的生态环境成为建设绿色生态宜居雄安新区的保障。芦苇作为白洋淀湿地生态系统的核心，对白洋淀区水体的净化、生态环境及生态系统的维系起着关键作用。"河北省科学院党组书记刘春成介绍，该院组织研发团队，以科技手段改革创新芦苇的资源化利用方式，推进以芦苇食用菌栽培化利用为基础的循环利用，保护白洋淀湿地的生态系统并提升自然净化能力。

河北省科学院生物研究所所长宋水山告诉《中国科学报》记者，目前淀区有芦苇约12万亩，每年的芦苇产量可达7.2万～12万吨。芦苇可提高水体净化功能，保护碳储存，降低大量二氧化碳气体的释放。例如，淀区的芦苇每年可以吸收水体中3 528吨总氮和172.8吨总磷，避免水体富营养化；芦苇还具有调节气候、抑制藻类和维持生物多样性等多种生态功能。

2019年初开始，河北省科学院生物研究所组建研究团队，进行以芦苇为主料的食用菌栽培课题攻关。

宋水山介绍，科研团队大力研究芦苇的预处理技术，以期减少芦苇蜡质对食用菌生长的影响；筛选多个可以芦苇为栽培料的食用菌品种，并针对不同食用菌品种，确定适宜的芦苇粒径大小；考察不同品种子实体的营养成分及重金属含量，研究不同食用菌品种对重金属的迁移特点，确定不同品种适宜的芦苇添加量，并确定适宜的高效栽培袋料配方，以确保生产出符合质量标准的食用菌。

经过科研人员的努力，2019年6月，平菇的实验取得了成功。河北省科学院生物研究所副研究员尹淑丽介绍，实验数据表明，如果按照一亩芦苇产出

600～700千克干料计算，可生产平菇1 650千克。子实体中重金属含量符合国家绿色蔬菜（食用菌）的标准。

此外，以芦苇为主料进行的香菇食用菌栽培实验也已经接近尾声，从当前的数据分析，芦苇可以替代或部分替代棉籽皮、木屑作为食用菌栽培原料，出菇率高、生物转化率不低于常规栽培原料。

"不仅是平菇、香菇的栽培实验，接下来还要进行各种食用菌的栽培实验。"尹淑丽告诉《中国科学报》记者，以芦苇为主料进行食用菌栽培后产生的菌糠，一方面可用于栽培适宜的食用菌种类；另一方面可直接用于生产有机肥。有机肥可用于供养雄安新区的百万亩耕地及林地，形成芦苇—食用菌—菌糠—有机肥—植物及芦苇的循环利用模式，延长芦苇的产业链，实现氮、磷、钾元素的生态循环，保障零排放零污染。

2019-12-03

涿州"三个在线"强化疫情防控和农产品质量安全

"通过这个大屏幕，可以看到这家生猪屠宰场的各个生产环节。这边是屠宰场的消毒通道、待宰场所，那里是屠宰间、化验室。新冠肺炎疫情防控期间，通过这个大屏幕对企业实施动态监管，可以更好地保障农产品安全和供应。"

2021年1月22日上午，在河北省涿州市农产品质量安全视频监控中心的大屏幕前，该市农业农村局局长秦国华手指大屏幕告诉记者，这是涿州市农产品质量安全视频监控中心，它的后台连接着全市多家种植、养殖、屠宰等重点企业，全天候监控这些企业的生产动态，强化了日常疫情防控和农产品质量安全检查。

依托河北省农产品质量安全监管平台，涿州市已建成在线视频监控、在线检测和在线二维码追溯三大农产品安全监管体系，并称为"三个在线"。通过多个层面的监管，最大限度地降低违法现象的发生。每个农产品生产场点均建有农产品检测室，配备速测仪、视频监控、二维码追溯、信息采集等设施。

作为涿州市一家大型生猪屠宰企业，河北灵熙食品有限公司日屠宰生猪5 000头，主要供应本市及上海、江苏、浙江等地。在疫情防控的关键时期，该企业严格管理，严把入场关、待宰关、检疫关、无害化处理关；严格两项制度，即官方兽医驻场监管制度和非洲猪瘟自检制度；生猪来源、动物检疫、实验室检测、无害化处理等各环节均纳入涿州市农产品质量安全监管平台管理，按批次生成追溯二维码，随货同行。

据悉，目前该市500多家种植、养殖、屠宰、农资经营等企业和个人信息均纳入监管平台，实现了以食用农产品合格证和二维码追溯为基础的主体管理、包装标识、追溯赋码、信息采集、索证索票、市场准入等追溯管理制度。

据介绍，管理部门通过"三个在线"可及时了解企业生产过程中疫情应对、个体防护等措施落实情况，为疫情防控和促进农产品质量安全、市场供应提供有效保障。农产品质量安全视频监控中心随时监控企业的生产操作，如果企业不按照规定操作，将被记录在案。

2021-01-22

百年葡萄老藤衍生经济新业态

盛夏 8 月，记者来到河北省张家口市宣化区，当地农民种葡萄的历史已经上千年，上百年的老葡萄藤随处可见。

春光乡观后村小伟庄园合作社经理王伟指着一架有 300 多年历史的硕果累累的老藤说："宣化传统葡萄园不是长在田野里，而是长在古城里，一个个葡萄架恰似一朵朵盛开的莲花，所以被称为'莲花架'。这种架型中国唯一、世界罕见。"

宣化区政府党组副书记孙辉亮告诉记者，中科院地理所专家多次现场适时采集的数据表明，一亩莲花状葡萄架所需土壤只有排架的一半，省水 40%以上，且产量高、稳产性好。

"在保护、传承宣化葡萄历史文化的同时，必须依靠科技力量，让宣化葡萄产业的这根百年老藤产更多的果，衍生经济新业态，使农民增加更多的收入。"孙辉亮说。

多年来，宣化的决策者将发展葡萄产业明确列入政府重要工作内容，出台了《宣化传统葡萄园保护管理办法》，还组建了从事葡萄研究、优良品种培育的科研机构——葡萄研究所，与中科院、中国农大建立起合作关系。

牛奶葡萄是宣化的特产，品质优良，但这种葡萄却不易储存。每年 10 月后，市场上就没有了新鲜、优质的牛奶葡萄，在冷库中用保鲜剂储存的牛奶葡萄品质下降、安全性差。

"我们现在进行的温室葡萄延晚栽培科研项目进展顺利，这项技术使牛奶葡萄在温室中生长，每年 12 月到第二年 2 月期间成熟上市，实现延晚成熟错季上市，从而取得较高的经济效益。"宣化区葡萄研究所所长金秋立告诉记者。

2018 年宣化区葡萄研究所在当地南部高寒区实施了 2 个温室绿色延晚葡萄科研示范项目，预计 3 年项目期内能够掌握成熟的延晚葡萄技术成果，并应用推广。

2019 年，葡萄研究所与宣化区深井镇南街村达成合作，利用该村 20 多亩集体流转土地，建设了 3 个日光温室科研大棚，采用温室延晚葡萄生产技术栽种了 12 个优质葡萄品种，目前葡萄苗长势良好。

此外，孙辉亮介绍，为保证宣化葡萄的品质，宣化区全面启动了牛奶葡萄提纯复壮工程，分别在盆天、观后、大北、庙底 4 个规模种植村设立葡萄示范户。由宣化区葡萄研究所技术人员负责葡萄配套管理技术和标准化管理技术，现场进行技术操作和指导。尤其在 6 月中旬的疏花疏果关键期严把技术关，亩产控制在 1 300 千克左右，使葡萄品质有了较大提高。

目前，牛奶葡萄的品牌价值已高达 21.30 亿元。

2019-08-06

扶贫好帮手赤松茸

河北省涿州市秋实农业科技有限公司（以下简称秋实公司）副总经理王晓鸥驱车 80 多千米，赶赴保定市易县白马村何立群的赤松茸种植温室大棚，收购赤松茸。

提起赤松茸栽培，何立群高兴极了。虽然是头一次尝试，但目前 1 亩多赤松茸已经卖了近 1 万元。种植赤松茸前期投入才约 4 000 元 / 亩，不用施肥打药，节约人工成本，管理简单。只需打一个电话，秋实公司的人就前来进棚收购。

"赤松茸，也叫大球盖菇，以极佳的口感、丰富的营养，目前正在被越来越多的消费者所接受和认可。"河北省微生物研究所研究员、河北省食用菌产业体系岗位专家陈文杰在接受《中国科学报》记者采访时介绍，赤松茸种植技术简单，且综合利用作物秸秆，发展前景看好，是精准扶贫路上的好项目。

据了解，赤松茸生产是优化种植结构的生态环保项目，以玉米和小麦秸秆作为栽培主料，每种植一亩可消化利用 20 亩小麦秸秆或 7 亩玉米秸秆，可有效解决秸秆焚烧问题。

"中央一号文件强调，要发展壮大乡村产业，拓宽农民增收渠道，因地制宜发展多样性特色农业，倡导'一村一品''一县一业'。积极发展果菜茶、食用菌、杂粮杂豆、薯类、中药材、特色养殖、林特花卉苗木等产业。支持建设一批特色农产品优势区。"秋实公司总经理王奎星告诉记者，目前赤松茸的发展已形成产业优势区。

陈文杰介绍，食用菌产业是农村产业扶贫的主要项目之一。据统计，全国有深度贫困县 592 个，其中有 426 个县把食用菌产业作为扶贫产业来抓，占比 72%。我国北方地区是适宜栽培赤松茸的主要地区。

记者在涿州市农业农村局了解到，《涿州市 2018 年秸秆综合利用项目实施方案》明确了对赤松茸的推广安排。 2017 年利用保定市级资金引进赤松茸试验种植获得成功；2018 年在全市示范推广 500 亩；2019 年及以后，在项目资金的引领下，主要依靠农户自筹资金进行大面积推广种植，打造食用菌种植新产业，大量消耗玉米秸秆，减轻秸秆禁烧压力，为秸秆综合利用开辟新途径。

"虽是农民脱贫致富的好项目，但还存在栽培导向问题。"陈文杰认为，目前赤松茸市场还不是很成熟，需要较长时间的培养和宣传；赤松茸产品加工还没有被列入日程，销售淡季只能采取干制等方法简单加工，建议形成特优区也是为了能形成产业集群，易于将来形成精深加工产业。

"建立赤松茸产业链立体生态系统是助民增收的关键。"王晓鸥介绍，要想把赤松茸产业做大做强，就必须从供种、机械种植、开拓市场等方面全面提升。目前公司正逐渐完善菌种提纯、繁殖、供应和选育基地，集成研究适宜本地的生态高产高效栽培技术，探索机械化播种、采收等技术，降低生产成本和人工人力强度，走现代化产业发展之路。

据介绍，目前秋实公司以"公司＋基地＋农户"的经营模式，与 268 户农民签订种植协议，发展赤松茸大棚培育基地达到 1 200 余亩。公司为种植户提供菌种、技术服务、信息咨询、成品回收等产前、产中、产后等多项服务。

"一家龙头农业企业不仅要架起农民和市场的桥梁，更应该成为提升农户农产品质量的助推器和产品检测的检测仪。"王晓鸥介绍，秋实公司专门成立秋实食用菌研究所，配备专门实验室，采用最先进的离子菌种处理技术，生产的食用菌菌种质量高、菌丝体脱毒、高产、抗杂菌力强，适合用玉米芯等各种农作物作为培养料。此外，公司还引进国家级食用菌技术专家团队，定期开展培训，为种植户提供技术服务，保障食用菌的产量和质量。

2018 年元旦，秋实公司与北京新发地农副产品批发市场签订赤松茸购销合同。今年春节过后，其在上海、陕西、天津的销售规模也日渐增大。

"通过建立更科学、更完善的赤松茸产业链立体生态系统，到 2020 年种植面积达到 2 000 亩，带领 600 户赤松茸种植户实现更加富裕，打造赤松茸品牌，让我们的赤松茸走向全世界。"王晓鸥自信地说。

2019-03-05

防火保温两不误

——河北涿州舜康科技开发有限公司研制石线石防火保温材料纪实

　　"'石线石防火保温材料兼具无机和有机保温材料优点于一身'是河北省工业和信息化厅对其进行新产品新技术鉴定时的结论，这是建筑外墙保温材料发展的一次技术进步。"2018 年 10 月 23 日上午，在河北涿州舜康科技开发有限公司的产品性能测试现场，我国建筑施工技术领域专家刘怀玉对该企业产品作评价时说。

　　刘怀玉是中国建筑协会建筑施工技术开发专业委员会原总工程师，多次受邀到涿州舜康科技开发有限公司进行技术指导。他认为，使外墙保温材料同时达到安全防火和良好保温要求的关键在于产品原材料的改变和生产工艺的革新。

　　涿州舜康科技开发有限公司是一家致力于研发、生产、销售绿色环保和低碳节能新科技产品的企业。

　　"石线石防火保温材料广泛地吸取了同行业的先进生产技术和生产工艺，并严格按照国家现行的有关标准，选择多种原材料，经过特殊的生产工艺加工而成。经鉴定，综合性能达到国内同类产品的先进水平。"涿州舜康科技开发有限公司总经理康卿说，这一保温材料是自己的研发团队依托行业内专家，联合大专院校技术力量，历经 10 年努力才研制成功的。

　　据悉，由于我国的建筑节能起步晚，和发达国家相比差距大、技术落后、品种少，保温节能效果和工程质量方面并不理想。保温层开裂、脱落、渗水、寿命短、防火等级低、耐火性差、抗风化和大气稳定性差等问题是保温材料中存在的普遍现象。

　　刘怀玉介绍，外墙保温材料分为无机保温材料和有机保温材料。无机保温材料防火性能好，但保温性能差。有机保温材料恰恰相反，保温效果越好，防火性能越差。

"目前市场上的建筑保温材料通常以聚苯乙烯等有机材料为主。这类保温材料属于易燃材料。为了提高防火性能，须在原材料中添加阻燃剂。"康卿指出，目前大量阻燃剂的使用带来环保方面的问题已引起有关环保组织和专家的担忧。

不久前，一位慕名从宁夏到涿州舜康科技开发有限公司考察石线石防火保温材料的老板见证了奇迹：康卿一边给这位老板介绍自己研发的新型墙体建筑节能产品性能，一边用汽油喷灯让火焰（高强火力 1 500 摄氏度左右）直对一块厚度为 5 厘米的保温材料板烤，喷烤 10 分钟后，让这位老板用手触摸这块保温材料板的另一面。

"一点不热，温度没变化，的确不错，看来确实名不虚传！"这位老板表示是第一次见到这种性能的保温材料。

康卿介绍，石线石防火保温材料的配方特殊，不含有石棉等有害物质，明火下不仅不会燃烧，而且没有有毒的气体释放。

据悉，该品种保温材料是康卿和研发团队采用先进的技术研制而成的。经国家固定灭火系统和耐火构件质量监督检测中心检验，被认定为国家 A1 级防火保温材料。

"在增加粘接强度和保证建筑物的消防安全性的同时，石线石防火保温材料的保温性达到 75% 的节能要求，不仅保温性能好，还可以使原有的工程施工方法简化，且吸水率低，不易脱落和开裂，兼具无机和有机保温材料优点于一身。"

康卿介绍，石线石防火保温材料已经通过河北省工业和信息化厅新产品新技术鉴定。由北京建筑材料研究总院总工程师段鹏选任主任委员的 7 名专家组成的鉴定验收委员会，在对该保温材料进行新产品新技术鉴定时认为，该产品通过对无机、有机添加物的选择，采用无机物复配覆混溶等关键技术，解决了行业内无机有机复合共性技术的难题，产品符合我国节能环保建材的发展要求。产品经国家级检测机构检测，综合性能达到国内同类产品的先进水平。

该保温材料还成功入选了《外墙外保温建筑构造》（国家建筑标准设计图集），并被认定为中国建筑建材行业知名品牌产品。

刘怀玉表示，由于石线石防火保温材料更适合传统的施工方法，可用抹浆机直接对墙体抹浆或者进行墙体抹面，操作容易，更适合目前新农村建设中的民居建筑的防火保温。

"从前年开始，我们在河北涿州以及周边县市挑选了 8 个村 15 户农宅为样板房，以石线石防火保温产品作为墙体保暖材料进行了试点推广，这种经济、实用、环保的材料得到广大农民的认可。"据康卿介绍，公司正在抢抓当前我国北方地区广大农村民居冬季取暖煤改电、煤改气的机遇，以石线石防火保温材料节能、环保、保温性能好的优势，助力新农村建设。

近年来，该公司的石线石防火保温材料系列产品的市场不断扩充，不仅在京津冀多个住宅建筑上应用，还销往内蒙古、河南、山西、浙江等 10 余个省（区、市）。

虽然获得了专利和新产品新技术证书、被认定为国家 A1 级防火材料，且市场不断扩大，但康卿带着研发团队一直未曾停止向前的脚步。

多年来，该公司始终坚持对客户进行回访，收集石线石防火保温材料使用后的信息反馈，观察产品性能表现。同时，又分别与中国建材研究总院、中国绿矿联合工程技术研究院、中国绿色矿山联盟以及中国建材联合会微晶协会展开技术合作，对产品不断改进、升级。

"我们研发团队一直关注国内及国际建筑外墙保温材料发展的前沿技术，结合实际需求，不断对产品原材料成分再分析、数据比对以及成品中原材料配比和新混原材料的添加等多方面进行研究探索。"康卿介绍，在 4 年的时间中，大小试验做了 200 余次，通过不断调整、改进，石线石防火保温材料的防火、隔热、环保节能、成本节约、黏结力度、防水性能等更趋科学性。

"科技发展太快，市场变化也快，稍有松懈就会落伍。"康卿表示，将不断以工艺上的革新和技术上的创新，推动外墙保温材料技术的进步，为我国建筑保温材料行业健康快速发展作贡献。

2019-09-27

众志成城谱写抗洪抢险壮美赞歌

——涿州市抗洪抢险救灾见闻

2023 年 7 月 29 日以来，受台风"杜苏芮"影响，京津冀地区持续强降雨。河北全省一半多的县（区）遭遇洪涝灾害，其中涿州受灾尤其严重。据中央电视台 9 月 2 日播出的《新闻调查》节目报道：涿州共有 47 万人遭灾，211 个村庄进水，125 所学校受损⋯⋯

面对极端强降雨和严峻汛情，涿州市各级党政领导干部积极行动，科学研判，迅速启动灾情救援预案。

成立 28 支共计 8 755 人的应急抢险队伍，全力搜救被困人员；

2023 年 8 月 3 日中午，航拍涿州市范阳东路一角，当时是救援队伍赶往刁窝镇受灾村庄的起始地

基层党组织切实发挥组织动员群众的优势，始终站在抗洪抢险的最前列；

涿州本地以及来自全国各地的救援队伍迅速集结，全力救助被洪水围困的群众；

解放军和武警部队官兵冲锋在前、勇挑重担，持续奋战在防汛抗洪救灾一线；

兄弟县（市、区）对口支援帮扶，在涿州受灾乡镇不遗余力帮助灾民共建家园……

涿州大地上，展现出万众一心战胜洪涝灾害的壮丽画卷！

在百年一遇的洪水面前，众志成城谱写出抗洪抢险救灾壮美赞歌！

城区水淹面积达 60%，211 个村庄遭洪水侵袭

涿州市地处河北省中部、保定市北部，位于京、津、保三角地带，总面积 751 平方千米，常住人口近 70 万。涿州市已有 2 300 多年历史，文化底蕴深厚，是三国时期刘备、关羽、张飞"桃园三结义"故地，清代乾隆年间曾被御封为"天下第一州"。

据气象部门统计，7 月 29 日 8 时至 8 月 1 日 11 时，涿州市出现明显降水天气。全市平均降水量达 355.1 毫米，最大降水量为两河村，达 435.7 毫米，多个乡镇、街道降水量均超 300 毫米。

受强降雨和上游洪水过境影响，涿州市河道行洪和城市内涝风险加剧，防汛形势十分严峻。

7 月 31 日，小清河分洪区和兰沟洼蓄滞洪区先后启用。

7 月 31 日晚，洪水开始进入涿州市城区。到 8 月 1 日中午，城内的范阳西路至立交桥段、范阳东路部分路段、华阳路部分路段、腾飞大街、冠云西路等多条街道上已经一片汪洋，救援和运送物资的皮划艇和冲锋舟开始在城区街道往返穿梭。

据了解，此次洪水致使涿州水淹面积一度达到城区的 60%，城区积水平均为 1～1.5 米，最深处达 5～6 米。

"从来没有见过这么大的水，比 1963 年的洪水可大多了。" 77 岁的涿州市豆庄镇后屯田村村民王淑亮曾经历过 1963 年的那场洪水。此次经历，刷新了他对洪水的认知。

不只是城区，洪水同时也冲进了涿州市乡村。

2023 年 8 月 3 日中午，航拍涿州市腾飞大街

8 月 1 日 16 时许，在刁窝镇西茨村外的小营横堤外，湍急的白沟河水奔流南下。接着，刁窝镇大部分村庄进水，不少村里的平房被淹。

此外，码头镇、豆庄镇、东仙坡镇、东城坊镇等乡镇的多个村庄不同程度受洪水冲损。

据统计，涿州市共有 211 个村庄遭受洪水侵袭。

本次洪灾，是涿州历史上百年一遇的重大自然灾害。

风雨同行，党旗在一线高高飘扬

8 月 3 日中午 12 时许，涿州市码头镇沙窝村党支部书记魏江涛正准备坐冲锋舟为村民送物资，他已经连续 72 小时没合过眼。

沙窝村有 1 300 余人，洪水来临时，村里还有 70 多名村民，大部分是无法转移的高龄老人。村里洪水最深处有三四米深，很多平房都被洪水淹没了。

"只要有一名村民在村里，我们全村党员就会坚守在岗。"魏江涛说。

码头镇西刘庄村也是受洪水冲击严重的村庄。村党支部书记果猛顾不上家里的老人孩子，一直奋斗在一线。

在抢险救援的冲锋舟上、在受灾群众的临时安置点上、在洪水退后的清淤现场，果猛每天都有干不完的工作。8月5日，中央电视台《焦点访谈》以《逆流而上 全力救援》为题播发了果猛的事迹。

"党员干部要吃苦在前，时刻谨记自己是一名共产党员。我是这个村的支部书记，老百姓信任我，党把重担交给我，我一定要团结带领大家把村子建设好。"果猛说。

在本轮强降雨灾后重建中，涿州市孙家庄乡受灾相对较轻。了解到兄弟乡镇东仙坡镇受损严重后，孙家庄乡党委书记杨屹巍带领本乡党员干部，组成援助小分队，义无反顾地投入东仙坡镇的救援当中。为加快重建进度，在原有30人的支援力量基础上，杨屹巍又动员本乡村里60多名党员前往东仙坡镇开展支援。救援队员们饿了就吃口方便面，困了就在车上打个盹。

涿州市范阳医院所处的刁窝镇属于涿州受灾较为严重的乡镇。灾情发生后，该医院迅速成立党员志愿先锋队。

"洪水无情人有情，作为一名共产党员和医务工作者，关键时刻就得发挥模范表率作用，冲在抢险救灾第一线。"院党支部书记周倩介绍，几天来涿州市范阳医院共收留248名受灾群众。

在涿州，随处可见武警官兵的身影。自8月1日开始，武警河北总队分批次投入数百名兵力，全力开展搜救转移受困群众工作，随着洪水逐步消退，武警官兵又立即投入灾后的清淤清障任务中。

增援涿州灾区的石家庄市消防救援支队，第一时间成立了增援队伍临时党支部和7个临时党小组，组建了6支党员突击队。全体指战员连续作战、昼夜坚守，展开防疫消杀、搬运物资、清淤、运送居民生活用水等工作，为灾区灾后重建、恢复正常生产生活秩序发挥了积极作用。

党员、干部带头冲锋，将群众紧紧凝聚在一起。干群团结一心共同重建家园的场景，在涿州市受灾地区到处可见。党旗在一线高高飘扬，广大党员用党性筑起"红色堡垒"，用爱心温暖灾民的心。

新学期，我们开学啦！

2023年8月31日8时许，伴着雄壮的国歌声，五星红旗在涿州市刁窝中学冉冉升起。

新学期，刁窝中学正式开学。

而此前，这座被洪水侵袭过的校园满目疮痍。

"7月31日下午，洪水冲进校园，刁窝中学停水停电。"

据刁窝中学校长孙常见介绍，学校里积水最深处近2米，一楼的教室、办公室等全部进水。洪水退后，校园里满是厚厚的淤泥。

在涿州市，像刁窝中学一样受到洪水侵袭的学校共有125所。

面对洪灾，涿州市委、市政府科学安排部署，第一时间启动应急预案，成立灾后重建工作专班，制定灾后重建工作方案，设立应急保障组、重建救援组、教学工作组、卫生防疫组等，同时成立党员突击队，号召所有教师积极投身灾后重建工作。

此次特大洪涝灾害，让刚刚迁入新址的涿州中学遭遇重大损失。洪水过后，往日整洁的涿州中学校园千疮百孔，学校积水严重，所有建筑一层全部被水淹没，最深处达5米，过水面积约24万平方米，受淹办公物品、实验器材、图书档案、动物标本等全部报废。

"面对艰巨繁重的各项任务，各级领导、社会各界向我们伸出了无私的援助之手，为我们提供了强大支撑。"涿州中学党委书记李宗臣介绍，在涿州中学校园的重建中，保定军分区、保定武警支队200余名官兵全天候清淤；山东淄博、江苏镇江、承德水务、沧州肃宁县政府等志愿服务队昼夜奋战；全校教师们齐心协力，一部分学生和家长也投入到重建队伍中……

经过不懈努力，涿州中学的教室又变得明亮起来，宿舍恢复了往日的整洁温馨，综合楼前的草坪又是一派绿茵茵的模样。

而在涿州市幼儿园，为确保每个孩子都能如期入园，几天来，园长马惠玲拨打了1 200多个家访电话，询问每个孩子的家庭受灾情况。

"我们专门拍摄了《抗洪救灾重建家园》和《开学准备工作纪实》两个视频发给家长，视频里是幼儿园教师和志愿者一起清淤、消杀、重建幼儿园的详细过程，让家长消除担忧和顾虑。"马惠玲说。

8月31日上午，涿州市幼儿园正式开学，"防洪防灾知识"成为孩子们新学期开学的第一课。

"到8月29日，对全市学校开展的清淤消毒、房屋鉴定、设施修缮等工作就已全部完成，达到正常使用标准。"9月1日上午，涿州市教育和体育局党组成员宋良在接受媒体采访时介绍，当天涿州市各类学校共13万余名师生全部如期开学。

重建美好家园，我们有信心！

洪灾发生后，涿州市把保障民生作为恢复重建的根本出发点和落脚点，大力推进水电、交通等基础设施恢复。

8月4日城区基本退水；

8月8日211个进水村基本退水；

8月9日主干道交通基本恢复；

8月10日全域交通主干线基本恢复；

8月15日南水北调开始恢复城区供水。

仅用15天时间，涿州城区基本恢复正常，当地多家企业陆续复工复产，群众生产生活也逐渐步入正轨。

8月25日，涿州最大的农产品批发市场新发地大石桥批发市场复工复产。至9月8日，涿州市6164个商业受损网点复市率达99.5%。双塔街道、清凉寺街道、码头镇、东城坊镇、高官庄镇、百尺竿镇、豆庄镇、松林店镇、义和庄镇、林屯镇、孙庄乡已实现全面复市。

9月1日，保定市召开涿州市灾后恢复重建工作推进大会，明确涿州市灾后重建工作任务：全力打好灾后恢复重建"城市品质提升、乡村面貌提升、复工复产复市、防洪减灾能力提升、高质量发展、民生保障、社会综合治理"七场攻坚战，唱响"感恩奋进共携手、再造一个新涿州"，坚决夺取灾后恢复重建和高质量发展双胜利。

涿州市一面加紧推进灾后重建工作，一面出台惠民政策，调动群众生产自救积极性。

洪水退了、淤泥铲了。眼下，涿州人民干字当头、不等不靠，齐心协力、共建家园的行动处处可见。

在涿州市豆庄镇柳河营村的一处地板砖受损民房里，村党支部委员何严正忙着和几名村民一起，把搅拌机搅拌制成的砂浆注入凹陷的地板砖下，通过这种修复办法，村民不用重装地砖和地暖就能正常居住。

"如果采用破除整个地板再安装的方法需要1个多月时间才能修复好，现在这种办法仅用半天就能完成地板凹陷修复，还能节省修复资金。"何严告诉记者。

据悉，柳河营村有600多户，是此次洪灾中受灾较重的村，有50多处民房坍塌，多处房屋受损。连日来，何严和村干部们积极引导村民自力更生、不等不靠加紧修复损坏房屋。

在涿州市刁窝镇刁四村，村两委干部将村里和附近的 40 多个建筑施工队组织起来，建了一个农房修复重建微信群，村民根据房屋受灾程度，自行接龙，并通过有效的组织协调，加快进度。

据悉，受灾严重的刁窝镇，为防范和杜绝农村自建房安全事故的发生，确保群众在供暖季前住上安全房，鼓励危房自愿拆除，强化前期细致摸排并做好相关政策解读，同时为危房自愿拆除的群众免费提供每户 1 吨水泥，为修缮加固的免费提供半吨水泥。

为切实解决农户受损房屋修缮、重建工作实际问题，9 月 10 日上午，涿州市住房和城乡建设局在清凉寺街道、桃园街道、刁窝镇、码头镇等多个受灾较重的乡镇（街道）开设的"建材大集"同步开张，直销水泥、钢筋、沙石料等多种自建房所需基础材料，让受灾群众享受到便捷、实惠的建材采购服务。

涿州市住房和城乡建设局副局长张洪潮表示，受灾群众在现场填写订货单后，相关工作人员会将群众订购的建材直接配送到家。受灾群众不用再奔波到市里的建材市场采买，节约了出行时间和部分材料的运费。这一举措还有效避免了不良商家哄抬价格的行为。

在刁窝镇"建材大集"，建筑材料价格一览表吸引了不少村民驻足询问，上面标着各类建筑材料的型号和价格。"'建材大集'的推出，让人们购买建材更方便了。"带领村民选购建材的望海庄村党支部书记杨黎颖说。

涿州市刁窝镇望海庄村常住人口有 700 多人，村东紧邻白沟河。在这次洪涝灾害中，该村近 3 000 亩地全部被淹，几乎每户村民家都被洪水浸泡，大部分老房子坍塌。

"我们号召全村百姓发扬自力更生精神，齐心协力重建美好家园！对未来的日子，我们有信心！"杨黎颖介绍，经过大家的努力，望海庄村水电恢复正常后，结合本村不少村民有瓦工手艺的特点，迅速组建了 100 多人的房屋建造和修缮队伍，成立房屋修缮服务互助小组，加速对鉴定的 C 级受损房屋进行修缮，翻建损毁房屋。

连日来，记者走访涿州市多个乡镇受灾村了解到，各村正因地制宜、科学规划，重建家园的场面热火朝天。面对灾后恢复重建这场新的"赶考"，市、乡、村党员干部和广大群众共同携手、并肩战斗，正努力"再造一个新涿州"。

涿州的明天，一定更加美好、更加辉煌！

2023-09-12

后　记

将自己的新闻报道作品结集出版，是我多年以来的一个心愿。

本书收录了我近年来采写的 140 余篇新闻报道作品，书中大部分新闻报道采访于科研院所、高校、高新技术企业等，因此取书名为《科教观澜》。全书包括人物篇、高校篇、观点篇、进展篇、纪事篇五大部分。

在采访过程中，或受著作等身的学人教诲、或为默默奉献的科研者感动、或向治学严谨的学者致敬、或被激情洋溢的创业者感染……所有这些都转化为我在新闻采编路上一直向前的动力。

回想自己的新闻职业生涯，有在西藏军营的启蒙成长，有前辈、良师的引导教诲，有同行同事的热心相助……

在此，特别感谢刘洪海老先生的指导和鼓励，感谢他在百忙之中为本书写序。

陈彬、杨叁平、赵艳斌、张永刚、霍占良、蔡常山等挚友对本书收录的部分新闻报道作品协助采访或亦有贡献，在此对大家的辛苦付出表示感谢。

时值本书完成编校、即将印刷之际，我的家乡河北涿州遭受了百年一遇的洪水灾害。在这场防汛救灾抢险的大战中，那一个个可歌可泣的先进典型、一幕幕荡气回肠的动人场景令我深受震撼、感慨至深，并连夜采写出记录涿州人民抗洪抢险救灾的通讯——《众志成城谱写抗洪抢险壮美赞歌》。该文在本书责任编辑的热心帮助下，也被成功收入书中。在此特别致谢！

本书的出版是对自己从事新闻工作的一个小结。刘洪海先生在本书的《序言》中给予鼓励："我们必须珍惜自己的作品，从这些作品中，我们可以找到面对未来的自信与镜鉴。"

随着科技发展和社会进步，新闻的传播方式、传播主体等也在不断变化，"新赛道"不断涌现。但无论如何，记者深入实际、深入群众、深入生活的工作作风永不能变。

路漫漫其修远兮，吾将上下而求索。

由于水平有限，难免有不足之处，请大家批评指正！

高长安

2023 年 9 月